ULRIKE DRAESNER

zu lieben

~~Roman~~

PENGUIN VERLAG

Das Geschriebene kommt wie der Wind,
es ist nackt, es ist Tinte, es ist das
Geschriebene, und es geht vorüber, wie
nichts anderes im Leben vorübergeht,
nichts weiter, außer das Leben.

Marguerite Duras

»Ach was«, sagte Pippi. »Wenn das Herz
nur warm ist und schlägt, wie es
schlagen soll, dann friert man nicht.«

Astrid Lindgren

wahren, Verbum, ›in acht nehmen, hüten, schützen, (einen Zustand) aufrechterhalten‹, mittelhochdeutsch war(e)n ›aufmerken, achten, beachten‹, ist im Sinne von ›unter seine Aufmerksamkeit, Obhut nehmen‹ von dem im Althochdeutschen belegten Substantiv wara ›Wahrnehmung, Beobachtung, Aufmerksamkeit, Obhut‹ abgeleitet. Dieses ist mit den unter *gewahr* angeführten Formen verwandt, außergermanisch mit griech. horān (ὁρᾶν) ›schauen, aufmerksam sein, betrachten, sehen‹. Zugrunde liegt eine Wurzel indoeuropäisch *u̯er(e)- ›achten, gewahren‹. *(Wörterbuch der Brüder Grimm)*

—— *eine Wahre-Geschichte*

1

Die Nachricht

atzenzungekatzen
k z
atzenzungeegnu

Als die Nachricht kam, saß ich mit einer Germanistin in einem Café in München. Es war das Omacafé. Meine Oma kaufte dort Katzenzungen, solange sie lebte. Schon allein deshalb gehe ich kaum in dieses Café. Ich mochte meine Oma. Sehe ich die Katzenzungen, vermisse ich sie. Auch Katzenzungen mag ich, trotz des Namens. Katzen haben Glück, dass ihre echten Zungen nicht schmecken und in Schokolade nachgeformt werden müssen. ~~Wer isst was, wer bekommt wen, was haben Mutterschaft und »ich verschlinge dich« miteinander zu tun?~~

Aus Zufall waren wir in dem Omacafé gelandet. Die Germanistin kannte ich nicht, sie hatte um ein Gespräch gebeten für einen Lexikonartikel, an dem sie arbeitete, und ich sah sie danach nie wieder. Die Nachricht kam über das Telefon. Nachdem ich aufgelegt hatte, umarmte ich die mir nicht weiter vertraute Frau. Die nun ebenfalls gerührt war. Die Hasen in ihrer Wohnung durften frei laufen, sie nagten Elektrokabel an – mit Glück, Pech oder Lernerfolg. Die Wohnung, in die sie mich in ihrer Aufregung an diesem Vormittag führte, roch nach den Tieren. Es war nicht unangenehm. Das Stroh lag in der Küche. Die Hasen waren Kaninchen, die Germanistin ohne Kind.

In dem Café hatte ich vergessen, die Katzenzungen zu kaufen, die meine Oma gekauft hätte. Meine verlorene Oma, so die Nachricht, würde nun Urgroßmutter werden. Meine Mutter würde sich in eine Großmutter verwandeln, wäre sie das nicht längst gewesen. Drei Kinder hatte meine Schwester in die Welt gebracht, die Lieblingsnichte meines Vaters vier, In-vitro-Fertilisation nur beim letzten. Vollkommen selbstständig waren sie alle gewachsen, eigenfamiliäre, blutsverwandte, sogenannt natürliche, nackt und schmierig, mit allen Gliedern geborene Namensträger, die insbesondere meinem Vater als die richtige Verwandtschaft am Herzen lagen. Dagegen war nichts einzuwenden, es handelte sich um ein verständliches Gefühl, Teil der Welt meines Vaters (»Namensträger«), die ich nicht teilte, die sachlich nicht einmal mehr stimmte, doch dieses Denken und der damit verbundene Blick standen im Raum und schmerzten.

Auch wir würden nun ein Kind bekommen, so die Nachricht. Auf dem Weg in die germanistische Hasenwohnung rief ich meinen Mann an. Er war damals noch mein Mann, nicht mein Exmann. Für Sekunden, die sich dehnten wie die süßen Bohnenpastekugeln, die wir auf der Hochzeitsreise in Japan beim Stichwort »honeymoon« ständig ungefragt serviert bekommen hatten, blieb es sehr ruhig. Hunter saß in unserer Wohnung in Berlin, nahm ich an, zumindest sagte er nichts Gegenteiliges. Dass die Nachricht in einem Café gekommen war, in dem es Katzenzungen gab, die ich nicht gekauft hatte, interessierte ihn weniger. Ich weiß auch nicht, warum ich ihm dies als Erstes erzählte.

Die Ruhe inmitten des Landes

Der Rest des Tages ist verschollen. Ich glaube, ich traf noch den Rheumatologen Herrn Dr. F. Ich hatte keine Schmerzen, keine Ausfälle, keine geschwollenen Gelenke, nur Blutwerte, die auf eine rheumatische Erkrankung deuteten. Die Diagnose stellte sich später als falscher Alarm heraus, was auf die Nachricht, die über das Telefon gekommen war, glücklicherweise nicht zutraf. Sie war ein Alarm, wenngleich nicht falsch. Und vielleicht auch kein Alarm, wenn man es richtig bedenkt.

Mit dem Rheumatismusdoktor besuchte ich ein bayerisches Restaurant, das ich ohne den Wunschdruck eines anderen niemals betreten hätte. Wir verabschiedeten uns vor der Tür. Bäume kahl und kaum vorhanden, Sträucher kahl und kaum vorhanden, glatte Fassaden, Nachkriegsarchitektur, schachtelig, niedrig, Beton. Licht fiel auf den verschlossenen Boden, schattenlos. Mitte März. Eine Polizeistreife kontrollierte die parkenden Wagen, eine der Frauen, blond und pobreit in der unvorteilhaft geschnittenen Uniformhose, hatte einen stark russischen Akzent.

In dem Lokal hatte man nur Fleisch und Fleischartiges wie Leberkäse (überbacken oder nicht überbacken) serviert. Doktor F.s Frau war in einer Schleife verunfallt. So drückte er sich aus. Es handelte sich um die Auffahrtschleife vor dem S-Bahnhof, der zufällig der S-Bahnhof des Ortes war, in dem ich aufgewachsen war und in dem meine Eltern noch immer wohnten. In der Mitte der Unfallkehre lagen der Eingang zum Bahnhof sowie ein Kiosk, in dem mein Vater~~, der nun ein Großvater werden würde, wäre er nicht schon einer gewesen,~~ regelmäßig (überaus regelmäßig) seinen Tabak kaufte.

Doktor F., der sich bereit erklärt hatte, mir von medizinischen Fällen zu erzählen, konnte meine Kind-Aufregung nicht teilen. Ich versuchte, sie zu verstecken, zum Ausgleich bebte sie umso entschiedener in meinem Untergrund (Magen und tiefer), was uns beiden (der Aufregung und mir) guttat.

Um mich abzulenken, schimpfte ich mit Herrn F. darüber, dass in dem Ort fast nur mehr alte Männer und Frauen Auto fuhren, was daran lag, dass nur mehr Menschen über siebzig dort wohnten. Es war ein stiller Ort, durchdrungen vom nahezu unhörbaren Summen der Batterien in PKWs, Rollatoren, Rollstühlen, Hörgeräten und Herzschrittmachern. Man saß in diesem Reichenort allein oder paarweise in überdimensionierten, oft mit Hirschgeweihen und Schnitzbalkonen geschmückten und ausnahmslos mit Sicherheitsschranken versehenen Häusern und fuhr in gleichermaßen überdimensionierten, ungeschnitzten Limousinen umher. Auch mein Vater hielt Autofahren für einen natürlichen Vorgang, der im Alter auf natürliche Weise weiter ausgeführt wird, sprich wie von selbst, war nur erst der Schlüssel in die Zündung gebracht. Der Abstand zwischen den Menschen blieb groß, metallgesichert und bakterienfrei, um sechs Uhr abends senkte sich der Frieden der Fernsehprogramme über den mitten in Deutschland liegenden, von Grenzbewegungen unberührten Ort.

Zufälle

Dass ich die Nachricht in München erhielt, verdankte sich einem Zufall. Ebenso wie der Umstand, dass ich selbst einst in München zur Welt gekommen war. Schon die Begegnung der Samenzelle und des Eis, aus denen ich zusammengesetzt wurde, war hochzufällig. Das ist bei allen Menschen so (Wettrennen, Einnistung und und), wir vergessen es bereitwillig. Meine Eltern betonten, dass sie sich nicht sicher waren, ob sie wirklich Großeltern wurden bei einem Vorgang, wo jemand (ich) ein Kind ~~nur~~ adoptierte, statt ihm mithilfe des eigenen Körpers das Leben zu schenken. Ihr »das ist ein fundamentaler Unterschied« war für sie so unumstößlich wahr wie »der Storch bringt die Kinder nicht«. Und das, obwohl sie mich kurz nach meiner Geburt auf der Entbindungsstation mit einem anderen Baby verwechselt und ohne fremde Hilfe nicht wiedergefunden hatten.

Waren sie mit Zufällen also nicht vertraut?

Neugeborene wurden ihren Müttern in den 60er-Jahren nur zum Stillen gebracht. Den Rest der Zeit lagen sie im Säuglingszimmer, ein wiegenartig geformtes Kunststoffbettchen am anderen, und konnten sich allein fühlen, was als hygienisch und praktisch galt. Bloß nicht verzärteln, den Balg, bloß nicht zu viel Bindung Mutter–Kind. Johanna Haarers nationalsozialistisches Erfolgsbuch *Die deutsche Mutter und ihr erstes Kind*, leicht modifiziert, verkaufte sich unvermindert bestens. Besichtigende Eltern betrachteten den Nachwuchs durch die große Besucherscheibe. Die Babys lagen nicht unbedingt jeden Tag an der gleichen Stelle, man suchte das eigene, das man selbstverständlich erkannte, und bezog dort Position, von wo man es am besten betrachten konnte. So hatten es auch meine Eltern unter Führung meiner Mutter gehalten. Alles reine Freude, bis ein anderes Paar erschien und dasselbe Kind von derselben idealen Stelle aus bewundern wollte.

Vier Erwachsene, ein Säugling. Die herbeigerufene Schwester stellte fest, dass das Neugeborene, das meine Mutter so sicher als eigene Tochter erkannt hatte, den anderen gehörte. Meine Eltern, die damals nicht oder nur auf anstrengend unsichere Weise meine Eltern waren, standen mit einem Mal kindlos an der vermaledeiten Scheibe. Die Schwester suchte in den Babykörben nach einem Nachwuchs, an dessen Arm der richtige Name hing, ebenjene Buchstabenfolge, die heute als mein Nachname gilt. Dass ich offensichtlich nicht so aussah wie das Baby, an das meine Mutter sich vor dem Besichtigungsglas erinnerte – jenes frischgeborene feuchte Wesen, das ihr nach der Entbindung in den Arm gelegt und von ihr gehalten und gedrückt worden war –, wurde stillschweigend ignoriert.

Dank dieser Erfahrung sollten meine Eltern ein differenzierteres Verhältnis zu etwas wie »natürlicher Verbindung« oder »automatischem«, quasi eigenleiblichem Bonding haben. Doch wenn ich sage, dass nicht alles, was eindeutig scheint, dies auch ist, wollen sie nichts davon hören.

In der Tür

Nach dem Zufall, die Nachricht in München zu bekommen, flog ich nach Berlin. Falsch, ich fuhr mit dem Zug. Das ist heute ausnehmend korrekt und war schon damals richtig. Ich fliege nicht so gern, dass ich dauernd fliegen müsste, allemal nicht von München, wo bereits der Weg zum Flughafen eine Dauerkatastrophe ist. Sie dauert so lange an, wie es die Münchner S-Bahn und den Flughafen gibt, der seinerseits immer schon eine Umweltkatastrophe war, die noch dadurch vergrößert wird, dass er nur mit dem 150-Euro-Taxi oder der nichtfahrenden S-Bahn zu erreichen ist. Vor Jahren bereits hatte ich einen Flug verpasst, weil ich in der S-Bahn zum Flughafen eingesperrt worden war. Türblockade. Wer sich auskannte, stieg ohnehin nur mit Wasserflasche und Notfallbonbon ein.

Nach der Nachricht war mir dies alles egal. Die innere Unruhe summte auch an dem Tag nach dem Anruf vor sich hin und dehnte sich aus, im Schlaf, im Wachzustand, in der tuckelnd vorankommenden S-Bahn. Ich fuhr in einer Wirklichkeit umher, die ich kaum wahrnahm. Durch die Unruhe war ich mindestens einen Zentimeter größer als am Vortag, was ich vor den Menschen um mich herum zu verstecken suchte, obwohl es ihnen nicht auffallen konnte. Am Ende stand ich im Hauptbahnhof von München für eine Zeit zwischen den makellos sauberen Türen der Eingangsschleuse in das sogenannte Reisezentrum, die aufeinander zuglitten, sich berührten, sich erneut öffneten, und holte still und ganz für mich allein Luft.

Wie der Hase läuft

b
e kkkkkkkkind e
ttttttttttttttttttttttt
t t

Die Woche nach dem Alarm, der kein falscher war, verging mit hektischen Bewegungen.

Über eine glühend heiße Autobahn rollte das Auto zum Beispiel zu einem Möbelhaus. Die saßen eines am anderen, wir gingen in das, bei dem wir den besten Parkplatz fanden, und kauften ein wie jeder vernünftige Mensch und jede schwangere Frau. Schwangere Frauen entwickeln Nesttrieb, heißt es. Ich war keine schwangere Frau, meine Triebe waren nicht generell unterentwickelt, der Nesttrieb fiel mir daher leicht.

Im Möbelhaus kauft man ein Mitnehm-Bettchen, das hoffentlich die richtige Größe hat, denn wie groß ist ein dreijähriges Kind, das man nie gesehen hat und das nun das eigene Kind sein wird.

Vielleicht kommt man am Ende von der Abholreise auch ohne das Kind zurück (»Uh, den Kleinen nehme ich nicht« oder: »Ah, die Kleine geben wir Ihnen nicht«), und dann ist es blöd, das Bettchen zu haben. Ich war mir allerdings sicher, dass uns das nicht passieren würde, und außerdem ist, wenn man mit dem Kind auf dem Arm zurückkehrt, nur eines noch blöder als ein überflüssiges Bettchen, nämlich kein Bettchen.

Zuhause bauten wir auf. Eine Freundin hatte sofort nach der kirchlichen Trauung, also um überhaupt aus der Kirche heraustreten zu dürfen, gemeinsam mit dem ihr frisch fürs Leben an die Seite gebundenen Mann einen Baumstamm durchsägen müssen. Danach war das Brautkleid völlig verschwitzt gewesen, sodass jeder, der an diesem Abend mit der Braut sprach, ununterbrochen an den Baumstamm denken musste.

Im Vergleich dazu war das Bettchen nichts. Wie alle in unserer Generation, aufgewachsen ohne Hilfe-Apps, hatten wir Möbelaufbauübung für mindestens drei Leben. Auch daran, wie leicht mir der Nesttrieb oder die Imitation des Nesttriebes fiel, störte ich mich nicht. Man könnte darüber nachdenken, ob diese Frauentriebe ohnehin Erfindung sind, aber ich hatte diese Frage für mich bereits geklärt (Ja und Nein) und musste mich nicht weiter damit beschäftigen.

Hunter fand das richtig oder störte sich zumindest nicht daran. Wir waren wirklich fabelhaft für eine Adoption geeignet. Sicher als Paar, sicher in unseren Rollen. Mein Mann erledigte trotz aller »Wir-teilen-fair«-Absprachen keineswegs die Hälfte der Hausarbeit, bestenfalls so etwas wie 35 Prozent. Er sagte vierzig, ich dreißig. Damit (Selbsteinschätzung er, Selbsteinschätzung sie, reale Arbeitslast bei Absprache halbe-halbe) lagen wir gemütlich im bundesdeutschen Durchschnitt.

Wir hatten das auch vor den Adoptionsbehörden zugegeben – zunächst testete uns der Verein, über den wir das Kind adoptieren wollten und den wir brauchten, da es sich angesichts unseres (vor allem meines) Alters um eine Auslandsadoption handeln würde, dann kamen das Sozial- und Jugendamt in verschiedenen Ausprägungen (immer weiblich, immer bissig). Unser Realitätssinn und unsere Offenheit hatten uns, so unser Eindruck, Bonuspunkte eingebracht. Optimistisch hatten wir im Möbelhaus auch eine Kommode erworben, einen Lampenschirm mit Blümchen und einen roten Teppich, auf dem ein rückhaltlos grüner Frosch Hochrad fuhr.

Den Teppich rollten wir als Letztes aus, ich setzte mich darauf. Das Zimmer war fertig und ich begann zu weinen.

Auf dem Boden der Tatsachen

Keine Frage, auch ohne Hormone war ich in einem hormonellen Zustand. Das Zimmer sah nun zwar hübsch aus, fröhlich mit Frosch, doch auch hilflos und leer. Ich spürte, dass ich mich vor dem, wonach ich mich seit vielen Jahren am meisten gesehnt hatte, auch am allermeisten fürchtete: dem Kind.

Die Testphase

Als Mädchen schon hatte ich Kinder gewollt. Man könnte dies ~~leicht~~ für einen von meiner Mutter induzierten Wunsch halten. Sie »arbeitete nicht«, wie es hieß, und machte kein Geheimnis daraus, dass sie ihre Arbeit als Sekretärin mit Freude zugunsten des Hausfrauenmodells aufgegeben hatte. Kinder waren Erfüllung, so das Programm. Dennoch glaube ich, dass mein Kinderwunsch etwas Eigenes war, etwas aus ~~meiner Seele und~~ mir.

In meiner Herkunftsfamilie erinnerte man mich großzügig an meine kindlichen Familienpläne (»vier mindestens«) und fand sehr lustig, was daraus geworden war. Meine Schwester triumphierte: drei Söhne. Ich keinen.

Keinen Sohn, keine Tochter.

Unveränderlich null. Von Jahr zu Jahr schien diese Ziffer größer zu werden.

Null.

Ich erzähle dies nicht, um meine Erstfamilie oder mich bloßzustellen. Ich erzähle es, weil es mich, bereits lange bevor wir uns um die Adoption bewarben, dazu zwang, meinen Kinderwunsch zu hinterfragen. War das Gefühl »in dein Leben gehört ein Kind« eine Täuschung? Hatten meine nächsten Verwandten, früher bedenkenlos »Blutsverwandte« genannt, nicht recht?

Am Ende blieb auf meiner Seite kaum etwas übrig. Begründungen? Gewiss. Doch jedes Mal konnte man weiterfragen: und warum? Ich fand weniger und weniger Worte.

Darauf lief es hinaus: Ich wusste es einfach. Dieses »es« hatte mit Wärme, Öffnung und Vollständigkeit zu tun.

Damit, ganz lebendig zu werden.

Auskunft

Klingt ärmlich?

Vielleicht. Im Lauf des Adoptionsverfahrens mussten Hunter und ich so oft zu dieser Frage »warum wollen Sie überhaupt ein Kind« Auskunft geben, dass wir die Frage immer weniger verstanden.

Wie wenn man ein Wort wiederholt und wiederholt, bis es nichts mehr bedeutet: wollen.

Eines lernte ich: Keine Begründung (siehe »etwas Eigenes«) stimmt je ganz. Niemand kann die ganze Geschichte erzählen.

Dies ist kein Fehler. Es ist eine Gnade.

Gehorsam

War eine der ~~Besichtigungen~~ ~~Beurteilungen~~ Begutachtungen von Hunter und mir abgeschlossen, wurde die nächste Testrunde eröffnet und alles von Neuem in Frage gestellt: Hunter als Person, ich als Person, Einkommen (= Steuertreue), Wohnung, Durchhaltevermögen (»wir haben entdeckt, dass Sie zusätzlich diese notarielle Beglaubigung brauchen«, »das Finanzamt hat den letzten Bescheid zur Überprüfung der Überprüfung zurückgenommen«), Grad der Verzweiflung (bloß nicht zu groß), Vorgeschichte bis zur eigenen Geburt (s. o.), innere Freiheit, Souveränität, Gehorsam den Behörden gegenüber, Unterwerfungswille den Behörden gegenüber, Erziehungsmodelle, Psyche, Paar-»Status«, Treue, Krisenfestigkeit, Gesundheit, Alterungsprognose etc.

Insgesamt erstreckte dieses Einschätzen sich über mehrere Jahre, in denen zu unserem Leidwesen meistenteils nichts geschah. Dieses Nichts trug den Namen »Warten« oder »Ihre geduldige Latenz«. Jeder weiß, was Warten ist, ein von Bushaltestellen, Post-, Kassen- und Amtsschlangen bekannter Zustand, der sich dank der Corona-Pandemie kollektiv zu Erfahrungen mit wochen-, wenn nicht monatelangem Warten auf eine Impfung, Besuchsmöglichkeiten und Arzttermine erweitert hat.

Damals hingegen fühlte sich ein derartig langes, tatsächlich jahrelanges Warten für uns als ehemalige Westmenschen vollkommen unbekannt an. Erschwerend kam hinzu, dass man nichts tun konnte. In einer Postwarteschlange kann man von einem Fuß auf den anderen treten, die angebotenen unsinnigen Waren und/oder die Mitwartenden betrachten und mit imaginären ~~Preisen~~ Eigenschaften behängen, beim jahrelangen Adoptionswarten hingegen durfte man keinen Finger heben, keinen Muckser tun, es war bestenfalls erlaubt, alle paar Monate mit der gebotenen ~~Servilität~~ Bescheidenheit bei dem Verein in Deutschland anzurufen, über den man versuchte, das Kind zu adoptieren.

Es ging um ein internationales Kind, mit der Frage nach seiner Adoption war ein internationales, globales Geschehen in Gang gesetzt, international verregelt.

Wir unterstützten das mental und erlitten es praktisch.

Präpariert

In der zweiten Stufe musste ein Psychologe ein Gutachten über uns verfassen. Er wurde uns zugewiesen. Der erste sagte mehrere Termine kurzfristig ab, sodass ein weiteres halbes Jahr verging. Als endlich der Ersatzmann bei uns in der präparierten Wohnung saß (wir hatten nicht nur aufgeräumt, sondern auch darauf geachtet, was er finden würde, sollte er Schubladen aufziehen – was er nicht tat), stellte sich heraus, dass er Verkehrspsychologe war. Er hatte bereits viele präparierte Wohnungen gesehen und durchschaute auch unsere hübsch aufgeräumte garantiert auf den ersten Blick.

Wechselweise kritisierte er an Hunter oder mir herum. Die Grundsituation: Wir hatten keinen Kinderführerschein. Sollten wir einen bekommen?

Ich übertölpelte den Mann ohne Absicht, als ich auf eine seiner Fragen antwortete, das hätte ich an ihm, Hunter, ertragen – aus Liebe. »Das nennt man Liebe«, sagte ich. Ich glaubte es in diesem Moment und war erstaunt von der Erkenntnis, die aus meinem Mund spazierte. Noch heute denke ich darüber nach und halte, was ich sagte, für richtig.

»Die haben Hund«

Der Verkehrspsychologe war fertig mit uns. Ich wusste, wir hatten gewonnen, wenn das auch der falsche Ausdruck ist oder die falsche Haltung. Die Wohnung war picobello kindgemäß, der Hund todmüde, drei Stunden lang hatten wir ihn vor der Ankunft des Psychologen Gassi geführt, nun schlief er, freundlich, friedlich, brav.

Selbstverständlich war der Hund ein Trost und ein Kinderersatz. Hierbei handelt es sich um eine altehrwürdige Hundeaufgabe. Nur dass dieser Eindruck in unserem Fall unbedingt vermieden werden musste, nicht dass der Mann zu dem Schluss kam: Die haben Hund, was brauchen die Kind.

Oder: Niemals können die Kind, die kriegen schon Hund nicht hin.

Ein aggressiver Hund wäre ungeeignet gewesen, das war rational. Ein aggressiver Hund hätte vielleicht irgendwann das Kind oder zumindest einen Teil des Kindes verschlungen oder wenigstens seine Zähne in einen Kinderteil versenkt. Diese Gefahr war bei unserem Hund geringer als gering. Er gehörte zu jenen Caninen, die in todmüdem wie nicht todmüdem Zustand jeden Einbrecher zuverlässig zum Kühlschrank führen. So würde es auch mit dem Kind gehen, dessen waren wir uns sicher: Hund voran, Kind hinterher, Kühlschrank.

Zum Besten geben

Der Psychologe, der sich mit der Beurteilung von Adoptiveltern ein Zubrot verdiente, sich dabei aber vermutlich langweilte, denn regelmäßig kam er in superpräparierte, also gefakte Wohnungen zu Menschen, die er nie wiedersehen sollte, war gern bereit, einige seiner Verkehrsgeschichten zum Besten zu geben. Man kann sagen, er blühte richtiggehend auf, als auf Nachfragen deutlich wurde, dass ein von ihm betreuter Mann eine Frau angeschossen hatte. Die Frau hatte mit ihrem Wagen den Wagen des Mannes geschnitten oder auch nur überholt. Daraufhin hatte der Fahrer, nicht unvorbereitet, bei voller Fahrt eine Polizeisirene auf sein Dach gesetzt, seinerseits die Frau überholt und zu einem Halt am Straßenrand gezwungen. Da er nicht ausstieg, verließ schließlich sie ihr Auto, trat an das Seitenfenster des falschen Polizisten, der die Scheibe sorgfältig herabließ, um sodann ohne potenziellen Schaden für das Glas seine vorgebliche Dienstpistole auf die unverschämte Überholerin zu richten.

Und abzudrücken.

Der Psychologe schüttelte noch im präparierten, hundehaarfreien Sessel den Kopf. Seine Aufgabe war es gewesen, die Geistesverfassung des Mannes zu bestimmen, es war ihm hingegen nicht einmal gelungen zu klären, wohin der Schütze gezielt hatte. Mordabsicht oder nicht?

Wir hatten bereits geahnt, dass es aus verschiedensten Gründen gefährlich war, in Berlin Auto zu fahren. Seit Jahren stieg der gesellschaftliche Aggressionslevel, insbesondere bei der Parkplatzsuche litt man immer von Neuem darunter. Und spürte die eigene Wutbereitschaft. Vor Kurzem hatte ich, nach der Heimkehr, Lust gehabt, das längste Küchenmesser aus dem Messerblock zu ziehen, um dem Parkplatzwegnehmer, dessentwegen ich eine halbe Stunden länger um den Block gekreiselt war, ~~mindestens~~ die Reifen aufzuschlitzen. Glücklicherweise gelang es Hunter, das Gespräch abzubrechen, bevor ich zu diesem Teil der Geschichte kam. Hunter kannte mich. Er war, in der Regel, viel ruhiger als ich, und ich hatte im Lauf des Bewerbungsprozesses gelernt, Hunter fraglos aussprechen zu lassen und seinen Ideen zu folgen. Er tat dies ebenso, versteht sich. Sanfte Kritik aneinander war erlaubt, Offenheit für alle Vorschläge unserer Gesprächspartner entscheidend, auch mal ein Scherz, da musste Hunter aufpassen, sein Humor konnte untergründig vernichtend sein. Diesmal beherrschte er sich perfekt.

Vorsichtig optimistisch verabschiedeten wir den Psychologen. Er war ein Psychologe, da wusste man nie. Tatsächlich verfasste er einige Wochen später ein uns wohlgesonnenes Gutachten.

Tabelle der verborgenen Zweifel

Gesellschaftsbezogene Zweifel	– Profitieren wir von Hunderten von Jahren Kolonialgeschichte? – Wenn Ja: Was tun wir dagegen? – Nutzen wir eine Notsituation in Sri Lanka aus? - Nehmen wir das Kind jemandem weg? – .... – .... – ....
Zweifel als Paar	– Werden wir als Paar damit zurechtkommen? – Wollen wir das Kind nur, um als Paar sozialer auszusehen? – .... – .... – ....
Zweifel als Ich	– Werde ich genug Kraft für alles haben? – Wird meine Liebe reichen? – Wird das Kind glücklich sein? – Was wird dem Kind fehlen? – Wie kann ich das Kind behüten? – .... – .... – ....
Zweifel angesichts des Unwägbaren/des Gewichts der Welt	– Werden wir gesund bleiben? – Was ist, wenn dem Kind etwas zustößt, was ihm in seinem Heimatland nie geschehen wäre (ein Unfall, eine Krankheit ...)? – Wie leben wir damit, falls das Kind einen anderen Menschen ernsthaft verletzt?* – .... – .... – ....

* Über mehrere Ecken hatten wir von einem Streit auf einem Spielplatz gehört, bei dem ein Adoptivsohn aus Südamerika ein anderes Kind verletzt hatte. Der genaue »Tathergang« blieb unklar. Hatten die beiden Jungen Zweige von den Büschen gerissen und waren damit aufeinander losgegangen? Oder mit Holzstäben aus einem Spiel? Das angegriffene Kind verlor ein Auge. Die Adoptiveltern berichteten von Hatemails, Schmierereien an ihrer Haustür, Go-Home-Zetteln mit dem Foto ihres Kindes an Lampenpfosten und auf Elektrokästen im Kiez.

Glühen

Nach dem Möbelkauf blickte ich jeden Abend und Morgen in das neue Zimmer: Bettchen, roter Teppich mit Hochrad fahrendem Frosch, kinderbunte Lampe.

Und Leere.

Am Abend holte Hunter die Leiter und schraubte eine der letzten Glühbirnen in die Fassung. Der Hund setzte sich auf den Kopf des Frosches, schaute aufmerksam zu und fing an zu bellen.

Das Amt

schwarzschwarzschwarzschwarz
schwarzschwarzschwarzschwarz
rotrotrotro **FLAGGE** trotrotrot
rotrotrotrotrotrotrotrotrotrotrot
goldgoldgolggoldgoldgoldgoldgo
goldgoldgolggoldgoldgoldgoldgo

Der nächste Weg führte erneut über die Möbel-Autobahn, wenngleich in die Gegenrichtung. Ein weiteres Mal fuhren wir an den Rand der Stadt. Es war nun der andere Rand, sozusagen Schweden gegenüber, sah aber identisch aus. Wenn Schweden auf der Drei saß, dann saß das Gebäude, das wir suchten, auf der Neun. Doch dieser Anschein trog. Tatsächlich saß das Gebäude auf der Kurz-vor-Zwölf, denn es war das Ausländeramt. Im Ausländeramt kamen wir uns seltsam vor, da wir allzu eindeutig keine ausländischen Menschen waren. Ich dachte normalerweise nicht über mich als Aus- oder Inländerin nach, auch nicht auf Reisen, allemal nicht in Europa. Allein hier gab es nichts anderes. Aus unseren Mündern drang hochkorrektes Dialektdeutsch, also eingefärbt, wie kein beginnender Ausländer es je benutzt, denn er oder sie wird korrekter sprechen, manche nennen es sauberer. Im Übrigen sahen wir so durchschnittlich-weiß-mitteleuropäisch-älter und un-divers aus, wie man es sich nur vorstellen kann. Und wie wir es waren. Ich befürchtete, dass man uns anmerkte, dass wir in unserer Kindheit mit Kartoffeln, Würsten und Kohl gefüttert worden waren, eine Jugend fast ohne Kiwis verbracht und lange nicht gewusst hatten, wie man einen Granatapfel isst.

Im Ausländeramt eröffnete sich zum ersten Mal eine neue Identitätsmöglichkeit auch für uns. Waren wir vielleicht getarnte Auslandsmenschen? Ausländisches in einer ~~gestohlenen~~ nur angenommenen Deutschenhaut?

So wurden wir jedenfalls angeschaut, wir wurden ausländisch behandelt und von unseren deutschen Amts-Mitbürgern und -Mitbürgerinnen mit den Das-sind-Ausländer-Augen betrachtet, um nicht zu sagen durchleuchtet. Ich hatte das Gefühl, die anderen Auslandsmenschen, die mit uns warteten, erkannten auf Anhieb, dass wir falsche Ausländer bzw. »falsche Hasen« waren. Die Hasen der Germanistin leben vermutlich nicht mehr, es ist ein paar Jahre her, und ich weiß nicht, wie alt Hasen in Gefangenschaft werden, allemal wenn sie in Wirklichkeit Kaninchen sind~~, aber Hasen heißen, was sie als ihr eigenes Hasenausländersein nicht bemerken~~. Wir saßen wie falsche Hasen oder Kaninchen auf den Stühlen in dem berlindreckigen Gang. Die Wand glänzte in dem unnachahmlichen Behörden-Gelb, in dem sich all die Gedanken und Ängste der Menschen festgesetzt hatten, die je hier hatten warten müssen, und wir warteten darauf, vor das Amt gerufen, identifiziert und zur Schnecke gemacht zu werden, da das Wesen, in dessen Namen wir handeln wollten, weder bereits überprüfbar war (vor Ort) noch in irgendeiner Weise amtlich mit uns verbunden.

Das Amt, das uns schließlich zu sich bat, bestand aus einem Schreibtisch und einer Person hinter einem elegant kleinen Computerbildschirm.

Wir beantragten nun für das Ausländerkind, das doch unser Kind sein sollte, obwohl wir keine Ausländer waren, man sagte das vor ein paar Jahren einfach so, und das Amt hieß auch einfach Ausländeramt oder Amt für Ausländer und hatte kein

Gendersternchen, also wir beantragten für das ausländische Kind, das ein Adoptivkind sein würde, somit ein inländisches Kind, wenn auch gleichzeitig ein ausländisches, also für dieses auf einer fernen Insel erst noch einzusammelnde (zu findende und von der Insel mitzubringende) Adoptivkind, für unseren weißen Hasen, sagte Hunter beim Rausgehen aus dem Amt, und wer zieht den jetzt aus dem Hut?, beantragten wir mittels eines *faktischen* Ausländeraufenthaltsantrags eine *prophylaktische* Ausländeraufenthaltsgenehmigung.

Prophylaktisch faktisch. Es war nicht schön, in diesem Ausländeraufenthaltsgenehmigungsbüro als Nichtausländer zu sitzen. Es ist auch nicht schön, dort als Ausländer zu sitzen, obwohl ich das nicht wirklich, sondern nur nachvollziehend sagen kann, da ich keine Nichtnichtausländerin bin. Wir konnten es allerdings deutlich fühlen. Wir würden ein ausländisches Kind haben, das ein inländisches Kind sein würde, jedoch permanent aussehen würde wie ein ausländisches Kind.

Wir hatten das gewusst, selbstverständlich, das Bild begleitete uns seit Jahren, aber wir verstanden es von Tag zu Tag nicht mehr nur mit dem Kopf, sondern überall. Wie die deutsche Flagge würden wir herumlaufen, zumindest was unsere Haarfarben betraf: Kind schwarz, Hunter rot, ich blond. Wir hatten darüber gelacht, vielleicht aus Hilflosigkeit; was uns erwartete, wussten wir nicht.

Dort im Amt fühlten wir zum ersten Mal, dass das Ausländische nichts Festes war, und nichts Beherrschbares. Ich glaube nicht, dass wir es damals bereits so erkannten, *in so many words,* wie Hunter gern sagt, wenn er auf seine irischen, sprich amerikanischen Vorfahren hinweisen will, um Aufmerksamkeit auf sein feuriges, bitte herrliches, ausländisches Haar zu lenken. Tatsächlich ist Hunter so geburts-, sprach-, pass- und ausbildungsdeutsch wie ich, die wandernden Vorfahren, 19. Jahrhundert, machen ihm einfach Spaß.

Nun war es befremdlich, als inländische Eltern eines ausländisch-inländischen Kindes zwischen den Amtstüren mit ihren Hunderternummern zu sitzen: 105, 107, 108 und 112–115 unter einem dicken schwarzen Pfeil. Vor lauter Warten und Nachdenken kam ich mir selbst mit einem Mal ausländisch vor, dieses Empfinden fing dort an, es war ein durchaus anfängerischer Anfang und so, etwas verwundert und unbeholfen, erinnere ich mich auch an ihn. Verstohlen rückte ich meinen Wartestuhl näher an Hunter heran und griff nach seiner Hand, ich dachte, es würde vielleicht gegen das Gefühl helfen, zwischen allen Stühlen zu sitzen.

2

Der Hase (und wie er wittert)

Zu dem Zeitpunkt, als die Nachricht kam, half ich in einem Tierheim aus, in dem Hasen und ähnliche Wesen, vor allem Kaninchen, doch ebenso Hamster, Mäuse, Meerschweinchen, Hunde und Katzen auch nachts abgegeben werden konnten. Spinnen und exotische Echsen nahmen wir nicht. Es war eine ehrenamtliche Arbeit. Wir erweiterten das reale Tierheim mit seinen bundesdeutschen Öffnungszeiten in die globale Welt hinein, also erst einmal in die Nacht. 24/7 war unser Ziel, 24/6 hatten wir erreicht. Montags blieben unsere Pforten geschlossen. Montags sollte ohnehin kein Tier abgegeben werden. Man sollte sich bei dem Tier für das Wochenende-mit-Tier durch einen Montag-mit-Tier bedanken.

Ich hatte die Aufgabe aus Tierliebe und Trostbedürfnis (Fell streicheln) übernommen. Zudem, dachte ich, konnte ich so meinen Organismus kindvorbereitend auf Nachtarbeit trainieren. Dem Verkehrspsychologen hatte ich davon nichts erzählt, ich hatte erst nach seinem Besuch damit angefangen. Selbst nachdem er uns ein Gutachten geschrieben hatte, das eine Art passbildlosen Elternführerschein darstellte, warteten und warteten wir. Das Warten fing damit, so der Psychologe, erst eigentlich an, denn als in Deutschland genehmigte Eltern durften wir uns dank seiner Unterschrift, die unsere »parentale Unbedenklichkeit« bestätigte, in die internationale Warteschlange einreihen. Für eine innerdeutsche Adoption waren wir um mehr als zehn Jahre zu alt. Innereuropäische Adoptionen gab es nicht. In

Europa wurden alle zur Adoption freigegebenen Kinder inländisch vermittelt. In Gesamteuropa, außer Russland, gab es einen starken »Warteüberhang«, der tatsächlich ein Überhang kinderloser Paare war, die sich ein Kind wünschten. Alleinerziehende durften, anders als noch in den 80er-, ja 90er-Jahren, prinzipiell nicht mehr adoptieren, da angesichts der Kinderknappheit verheiratete Paare vorgezogen wurden. Der Eheschein war Voraussetzung; man durfte auch nicht gerade eben erst geheiratet haben, obwohl da auch mal, zumindest bei den deutschen Adoptionsvereinen oder Sachbearbeiterinnen (wir begegneten nur Frauen) ein »Auge zugedrückt werden konnte«, wenn das Paar zuvor bereits jahrelang nachweislich zusammengewohnt hatte.

Die internationale Warteschlange war »naturgemäß«, so der Psychologe, länger als die deutsche. Wie lang, konnten wir uns »gar nicht vorstellen«. Wir ließen es also besser sein~~, allemal ich, die schon aus beruflichen Gründen zu intensiven Vorstellungen neigt~~.

Nachts, im Bett, fiel das Nichtvorgestellte umso heftiger über mich her: Ich träumte von Brötchenfabriken, einer Wasserabfüllanlage auf Sylt, die ich einmal aus Versehen besucht hatte, einer Nudelfabrik, in der es unerträglich laut gewesen war, weil die fertigen Nudeln aus zahllosen, über Fließbändern aufgehängten Kesseln ununterbrochen in die darunter vorbeigeschobenen Kartonpackungen rasselten.

Wenn stimmt, dass alles, was einem im Traum begegnet, ein Teil von einem selbst ist, dann existierten wir als Brötchen in der Fließbandschlange, Wasserflaschen in der Abfüllschlange, Einzelnudeln im Kessel, kurz vor dem Sturz, oder auch als auffangbereite Nudelkartons. Was das Einreihen und Voranruckeln, das Abwarten und Unfertigsein anging, machte es keinen Unterschied.

Im Vergleich dazu wirkten Nachtschichten im Tierheim erholsam. Unsere 24/6-Auffangstation war nicht sonderlich groß, ein Bungalow mit luftdurchlässigen Anbauten, Holzställen und einem Zwinger, die sich nach hinten in den verwilderten Garten erstreckten. Dort gab es für den Sommer einen Hasenauslauf, Mister und Mississ Lampe mümmelten inmitten einer Verwilderung, die ihnen gefiel, hinter einem grün gestrichenen Lattenzaun. Er war eine Spende vom Erben eines Einfamilienhauses, das lückenlos von grünem Lattenzaun umschlossen gewesen war. Zweireihig. Wir hatten die Lücken zwischen den Latten, einreihig, mit Draht verspannt. Die Hasen, die Hasen und Kaninchen waren, konnten im Auslauf hoppeln, sich sonnen und schatten, mümmeln und nach Belieben erschrecken. Wir lasen viel über Tiere, ich lernte. Kaninchen brauchten zwei Paniken pro Tag für den Kreislauf und die Herzgesundheit. Ich konnte darauf verzichten.

Meerschweinchen krochen zwischen ihnen herum. Die Hamster lagen entspannt im Heu, sie arbeiteten exklusiv nach Sonnenuntergang. Das war etwas unpraktisch, wenn man selbst im Tierheim schlief, was man während der Nachtschicht regelmäßig mehr als einmal versuchte. Dämmerte es, wurden die Nager ins Haus verbracht, um sie gegen äußere Gefahren (Füchse, Bussarde) und gegen innere (ihr eigenes Weglaufenwollen) zu schützen. Sowohl in den Freigehegen als auch in den Hauskäfigen herrschte strikte Geschlechtertrennung. Wir hatten per Definition zu viele Tiere, jedes Tier bei uns war bereits ein Tier-zu-viel, ein Tier-ohne-Zuhause, das wir wieder in ein Tier-Normal (mit Zuhause) zu überführen suchten. Da konnten wir auf keinen Fall sozusagen kollateral noch mehr Tier erzeugen. Die strikte Geschlechtertrennung ist bei Nagern und Hasenartigen, allemal zappelnden mit dichtem Bauchfell, nicht anspruchslos. Man könnte auch sagen unmöglich. ~~Zu langsam~~ Umgehend entwickelten wir den Expertenblick: hochheben, Hödchen suchen (Zitzen hatten sie alle) und ins richtige Gehege absetzen, nur dass selbst das Expertinnentum, auf das ich stolz war, *in so many words*, nicht wirklich half. Nicht alles, was man sucht, findet man auch – selbst wenn es vorhanden ist.

Die Gehege hatten wir nach einigem Zögern rosa und hellblau markiert. Mit diesem Farb-Coding fühlte sich niemand wohl außer den Aktionären der Kinderkleidungs- und Spielzeugindustrie, die das Klischee rücksichtslos propagierte. Nach einer Phase der gelb-grün-Unterscheidung (gelb für Männchen, grün für Weibchen), in der es innerhalb weniger Wochen zu einer Vervierfachung unserer Kaninchenpopulation gekommen war, kehrten wir demütig zu rosa-hellblau zurück. »Ab in die Rosa-hellblau-Falle«, sagten wir den betroffenen Vielzahnigen, sagten es zu uns. Diese Ironie half uns über die Niederlage hinweg. Nun ja, ein wenig.

Unsere Tiere entwickelten den Springtrieb. Als er nichts nützte, erfanden die Rammler eine bis heute wissenschaftlich unbeschriebene Technik der Penisverlängerung durch Maschendraht hindurch. Ich nehme an, das gilt als »natürlich«.

Als reichte das nicht, verspürten die Häsinnen danach den Ausbüxtrieb. Er wühlte sich von ihren Vaginen unmittelbar in ihre Herzen und von dort weiter ins Gehirn, wo er Hochleistungen ermöglichte. Natur! Tage später kamen unsere Felligen, geleitet vom Nestbautrieb, rund und beseelt zu uns zurück.

Derartige Unfälle kaschierten wir, indem wir nicht darüber sprachen. Wir feierten die unbefleckte Empfängnis, ja freuten uns über den Nachwuchs, wenn wir uns unbeobachtet glaubten. Frischgeborene Hasen sehen aus wie nackte Mäuse. Eine Woche später sind sie unwiderstehlich. Wir schalteten Anzeigen: »Süüüüße Kaninchen abzugeben« oder »Jedes Kind braucht einen Hasen«, und lockten auf diese Weise Menschen ins Tierheim, die anders nie ins Tierheim gekommen wären. Nach Hunters und meinem Besuch im Ausländeramt stellten wir die hasigen Sprüche in mehreren Sprachen ins Netz. Ausgesprochen stolz waren wir auf:

免费赠送可爱小兔

Eine weltoffene Idee. Menschen, die frisch umgezogen waren, konnten ein Tier in besonderem Maß gebrauchen. Ein Tier betrachtete einen niemals mit diesem Ausländerblick, den Menschen, die unsere Annonce auf Chinesisch lasen, vermutlich jeden Tag auf sich fallen fühlten. Für ein Tier waren alle Menschen gleichermaßen außer-tierisch, also ausländisch. Die Schrift suggerierte zudem eine Heiterkeit der Dächer und geknickten Beine, der eckigen Hasenaugen und hängenden Arme, die leider zu keinerlei Steigerung unserer Kaninchenrate (Vermittlungsquote) führte.

Auch der Sex zwischen Hunter und mir war merklich maschendrahtumzäunt. Wir näherten uns der Nullfrequenz. Eine Steigerung wurde nicht erreicht. Bei meiner Nachtarbeit war das kein Wunder.

Das war vielleicht das Beste daran. ~~An der Nachtarbeit.~~ Wenn ich nachts nicht zuhause war und abends, wenn Hunter zurückkam, längst in meiner Rettungskleidung steckte und also nach Tier roch, musste es niemandem von uns auffallen, dass wir fast keinen, also so gut wie keinen und vielleicht auch gar keinen Sex mehr miteinander hatten.

800 Meter

War man im Tierheim für den Nachtdienst eingeteilt, konnte man sich in dem Kabuff hinter unserem ~~Tischchen~~ Empfangstresen auf die Couch legen. Es gab sogar ein Fenster. Die Couch hatte vieles gesehen, sie machte Geräusche, sie war nachgiebig, sie barg Tierhaar, mit dem sie nicht geizte. Das nächtliche Dauerrennen der Hamster in ihren Rädern unter und auf dem Rezeptionstisch erschwerte das Einschlafen auf gezielte Weise. Die Räder ratterten nicht, wir ölten sie regelmäßig, also rauschten sie. Die Hamster arbeiteten in der Windkraft, leider ungenutzt. Man sollte als Nachtwache allerdings ohnehin nicht schlafen, bestenfalls dösen. Ich lag auf der Couch, lauschte dem Hamsterraddrehen und dachte an das Kind, das ich nicht bekommen hatte, und dann an das Kind, von dem ich nichts wusste.

Ich war eine traurige Frau. Von außen sah man es mir nicht an, oder meistens nicht oder nur, wenn man mich gut, sehr gut kannte. Ich war eine unfruchtbare Frau. Der Verdacht stand im Raum wie ein in Stein gehauener Abraham Lincoln (seine Felsenskulptur war die überzeugendste Verkörperung eines Riesen, die ich kannte). Eine genauere biologische Feststellung hatten Hunter und ich bislang vermieden. Die Unfruchtbarkeit hätte auch meinen Mann betreffen können. Dass wir beide unfruchtbar wären, galt als unwahrscheinlich. Da lagen wir, jeder für sich, 800 Meter voneinander entfernt, unter einer Decke (Hunter) und einer schäbigen Decke (ich) und fragten uns Dinge, die wir uns nicht fragen wollten, und vermissten einander.

Und hatten Angst vor Sex.

Die 800 Meter entsprachen ziemlich genau dem Gleichgewicht dieser Kräfte, also der Sehnsucht und der Angst, dem Wunsch, einander körperlich nahe zu sein, und der Unmöglichkeit, dabei nicht auch an Zeugung, Schwangerschaft und eine erneute Fehlgeburt zu denken. Unter der Decke im Tierhaar dachte ich doch daran, und da Hunter nicht da war, kam dieses Darandenken, Erinnern und nicht ein weiteres Mal Sehenwollen als

oh

…

…

oh

…

…

oh

…

…

aus mir heraus. Die Hamster störte es nicht, ja, sie liefen ausdauernd rund, sie hörten es wohl nicht einmal.

Das Fenster des Kabuffs ging auf die Auffahrt des Hasenheims. Sie war gekiest, sodass man den Fuchs schleichen hörte. Er besuchte uns, auch am lichten Nachmittag, trat freilich nie auf den Kies. Am Zaun zum Nachbarn wuchs eine Reihe alter Föhren. Kam Wind auf, rauschten sie und warfen Zapfen. Mitunter glaubte ich, sie zu riechen. Dort, wo unser Kind lebte, roch es nicht nach Tannen- oder Föhrenzapfen. Nachdem der Psychologe uns den Elternführerschein ausgestellt hatte, hatten wir uns bei unserem Adoptionsverein für das Land entscheiden dürfen, oder müssen, aus dem unser Kind kommen sollte. Der Verein arbeitete mit sechs Ländern zusammen. Die Entscheidung musste getroffen werden, da wir uns, nachdem wir das deutsche Verfahren »geschafft« hatten (oder es uns), in dem Staat unserer Wahl erneut dem dort geltenden Auswahlverfahren stellen mussten. So kam es zu den doppelten Wartezeiten: erst in Deutschland. Und dann zurück auf Start in Land X.

Land X: Der Wind rauschte durch Bananenstauden und Palmwedel, die Sterne standen verdreht am Himmel. Halt: Standen die Sternbilder in Sri Lanka tatsächlich auf dem Kopf, für unsereins? Ich hätte nachschauen können, doch es war verlockender, es mir vorzustellen: ein Mond, der aufging wie trunken, ein Himmel, geschrieben von rechts nach links.

Ins Heim geben

Wir bemühten uns, für jedes unserer Tiere einen guten Platz zu finden.

Nachts herrschte reger Verkehr. Menschen, die sich von ihrem Tier trennen wollten, bevorzugten die Abgabe im Dunkeln. Tatsächlich gehörte es zu unseren Serviceleistungen, Tiere für bis zu vier Wochen in Urlaubspflege zu nehmen. Dabei handelte es sich um ein human-animalisches Angebot. Die Halter und Halterinnen konnten sich auf diese Weise sagen, dass sie das Tier nicht weggaben. Eine Brückenofferte also. So mussten sie kein schlechtes Gewissen haben. Wir förderten amoralisches Verhalten, schon möglich (war es auch amoralisch, ein Kind aus einem fernen Land zu adoptieren? Wie sah es mit den anderen Möglichkeiten aus? Bezahlte Samenspende? Leihmutter?). Das ethisch dubiose Agieren der Tierhalter und -halterinnen war uns gleichgültig. Falls es überhaupt vorhanden war. Sie brachten ein Tier zu uns, statt es an der Autobahn auszusetzen. Wie sollten wir das verurteilen? Wir begrüßten es.

Im Vergleich zur Menschenwelt war die Tierwelt ehrlich. Sie erlaubte klare Gedanken.

Wir wussten, dass die meisten Personen, die »in Urlaub« fuhren, ihr Tier nicht abholen würden. Auch sie wussten es vermutlich, gestanden es sich aber nicht ein. Es kamen auch Menschen, die es von sich selbst wussten, dies aber vor uns zu verbergen suchten. Das Tier wurde bei uns versorgt, der Abgebende bezahlte im Voraus für das Quartier. Die ganz Schlauen sagten: Ich bin übermorgen zurück, zwei Tagessätze.

Darauf ließen wir uns nicht ein.

Wir lächelten freundlich und lasen die Daten der Bankkarte ins System. Automatische Abbuchung für vier Wochen. Wurde das Tier früher geholt, zahlten wir den Überschuss aus. Das kam vor, Menschen besannen sich, vermissten das Tier, nahmen es zurück. Das Tier war begeistert (Hund), gleichgültig (Nager), undurchsichtig (Katze), souverän (Schlange), nicht mehr da (Giftschlange). Menschen mit schlechtem Gewissen bezahlten für sechs Wochen. Sechs Wochen waren unsere Höchstzeit. Manche spendeten sogar. Das war ein sicheres Zeichen dafür, dass das Tier bleiben würde. Manche Nichtabholer und Nichtabholerinnen erkannte man daran, dass sie ständig davon sprachen, wie sie ihr Tier abholen würden. Tag, Uhrzeit, Pflegestand, alles schien ihnen wichtig.

Andere zögerten sichtlich, sie waren mir am liebsten. Wirkte das Tier besonders jung oder hübsch, versuchte ich es mit einem Gespräch. Es hatte sich bewährt, nicht direkt nachzufragen. Also sagte ich: »Ich kann nicht garantieren, dass das Tier noch da ist, wenn Sie in vier Wochen wiederkommen. Manche Tiere laufen weg oder werden gestohlen.«

Erstaunlich viele der Abgebenden begriffen unverzüglich, was ich meinte. Das wäre ausgesprochen traurig, sagten sie, trotzdem würden sie sich damit abfinden. Oder: Ich brauche sie nicht anzurufen, wenn dies geschehe.

In diesen Fällen setzte ich, noch bevor ich nach Hause ging, die Anzeige ins Netz: Tier X und Tier Y, Foto, begeisterte Beschreibung. Ich gewöhnte mir an, nur das Beste an einem Gesicht und Körper zu erkennen. Hunter und ich wussten, dass wir das Kind, »unser Kind«, in Sri Lanka nicht würden aussuchen dürfen. Was sage ich: nicht würden aussuchen müssen. Ich war so froh darum.

Hunter erzählte ich nur die glücklichsten Tiergeschichten. Er beschäftigte sich in seinen Nächten mit Schlafen, allein im Bett für zwei. Immerhin konnte er auf diese Weise schnarchen, ohne jemanden zu stören außer sich selbst. Ich weiß nicht genau, was er von meiner Art hielt, die Nächte zu verbringen. Es passte zu uns, damals. Wir warteten gemeinsam auf das Kind, doch jeder wartete auch allein.

Was außerdem zu uns passt

Die ältere Dame, die exakt in ihrem Abholfenster kam, um ihr silberfarbenes Kaninchen namens Freddy in den Transportkäfig zu setzen und mit nach Hause zu nehmen, regte sich leider mächtig auf. Als ich ihr Freddy brachte, behauptete sie, wir hätten ihn verändert. Freddy habe ein Leben lang die gleiche Farbe gehabt wie ihr Haar. Ihre Haare waren schwarz, ihr Gesicht runzelig. Der Fall war eindeutig. Sie hatte sich die Haare gefärbt und es vergessen. Mich schmerzte, wie untröstlich sie war. In Fällen dieser Art servieren wir Kaffee. Da jeder, was Kaffee angeht, so unendlich verwöhnt ist, bieten wir von vornherein nur löslichen Kaffee an. Ohne Koffein oder mit, nachhaltig gehandelt. Wir unterstreichen damit unseren tier- und menschenschützenden Standpunkt und lassen die untröstlichen Abgeber oder Abholer selbst rühren. Süßstoff halten wir bereit. Etwas Heißes hilft immer. Es ist ja dann schon dunkel oder noch dunkel oder dämmert gerade. Der lösliche Kaffee spricht auf seine Weise davon, wie ein Heimleben sich für ein Tier anfühlt. Es ist nur Ersatz, flüsterte ich der Falschschwarzhaarigen zu.

Sie rührte und nahm auch etwas Milch. Ich leitete auf Helles, ja Silberfarbenes über: wie lebenswichtig es sei, wie leer die Welt wäre ohne das Silber der Blätter, das Silber des Wassers, das Silber der Steine, das Silber des Blickes, das Silber der Schnecken, das Silber der Insektenflügel, ohne silbernes Haar. Als sie mich leicht lächelnd (ein Mundwinkel) ansah, wusste ich, dass wir eine Lösung finden würden. Am Ende nahm sie das silberne Kaninchen mit und ein schwarzes, das sie für Freddy hielt. Ich wusch die Kaffeetasse ab, schraubte das Glas mit den Kügelchen zu und hoffte, ihr wirklich zwei Weibchen mitgegeben zu haben.

Über das Tierheim war auch der Kontakt mit der Germanistin zustande gekommen. Sie war Germanistin erst im zweiten oder dritten Aspekt ihres Lebens (ihr Ausdruck), im ersten war sie Hasenbesitzerin (Wunsch) und Kaninchenretterin (Wirklichkeit, auch sehr angenehm). Inzwischen (eben habe ich sie gegoogelt) ist sie nicht mehr Germanistin (sonst fände man sie), sondern nur mehr Hasenbesitzerin (wünsche ich ihr). Dabei war sie auffällig mehr Germanistin, als ich je Germanistin geworden war. Als abgebrochene Germanistin hatte ich, um Geld zu verdienen, nur abgebrochene Germanistinnenarbeiten verrichtet. Ab und an übersetzte ich aus dem Englischen. Dafür benutzte ich eine KI und mich selbst.

Immer wieder musste ich im Tierheim daran denken, wie ich nach dem Mittagessen mit Doktor F. vor dem Lokal gestanden hatte, in einer Ecke der Stadt, die ich nicht kannte, und die Sonne am Himmel anstaunte als etwas, das auf mein weit entferntes Kind und mich gleichermaßen schien.

Das Ah und Oh

Die Nachricht im Omacafé war viel zu groß gewesen für eine Stunde oder einen Tag oder eine Woche. Sie gehörte in eine eigene Kategorie, zu jenen Botschaften, Gesten und Szenen, die einem, wenn man aufwacht oder unerwartet allein ist und vor sich hin denkt, gern wie neu, als weltumstürzendes Ah und Oh, als eine Explosion, ein Schlag der Erkenntnis, jedenfalls als etwas Herz und Hirn für alle Zeit Verrückendes erscheinen.

Kein Stein lag mehr auf dem anderen. Mir war, als wäre ich Kopf voran gegen eine Mauer gefahren und sie wäre endlich zerbrochen. Am Nachrichtentag in München war mir erst nach einer Weile eingefallen, dass es in Sri Lanka Stunden später und somit bereits dunkel war. Meine Güte! Nicht einmal eine derartig prominente, ständig wiederkehrende Bewegung wie den Sonnengang begriff man über den Rand des eigenen Topfes hinaus.

Ich hatte Hunter angerufen und ihm von meinem Gedanken erzählt, und er sagte:

glaube ich,
ah
…
…
und: ah
…
…
und war der einzige Mensch auf der Welt, der mich in diesem Augenblick verstand.

3

Alles, was hier zu lesen ist, hat sich mehr oder minder zugetragen. Vor allem mehr. Die Abschnitte, die meine Tochter betreffen, konnten nicht erfunden werden. Erfindung hätte meine Tochter beleidigt.

Doch soll ich weitererzählen? Darf ich?

Ich habe alle Namen geändert. Der Anwalt sagte, das reiche an sich. Nur: Auf der sicheren Seite stehe ich so nicht. Auf der sicheren Seite sollten Menschen, die im Leben zwei Beine hatten, im Text nur eines bekommen. Hände sollten von weggeschossenen oder abgeschnittenen Fingern »nur so strotzen« (O-Ton: »Machen Sie Ihren Ex zu einem Tischler«). Wir lachten beide.

Als Hunter und ich nach Colombo flogen, begleitete uns ein Eheschein. Inzwischen haben wir uns in einer kalten Entfernung verloren, die wir weder willentlich erzeugten noch so nannten, aber erlebten. Auch im Nachhinein erscheint das Kind nicht als Rettungsversuch der Beziehung – was freilich weiß man schon im Nachhinein. Wie etwas aussieht, allemal für den Kopf – den eigenen wie die Köpfe anderer –, ist lange nicht, »wie es war«. Meine Beziehung zu Hunter war auf einen Familienwunsch gegründet, ich dachte, auch seine zu mir, nur darin täuschte ich mich vielleicht. Für mich war das Kind keine Reparaturmaßnahme mit Blick auf die Beziehung, sondern deren Erfüllung, ich empfand es vor, während und nach der Adoption so, und Hunter empfand es anders. Ihm fehlte etwas in seinem Verhältnis zu mir, doch was sage ich – er würde es anders erzählen.

Der Prozess des Verlierens wurde durch ein Urteil in einem Berliner Gericht offiziell bestätigt. Viel Schlechtes (Idiotisches) in meinem Leben fand im August statt. Ich möchte auf keinen Fall im August sterben. Die meisten älteren Menschen in Deutschland sterben zwischen November und März. Solange ich älter werde und es nicht zu weiteren starken Hitzewellen in Europa kommt, sind meine Chancen, nicht im August zu sterben, gut. Geschähe es, wäre es ein beunruhigendes Omen dafür, was mich erwartet. Nachdem das Scheidungsurteil gefällt war (so der Ausdruck der Anwältin, die uns gemeinsam vertrat), geteiltes Sorgerecht für das Kind, keinerlei gegenseitige Versorgungsansprüche, marschierten wir zur großen Eingangstür des Gerichts, die nun unsere Ausgangstür war.

Ein Gericht zeigt, um als Gericht ernst genommen zu werden, einen verwinkelten Bau. Hinter dem schweren Holzflügel trennten wir uns. Ich steuerte mein Fahrrad an, Hunter das Auto seiner neuen Freundin. Er hatte nicht die Größe oder den Wunsch, abschließend zusammen einen Kaffee zu trinken. Ich hätte das angemessen traurig und komisch gefunden, ein Nachspielen der Eheschließungszeremonie mit umgekehrtem Vorzeichen, ein Rückwärtsheraus.

Unser gemeinsames Auto, einen Diesel-VW, hatten wir bereits verkauft. Das war Glück, sprich knapp vor dem Dieselskandal, und brachte in etwa die Scheidungskosten herein.

Hunter und ich fuhren in die gleiche Richtung in das gleiche Stadtviertel. Als er mich überholte, sah ich, dass die Freundin nicht im Wagen saß. Mein Nun-Ex beachtete mich nicht weiter. Wir wohnten, wie das Recht es vorschrieb, seit einem Jahr getrennt, die Adoption lag fünf Jahre zurück. Das Kind lebte bei mir, es spielte bei einer Klassenkameradin und wusste nicht, dass soeben etwas »gefällt« worden war. Es war acht Jahre alt und fand, dass wir, getrennt oder nicht, zu viel Kaffee tranken.

Ein paar Monate nach der Scheidung meldete sich Heidi bei mir. Bei ihr hatten wir in unserer Zeit in Colombo gewohnt, erst ohne, dann mit unserer Tochter. Heidi war unser Scout gewesen, eine Deutsche, die für den Verein arbeitete, über den unsere internationale Kindesannahme abgewickelt wurde. Sie hatte uns bei jedem Schritt, vor allem bei den rechtlichen Dingen geholfen, und da wir insgesamt vier Wochen in ihrem Haus lebten, mit eigenem Zimmer und Bad, aber gemeinsamen Mahlzeiten, hatten wir uns durchaus kennengelernt.

Hunter hatte Heidi nicht sonderlich gemocht. Ich hatte versucht, diese negativen Gefühle auszugleichen, doch ebenfalls für mindestens zwei Jahre nichts von ihr gehört. Heidi schrieb, dass sie sich – endlich – einen Dackel gekauft hatte und umgezogen war. Niemand von uns, dachte ich, würde also ihr altes Heim am Fuß des Stadthügels wiedersehen. Es gibt Räume im Leben, entscheidende Räume, die nur für ein paar Tage oder Stunden existieren. Danach gehen sie unter. An Heidi schrieb ich, dass Mary sich eine Katze wünschte (wahr). Dass ich keinen Mann mehr hatte, schrieb ich nicht.

Heidi antwortete, dass sie einen Kindergarten bauen lasse. Auf den Fotos posierte der Dackel vor einem flachen, vielleicht fünf Meter langen Gebäude, Kinder streichelten ihn. Sie zeigten Zähne, der Dackel Würde. Selbst auf dem Bild flimmerte die Luft von Hitze.

Von Jahr zu Jahr werden weniger Kinder aus Sri Lanka ins Ausland vermittelt, sagte ich zu Sandra, auf deren Sofa ich zusammen mit meinen Schreibzweifeln saß. Das Sofa war daher sehr belastet und wölbte sich tief ein.

Sandra hingegen, 52 Jahre alt, wölbte sich weder sonderlich ein noch aus, obwohl sie soeben Mutter geworden war. Sie hatte sich im Stillsessel niedergelassen und gab Baby Artur die Flasche. Der Name sagte, dass er ein Junge mit vielen Freunden werden sollte. Auch Eltern hatte er reichlich: die Eispenderin, den Samenspender, die Leihmutter, in der er herangewachsen war, und Sandra, bei der er aufwachsen würde und die für all dies (Ei, Samenspende, Mutterleib) gezahlt hatte und weiterhin für Artur zahlen würde.

Wenn sie schwitzte, schwitzte sie vor allem im Gesicht. Sie sah unscheinbar aus, nicht wie eine besonders mutige oder entschiedene Frau. Sandra war weder groß noch klein, weder dick noch dünn und bevorzugte Röcke von Start-ups, Vintage-gestreift oder beblümt.

Wir hatten uns auf einem Spielplatz kennengelernt, unter denkwürdigen Umständen. Von außen hatten wir ausgesehen wie zwei Mütter, deren Kinder im Sand buddelten und die anfingen sich zu unterhalten, weil sie nebeneinander auf einer Bank saßen. Gar nicht so falsch, nur dass ich ohne Kind dagesessen hatte, zum Beobachten, sozusagen eine Kindereinstimmung als Vorbereitung für die nächsten Prüfungsschritte im Adoptionsverfahren (Was machten Eltern heutzutage, wenn das Kind im Sand lag und brüllte? Wie klappte man einen Buggy zusammen? Wie brachte man dem Kind bei, auch anderen seine Sandförmchen zu überlassen, obwohl es davon nichts als einen Nachteil hatte?). Ich hatte einen Termin und hoffte, meine Gesprächspartnerin würde rechtzeitig gehen, wenigstens zu ihrem Kind, sodass ich mich davonschleichen könnte. Leider schrie immer ein anderes als das ihre, und schließlich musste ich aufbrechen, also aufstehen und zugeben, dass ich solo hier war.

Sandra war in lautes Lachen ausgebrochen: Das war ja was. Sie saß genauso da wie ich. Ohne Kind! Zum gleichen Zweck.

Wir wohnten nur ein paar Häuser voneinander entfernt, trafen uns hie und da, anfangs immer zufällig auf der Straße. Da erzählte sie mir ein paar Monate später, dass sie einen dieser Männer kennengelernt habe, die ihre Zeugungsdienste, live und kostenlos, im Internet anboten. Sieh an, Sandra. Ich hatte von diesen Diensten noch nicht einmal gehört, Sandra hingegen, Juristin, kannte sich mit diversen Aspekten des Straßenlebens bestens aus. Sie habe keine Lust, sagte sie, auf eine medizinische Samenspende und das damit verbundene »Gefummel«. An ihrem Körper. Und an ihrer Geldbörse. Sandra wollte ein Kind empfangen, mit Orgasmus.

Der Mann und sie waren ein paar Mal zusammengekommen, bei ihr zuhause. Er gefiel ihr, und sorgfältig hütete sie seine Identität. Er sage, sagte sie, dass ihn der Gedanke freue, in der Welt der Zukunft sprängen einmal dreißig oder vierzig Menschen herum, die halb er seien, seine Gene, um die er sich angenehmerweise nicht kümmern müsse.

Es wurde Winter. »Mike 1« war durch »Mike 2« ersetzt, Sandra, unschwanger, und ich, unschwanger, saßen in einem Café. Weihnachtssterne aus Seidenpapier an den Fenstern, der Besitzer zuverlässig in Jeans, Sweater und gereizter Stimmung. Ich erzählte von unseren Adoptionsschritten, Sandra trank den ersten Schluck Tee und schwitzte schlagartig und schaute in etwa wie der Cafébesitzer.

Ich bedauerte sie, sie mich, wir sahen uns seltener, jede war wohl für die andere auf ihre Weise schwer erträglich. Wir hatten die gleiche Lebensfrage, und jede steckte fest. Im Frühjahr zog Sandra beruflich nach Chicago, sie schien erfolgreich und dazu in der Lage, ihren Aufstieg zu genießen. Vergnügt kam sie zwei Jahre später zurück, wir hatten soeben Mary abgeholt. Es tat mir leid, der Leidensgefährtin von einst so in die Arme zu laufen, mit Kind, fast schämte ich mich, doch Sandra, noch immer weder dick noch dünn, noch immer ungeschminkt und prompt übersehen, Sandra begrüßte Mary enthusiastisch, strahlte mich an und hielt mir ihr Handy unter die Nase. Ich blickte auf das Bild einer jungen, zierlichen Frau mit perfekt gerundetem Babybauch.

In ihm wuchs Artur.

Inzwischen gingen wir regelmäßig zu viert auf den Spielplatz. Der hatte sich kaum verändert, die Bäume waren vielleicht ein wenig größer, obwohl ständig das Baum-Ordnungsamt kam und sie beschneiden ließ. Das Menschen-Ordnungsamt lief auf den Bürgersteigen entlang und ließ Menschen zur Kasse, alles wie gehabt, nur dass Sandra und ich vollkommen verändert auf der Bank Platz genommen hatten, beide als vollgültige Mütter.

Mary spielte, Sandra »stillte«, dabei schwieg sie, was sie früher nie getan hatte. Ich beobachtete Mary, die im Vergleich zu Artur wenige Mütter hatte, nur Bauchmama Thilini und mich. Thilini war inzwischen volljährig. An ihrem Geburtstag zündeten das Kind und ich eine Kerze an und wünschten ihr alles Gute.

Sandra deutete auf die verschiedenen Latte-Becher in unserer unmittelbaren Umgebung (klein, groß, grün, braun, Babyflasche) und sagte, ein Umdenken sei notwendig.

Bürgerliche Familie etc.

Bei mir sei dieses Umdenken immerhin schon zu erkennen. Allerdings klein im Vergleich zu ihrem.

Ich hatte gedacht: Lieber einem bereits lebenden Kind helfen, als mit viel äußerer Hilfe ein Kind zeugen, das dann meines werden würde.

Sandra dachte, das weiterführende Umdenken geschehe ohnehin. Es komme über uns (»die Menschheit«), sagte sie, dank der veränderten technischen und labortechnischen Möglichkeiten.

Da würde nicht einfach irgendetwas umgedacht.

Da würden *wir* umgedacht.

So gehe das.

Wenn Menschen etwas machen könnten, machten sie es. Allemal, wenn damit Geld zu verdienen sei. Und Unglück aufzuheben, sagte Sandra. Entscheidungsfreiheit für Frauen etc.

Sie war überaus entschieden. Stillen bedeutete, dass sie Artur an ihre nackte Brust hielt, damit er ihren Geruch einatmete, und ihm das Fläschchen gab.

Vor dem Schwingtürchen des Spielplatzes, das Mary mühelos aufbekam, stellte das Ordnungsamt einen Fahrradfahrer. Auch ich fuhr regelmäßig auf dem Gehweg, das Kopfsteinpflaster der Straße war so hubbelig, dass man als über-dreißigjährige Person darauf nicht fahren konnte, ohne am nächsten Tag nicht mehr laufen zu können.

Mary half, Arturs Kinderwagen zu schieben. Ich kam mir altmodisch vor. Der Umbruch, von dem Sandra gesprochen hatte, schien mir so viele Richtungen zu haben wie ein Stachelschwein Borsten. Schopenhauer war Sandras Lieblingsphilosoph, ständig sprach sie von ihm. Er hatte das Sozialbedürfnis nach Wärme beim Menschen mit dem Sozialbedürfnis von Stachelschweinen verglichen. Man rückte zusammen, stach sich, nahm erneut Abstand.

Die neue Distanz war nun feiner eingestellt. So Sandra, als wir an der Eisdiele anstanden.

Sie musste mich nicht fragen, ob es besser war, dass Artur lebte, als wenn er nicht gelebt hätte.

Mit Artur vor Augen konnte man nur nicken.

Und es hätte nichts geholfen, darauf hinzuweisen, dass Sandra eine Person war, die es sich leisten konnte, Bestandteile mit dem »Potenzial«, ein Kind zu werden, einzukaufen, zusammensetzen und wachsen zu lassen.

Zuhause starrte ich eine Weile auf mein Telefon. Der Impuls, Hunter anzurufen, verging. Ich kochte mir einen sri-lankischen Tee (in der Regel unverdrossen »Ceylon« genannt) und öffnete eine Seite, die Flugpreise verglich. Leider bestätigte sie, was ich schon wusste: Mary und ich hatten nicht genug Geld, um nach Serendip (einer der alten Namen der Insel) zu reisen und sozusagen halb zufällig in Heidis neuem Haus vorbeizuschauen.

In der Kita-Zeit hat Mary ab und an von Sri Lanka gesprochen. Inzwischen ist sie mit anderen Dingen beschäftigt, die sie »ich selbst« nennt. Ursprünglich wollte ich mit dem Aufschreiben dieser Geschichte warten, bis sie älter wäre, um sie mit ihr gemeinsam zu verfassen. Mary, älter, findet, ich solle es allein tun und ihr zu lesen geben.

Es lässt sich kaum sagen, wie oft ich bereits Anlauf genommen habe.

Jede Art von Aufschreiben macht Sorgen, kostet Nerven und Zeit. Schreiben aus dem eigenen Leben kostet Extranerven. Tatsächlich hatte ich bereits vor der Adoption zum allerersten Mal damit begonnen. Ich hatte versucht, ein Vorab-Tagebuch zu führen. Die Überschrift hatte ich rasch gefunden:

An mein Kind. Irgendwo in der Welt

4

Very problem

Eine Woche nach der Nachricht hatte ich meine gesamten Nagerdienste ~~umarrangiert~~ gestrichen. Wir hatten auf Abruf gelebt, wir hatten es gewusst, es immer wieder verdrängt (die Situation wäre anders nicht auszuhalten gewesen) und wider bessere Einsicht (es wird noch dauern) täglich darauf gehofft. Jetzt war es da. Wir klemmten uns ans Telefon, einer ans Festnetz, die andere an das Handy, das gerade aufgeladen war, sagten Termine ab, riefen Eltern an. Der Flugpreis war immens, wir zuckten nur kurz, die Koffer waren im Nu gepackt, man hatte uns Ratschläge gegeben, einen befolgten wir: Nehmt kaum was mit, ihr bringt so viel zurück.

An dem Tag, bevor wir den Hund zu Freunden brachten, gingen wir zu dritt lange in den Park. Er war weiß verschneit von Baumsamen, diesem Sommerschnee, das Tier rannte wild hindurch. Zuhause legte es sich zu uns aufs Sofa, zwei Stunden in der Sonne, halten, halten lassen, dabei bleiben, gehalten sein. Wir dachten über die Namen nach, die wir dem Kind eventuell geben wollen würden, zu dem Namen hinzu, den es bereits trug. Namen, die sich erst finden ließen, wenn wir unsere Tochter besser kennen würden, sie bei uns hätten.

Beim Zubettgehen fühlte ich mich wie zu Umzugszeiten: Mein gesamter Körper tat weh. Hunter hatte die Nussbaum-Kommode geleert und ins Kinderzimmer geschoben, ich räumte die Vorratskammer und den Schrank im Schlafzimmer um. Das Fax ratterte, meine Güte, dieses Geräusch hatten wir lange nicht gehört, Post aus Colombo: Es fehlten Unterlagen, der Brief des sri-lankischen Staatsanwalts ans Probation Office stehe aus, chaos, very problem.

Hunter sagte, er kümmere sich darum, er fahre am nächsten Tag zu dem Verein, das liege ohnehin auf dem Weg zum Hauptbahnhof. Mein Mann, der in der Erwachsenenbildung arbeitete, nahm jeden Auftrag an in dieser Zeit, wir sahen uns wenig.

Anfangs hatten wir die Adoption gemeinsam gewollt. Ganz sicher. Hunter verhielt sich so, sprach so. Dann dauerte das Verfahren Jahre. Als wir losfuhren, hatte sich etwas verändert.

Wir arbeiteten nebeneinander, arbeiteten Hand in Hand, berieten uns. Aufregungen trafen uns von außen, wir kamen auch damit zurecht, teilten die Arbeit auf.

Welchen Vergnügungen Hunter auf seinen Reisen nachging, wollte ich schon damals nicht fragen. Im Bad stand eine Duftflasche, ein Weihnachtsgeschenk, aus kunstvoll geschliffenem Glas. Obwohl die Lüftung nicht ununterbrochen lief, war sie bereits nach ein paar Wochen mit einem Mal leer. Verdampft, verschwunden, abgesogen. Übrig blieben der Raum, sauber, hellgelb gestrichen, freundlich. Und Hunter und ich.

Sowie »chaos, very problem«: Ohne den Brief dürfen wir in Colombo nicht einreisen. Eben haben wir Tausende von Euro ausgegeben für die Tickets. Flexibler Rückflug. Nun auch den Hinflug verschieben? Der Verein ruft an, es geht doch – wir dürfen fahren. Eine Stunde später der nächste Anruf: Das »doch« war eine Fehlmeldung. Nichts geht.

Wir sind auf ein Drahtseil gestellt worden, es wippt, und immer mal wieder, als wäre das eine hübsche Ablenkung, saust ein Stromschlag die Drähte entlang, durch uns hindurch.

Wir? Mein Mann brachte mir damals öfters Kleinigkeiten mit: einen Parfumflakon aus Paris, Salami aus Madrid. Koffer auf, Koffer zu. Irgendwann hatte Hunter damit angefangen, Dinge nur mehr mitzumachen. Zuhause-Dinge.

Und die Luft zwischen uns? Irgendwie dünner. Etwas Flüchtiges, Wertvolles, das wir geteilt hatten, löste sich auf. Anfangs merkt man es nicht. Dann weiß man nicht, was geschieht. Und das, was man untergründig und kaum bewusst fühlt, das spricht man nicht an, so kurz vor der Adoption.

Da, auf dem Nervenseil.

Wir packen, mutig. Last-minute-Einkäufe: Zwanzig Seifen für den Commissioner, Kaffee und Backpulver für unsere Gastgeberin. Die alte Spiegelreflexkamera rüsten wir mit einem weiteren Objektiv auf.

Endlich, erneut ein Anruf, einen Tag später: Der Brief des sri-lankischen Staatsanwaltes ist im sri-lankischen Child Probation Office eingetroffen. Doch es fehlt ein Absatz. Wir müssen den Flug verschieben.

Der Hund bleibt länger bei uns, die Sommersonne fällt schräg durch die Wohnung, das Zuhause wirkt irreal. Es hat sich bereits auf den Weg gemacht, Vergangenheit zu werden.

TXL

Dankbar und beschwingt stiegen wir vier Tage später ins Flugzeug.

Ich erinnere mich an den Bustransfer vom Gate zur Maschine nach Doha. Wie Sardinen standen wir zusammen, auch wenn Sardinen nie stehen. Meine englischsprachigen Freunde, die vor allem Hunters amerikanische Freunde waren, schüttelten angesichts der deutschen Sardinen-Redewendung den Kopf. Sie erkannten daran eine Vorliebe für Enge und Dosen, die ihnen abscheulich deutsch erschien. Uns freute das Enge und Stickige während dieses Transfers, dachten wir doch, so werde es auch an dem Ort sein, von dem wir das Kind holten, das unser Kind sein sollte.

Den indisch gekleideten Mann an der Haltestange neben Hunter betrachtete ich mit Sympathie. Hunter befand sich halb hinter mir, ihn fühlte ich vor allem. Eben beim Einsteigen hatte er gesagt, innerlich sei er schon jetzt ganz »ausgereist« (habe genug vom Reisen). T-Shirts, Shorts und Sandalen hatte er eingepackt, eine lange Hose, keine Krawatte (mussten wir nachkaufen in Colombo, für das Gericht). Er sah müde aus, Zweitagebart (endlich nicht rasieren), aber auch ein wenig wangenrund, wie man es vor Freude ist. Wir teilten das Glück der Abfahrt, schwiegen im Übrigen und hofften, die besondere Nähe zwischen uns möge zurückkehren, meinetwegen magisch oder durch den Ortswechsel und das Kind, oder, besser noch: Ihr Fehlen wäre eine Täuschung. In Wirklichkeit fehlte nichts.

Hunter ist hübsch, er ist groß, er passte in mich. Ich war ein paar Mal schwanger gewesen, so weit zu kommen, war uns in den ersten Jahren nicht schwergefallen. Das Unglück hatte uns regelmäßig beim Übergang in den vierten Monat ereilt, einmal auch erst an der Grenze zum fünften Monat. Dieses tote Kind hatte ich gebären müssen.

Darüber spricht man nicht. Die Ärzte und Ärztinnen sagten es an wie einen Spaziergang: »Sie gebären das Kind.« Es klang wie »ein paar Medikamente, und das Kind spaziert aus Ihnen heraus«. Als kleines Mädchen hatte ich mir Geburten tatsächlich so vorgestellt. Ich zum Beispiel war, als fertiges Ich, aus Mamas Zwischendenbeinen spaziert. In der Klinik hängte man mich an den Wehentropf. Der Ausdruck ist richtiger, als man glauben will. Vor allem die erste Silbe. Mein Körper war nicht der Meinung, dass er das Kind hergeben wollte. Er/sie/es/ich kämpften darum, es zu behalten.

Die Wehen dauerten 25 Stunden. Pausen, Stockungen, Schübe. Ich war in einer Schmerztrommel. Dass eine Schwangerschaft bedeutet: festhalten, schützen, wachsen lassen, und dass das noch da ist und gilt, auch wenn das Kind gestorben ist, in einem selbst gestorben ist, hatten die Ärzte verschwiegen. Die Schwestern schwiegen, die Hebamme schwieg.

Das Kind war klein, und sie ließen mich in dem Glauben, die letzte Phase der Geburt werde daher leichter sein als bei einer »voll ausgetragenen Schwangerschaft«. Nichts an mir riss, das stimmt. Sie hatten allerdings, anders als ich, mit einem sich mit all seinen Mitteln gegen die Geburt wehrenden Körper rechnen müssen. Sie kannten die Prozedur, die ich seither die chemische Folterung nenne. Mit ihrem Schweigen wollten sie mich schonen, nehme ich an. Selbstverständlich schonten sie auch sich selbst. Die Vorgänge wurden dadurch, dass man sie benannte, für die nur begleitenden Personen nicht besser, im Gegenteil, und ich hätte mich nach einer Vorwarnung vielleicht gegen den Eingriff verwahrt. Das wäre zu zeitaufwendig geworden. Man hätte dann ausführlicher mit mir sprechen und mir tatsächlich alles erklären müssen.

Dabei gab es keine Alternative. Das tote Kind musste aus meiner Gebärmutter. Man konnte abwarten, bis mein Körper auch dieser Meinung wäre. Nur überlebte ich das vielleicht nicht. Das verstand ich dann schon.

Den Satz »Es gibt keine Alternative« will ich selbst nie mehr benutzen. Er ist ein Todessatz. Falls ich ihn jemals wieder höre, weiß ich, dass ich mit der Person, die ihn zu mir sagt, vorsichtig sein muss; er oder sie ist ein Mensch, der zu Grausamkeit neigt, und zu Angst.

Da die Ärzteschaft sich nicht zu erklären wusste, woran unser Unglück lag, abgesehen davon, dass es Hunter zugesetzt hatte, als man ihm drei Mal mitteilte, seine Spermien seien von minderer Qualität, sehr minder sozusagen, es sei ein Wunder, dass ich überhaupt schwanger werde, hatte es auch im Nachfeld keine zusätzlichen Erläuterungen, keine Hormone, ja nicht einmal praktische Ratschläge gegeben. Hunter war in der Folge nicht mehr dazu bereit gewesen, zu diesen Ärzten zu gehen. Zu mir fiel ihnen ebenfalls nichts ein. Ich weiß nicht, ob die Erklärungslosigkeit, in die man uns entließ, die Situation leichter machte oder erschwerte. Auf diffuse Weise konnte oder musste sich jeder von uns »schuldig« fühlen oder zumindest verantwortlich oder fehlerhaft.

Hätte es einen medizinisch fassbaren Grund gegeben, hätte man uns eine Therapie angeboten. So hatten wir keine Therapie, nur unsere Ratlosigkeit. Und uns.

Und, trotz mehrfacher Schwangerschaften, kein Kind.

Ich hatte das tote Kind am Ende nicht geboren. Man war und war nicht vorangekommen. »Man«? Ich und der Vorgang. Die gesamte Idee. Ein Grenzfall, sagte man nun, betäubte mich und nahm eine Ausschabung vor.

So kam es, dass wir unser Kind nicht sahen. Dass es keine Leiche gab, die beerdigt wurde.

Es sei besser so, sagte Hunter, das letzte Bild, das du von ihm hast, ist, was du im Ultraschall sahst.

Da war es ein Geist, klein und weiß mit Händen und Füßen und einem Kopf mit träumendem Gesicht.

Das sei noch aushaltbar, sagte man, im Vergleich. Doch im Vergleich wozu?

Mir fehlte die Kraft für einen weiteren Versuch. Die Kraft für Wochen des Kotzens, das von Mal zu Mal schlimmer geworden war. Vor allem fehlte mir die Kraft für die Angst. Schon die vergangenen Male hatte ich, je näher die zwölfte Woche gerückt war, möglichst nicht mehr aufs Klo gehen wollen, nur um keinen Blutfleck in der Hose sehen zu müssen. Ich hatte zu wenig getrunken und es doch gesehen. Ich hatte keine Kraft mehr, weder für das Schlucken noch Nichtschlucken, das Auf-den-Stab-Pinkeln und das Nur-schwarze-Unterhosen-Tragen, das Messen und Warten, das Brustspannen und Rechnen, den Mutterpass und den zurückgegebenen Mutterpass. Nie mehr wollte ich es spüren, das Absacken meines Herzens in den Magen und durch ihn hindurch, tiefer und tiefer in mir hinab und aus mir heraus, dem Flecken Blut hinterher, der dann doch in der Hose erschien.

Dass ausgerechnet dort, wo etwas so wohltuend gepasst hatte zwischen Hunter und mir, nun etwas gar nicht zu passen schien oder sogar unverträglich war, traf uns schwerer, als wir damals ahnen wollten. Wir hatten mit dem Kindkriegen oder Kein-Kind-Kriegen »keine so glückliche Geschichte« (so drückten es die englischsprachigen Menschen in meiner Schwiegerfamilie aus).

Nun stand ich unbauchig in einem wackelnden Bus, der über ein Rollfeld fuhr, das es eigentlich gar nicht mehr gab, neben meinem wackelnden Mann und betrachtete freudig den indischen Reisenden neben ihm.

Unser Kind lebte in Sri Lanka. Die Maschine, die wir in ein paar Minuten besteigen sollten, würde uns jedoch nur in die Hauptstadt Katars bringen, von dem ich nahezu nichts wusste. Zwischenlandung am Rand des arabischen Festlandsockels, ein paar Stunden Aufenthalt. Die würden uns vielleicht guttun, zumindest der Durchblutung unserer Beine und vielleicht auch unserer Herzen und Köpfe. Das konnte man mit Sicherheit brauchen.

So redeten wir uns den langen Weg schön. Die Verbindung über Doha war das preiswerteste Angebot gewesen.

Ding-dong

Der Spruch »fremde Länder, fremde Sitten« führt in die Irre. »Fremde Länder, fremde Ohren« muss es heißen. Und: fremde Nervenkräfte.

Wie inständig ich sie mir wünschte. Ding-dong, ding-dong. Die Maschine der Qatar Airways war auf Sicherheit eingestellt. Kaum öffnete man seinen Gurt, ertönte ein Sicherheits-Ding-dong, das erst verstummte, wenn der Gurt wieder geschlossen wurde.

Ding-dong. Ding-dong.

Ich lächelte Hunter an. Er reiste nicht sonderlich gern, wollte sich das aber nicht eingestehen. Musste er auch nicht. Mein Lächeln sollte ihn einfach nur freuen. Es war, wie wir inzwischen beide wussten, gar nicht so einfach, eine »nicht so glückliche Geschichte« zu teilen.

Ohrstöpsel wurden nicht ausgegeben. Ich wühlte in der Tiefe meines Rucksackes nach meiner Ziplock-Kosmetik. Die erweiterten Sicherheitsregeln waren in Kraft. Dinge, die man flüssig nannte, obwohl sie nicht flüssig waren (Handcreme, vegane Paste) waren in Hundert-Gramm- oder Hundert-Milliliter-Portionen einzupacken und in einen Frischhaltebeutel zu stecken, der im Handgepäck versenkt wurde.

Das ist ausgesprochen praktisch, falls diese Frischhaltebeutel einen Zippverschluss haben, man darf nur nicht stopfen, um das Zipp-Schiffchen nicht zu verletzen. Leider sind Ohrstöpsel (internationaler Konsens) nicht flüssig; sie lagen im Koffer. In Heathrow werden übrigens höchst brauchbare Ziplock-Tüten kostenlos an der Sicherheitskontrolle ausgegeben, davon konnte in Tegel als einem so gut wie abgewickelten Flughafen selbstverständlich nicht die Rede sein. Vorausschauend hatten wir Ein-Liter-Gefrierbeutel mit roten oder blauen Zippverschlüssen in ausreichender Menge auch für den Rückflug mit Kind im Koffer. Die blauen Verschlüsse sind etwas fester, zum Ausgleich gehen sie im Nu kaputt. Es empfiehlt sich, für den Beutel, den man in den Rucksack steckt, um seine flüssigen Dinge zu transportieren, einen Gummi mitzunehmen, der das Tütchen zusätzlich verschließt. Dies hilft indes nur bei europäischen Reisen, wie sich bald herausstellen sollte. In nichteuropäischen Ländern können Gummis schmelzen. Zum Glück schmolz das Kind nicht, nur wir, doch das ist eine spätere Geschichte.

Bald zeigte sich, dass es auf dem Flug so viele Ding-dongs gab, weil, wenn man den Gurt löste, um aufs Klo zu gehen oder sich die Beine zu vertreten, das Stewardessenruflicht über dem Sitz aufblinkte und dieses Blinken mit dem Ding-dong gekoppelt war. Den Rest habe ich vergessen. Die Stewardessen und Stewards habe ich vergessen. Obwohl sie nicht mehr so katalogkonform lachen und lächeln, wie sie früher lachten und lächelten, kann ich sie nicht auseinanderhalten.

Ich hatte den Fensterplatz bekommen. Mein nicht unlanger Mann saß in der Mitte, was nett von ihm war, für mich, und unnett für die Person, die den Außensitz der Reihe gebucht hatte. Ich konnte zum Fenster hinaussehen und mich an die Verschalung und sogar das Fenster selbst lehnen. Sollte ich einschlafen, konnte ich meinen Kopf rechts oder links, auf der teilnehmenden Schulter meines Mannes oder der kalten des Flugzeuges ablegen.

Ich schlief allerdings nicht. Das Ding-dong war daran nicht einmal schuld. Seit ein Freund mir erzählt hat, dass man bei einem Flugzeugunglück in üblicher Reisehöhe dank des abrupten Druckabfalls so klein wird, so zusammengepresst von der Höhe, dass man durch das Fenster hinausgezogen wird, als streckte da draußen eine niedliche Wolkenechse die Zunge aus und leckte einen auf, sehe ich mir während eines Fluges nonstop Filme an.

Oder Wolken. Auch ohne jede äußere Turbulenz kam ich mir vor wie ein Wesen, das schrumpfte und s-ich von Neuem streckte, in s-s--ich zusammensank und s--ding--ich wieder dehnte, dong.

Durch Sand waten

db db db
n e n e n e
a r a r a r
s gs gs g

Doha, inmitten seiner Wüste, wirkte überraschend hell. Zumindest wenn im Flughafengebäude, das als Ganzes verschleiert war, also rundum überdimensionierte, ausnahmslos blickdicht verschlossene Fenster besaß, einmal einer der Läden geöffnet wurde. Regulär geschah das nicht. Man installierte nicht riesige, sichtlich teure, teppich-imitierende Rollos, nur um sie nach Belieben vor irgendwelchen Touristen im Transitcafé hochzuziehen. Passierte es trotzdem, etwa weil ein Gast seinen Rucksack (überdimensioniert) an der falschen Stelle gegen die Wand lehnte, konnten die Reisenden, hatten sie die erste Lichtblendung überwunden, die Sandberge um sich herum betrachten.

Diese Berge zeigten keinerlei Respekt vor dem Flughafengebäude und seinen Rollos: Sie wuchsen heran. Man erkannte auf den ersten Blick, dass sie wanderten, egal, ob ihnen ein Flughafengebäude im Weg lag oder nicht. Ich konnte nun nachvollziehen, warum die Rollos installiert worden waren. Dass man überhaupt Fenster gebaut hatte, war schwerer zu erklären. Heute halte ich es für eine klug vorausschauende Maßnahme im Angesicht der Klimaerwärmung. Wenn man irgendwann mit einem Mal nicht mehr in der Wüste liegen wird, ist alles bereit für den neuen Blick auf Palmen und liebliche Wasserläufe.

Ich entschuldige mich für mein Verharren bei Doha. Ich war aufgeregt, die Reise zäh, warum konnten wir nicht schon angekommen sein, das Kind nicht schon kennengelernt haben. Es ist seltsam, ein dreijähriges Kind auch nur probehalber »das eigene« zu nennen, von dem man nichts kennt außer dem Vornamen und zwei Fotos, die das Kind vor zwei Jahren zeigen.

Wie es aussah?

Fremd.

Und dann fährt man los und hat das Gefühl, durch Sand zu laufen, jeder Schritt ist schwer. Dass die Sandberge vor den Scheiben von Doha so mächtig waren wie die Pyramiden vor Gizeh, war da nicht wirklich hilfreich.

Bei meiner Reise nach Ägypten waren die Grabmäler der Pharaonen von dem Frühstückssaal des Hotels, der nur hundert Meter entfernt liegt, nicht zu sehen gewesen. Die umwohnenden Ägypter verbrannten Müll. Es gab sehr viel Müll, also sehr viel Dunst und Rauch. Die Wüstenberge von Doha hingegen lagen nackt und sichtbar im Sonnenlicht, sie waren glatt und hoch wie das Flughafengebäude, dem sie sich entweder in betrügerischer, absichtlich irreführender Demut anpassten oder das seinerseits exakt so hoch gebaut worden war, wie sie maximal werden konnten (Kraft des Windes, Sandkorndichte, Sturmvermeidung), sodass man die Natur übertrumpfte, wenn auch nur um einen bescheidenen Zentimeter. Kurz dachte ich daran, ob Versandung auch war, was mit Tegel geschehen sollte, falls es endlich aufgegeben werden würde. Sandberge mitten in Berlin wären praktisch gewesen, sie hätten gewiss auch zu Renaturierungs- und Aufblühbewegungen in Brandenburg geführt, aus dem man diesen Sand hätte abtransportieren können, um in Berlin eine nennenswerte Sandhalde zu schaffen und mit ihr ein zeitgenössisches Wüstengefühl.

Als wir zur Adoption fuhren, beschleunigte dieser »change« sich erst, er war gerade dabei zu erscheinen, ich meine: Er war längst da, nur glaubte die Mehrheit der Menschen im Norden und Westen, zuhause auf erhöhtem Grund und in Städten, Menschen in technologiegesättigten und satten Gesellschaften, umgeben von den glänzenden Türmen der Banken und Techkonzerne, der Saatgutvertreiber und Luftfahrtgesellschaften, der Chemiewerke und Autohersteller, umgeben von überdimensionierten Villen und leicht summendem Blech, er gehe sie nichts an.

Im Übrigen erinnere ich mich an Doha dank seiner Armbanduhren. Der Flughafen war, wie man es inzwischen auf der gesamten Welt kennt: gefilterte Luft, internationales Gemurmel. Durchsagen in Teilen auf Englisch. Im Übrigen Coffeeshops, Schlangen, Geschäfte, Geblinke. Dass in Doha vor allem Armbanduhren blinkten, war das einzig Auffällige. Jene, die tickten, tickten hörbar, wenn man sie sich ans Ohr hielt. Protzig und teuer lagen sie in stark ausgeleuchteten Vitrinen.

So der Hinflug.

Auf dem Rückflug sollte ich keine einzige mehr sehen.

Kaffee und Tabletten

Unser zweites Bein (»second leg«), der Flug Doha–Colombo. Hunter am Fenster. Ding-dong-Stille. Wir führten eine gleichberechtigte Ehe: fünf Stunden du, fünf ich. Zuhause sagte er: Du putzt das Klo, ich putze das andere Klo. Wir hatten nur kein anderes. Haha, Hunter! Wir lachten dann beide.

Ich glaube, er fand es wirklich lustig. Jedenfalls harmlos. Und ich doch auch: Ich wollte keine Erbsenzählerin sein, keine Männern-alles-Verderberin. Sollten ältere Herren mir in den Mantel helfen, auch wenn das jedes Mal unbequem und viel zu nahe war. Meine Mutter hatte gesagt »was bist du so empfindlich« und »lass ihnen doch ihren Spaß«. Irgendetwas daran klang falsch, und es dauerte lange, bis ich es zu fassen bekam. Meine Mutter hatte, wie all die Übrigen, die diese Sätze sagten, vorausgesetzt, dass die Gefühle der anderen, in diesem Fall Männer, wichtiger waren als ihre oder meine eigenen.

Keinen dieser Sätze wollte ich meiner Tochter gegenüber äußern. Umso bewusster würde ich ihr davon erzählen.

Mein gleichberechtigter Mann hatte in Doha reichlich Kaffee geschluckt, ich eine Schlaftablette. Den Kopf konnte ich nun nach rechts, auf Hunters Schulter, oder nach links gegen die fremde Person auf dem Gangplatz sinken lassen. Sie war zum Glück weiblich (tendenziell weicher) und roch nach einer Mischung aus Parfum und Naphthalinkugeln, die meine Nase seit meinem ersten Besuch in Maharashtra nie mehr vergessen wird. Die murmelgroßen weißlichen Kugeln lagen in Schränken, Waschbecken und männlichen Pinkelbecken. Das sollte ich nicht wissen, hatte es aber trotzdem gesehen (es ist in fremden Ländern nicht in jedem Fall anspruchslos, eine Toilette zu finden. Auf den Türen prangen unbekannte Zeichen, und wenn man sich nicht konzentriert, läuft man einem Mann hinterher und landet in einem Raum mit Urinalen).

Meine Nachbarin trug einen edlen Sari, in dem für Monate Naphthalinkugeln gesteckt haben mussten. Ich sah ihr nacktes Fleisch zwischen der Bluse und dem Tuch-Ende, das vorschriftsgemäß gefaltet über ihrer Schulter lag. Von der Arbeit im Tierheim wusste ich, dass im menschlichen Gehirn nach siebzehn Minuten Intensivkontakt automatisch eine Minderung der Duftwahrnehmung eintritt, was bei mir in dieser Nacht nicht oder nur verlangsamt zu funktionieren schien. Ich träumte von einer Riesenmotte, die das Flugzeug auf ihren Rücken nahm und zurück nach Europa oder zumindest Doha trug. Es war, als sollten wir Sri Lanka im letzten Augenblick doch nicht erreichen.

Augen auf

Hunters Kopf war zur Seite gesackt, mit Kopfhörern. Er schlief wohl, was mich beruhigte, wenigstens einer von uns wäre an unserem ersten Tag in Colombo nur halbmüde. Umhüllt von der ganz eigenen Ort- und Zeitlosigkeit der Flugzeugkabine, diesem fast-dunklen Extraraum, unterwegs über dem großen

Nachtraum des Arabischen Meeres, versuchte ich, mir einen Reim darauf zu machen, was mit uns geschah.

Meine fruchtbaren Jahre. Ich kam mir vor, als hätte ich sie verschlafen. Erst war ich ausbildungsbeschäftigt gewesen. Danach geldlos und arbeitsbeschäftigt. Ständig in Beziehungen, die für ein Jahr hielten, für zwei, einmal für fünf. Jeder hegte Vorstellungen über sich und den anderen und beides zusammen und litt an Planungen und Wünschen ebenso stark wie an Nichtplanungen und nicht geteilten Wünschen.

Mit Hunter war es anders gegangen. Er hatte von Anfang an gesagt, dass er ein Kind wollte mit mir. Wir waren damals noch nicht einmal zusammen gewesen.

Nun saßen wir hier.

Keine Frage, die Adoption war auch eine Maßnahme für uns. Für unseren gemeinsam unterhaltenen, angenagten Traum. Was sage ich: Große Stücke waren aus diesem Traum herausgebissen worden.

Bauchkinder starben so lautlos, so ungesehen, so ohne Zeugenschaft außer der nachträglichen, furchtbaren des reglosen Ultraschallbildes. Der Tod? Ein scharfes, mikrofeines, entschiedenes Schnapp.

Gelassenheit

Lange hatten wir auf die Kindesnachricht gewartet. Sehr lange. Fünf lange Jahre lang. Mental waren wir ständig ~~losgeflogen~~ losgeflogen, nur um ebenso ständig in Berlin geblieben zu sein. Dort, in Berlin, hatte man mir wie nebenher in einem dieser stets unglaublich frisch gestrichenen, privaten Kinderwunschzentren (edle Möbel, ätherische Gerüche) klargemacht, dass ich noch bluten mochte (und wie), es sich dabei jedoch, tut uns leid, um nichts als Verzweiflung handele.

Meine Gebärmutter arbeite weiter, obwohl sie keine oder zumindest keine befruchtbaren Eier mehr von meinen Eierstöcken empfange.

Man hatte mich nicht einmal untersucht. Man war sich sicher gewesen, egal, ob nun noch Eier produziert wurden oder nicht.

Tja, mit vierzig, sagte man. Doch nun, Jahre später? Mit vierzig stehst du heutzutage als Frau noch in der Reproduktionssonne. Mit 46 bist du vom Rand der Welt gestürzt. Orkus oder so.

Reglos war ich danach im Auto gesessen. Alles schien fremd. Das Wageninnere, der Schlüssel im Zündschloss. Man hatte festgestellt, dass ich eine verzweifelte Gebärmutter hatte. Ohne dass ich etwas von dieser Verzweiflung wusste.

Meine fruchtbaren Jahre – vorbei. »So was von.«

Ein sonniger Mittag. Die Seitenstraße in Berlin Mitte war mäßig belebt. Lichte Schatten, sanfte Lichter, ein paar Menschen auf dem Gehweg. Diese europäische Leere. Auch eine Gelassenheit. Ein Lieferwagen schräg gegenüber, die Schiebetür offen, niemand zu sehen. Alles sauber, alles – faktisch. Eine Welt, in der Ärztinnen offen lachten, über mich, und mich innerhalb von Minuten aus der Praxis expedierten.

wahren, Verb

Nach dem ersten Schrecken hatte ich mich aufgeregt. Was brachte man diesen Medizinern und Medizinerinnen bei? Welches Frauenbild hob in ihrem Verfahren und darin, wie sie mit mir umgingen, das Schlangenhäuptchen?

Warum waren die Eier aus meinen damals 46-jährigen Eierstöcken so hundertprozentig unvorhanden oder unfruchtbar gewesen? Weil ich seit meiner Geburt zu vielen schädlichen Umwelteinflüssen ausgesetzt war? Zu viel Strahlung abbekommen hatte? Zu viele Pestizide mitgegessen, mitgeatmet? Zu viel

Metall und Plastik nun in den Zellen mit mir herumtrug? Weil man das wusste, aber nicht zugeben wollte?

Oder noch fieser: Weil ich, mit meinen vier Fehlgeburten und meinem Alter ein Risiko für die Erfolgsstatistik der Klinik darstellte?

Und weil man mich, statt mir das zu sagen, lieber fertigmachte mit einer Spaltung meines Körpers, mit einer Unterstellung von Gebärmutterverzweiflung, so alt und so misogyn wie die über hundert Jahre alte »Diagnose«, aus den Gebärmüttern der Frauen stamme die Hysterie.

Und nun? Ich ahnte, dass ich in diesem Flugzeugsitz nicht einschlafen wollte, weil ich Angst hatte, beim Aufwachen nur wieder zuhause im Bett zu liegen. Morgen war ein anstrengender, ein entscheidender Tag. Ich riss mich zusammen, redete mir selbst beruhigend zu und schloss die Lider.

Motte.

Riesenmotte. Mit riesigen, schwarz gewölbten Augen.

Sie glichen in ihrer Dunkelheit den Augen des uns angekündigten Kindes auf den beiden mitgeschickten Fotos. Die Iris war so braun, dass das Auge gegen das Licht sehr groß, sehr rund und durchgehend schwarz aussah. Oft und lange hatte ich die Bilder betrachtet. Und jedes Mal hatte unsere zukünftige Tochter, die in voller Bekleidung in einer nicht befüllten Plastikwanne saß, bald nicht mehr erschreckt (von der Kamera) oder süß (Kindchenschema) ausgesehen, sondern nur noch undurchdringlich.

Vom Aufpumpen der Flügel

Als Colombo am Rand der Flugkarte auf dem Bildschirm erschien, zuckte mein Herz. Am liebsten wäre ich sofort umgedreht. Gäbe es in einem Flugzeug eine Notbremse, ich hätte sie gezogen.

Die indischen Mottenkugeln gleichen, kleben sie aneinander, einem hübschen weißen Modell vom Aufbau der Zellen. Sie wirken, als könnten sie wachsen und sich zu einem Lebewesen zusammensetzen.

Noch feucht, fragil und ephemer würde ein uns fremdes Wesen in Colombo aus seinem Kokon ans Sonnenlicht schlüpfen.

Und sich die Flügel aufpumpen.

Es würde aushärten, eigensinnig sein, vielleicht uns umschwirren. Es würde uns blenden und bezaubern und uns irgendwann wieder verlassen.

Ein lebendiger, unfertiger, uns vollkommen fremder Mensch sollte in Kürze für immer zu uns gehören.

Aus dem Nichts.

Gemüt

Nicht nur ein nicht-leibliches werdendes Elternpaar wälzt Zweifelsgedanken.

Dessen war ich mir sicher, auch wenn kaum jemand darüber sprach. Werbung, Kindchenindustrie und das Kinderdenken in Deutschland (glückliche Frau mit Karriere, Modelfigur und sozialverträglichem Nachwuchs – nicht bloß eines, das ist egoistisch, und nicht fünf, das ist asi) deckten es effektiv zu. Man musste sich freuen, wenn man schwanger geworden war, oder die Schwangerschaft verstecken. Inzwischen wurden auch Cis-Männer schwanger, zumindest sprachen sie so: »Wir sind schwanger«, was ich zum einen richtig fand (sie nahmen ja meist auch mit zu) und zum anderen körperlich falsch: Ich hatte gekotzt, Hunter nicht, ich war angeschwollen, er nicht, ich lag wach, er nicht, ich ging zum Arzt, er nicht, ich wurde ausgeschabt, er nicht, ich hing am Wehentropf und am Hormonbungee, er nicht. Doch davon wollte ich nicht sprechen, ich wollte nur sagen, dass man Angst bekommen konnte, als Frau oder Mann, wenn man schwanger war, und dass man diese Angst bekommen darf, immer wieder, auch wenn man sich bereits für das Kind entschieden hat.

Mit dem Entscheiden war nichts vorbei. Wie würde es werden, wie würde man die erste Zeit erleben, was für ein Kind würde es sein, wie würde die Beziehung das überstehen?, und so fort. Diese Fragen ebbten ab, dann zog irgendein Mond an ihnen, und sie stiegen erneut aus dem Bauch die Kehle hoch in den Mund. Mit dem Mond meine ich die eigenen Stimmungen, das berühmte Gemüt, das sich in der Schwangerschaft mit der Gebärmutter und den Brüsten ebenfalls rundet und das man nicht schlicht »Hormone« nennen kann, als wäre damit alles erklärt.

Heute, im Rückblick, und nachdem der eine oder die andere mir, nach der Ankunft unseres Kindes, von den eigenen Zweifeln erzählt hat, meine ich, dass »Gemüt« ein bewährtes Konzept ist. Etwas, das wir brauchen könnten für jede Art der Familienbildung. Der Mut steckt in ihm, darüber hinaus das, was im Englischen »mind« heißt, und das ist viel mehr als der Kopf, es ist der Geist und die Atmosphäre einer Person, das gesamte Menschwesen Hirn&Bauch&müdeBeine.

Unser Gemüt wandelt sich.

Es vermag, unser Inneres in sein silbernes Licht zu tauchen, ein Licht, das uns verzaubert. Seine Wahrheit ist so verstörend wie tröstlich: Es erzählt von unserem Vergehen und Werden.

Telefonschwanger

Vor dem Flughafengebäude von Colombo nahm Heidi uns in Empfang. Sie arbeitete als Scout für den Verein, über den wir das Kind hoffentlich bald wirklich adoptiert haben würden. Die Sozialarbeiterin hatte mich bei ihrem Anruf im Omacafé förmlich begrüßt und gesagt: »Sie bekommen ein Kind.« Und mir Heidis Mail-Adresse gegeben.

Ich wischte mir den Schweiß von der Stirn, bevor ich, mit der anderen Hand, Heidis Hand schüttelte. Hunter, neben mir, schüttelte ebenfalls Heidis Hand, während Heidis Chauffeur mir zunickte und ein Vogel, dessen Laute ich nie zuvor gehört hatte, aus einem nicht sichtbaren Baum, also vermutlich von einem der Stahlbalken des Flughafenvordaches, zu uns hinüberschrie und der anbrechende Tag sich auffaltete, so hell und strahlend, als würde er nie mehr aus dem aufgehenden Himmelsblau fallen müssen, und mein eigenes Herz so leise wurde, dass ich fast nicht mehr da war, und da dachte ich zurück an die Katzenzungen und welch merkwürdige, silbrige Sache es war, so in München am Telefon schwanger zu werden und nun in vollem Sonnenlicht unsichtbar schwanger hier zu stehen.

5

An mein Kind. Irgendwo in der Welt.

Bereits nach diesem Satz hatte ich gestockt. Ich wusste nicht einmal, ob das Kind bereits lebte. Geschweige denn, in welche Himmels- oder Erdrichtung ich mich sehnen sollte, um »unseren« kleinen Menschen zu erreichen. Der Norden schied aus. Gesamteuropa schied aus. Sibirien war zu dünn besiedelt. Alle anderen Weltrichtungen kamen in Frage. Eine internationale Adoption musste im ersten Schritt über einen im Heimatland zugelassenen Verein abgewickelt werden. Die Vereine waren nicht groß und konzentrierten sich aus Praktikabilitätsgründen auf einige wenige Länder, mit denen sie zusammenarbeiteten. Regelmäßig schieden Staaten auch vollkommen aus der internationalen Adoption aus, wie etwa Indien, wollten nicht mit Deutschland kooperieren oder hatten so starke Verbindungen zu ihrer ehemaligen Kolonialmacht, dass man als deutsches Elternpaar keine Chance hätte. Mächtig wirkte die Vergangenheit nach. Offensichtlich lernte man sich (auch) durch Unterdrückung nachhaltig kennen.

Unser Verein bot Adoptionen aus Afrika, Südamerika, der Mongolei und Sri Lanka an. Die Kooperation mit der Mongolei war neu, was bedeutete, dass es zumindest vereinsintern keine Warteliste gab. Wir wären, sagte man uns, bei einer Entscheidung für einen Jungen oder ein Mädchen aus Ulaanbaatar die Nummer eins. Doch ich hatte schon als Kind von Indien geträumt, mich Indien verbunden gefühlt, es gab keine Gründe dafür, nur die Anziehung. Man mochte sie nennen, wie man wollte, wer weiß, was zu ihr geführt hatte. Bewusst war es mir nicht, ich nahm sie als Faktum meines Innenlebens an. Sie weitete mir die Welt, und die Anmut, die ich sah, berührte mich. Wir hatten unseren Adoptionsverein gewählt, weil er Vermittlungen aus Sri Lanka einschloss.

Der Vorschlag der Sozialarbeiterin überraschte uns. Um eine Entscheidung, jetzt, kamen wir nicht herum. Unsere Unterlagen mussten, je zügiger, umso besser, beglaubigt übersetzt bei dem gewünschten Herkunftsstaat des Kindes eingereicht werden. Unsere nächste Überprüfung, nun zu den Bedingungen Sri Lankas oder der Mongolei, würde in Gang gebracht.

Ratlos hatten Hunter und ich uns im Büro des Vereins angesehen und um Bedenkzeit gebeten. Neben den Arbeitszimmern der beiden Angestellten lag ein schmaler Besprechungsraum, an dessen Längswand Pinboards hingen, je eines für jedes Kooperationsland mit Fotos der von dort stammenden adoptierten Kinder. Hunter sagte, er überlasse mir die Entscheidung, was ich als großzügig empfand (und nicht als Alleinlassen oder Auf-mich-Abschieben). Wir passten zueinander, auch an dieser Stelle. Er war froh darum, abgeben zu können. Und ich nahm die Rolle an, denn ich glaubte einen Weg zu wissen, wie ich herausfinden könnte, was wir tun sollten.

Ich setzte mich vor der Wand mit den Bildern auf den Boden und versuchte, Kontakt aufzunehmen. Das klingt esoterischer, als es ist. Ich hörte keine Stimmen, auch wenn ich gern welche gehört hätte, ich hatte an diesem Nachmittag keine Erleuchtung, auch wenn ich eine herbeiwünschte. Nichts passierte, zumindest nichts, was mich von außen erhellt hätte. Und doch, nach einer Stunde auf dem harten Teppich war ich mir sicherer. Die Gesichter, die mir von der sri-lankischen Fotowand entgegenblickten, öffneten mir am stärksten das Herz, es war wärmer dort als vor den anderen Bildern.

Wir wissen nicht wirklich, woher wir kommen; und alles, was wir uns dazu vorstellen, mögen schöne Figuren sein – Figuren, in denen wir an Seelen denken, an Karma, an Wanderung über unsere biologischen Körper hinaus. Es ist menschenhaft, dies zu tun. Wir wären traurige Gestalten, hätten wir diesen Raum der Imagination und des

Geistes nicht. Bewegungen dort können tröstlich und grausam sein. Vielleicht machen sie uns auch weicher für die Zukunft und für einander. Man wandelt dort mit seinen Fragen an einer Grenze entlang.

Heute kann ich an dem Datum des Tagebucheintrages ablesen, dass Mary ein paar Wochen alt war, als ich vor der Pinnwand auf dem Boden saß. Und wir nicht wenig schwankten. Das Risiko, kein Kind aus Sri Lanka zu bekommen, da bereits im Verein die Warteliste lang und ich über der Altersgrenze war, ließ sich nicht kalkulieren. Die Mongolei wäre so viel sicherer gewesen.

Bisweilen glaube ich: Ich hatte es eben doch gespürt, dass Mary schon angekommen war auf diesem Planeten. Jede Familie braucht Geschichten, die sie begründen. Das Kennenlernen der Eltern eignet sich dafür ebenso wie Schwangerschafts- und Geburtsgeschichten. Zu glauben, dass die Nachricht von der Geburt des Kindes, von dem niemand wissen konnte, dass es drei Jahre später unser Kind sein würde, mit Seelengeschwindigkeit, also viel bedächtiger als Fluggeschwindigkeit, zu mir um die halbe Welt gereist war, tut mir gut. Und Mary ebenso. Wir lachen und glauben es nicht, nicht mit dem Verstand, aber in der Verbindung zwischen uns ist es lebendig.

In der Welt der Fakten allerdings muss ich sagen, dass es nach meinen ersten Sätzen ins Tagebuch mit dem Schreiben dieses Tagebuchs schon vorbei war.

Mit dem Wissen von heute könnte ich mich damals in ein Flugzeug setzen, in das Kinderheim nach Colombo reisen und meine Tochter als Baby kennenlernen. Es ist atemberaubend, wenn die Zeit sich im Nachhinein auf diese Weise öffnet. In der Wirklichkeit war es wartenden und damit stets nur potenziellen Eltern verboten, mit den Adoptionsbehörden Kontakt aufzunehmen (zu versuchen, sie zu beeinflussen). Man durfte das Kind nicht sehen, nichts vorab wissen. Die Behörden spielten *God almighty*, imitierten in ihrem Vergabesystem die Zufälle der natürlichen Zeugung oder waren einfach vorsichtig.

Hin und wieder fehlen mir die ersten drei Jahre mit meiner Tochter. Wir sind miteinander verbunden, aber der Sockel dieser Verbindung ist monochrom statt bunt.

Grau und mitunter auch nur luftig, nur halb vorhanden, etwas Schwebendes.

»Mama, erzähl mir von meiner Geburt.«

»Das kann ich nicht. Ich war nicht dabei.«

Ich erzähle, was ich davon gehört habe: Es war morgens. Wenngleich noch dunkel.

Ich erzähle von unserer gemeinsamen Ankunft in Deutschland.

Ich erzähle aus dem Kinderheim.

Ich zeige Fotos.

Die Fotos haben mit Mary gemacht, was Fotos mit Kindheitserinnerungen besonders effektiv anstellen: Sie verschmieren sie. Man kann später nicht mehr sicher unterscheiden, was man einst »wirklich« gesehen hat, also woran man sich als Erleben erinnert, und woran man sich nur erinnert, weil es das Bild gibt. Man sieht sich von außen, sieht sich in die Kamera blicken – Mary ist vielleicht eineinhalb Jahre alt und sitzt in einem pinkfarbenen Kleid, mit Kette, in der berühmten Plastikbadewanne – und erfindet ein zu dem Eindruck, den man heute hat, passendes Körpergefühl von innen, das dann zu damals gehört haben soll.

Vielleicht stimmt es aber auch?

Und das Foto fischt die Erinnerung, als wäre es ein Angelhaken, aus dem kindlichen Gedächtnisteich: einen glitzernden zarten Fischkörper, den man ohne das Bild nie mehr zu sehen bekommen hätte.

Da ist ein Adoptivkind kein besonderer Fall.

Ein Fall ist es gleichwohl.

6

Limonade

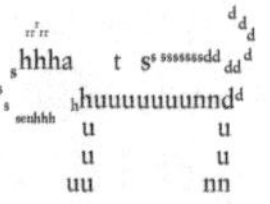

Wir stiegen in Heidis gekühltes Auto, einen weißen, mittelgroßen Toyota, wenn ich mich recht entsinne. Dass er von einem Chauffeur gesteuert wurde, war selbstverständlich, es zählte zu Heidis Pflichten. Sie ernährte auf diese Weise eine einheimische Familie. Keine »weiße« Person fuhr selbst. Es war sozial unverantwortlich, selbst zu fahren.

Reis, Zucker, Milch. Hell lag das Licht auf der Straße. Neben den Hunden ohne Fell, die ebenfalls auf der Straße lagen und ausgebleicht wirkten. Um das Kinderheim zog sich eine Mauer. Wir fuhren daran vorbei. Das erste Treffen mit unserem Kind war für den Nachmittag angesetzt.

Das Meer, an dem die Stadt lag, sah man nicht, hörte man nicht, roch man nicht. Das täusche, sagte Heidi, das Meer mache das Wetter. Dunkelheit Punkt sieben Uhr abends, Helligkeit Punkt sieben Uhr morgens. Jeden Tag gleich. Der Äquator war nahe, die Sterne standen nordherum.

Colombo war nicht heiß oder laut oder voll oder dies oder das – Colombo war nichts Einzelnes, es war eine Ganzkörpererfahrung. Heiß außen und in einem drin. Obwohl es frühmorgens war. Laut außen und in einem drin, sodass die Knöchelchen davon zitterten, obwohl Heidi in einer Nebenstraße lebte, in einem Haus mit Garten, umgeben von angrenzenden Gärten, Hauswänden und einer Sicht- und Schallschutzmauer.

Die Bananenblätter neben ihrem Esstisch rauschten. Der Esstisch stand im Haus, von den Bananenblättern nur durch eine halb offen stehende gläserne Schiebetür getrennt. Wir tranken Limonade. In einer schwülen Stadt merkt man Durst nicht in der Kehle oder im Mund, sondern in der Stirn. Dann ist es zu spät, der Kopf schmerzt, Hirnzellen sterben. Da hilft nichts als mitzählen, jeden Morgen von vorn: Liter, Limonadengläser, Wasserflaschen. So Heidi. Hunter sagte, das wisse er schon, er sei kein Kleinkind. Seine Bemerkung hatte etwas schulkindhaft Trotziges. Heidi schaute, als habe sie das schon tausendmal gehört und wisse es besser. Hunter hatte später öfter Kopfweh, sagte es allerdings nicht (die Aspirintabletten wurden weniger). Das Verhältnis zwischen Hunter und Heidi fing schon mal gut an. Ich zählte, der indische Kuckuck rief, er war der Vogel, der mir gleich gefiel.

Ohne die Aussicht, das Kind anzunehmen, wären wir zu diesem Zeitpunkt nie im Leben nach Colombo geflogen. Die einzige Person aus Sri Lanka, die ich vor dem Kind gekannt hatte, war eine Studentin gewesen, die sich in dem englischen College, in dem mein Freund Adrian und ich studiert hatten, abscheulich lange und ausführlich für diesen Freund interessierte. Ich habe ihren Namen vergessen, nicht ihre Schönheit.

Sie war schön auf eine für mich, die blonde, fünfzehn Zentimeter größere und breitere, kurzfingrige, hochstirnige Europäerin uneinholbare Art. Ununterbrochen gingen betonte Bedeutungen von ihr aus. Die Studentin aus Sri Lanka war nicht nur sehr attraktiv, sondern auch sehr reich, und auch das fühlte und sah man.

Eines Mittags saß sie, als ich zu Adrian kam, weinend in seinem Zimmer. Ich erschrak. Was hatte er zu ihr gesagt? Was hatte sie von ihm gewollt?

Ich starrte die beiden noch an, als er mir erklärte, dass in ihrem Land ein Bürgerkrieg ausgebrochen war. Eine tamilische Befreiungsorganisation verlangte, aus den tamilischen Siedlungsgebieten im Norden und Osten der Insel einen unabhängigen Staat zu bilden. Adrian bot der Frau, die, wie sie uns erzählte, singhalesische Eltern und einen tamilischen Großvater mit tamilischen Großonkeln und -tanten und all ihren Nachfahren hatte, etwas von den Keksen seiner Mutter an. Sie nahm davon, ich glaube, dass sie sonst niemals Süßes aß, und ich ging in der Hoffnung, dass Adrian ihr helfen konnte. Er war ein begabter Zuhörer und würde vielleicht die richtigen Worte finden. Vielleicht gab es diese Worte auch nicht; die Kommilitonin blieb bis zum Ende des Semesters, kehrte im Herbst nicht für das neue Studienjahr zurück.

Ebendieser Bürgerkrieg, dessen Anfang mir dank der Tränen in Adrians Zimmer lebhaft im Gedächtnis haftete, endete 25 Jahre später an dem Tag, an dem wir in Colombo eintrafen. Die singhalesischen Militärtruppen hatten gesiegt, die tamilische Freiheitsbewegung war zerschlagen. Was das hieß?

Wir kannten nur Schlagzeilen. Von Menschenrechtsverbrechen. Von Not, Flucht und Vertreibung. Von Gewalt. Und Toten.

B-a-h-s-i-c-k-s

Heidi stellte trotz Hunters offensichtlicher Verachtung für ihre Trinkregel sicher, dass wir wenigstens die grundlegenden Dinge wussten. Nichts Fremdes schlucken, nichts Unabgekochtes essen, nicht stechen lassen, nicht erschossen werden. »Simple«, sagte sie. Mit halb deutschem, halb indischem Akzent.

»Bahsics, you kno?«

B-a-h-s-i-c-k-s.

Sie hatte in ihren gesammelten colombischen Jahren über dreißig Elternpaaren aus Deutschland dabei geholfen, ein Kind bei sich aufzunehmen. Heidi war in jeder Hinsicht entschieden. Sie lebte in vor Ort gefertigten Möbeln aus Rattan, die seltsam kolonial wirkten, umgeben von sri-lankischen Mücken, Regengüssen und Gewürzen. Sie hatte arabische, australische, indische und inselheimische Freunde, legte englische Lifestylemagazine aus, träumte von einem Dackel, der auf ihrem Schoß schlafen würde, und war schon damals, als wir bei ihr wohnten, überzeugt kindlos.

Kinder, die in Sri Lanka »in die Auslandsadoption« gingen, mussten von fünf einheimischen Elternpaaren nach einer ausführlichen Vorstellung des Kindes, einer Besprechung seines Falles und einer Begegnung abgelehnt worden sein. Auch unser Mädchen war, wie Heidi bestätigte, über eineinhalb Jahre hinweg hinreichend vielen adoptionswilligen sri-lankischen Eltern als Adoptivtochter vorgeschlagen und von ihnen zurückgewiesen worden. Ich war zutiefst dankbar für diese Regel. Sie enthob uns zumindest zum Teil unserer moralischen Bedenken. Erst in den letzten Jahren waren Fragen aufgekommen wie: Gab es etwas wie epigenetische kulturelle Verwurzelung? Wenn ja: Entwurzelten wir ein Kind? Hier, in Colombo, bekam die Frage zusätzliches Gewicht. Wie auch das Gefühl, zumindest indirekt von alt-kolonialen Strukturen zu profitieren.

Andererseits: Für ein derartig im Inland verschmähtes Kind wie das uns vorgeschlagene gab es nur mehr zwei Möglichkeiten. Ein ausländisches Paar nahm es an oder es musste für den Rest seines Lebens im Heim bleiben.

Die Regel verhalf uns zu genug nichtschlechtem Gewissen, um es zu versuchen.

»Es«?

Diesem Kind Eltern zu sein. Ein Zuhause zu geben. Kein Heim. Damals konnte ich mir nur ansatzweise vorstellen, was das heißt. Heute, nach Jahren der Elternschaft und mit dem Wissen aus den Wochen in Sri Lanka, glaube ich mehr an die Adoption als damals. Sie ist kein unambivalentes »Unterfangen«. Ein Auffangen, hoffentlich. Nichts Perfektes. Eine Bastelarbeit. Der Versuch, das Beste zu geben. Liebe zu geben. Raum zu geben. In für immer unabgeschlossenen Geschichten.

Denn wie »beschreibt« man die Liebe zu einem Kind?

In großen, dunklen Tüchern

faltet die sri-lankische Nacht sich aus und wieder ein. Ein Hund liegt auf dem heißen Teer der Straße und atmet bebend vor Schrecken (ein Lastwagen donnerte vorbei) und Glück. In einem niedrigen Haus in den Bergen des Südens der Insel wird ein leises Feuer entzündet; eine Frau, heute in ihren 30ern, denkt an den Geburtstag des Kindes, das sie weggegeben hat. An ihrem Herzen und dem unserer Tochter und Hunters und meinem zieht der Planet, er zieht an den Bananen, damit sie krumm wachsen, und den Teebüschen, an den Wolken und dem Ozean, der hinter den Bergen beginnt und bis zur Antarktis reicht, an den Schiffen und Flugzeugen, den Berliner Platanen mit ihren schaukelnden Samenkugeln, den Fichtenzapfen und Eichhörnchen, dem Schulranzen des Kindes und seinem Fahrrad, und der Kuckuck ruft.

Adoptivkinder sind keine Kuckuckskinder. Nicht heimlich in ein fremdes Nest gelegt. Sie haben kein Nest.

Für ein Mädchen hieß das Leben im Heim ein Leben ohne jegliche Schulausbildung. Es würde früh anfangen, bei der Betreuung der Kinder mitzuhelfen. Dies würde seine Lebensbeschäftigung sein. In einigen Fällen, sagte Heidi, gelang es dem Heim, ein derartig glückloses Mädchen zu verheiraten. Da es weder über eine »ordentliche« Herkunft noch eine Mitgift verfügte, wurde eine junge Frau dieser Art an stark behinderte oder ergraute Männer verheiratet, die der Pflege bedurften. In der Regel musste es die Schwiegermutter, die den bedürftigen Mann bis dato versorgt hatte, ebenfalls mitversorgen.

Mayday

Es war Mitte Mai, der frisch erreichte Frieden wurde gefeiert, man lachte, Männer auf der Straße sagten etwas von Sirene, »serene«, »dip-dip« und klopften Hunter voller Stolz auf die Schulter: »Sir!«

»You need understand!«

Auch das war eine Not. Der Glaube an etwas Gutes: das große S. Wenn wir es verstanden, sagte man uns, verstanden wir die Insel. Sri Lanka war »serendipity«. Und »serendipity« war so viel mehr als Glück. Ein Lebensgefühl, sprich ein Schwimm-, nein Badezustand heiterster Hochstimmung, weltweit allein auf ebenjenem Eiland zu finden, das als Indiens Träne im Ozean treibt.

Heidi grinste. Die Briten! Was die so gelallt hatten, um sich das Kolonialleben zu versüßen. Nach genug Palmschnaps, versteht sich. In dem Versuch, den persischen Namen der Insel auszusprechen.

Wir lachten ebenfalls. In Fremdsprachen sind unsere englischen Freunde bekanntlich mäßig begabt. Aus der spanischen Königstochter Eleonore de Castilla, die 1254 zur Duchess of York wurde, machten sie einen Elefanten mit Schloss; »Elephant and Castle« heißt bis heute eine U-Bahnstation in London. Und aus dem französischen Ruf »helft mir«, »m'aidez«, wurde »Mayday«. Seither rufen sie »Mayday«, »Mayday«, um eine Katastrophe anzukündigen. Das muss man sich vorstellen: Da sitzt ein Schiffsfunker, der Bug ragt zur Hälfte in die Luft, um seine Füße gurgelt Wasser, und was hackt er ins Gerät: Maientag! Maientag!

Mayday – serendipity – mayday – serendipity. Wie gut ich das verstand. Der Boden schwankte.

Atem

Nachts sind Dinge anders. Die Nacht verwandelt Dinge. Dinge verwandeln sich nachts. Nachts sind Dinge wie adoptiert.

Ich sehe nachts nicht scharf, kann nicht Auto fahren, irgendwie alles verschmiert, es versinkt, ich finde mich nirgends zurecht, und Namensschilder sind noch schlechter zu lesen als sonst. In Berlin sind sie ohnehin klein, die Straßenschilder, falls sie existieren und nicht zum x-ten Mal aus den Halterungen gestohlen wurden, und auch Hausnummern zeigen sich gern winzig und unbeleuchtet. Alle Katzen sind grau, gewiss, immerhin hätten sie wenigstens Licht zurückwerfende Augen. Da steht man auf einem unbekannten Stück Erde in einer unerwarteten Helligkeit, weiß zwar dem Namen nach, wo man ist, nur nicht wirklich, alles dreht sich, Lichter brennen – Muster treten hervor, und die Muster, die man kennt, treten zurück.

Maientag. Sri Lanka bot dauersenkrechte Sonne, wirbelnden Staub, spätnachmittägliches Donnern. Brach die Dunkelheit ein – ein Einbruch war es tatsächlich: keine Dämmerung, innerhalb von Minuten änderte sich die gesamte Kulisse, wurden Motorengeräusche lauter, tuckernder, jaulender. Weitere Geräuschmacher, Tiere etwa, krochen aus ihren Höhlen, und jene, die tagsüber schrien wie der indische Kuckuck, der eben auch in Sri Lanka dauernd schreit, weil ihm die indische Staatsgrenze vollkommen egal ist, schrien nachts weiter, wenn auch leiser. Die Bananenstauden rauschten eindringlicher, vielleicht fühlte man auch den Wind auf der Haut im Dunkeln deutlicher, schließlich liegt Colombo am Meer, wenn es sich in seiner Bauweise auch abwendet von der See und nur die ärmsten Hütten am Spülsaum stehen und die Bahnlinie dort entlangführt, zumal man an den Strand nicht zum Schwimmen, sondern zum Scheißen geht, was einen wenig wundert, wenn man an die Bilder von Tsunamiwellen denkt. Es ist ein wildes Meer mit hohen Wellen und saugenden Kräften.

Nur nachts konnte man den weiten Atem der See auf der Haut spüren, er roch dann bereits nach Abgasen oder nach Gebratenem, war aber salzig und voller Ferne.

Das rohe Ei

Heidi war eine fabelhafte, wenngleich ausgeprägte, vielleicht sollte ich sagen willensstarke Gastgeberin. Von unserem Gastverhältnis hatte sie, wie sich bereits im Wagen angekündigt hatte und in der Folge täglich fortsetzte, genaueste Vorstellungen. Nervöse Adoptionseltern wurden alternativlos unter ihre Fittiche genommen. Unter den größeren Vögeln fällt mir keiner ein, mit dem ich sie vergleichen könnte. Vielleicht am ehesten ein Truthahn, jedenfalls etwas Hühnerartiges, dabei leicht Pompöses. Zum anderen hatte sie auch etwas Heimliches an sich. Ihre Geschichte wurde nicht Thema zwischen uns. Selbstschutz, nehme ich an, eine Art medizinischer Distanz. Auch von ihrem aktuellen Leben in Colombo erzählte sie kaum. Im Lauf der Zeit jedoch kroch, schlangenhaft, die eine oder andere Heidi-Überraschung aus dem Gebüsch.

Geduldig folgte Heidi, wie sie uns gleich während des Ankunftsfrühstücks erzählte, den Berichten »ihrer Eltern« von den Besuchen im Kinderheim. Sie würde die Fahrten ins Heim organisieren, Besichtigungsreisen an den kinderheimfreien Wochenenden, so gewünscht (wobei sie klarmachte, dass alle das wünschten), Rechtsanwaltsbegegnungen und die notwendigen Gerichtstermine, zu denen sie nicht jedes Mal mitgehen werde. Nach der entscheidenden Gerichtsverhandlung indes fanden die Übergabe des Kindes und die Verabschiedung seiner Familie oder deren gesetzlicher Vertreter traditionellerweise in ihrem Haus statt.

Anfangs sah ich ihrem Gesicht die eingeübte Geduld an. Sie sprach etwas schleppend mit uns nach dem Motto »die wissen nichts« und »erst mal herausfinden, wie intelligent die sind«. Vielleicht waren werdende Adoptiveltern nach Heidis Erfahrung wie rohe Eier. Das nehme ich jedenfalls heute an. Hunter und mich schließe ich ausdrücklich ein: empfindlich, innen flüssig – ein kleiner Knacks genügte, und das lief aus. Und klebte. Nur dass es uns an uns selbst damals nicht auffiel.

Mitnehmen (aktiv, passiv)

Vielleicht sollte ich etwas davon erzählen, wie es war, auf der Insel und damit auch bei Heidi zu Gast zu sein, bevor wir in das Kinderheim fahren.

Wir waren ja nicht einfach nur »Gäste«. Wir wollten etwas mitnehmen von der Insel. Was sage ich »etwas«. Einen Menschen wollten wir mitnehmen.

Für unseren Gastaufenthalt bei Heidi bezahlten wir. Sie, Hunter und ich wohnten auf Zeit zusammen, mussten uns vertragen. Unser Verhältnis zueinander war von Asymmetrien bestimmt. Es gab ein Machtgefälle. Heidi sollte uns helfen. Sie wusste vieles, was wir nicht wussten. Dabei glaubte sie, mehr zu wissen, als sie wusste, oder wusste nicht genau, was wir wussten, dachte eben darüber aber nicht nach. Und wir sprachen es nicht an. Heidi war nicht nur unsere Gastgeberin, sondern auch Teil des Überwachungssystems, dem adoptionswillige Eltern ständig ausgesetzt sind. Oder sich ausgesetzt fühlen. So sollten wir uns öffnen, fallen lassen, entspannen und waren zugleich auf der Hut, was Heidi nicht bemerken sollte, damit wir nicht als neurotisch verschlossen »rüberkamen«.

Hinzu trat die Insel selbst. Von der ersten Minute an spielte sie mit. Ein Topf ohne Deckel, ein Topf, der mehr enthielt als feuchte Luft, Staub, Lärm, knatternde Motoren, viele Menschen, kleiner und schmaler als ich, gusseiserne Säulen, Klinken und Geländer, Zelte und Wellblech, nackte staubige Zehen, nackte, sich auf dem Asphalt sonnende Kühe und Ziegen, tief zwischen hölzernen Pfosten hängende Elektrokabel, zartgliedrige Katzen mit dreieckigen Gesichtern, khakifarbene Uniformen und Gewehrläufe, Turbane und *bangles*, Laute geschrien und geflüstert, kunstvoll geschichtete Pyramiden von Papayas und Mangos am Straßenrand, Krähen in riesigen Schwärmen über Müllsammelplätzen und im Viharamahadevi Park, die ockerroten Balken und Wände der Bambalapitiya Railway Station, die ockerrote Erde zwischen den Gleisen neben dem schäumenden Meer, die verdunkelten Scheiben der Internetcafés, die täglichen Stromausfälle, die fallende Sonne zwischen 18.56 und 19.00 Uhr, der gelöschte Horizont.

Sri Lanka liegt ziemlich genau mittig zwischen Afrika und Australien. Unter ihm erstreckt sich über die gesamte südliche Hälfte des Planeten hinweg Wasser, Wasser und noch einmal Wasser. Ozean für 5400 Seemeilen, das sind mehr als 10000 Kilometer.

Wasser.

Bis man an die ersten Eisberge der Antarktis stößt.

Heidis Haus befand sich in einem Wohngebiet, das aussah, als wäre es ein Teil von Colombo. Tatsächlich gehörte es bereits zu einem anderen Verwaltungsbezirk. Hier im Süden hatte die britische Kolonialmacht ihre Residenzen und Regierungsgebäude errichten lassen. Auf der Klippe, die die Bucht von

Colombo auf natürliche Weise, wie es hieß, begrenzte, lag der einstige Regierungssitz des britischen Gouverneurs, verwandelt in ein luxuriöses Hotel. Die Fahrt dorthin war von Heidis Domizil nicht weit, es war erholsam, am Wochenende in die windige Felsenhöhe des Hotels und seinen Schatten zu fliehen: kaum Lärm, null Kinderheim, Swimmingpool, literweise Tee. Dort merkten wir, wie angestrengt und roh-eiig wir waren. Zudem tat es gut, ohne Heidi zu sein, nur zu zweit. Und endlich einmal nicht unter Elternbeobachtung zu stehen.

Das Beben und Zittern, das ich bei der Nachricht empfunden hatte, ein freudiges Rumpeln tief im System, das Vibrieren eines untergründigen, wenn auch sonnigen Gongs, dessen Schwingungen sich durch die gesammelten Sedimente (Gesteinsschichten?) meiner Person nach oben arbeiteten (arbeiten wollten), hatte sich in Spannung verwandelt, eine diffuse Furcht, ein Gefühl wie vor der Führerscheinprüfung, nur verdünnter. Und endloser.

Davon, dass Heidi dies alles bis zum Überdruss kannte, merkte man ihr selten etwas an; der Rat, ab und an zu zweit in das Hotel zu fahren, zeigte allerdings, wie genau sie die Lage durchschaute – und gewiss war auch sie froh, uns am Wochenende einmal los zu sein. Sie war knapp über fünfzig, eine Kleinunternehmerin, die, da sie keinen sri-lankischen Pass besaß – und wohl auch keinen wollte –, alle vier Monate nach Dubai flog, sich dort 48 Stunden aufhielt, um dann bei der Rückeinreise nach Sri Lanka ein Aufenthaltsvisum für die nächsten Monate in ihr Dokument gestempelt zu bekommen. Was sie auf der Insel hielt, wurde uns nicht klar, wir fragten zwar mehrfach nach, doch zeigten uns rücksichtsvoll mit Heidis ersten Antworten zufrieden, Antworten, wie man sie gibt, wenn man nichts preisgeben will.

Unsere Gastgeberin trug Ketten und Ringe. Die Ketten lagen auf ihrem Bauch auf oder schwangen vor ihm hin und her.

Heidi watschelte, wenn ihr zu heiß war, ich nehme an, sie hatte ihre Wechseljahre, zu heiß war ihr oft. Ihr Geschmack war mal hochelegant, mal pathetisch. Europäer, die lange Zeit in südlichen Klimazonen leben, haben nicht selten etwas Restkoloniales an sich. Ich nenne es das Rattanhafte: breit, löchrig, steif. Die Unterdrückungsvergangenheit ist nicht vorbei, Erinnerungen an sie liegen in der Luft. Zu greifen ist nichts, doch nach einer Weile spürt man das Strahlfeld des alten Unrechts. Spürt, wie seine Kräfte beginnen, einen zu umkleiden und mit dem schmutzigen Strass der Machtverhältnisse zu bekleben.

Man sitzt in den geflochtenen Rohrfasern typischerweise schon aufgrund der Körperlänge (siehe vor allem Hunter) in einer Haltung, die lässige Überlegenheit suggeriert. Mitunter hatte ich zudem das Gefühl, mein weißer Körper werde eine Art Magnet: Die blutige Geschichte, die weiße Menschen über Ceylon gebracht hatten, legte sich mir an. Unmerklich zunächst. Bald deutlicher. Ceylon also? Der alte, für europäische Zungen aufbereitete Name der Insel. Vertraut aus dem »Kolonialwarenladen«, den es im Dorf meiner Kindheit noch gegeben hatte.

Zunehmend schlief ich schlechter. Die Benzingerüche, die Straßenfeuer, die dunklen, schattenhaften Gesichter dahinter. Die Böllerschüsse, die Feiern, der Alkohol, der Schweiß, das Ziegeltragen, das Topfrühren, Hocken und Warten, das stumpfe Schauen. Die Höhlenläden, dunkel und kühl. Drei Wochen lang suchte ich mittags, in der Kinderheimpause, oder abends nach einer braunhäutigen Puppe. Ich fand keine. Sri Lankas Kinder spielten mit europäisch und nordamerikanisch aussehenden Puppen, mit Dollys und Barbies. Lag ich abends im Bett, war mir, als trieben vergangene Menschen zwischen den lebendigen – ruhelose Geister. Prüfend, ja abweisend, blickten sie uns an.

Lernen von Fledermäusen

Auf Sri Lanka war alles fruchtbar. So Heidi. Und warum? Mangelnde Aufklärung, kaum Zugang zu Verhütungsmitteln, Armut, Alkohol.

Die allbekannte giftige Mischung.

Man brauche andere Modelle. Aus der gelobten Natur zum Beispiel. Zecken! Konkret eklig, an und für sich bewundernswert. Die Blutsauger konnten ihre Bioprogramme über Jahre hinweg einfrieren, einfach an einem Ast hängen und erst wieder aufwachen, wenn sie die Milchsäure eines Wesens rochen, durch dessen Adern Nahrung floss.

Oder Fledermäuse. Immerhin schon Säuger, sagte Heidi. Die Weibchen lagerten Sperma von verschiedenen Männchen ein, ja, sammelten es in einer Tasche im Bauch. Wo es sich fröhlich mischte, bis die Umweltbedingungen so günstig waren, dass die Weibchen es freisetzten, sprich auf den Weg zu ihrem Ei schickten.

Während wir, die Menschenfrauen, nichts steuern könnten. Gar nichts. Und gerade mal 25 vernünftige, gesundheitlich nicht extreme Jahre Zeit hätten. Bei einer durchschnittlichen europäischen Lebenserwartung von fast 90. Also 25 Jahre gegen 65.

Sie seufzte. Der Mensch als Krone der Schöpfung, das vollkommenste Wesen überhaupt? Biologisch, sagte Heidi, biologisch sind wir eine Fehlkonstruktion. Zu viel Steinzeit im Körper, und die Evolution verpasst. Und gesellschaftlich … Sie zog die Nase hoch. Murmelte nach einer Pause: »Na, ihr wisst es eh.«

Wir wussten es. Zwölf Jahre alt war die Mutter unseres Kindes gewesen, als sie schwanger wurde.

Der/die/das Curry

Jeden Morgen, während wir noch schliefen, betrat Dayawati das Haus. Sie war älter und viel kleiner als ihre Dienstherrin. Dayawati servierte das Frühstück, das sich sri-lankisch vor allem aus gekochten und gebratenen Speisen zusammensetzte, während ich nur Toast aß und einen Saft trank, der kredenzt wurde, auch wenn man jeden Morgen sagte, dass man ihn nicht wollte.

Bereits während des Frühstücks stiegen die ersten Düfte auf. Dayawati kochte hervorragend, sie beherrschte diese unglaublichen sri-lankischen und indischen Speisen, deren Zubereitung spätestens um acht Uhr morgens begonnen sein muss, damit das Essen um zwanzig Uhr fertig ist, und ab und an auch erst um zwanzig Uhr am darauffolgenden Tag. Da wird geschnitten gehäckselt geköchelt vorgedünstet zermörsert scharf angebraten gesiedet gebrüht, und alles muss ziehen. Das Ergebnis nennt sich Curry, muss erneut ziehen, umgerührt und ergänzt werden, abgeschmeckt sein, weiter ziehen. Kleinen Booten gleich reihen sich schwarze Töpfe und Pfannen auf dem Herd. In ihrem dunklen Inneren mischen sich Dinge, die dem Körper wohltun, indem sie ihn durchputzen und den Geist ebenso; Dinge, die man sieht, und Dinge, die man nicht sieht.

An der Außenwand der Küche befand sich ein Bottich mit Wasser, in dem Kellen und Plastikeimer ausgewaschen wurden. Küchentücher trockneten an der Leine darüber. Auf der Bank neben dem Bottich saß Gurpal. Tagein, tagaus Gurpal. Gurpal war der Watchman, also der Dauerbewacher des Hauses. Das Haus und sein Wachposten, der aus einem Stuhl in oder vor der Garage bestand, waren auch seine Wohnung, er war immer da, und am liebsten passte er auf das Haus auf, indem er auf dieser

Außenbank oder, lieber noch, in der Küche neben der Tür zum Wohnzimmer auf einem schmalen Stuhl saß. Dort hielt er eine Art Schlaf ab und rülpste. Was, erklärte man uns, in Sri Lanka zur Etikette gehörte. Man rülpste überall und ungeniert, zumindest als Mann, und Gurpal war Mann und rülpste und saß.

Jeden Abend aßen wir also diese fantastisch gekochten Curries, die wir selbstverständlich bezahlten. Wir bezahlten alles, auch die Köchin, und wir halfen dabei, Gurpal zu ernähren. Gurpal war ein fester Bestandteil des Hauses. Er hatte kein Gewehr wie andere Wachmänner, weil es Heidi nervös machte, etwas tatsächlich Gefährliches in seinen Händen zu wissen; er hatte nur sich. Jeden Tag trug er eine kurze Hose und ein kurzärmeliges Hemd. Es war immer das gleiche Hemd. Er war älter, sechzig Tropenjahre mindestens, und hatte ein hängendes Gesicht. Es hingen nicht nur die Wangen, es hing nicht nur der Hals, man sah kein Doppelkinn, dafür war Gurpal zu dünn, dennoch hing alles, er hatte sogar eine hängende Stirn über hängenden Augen. Faltig hing er von sich selbst herab und erinnerte an die Schildkröte, die in Heidis Garten herumkroch, allerdings merklich leiser als Gurpal (und im Vergleich war ihr Runzelschildkrötengesicht fast glatt).

Gurpal und die Köchin aßen mittags auf, was abends übrig geblieben war. Jeden Abend blieb sehr viel übrig, es ernährte auch die Familie der Köchin. Obwohl Hunter und ich in Deutschland vergleichsweise über wenig bis zu wenig Geld verfügten und befürchtet hatten, deswegen nicht zur Adoption zugelassen zu werden, waren wir im Verhältnis zu vielen Menschen in Colombo unverschämt privilegiert, und ich begrüßte, dass wir mit den von uns bezahlten Curries sri-lankische Menschen miternährten.

So gab es jeden Abend einen von Grund auf neuen Curry, was Heidi damit rechtfertigte, dass man Curry nicht aufheben könne, hastenichgesehn verderbe er, uns würde übel davon. Sie sprach, als stünde kein Kühlschrank in ihrer Küche, und sie meinte mit dem »uns« nicht uns drei, sondern nur Hunter und mich, wie ich eines Mittags entdeckte. Heidi musste vergessen haben, dass wir im Haus geblieben waren, da das Kinderheim an diesem Tag keine Besuche wollte. Als ich ins Wohnzimmer kam, sah ich durch die offene Tür Heidi bei Gurpal in der Küche sitzen. Einträchtig hielt jeder einen der schwarzen Töpfe auf dem Schoß und löffelte ihn aus.

Auch in Heidis Magen fielen die sagenhaften Reste des von uns finanzierten Abendessens, während für uns und unsere Geldbörsen bereits das neue Essen auf dem Herd köchelte.

Ich sagte nichts zu dieser schlichten Schläue, was hätte ich sagen sollen. Die Art war mir nur allzu bekannt von den Verwandten meiner Mutter, man konnte es zum Beispiel Ego-Unternehmertum nennen, Heidi beherrschte jeden seiner Aspekte vollkommen. Ich beschloss, das Arrangement als Teil einer geglückten sri-lankisch-deutschen Verständigung aufzufassen (die Inselmenschen im Haus verbündet gegen uns). Heidi war nun einmal eine professionelle Gastgeberin, die nichts anbrennen ließ, wie man hier wohl sagen konnte, und nicht zu wenig verdiente mit dem, was sie tat. Ohne ihren Einsatz auch bei den Behörden wäre unsere Tochter nie zu uns gekommen, sodass ich Heidi freudig Hunderte von Curries kaufen oder sogar selbst kochen würde, wenn sie das wollte, und die von mir gekochten würden mit der Zeit sicher besser und sri-lankischer werden, denn seit Marys Ankunft bin ich einigermaßen geübt darin und finde besondere Freude im Zermörsern der Gewürze, deren Aromen durch meine Berliner Küche ziehen und einen Schatten (unrülpsig) von Gurpal evozieren.

Mary also.

Mary wird Gurpal großartig finden.

Nun komm schon

Es tut mir leid, dass das mit Mary so lange gedauert hat. Sie lässt sich nicht mir nichts, dir nichts »fassen«. Ich kann nicht von mir und meinem Leben in Berlin ohne Mühe übergehen zu ihr. Es ist eine lange Voyage, viel länger als mit dem Flugzeug. Und ein Kind und seine Adoptiveltern, und die Eltern und ihr Adoptivkind kleben nicht mir nichts, dir nichts aneinander. Auch wenn man offenen Herzens anreist, ohne Arg.

Und vielleicht auch so empfangen wird.

Ah, Mary. Mary hatte ein Herz. Offen war es nicht.

Der Ofen

Ich möchte noch etwas zu Hunter sagen. Hunter kommt zu kurz, was vermutlich daran liegt, dass er mir damals so vertraut war und nun so nicht mehr vertraut ist. Vermutlich. Ich meine: Vermutlich liegt es daran. Oder setzte mit der Mary-Adoption eine gewisse Hunter-Blindheit bei mir ein? Beziehung auf Autopilot, Konzentration auf das Kind. Beides auf einmal konnte ich nicht.

Mein Mann hatte im Flugzeug des Ding-dongs wegen nicht wirklich geschlafen, sagte er, und war merklich bleich, sodass sein rotes Haar an diesem ersten Tag besonders rot aussah. Auffällig wie ein Turm hatte er in Colombos Flughafen am Ausgang des Gates neben mir gestanden. Dank des frühen Morgens war die Ankunftshalle nur mäßig voll, was uns als Sri-Lanka-Frischlingen überaus voll erschien. Vor Jahren hatten wir Nordindien besucht, einige der Gerüche erkannten wir, ebenso die Hitze, das ununterbrochene Hupen und ungesunde Tockern der Motoren. Heidi war auf uns zugewallt, und ich hatte etwas in Hunters Augen gelesen, eine Art Ablehnung, dachte ich zunächst, oder auch, meine ich heute, eine Angst. Heidi war korpulent, die sie an diesem Morgen umwehenden Tücher betonten es. Mir kam sie halbwegs vor wie eine Göttin, nicht klassisch, dafür lebendig. Umstandslos verfrachtete sie uns in ihr weißes, mittelgroßes Auto mit den getönten Fenstern und übernahm die Regie.

Ich glaube, sie erinnerte Hunter an seine Mutter. Das ist zuweilen das Beste, was geschehen kann. In allen anderen Fällen ist es das Schlechteste. Mir kam Hunters Mutter fraglos anders vor als Heidi, bei Hunters Mutter hätte ich nie an eine Göttin gedacht. Doch auf mich kam es hier nicht an. Hunter sah das Heranwallende mit Hippietouch und empfand es sofort als etwas über ihm Zusammenschlagendes. Naturgemäß versuchte er ebenfalls sofort, dieses Gefühl zu verstecken.

Von Anfang an sprach er wenig in Sri Lanka. Trotz seines internationalen Namens war er im Herzen unerfahren und schüchtern; eine tendenziell nordische, oft verschlossene Pflanze, die unverhofft sehr witzig oder auch sehr bissig sein konnte.

Es fühlte sich angenehm an, mit ihm zusammen zu sein. Die meiste Zeit. Jedenfalls angenehmer, als allein zu sein. Nun schwitzten wir nebeneinander. Wir brauchten uns. So hatte Hunter es ein paar Wochen vor der Nachricht gesagt. Ich hatte ihn gefragt, ob er mich liebe.

»Ich brauche dich.«

Als ich ihn anblickte, hatte er nachgeschoben: »Reicht das nicht?«

Ich wollte heulen, wenn ich daran dachte. Als er es aussprach, hatte es auch etwas Rührendes gehabt, eine unschuldige Jungenhaftigkeit war über seine Züge geglitten, ein schüchternes Blinken. Er hatte auffallend blaue Augen (was nicht nur von den Kontaktlinsen kam, die er trug). Die Jungenhaftigkeit hatte mir von der ersten Minute an gefallen, auch damals rührte sie mich an und machte das »ich brauche dich« weicher. Sie erinnerte mich an unsere ersten Jahre, vor den Fehlgeburten und der allmählichen Verwandlung unserer Liebe in … in einen Ofen.

Von dem man nicht wusste, ob er nur nachglühte oder noch brannte. Man musste die Verschlussklappen öffnen und geschickt dabei sein, um das Feuer (hoffentlich) zu sehen und nicht durch zu viel Luft, eine Luft, die man ohne Vorbehalt und aus Liebe dazugab, auszublasen.

Kaum waren wir bei Heidi angekommen, hatte Hunter sich auf das uns zugewiesene Bett geworfen. Es war breit, weich, von einem Moskitonetz überspannt. Insgesamt nahm es fast drei Viertel des Zimmers ein. Auch das Kind sollte in den Tagen nach der gerichtlichen Adoption mit uns in diesem Bett schlafen. Ein schmales Bad grenzte an, Toilette und Dusche nur für uns. Das vergitterte Fenster ging in Heidis Garten hinaus, eine Palme, Rasen, Büsche zur Straße.

Nach einer Weile sagte mein sich ausruhender Mann »leg dich zu mir«.

Ich legte mich in seinen Arm. Beruhigender Huntergeruch. Es dauerte nicht lange, und der mich haltende Mensch fing an, langsam und entspannt zu atmen. Ich war nicht müde, vorsichtig erhob ich mich und ging zu dem Esstisch in Heidis Wohnzimmer, das an unseren Raum anschloss. Die dreiflügelige Schiebetür stand offen, ein schmaler, mit Platten belegter Weg führte hier an der Rückfront des Hauses vom Garten zur Küchenseite. Er war mit Bananenstauden bewachsen, die nun, im Mai, unscheinbar grüne, fingerlange Früchte trugen.

Der indische Kuckuck rief.

Er ist braun-weiß gemustert mit langen Schwanzfedern und roten Augen und legt seine Eier, wie seine europäischen Verwandten, in die Nester fremder Vögel. Sein Verhalten ruft, wenn ich heute daran denke, ein wenig Sandras Mike 1 und Mike 2 in mir wach. Zeugung und Elternschaft finden auch in der Nicht-Menschennatur viele Wege.

Die Köchin brachte mir einen Toast mit Papayamarmelade an den Tisch, ich kaute und spürte unter aller Aufregung ein kleingroßes Glück. Wir waren da. Seit ein paar Stunden. Und sollten noch an diesem Tag, wenn das Heim die Nachmittagstore öffnete, unser Kind kennenlernen. Sri Lanka war der deutschen Zeit um viereinhalb Stunden voraus. Ich hoffte, dass die körperliche Müdigkeit meine Aufregung ein wenig dämpfen würde.

Mary?

Ich will sie Mary nennen, weil es ihr Name ist und weil dieser Name sie zugleich versteckt. Ihren Namen kannten wir seit der Telefonnachricht.

In meiner Kindheit hatte es regelmäßig Sirenenübungen gegeben. Ich weiß nicht, wem und wie sie angesichts der nuklearen Waffen eines Dritten Weltkrieges hätten helfen sollen. Trotzdem liefen die Alarmanlagen auf Schuldächern und Kirchtürmen alle paar Wochen zur Probe und erschreckten mich jedes Mal so, als hätte ich selbst die Warnrufe der Kriegssirenen über München, Erfurt und Breslau gehört, von denen meine Großeltern (mehr) und meine Eltern (fast nichts) erzählten. In einer Familie wandert, was gehört wurde und nicht gesagt werden kann, von einer Generation in die nächste, man ist das Kindeskind, und Mary würde nun zu einem Kindskindeskind auch in Hunters und meiner Familie werden.

Hunter kam frisch rasiert und duftend aus unserem Zimmer und trank ebenfalls noch einen Tee. Erneut betrachteten wir die Fotos, die man uns geschickt hatte. Auf beiden nahm unser Mädchen bestenfalls einen Quadratzentimeter ein – als ein Gesicht zwischen anderen Kindergesichtern, ein Stück Arm, ein runder Blick. Auf einer der Aufnahmen sah ihr Hals aufgequollen aus. Würden wir sie erkennen?

Nervös stiegen wir um drei Uhr nachmittags in Sunils Treewiller, der Heidis Treewiller war, exklusiv von Sunil gefahren. Ein Treewiller ist ein Threewheeler, also ein Dreiradauto, auch als Tuk-Tuk bekannt. Auf sri-lankisch heißt er Treewiller, also Baumwoller. Er gleicht einem Käfer mit zu stark gewölbtem, löchrigem Panzer. Das Tier ist munter, es rennt. Die Geräusche, die es dabei von sich gibt, stammen aus der Lunge einer hustenden Rennmaus.

Sunil war Tamile. Jünger als der Krieg. Wir lächelten, er lächelte. Hello, bye-bye, stuti. Ich hätte ihn gern gefragt, wie es ihm ging. Wie er sich fühlte. Das waren freilich unmögliche Fragen. Eine viel zu europäische Idee von Gespräch war das. Ich als Fremde das Thema Krieg anschneiden? Ich als Frau? Weiteres Lächeln. Sonntags ging er zur Kirche. Er war verheiratet und hatte zwei Söhne, sagte uns Heidi. Ich dachte, er musste froh sein über das Ende des Krieges, so oder so. Froh und traurig, verletzt und … ich weiß es nicht.

Er lebte in einem Tsunamihaus. Die Regierung hatte es ihm übergeben als Ersatz für ein Haus, das die Mutter im Tsunami 2004 verlor. Die Welle erreichte auch Colombo, den Süden der Stadtküste, und im Süden des Landes riss die Gewalt ganze Landstücke weg.

Serendipity. Es war auch ein Wort, das die Vergangenheit bedeckte. Mit Hoffnung, vielleicht. Mit Trauer und ihrem Dennoch.

Sunil und der Treewiller brachten uns ins Kinderheim. Auf dem einen Foto, das wir besaßen, war Mary ein gutes Jahr alt, auf dem anderen geschätzte zwei. Sie wirkte jeweils sehr unterschiedlich auf diesen Aufnahmen, und je näher wir dem Heim kamen, umso mehr zerflossen noch diese an sich schon vagen Bilder. Seit der Nachricht hatte ich sie nicht selten betrachtet und – wie sagt man – »in meinem Herzen« bewegt.

Der Fernseher

Ein imposantes Eisentor wurde aufgezogen, der Treewiller fuhr hindurch, Kurve, ruckelnde Bremsung. Vor dem Eingang in den rechten Flügel des flachen, weißen Gebäudes, auf das wir als Erstes blickten, standen eine lokale Helferin und die Leiterin des Heims in der weiß-blauen Tracht der Mutter-Teresa-Schwestern. Das Englisch der Oberin war eine Herausforderung, nach einer Weile riet ich immerhin halbwegs richtig und auch Hunter nickte an den passenden Stellen.

Das Erdgeschoss des Heims bestand für uns an diesem Tag aus einem einzigen riesigen Raum. Vor der rückwärtigen Wand befanden sich eine hölzerne Anrichte sowie ein langer, leerer Tisch für etwa dreißig Personen. Alles schwamm in einem dämmrigen Schatten, der Kühle versprach. Die starken Farben der Kleidung, die mir im Sonnenglanz oft grell erschienen, schimmerten in dem niedergehaltenen Licht der Häuser auf angenehme Weise. Die Frauen bewegten sich in ihren Saris in diesem Halbdunkel wie Seerosen bei Manet, gedämpft, stumm. Hie und da blitzte ein Faden Silber auf, das Weiß eines Mundes.

Die Kinder saßen im vorderen Teil des Raums, gleich an der Fensterfront, auf dem Boden, alle Pflegerinnen, Helferinnen und Schwangeren um sie herum auf Stühlen oder ebenfalls auf dem Boden. Ein Fernseher war aufgebaut worden. »Der Frieden« vollzog sich seit drei Tagen. Als wir eintraten, sprach der Präsident des Landes, wenig Haar, viel Bauch. Von oben bis unten umwickelte diesen Mann makelloses Weiß. Das Licht war um ihn, die Wirklichkeit des Landes kam ausschließlich aus ihm, *das* war der Sieg. 25 Jahre Bürgerkrieg, nun dies. Vorbei war nichts, das wusste jemand wie ich, aufgewachsen in einer Nachkriegsfamilie, in einem Land, in dem der Nachkrieg mindestens bis 1989 gedauert hatte. »Nachkrieg« war ein optimistisches Wort, obwohl es bereits viel faktischer war als das superoptimistische »Sieg«. Regelmäßig wurden, während der Präsident weitersprach, Filmszenen eingeblendet, in denen glänzende Kampfflugzeuge nicht nur über, sondern dank der Kameraeinstellungen und einiger Bildmanipulationen durch den Himmel schossen. Die Szenen wirkten wie eine Moskauer Panzerparade in der Luft, nur besser, da rasanter und unbegrenzter und unirdischer.

Der Staatspräsident hielt eine lange lange sonnige Rede.

Die Kinder machten hin, wo sie saßen oder standen oder krabbelten. Stumme Helferinnen wischten hinter ihnen her. Besen und Schrubber stellten sie in die nächste Ecke. Im Großen und Ganzen verharrten die Heimlinge still vorm Fernseher. Es war eine Ruhestunde. Sie dauerte viele Stunden. Der indische Kuckuck schrie.

Dass die Kinderheimkinder zwei Mal pro Woche Torte in Form von Mopeds oder Gitarren aßen, sahen wir später. Sie wussten nicht, was ein Moped oder eine Gitarre ist. Die Welt erschien vor ihren Augen in Gestalten, die sie nicht erkannten. Sie fragten nicht nach. Sie waren zu klein dafür, und selbst die wenigen größeren wie unsere Tochter konnten kaum sprechen. Im Heim lernten sie es nicht. Die Mutter-Teresa-Schwestern kümmerten sich nicht selbst um die Kinderschar, sie mussten das Heim in Betrieb halten, die Finanzen abwickeln, hatten religiöse Pflichten. Lokale Helferinnen, die meisten von ihnen Frauen ohne Zuhause, verletzt, traumatisiert, eingeschränkt, stumm, betreuten die Kinder im Austausch dafür, dass sie ihrerseits im Heim leben konnten.

Was den Sprachunterricht anging, war die Fernsehstunde mit dem starkweiß gekleideten Präsidenten eine glückliche Gelegenheit.

Auch das sahen wir später.

Wurde vom Präsidenten auf Flugzeuge umgeschaltet, öffneten die Heimkinder die Münder. Uns beachteten sie nicht. So war es gedacht gewesen, sagte die Oberin später. Wir standen hinten, der Präsident sprach vorn, wir hörten alles und verstanden nichts. Eine der Pflegerinnen zeigte uns »unser Kind«, es war nicht leicht, es zu erkennen, der Finger wies in die Kindermenge hinein, alle schwarzhaarig, alle mit der gleichen Frisur (kurz), alle von hinten oder der Seite. Dank reichlich Geflüster wussten wir nach einer Weile, wer sie war. Sie trug ein hellgelbes ärmelloses Kleid mit schwachem Blümchenaufdruck, es war peinlich sauber, wie wir später sahen, wenn auch nicht neu, und sie drehte sich ein paar Mal zu uns um, als ahnte sie, dass wir ihretwegen gekommen waren. Wir wurden hinausgeführt, die Kinder blieben sitzen, uns brachte man in das zweite, rückwärtige Haus der in T-Form gebauten Anlage.

Die Kinder lebten und schliefen im langen Stiel des T, die Mutter-Teresa-Schwestern in den beiden Seiten des Kurzstriches. Für sie war das T ein christliches Kreuz, im Schnittpunkt der Gebäudebalken lag die Kapelle. Ihrem Eingang gegenüber, schräg links, befand sich das Empfangszimmer, vielleicht acht Quadratmeter groß, ein Tisch, ein paar Stühle, kein Fenster, dafür ein Eingang, nur mit einem Perlschnurvorhang verhängt. Er wurde zur Seite gerafft, Licht aus der Kapelle sollte uns treffen und erleuchten, nehme ich an, wir saßen da wie Hühnchen, leicht verängstigt, jedenfalls schüchtern vor Anspannung, vor der Oberin des Heims, das, wie alle Mutter-Teresa-Häuser, eine Anstalt nicht für Kinder war, sondern für schwangere Frauen.

Lange Zeit hatte mir der Anblick schwangerer Frauen zugesetzt. Sie trugen ihre Bäuche an mir vorüber, und ich musste fühlen, wie unschwanger ich selbst war und wie ich es, all meinen Schwangerschaften zum Trotz, nie zu solch einem Bauch gebracht hatte.

Unverheiratete Frauen, meist junge Mädchen, sollten, so die Oberin, deren dunkles, faltenloses Gesicht weder Milde noch

Keine-Milde ausstrahlte, nicht verlassen auf der Straße leben müssen, sondern ihr Kind unter gesicherten Umständen zur Welt bringen. Versorgt sollten sie sein, mit ihren Säuglingen, und nach der Geburt in Ruhe überlegen können, was mit ihrem Kind geschehe.

Wie es so geht mit Gründungen und den sie begleitenden Absichten: Das Haus hatte sich in ein Kinderheim verwandelt. In die Babystation, für zwanzig Säuglinge ausgelegt, hatte man Ersatzbettchen geschoben. Augenblicklich erwarteten acht junge Frauen ihre Entbindung. Außer Mary gab es sieben weitere Kinder, die nicht oder kaum behindert waren und bereits seit Längerem im Heim lebten. Alle anderen, etwa ein Dutzend, hatte man erst jüngst aus Anstalten im Süden der Insel nach Colombo gebracht, wo sie so lange ausharren würden, bis ihr schwebendes Adoptionsverfahren vom Gericht der Hauptstadt endgültig bestätigt würde, sodass man sie ihren zukünftigen Eltern übergeben könnte.

Nur wenige Kinder blieben länger als ein paar Wochen bei den Schwestern. Mary zählte ebenso zu ihnen wie einige der schwer bis schwerst behinderten kleinen Wesen, die auf Dauer im Heim lebten. Sie wurden liebevoll versorgt, eigene, speziell ausgebildete Krankenschwestern betreuten sie rund um die Uhr.

Auch das sahen wir später.

Sahen Menschenkörper, die ich mir nie hätte vorstellen können, erbarmungswürdig und sonnig, und wusste, warum man eine Kapelle brauchte, an Gnade denken wollte, an Güte.

Verheddern

I
P a E
ad
S *f* **f** • *de* L
n
n

Das Adoptionsgericht wartete auch auf uns.

Auch wir waren schwebend.

Mir war schwindelig.

Die Oberin ließ uns Wasser bringen. Sie hatte gesprochen und gesprochen. Ich glaube nicht, dass sie es spannend machen wollte. Sie wollte, dass wir zuhörten. Eine Schwester kam mit einem Kind auf dem Arm herein. Es war nicht Mary. Sie wollte etwas wissen, und noch während sie mit der Oberin sprach, trat eine weitere Frau ins Zimmer. Es war so eng, dass sie sich unmittelbar neben mich stellen musste. So sah ich von Mary zuallererst die Füße und Unterschenkel. Dann kam der Saum des Kleides, das ich schon kannte.

Die Frau, die sie auf dem Arm hielt, war Marys leibliche Mutter Thilini. Wir wussten, dass auch sie im Heim lebte, obwohl die Entbindung über drei Jahre her war. Sie war sechzehn Jahre alt, als wir sie kennenlernten. Ein Kind, das ein Kind bekommen hatte.

Nun sah sie relativ erwachsen aus, was sich wohl stärker unserer Blickverzerrung als ihrer Wirklichkeit verdankte. Srilankische Gesichter und Körper entwickeln sich nach anderen Zeitrhythmen als europäische. Auch Mary sah in unseren europäischen Augen nicht aus wie eine Dreijährige, was ihre Gesichtszüge betraf. Sie hatte nie etwas Pausbäckiges gehabt, das belegten die Fotos, und auch die anderen Kinder, die uns im Heim nahekamen, hatten es nicht. Auf uns wirkten sie dadurch älter, als sie waren, und das Gleiche galt für Marys Mutter.

Die Begegnung dauerte nicht lang. Der Ball wurde flach gespielt. Kein Aufhebens, Austausch kurz. Da das Kinderheim ständig mit solch schief-empfindlichen Familiensituationen zu tun hatte, vertrauten wir uns der Regie der Schwestern an. Etwas anderes wäre uns auch nicht übrig geblieben.

Hunter hatte mit mir besprochen, dass er sich Mary gegenüber zurückhalten werde. Er wollte sie kommen lassen. Ich versuchte, Mary ein Fadenspiel vorzuführen, und bekam es nicht hin.

Dabei hatte ich dieses Fadenspiel so früh in meiner Kindheit gelernt, dass ich es noch im Schlaf ausführen konnte.

Nun war es wie gelöscht.

Ich hätte es wissen können. Aber erst jetzt spürte ich, wie weit außerhalb meiner selbst, wie überfordert und »out of my depth« ich auf dem Stuhl in dem engen Zimmer saß.

Mary nahm uns auf, wie man Menschen aufnimmt, die die Oberin besuchen. Sie war neugierig und offen, hielt still auf dem Tisch, auf dem Thilini sie abgesetzt hatte, und beschäftigte sich mit der Schokolade, die wir ihr mitgebracht hatten – es war ein Überraschungsei, das man auslöffeln musste, und sie staunte den Löffel an und steckte sich den Stiel in den Mund. Es war der erste Löffel ihres Lebens, was uns ungefähr ebenso überraschte wie sie. Sie war bezaubernd und fremd.

Thilini wirkte freundlich. Was sie fühlte, blieb mir vollkommen verborgen. Nach vielleicht zehn Minuten nahm sie ihre Tochter auf ein Kopfnicken der Oberin hin wieder auf den Arm, wir winkten und sagten good-bye, das Kind, Mund schokoverschmiert, winkte und sagte nichts. Hunter sagte, er könne kein Fadenspiel. Die Oberin zeigte uns die Kapelle und erzählte, dass unsere »future daughter« gelegentlich dorthin laufe und sich fröhlich umsehe.

Future Daughter

~~Unsere zukünftige Tochter.~~

Die Tochter unserer Zukunft.

Die wärmste Geste

Der Kuckuck rief, die Bananenstauden rauschten. Die Mauer, die das Kinderheim rundum umschloss, hoch und fest, wurde von innen von Buschwerk umwuchert. Es war undurchdringlich. Jeder bei auch nur halbem Insel-Verstand wusste, dass man dort niemals hingehen sollte: Unrat, Schlangen, Kot.

Katzen strichen durchs Gebüsch. Sie waren die einzigen Säugetiere, von deren Existenz Mary bis zu ihrem vierten Lebensjahr wusste. Niemals hatte sie ein Tier berührt. Außer Katzen kannte sie Vögel, Mücken, Spinnen und Geckos.

Die Geckos saßen an den Innenwänden des Heims, als wären sie aus Plastik und mit ihren Saugfüßen an die glatte Fläche geklebt, damit man an ihrem immer ein wenig von der Wand weggestreckten Kopf etwas aufhängen konnte. Sie funkelten, wenn die Sonne durch eines der Fenster auf sie fiel, sie konnten durchsichtig werden wie Lymphe, doch bisweilen warfen sie mit einem Mal ihre Augen auf, dass es sehr kurz sehr schwarz blitzte – und flitzten los. Mary beachtete sie nicht. Anders als Insekten. Insekten findet sie bis heute in jeder Erscheinungsform abstoßend.

Wir durften das gesamte Heim besichtigen und loben. Die beiden rechteckigen Gebäude, die das T bildeten, waren von einer hohen Steinmauer umfasst. Das Einfahrtstor wurde aufgezogen, ein Autochen rumpelte hindurch. Sand, Erde, Staub. Rechts, am unteren Ende des T-Strichs, lag der Eingang zur

Kinderstation, neben ihm erstreckte sich eine Art Spielplatz bis zu den Mauersteinen. Nach links, gerade nach hinten bis zum Quergebäude, fand sich ein kleiner Garten aus wild wuchernden, größtenteils vertrockneten Pflanzen und ein, zwei niedrigen Büschen. An seinem Beginn erhob sich ein Brunnenbecken, bewacht von einer großen Marienstatue, gekleidet in die weiße, blau gebänderte Tracht der Mutter-Teresa-Schwestern. Der Wasserhahn am Brunnen war zerbrochen. Im Becken trieb trüber Schleim. Auf dem flachen Dach des Kindertraktes, er hatte zwei Geschosse, stand eine Frau. Sie hielt ein Stück Wäsche in die Höhe, wie ein Fähnchen, und winkte uns zu, als wir abfuhren.

Sie kannte uns nicht, aber grüßte uns.

Es war die wärmste Geste des Tages.

Erschöpfung

Wir stiegen in Sunils Treewiller, um zu Heidi zurückzukehren. Die Bewegungen beim Klettern in einen Baumwoller lassen sich als Einfalten bezeichnen. Das große, rostige Metalltor wurde zur Seite geschoben. Es lief auf rostigen Schienen. Der Watchman des Heims trug einen Schlagstock. Sein Häuschen erinnerte von Weitem, großzügig Weitem, an die Wachhäuschen von Buckingham Palace. Das war keine Verhöhnung, nur Übersetzung und Feuchtigkeit.

Sunil hatte auf einem Hocker neben dem Watchman gesessen und auf uns gewartet. Männer durften die Innenräume des Heims nicht betreten. Eine Ausnahme galt nur für werdende Väter.

Es war zu keiner Art wirklicher Begrüßung zwischen Mary und uns gekommen. Unser Kind hatte uns gesehen. Und uns nicht gesehen.

Thilini hatte uns angelächelt. Sie war, als ihre Schwangerschaft offenkundig wurde, von ihrer Familie verstoßen worden. Hatte man uns gesagt. Dass wir Mary adoptieren würden, hatte man gesagt, bedeutete für sie, wieder in ihrem Dorf leben zu können. Thilinis Mutter, sagte man, unterstütze die Adoption. Sie hatte, sagte man, ihrer Tochter verziehen. Aus Sicht des Heims handelte es sich um einen »klassischen Fall«. Das Mädchen hatte das Kind zur Welt gebracht, gab es zur Adoption frei und kehrte in seine Gemeinschaft zurück. Dort wussten alle, was geschehen war, und niemand musste es offiziell wissen. Die junge Frau konnte verheiratet werden, als wäre nichts geschehen. Die Herkunftsfamilie würde weniger Brautgeld für sie verlangen.

Vier Wochen später schenkten wir Thilini zum Abschied eine silberne, mit drei Diamanten besetzte Uhr in der Hoffnung, sie möge ihr in ihrem späteren Leben von Nutzen sein.

Geldgaben waren nach sri-lankischem Gesetz verboten. Unsere Gastgeberin kannte alle Bestimmungen. Und alle Wege um sie herum.

Im Bett

An diesem Abend saßen wir auf unserem Bett in Heidis Haus und fühlten uns in etwa so wohl wie zwei indische Motten über einem Becken mit Mottenkugeln. Der Tag, die nicht erfüllten Hoffnungen, die eröffneten Erwartungen. Da kam man mit seiner Elternbereitschaft an, und beim Kind fehlte sie. Der Weg war bereits lang gewesen.

Dämmerte uns, dass er nie aufhören würde?

Damit waren wir nicht allein. Aus Erzählungen nehme ich an, dass es (so gut wie) allen Eltern irgendwann im Laufe der Elternschaft so geht. Wiederholt so geht. Man fragt sich: Ist das wirklich meins? Wie kann es sein, dass er/sie/es so anders ist (als ich). Oder so ähnlich wie die Schwiegermama. Der älteste Sohn meiner Cousine sah von Geburt an aus wie sein Opa väterlicherseits. Was anfangs komisch wirkte, wurde mit der Zeit weniger komisch, wenn es auch nicht verschwand. Heute ist er erwachsen, 23, 26 und 17 Zentimeter kleiner als seine Brüder, also exakt so groß wie Dreimal-darf-man-raten (er flucht und beschuldigt meine Cousine, sie habe ihn falsch ernährt).

Bei uns galt das mit den Fragen eben von Anfang an.

Tiefer im Bett

t o t
m o m
nm o mn
nmm o mmn
motte ooo motte
mmm o mmm
nm o mn
m o m
e
n

Die Aufregung rauschte uns durch die Glieder. Wir hatten unser Kind gesehen und seine Stimme gehört, es hatte sich bewegt.

Ich fand es nicht entzückend. Dann fand ich es entzückend. Sekunden später sah es wieder nur so-was-von-fremd aus. Wie ein Kind auf der Straße, in einem x-beliebigen Kinderwagen, ein Kind, an dem man vorbeigeht.

Mary rief nicht einmal das Kindchenschema richtig ab, auf das wir getrimmt waren. Bestenfalls halb. Auch das meine ich mit »schiefer Situation«.

Hunter und ich flüsterten. Wir waren noch nicht im ersten Stock des Hauses gewesen, wussten also nicht, wo Heidis Schlafzimmer lag. Vermutlich schlief sie wie wir zum Garten hinaus, also exakt über uns, und konnte uns hören, falls es lauter werden sollte. Ein neuer unverdächtiger Grund, keinen Sex zu haben. Das Haus besaß, wie wir hofften, eine sri-lankische Struktur, nicht allzu fest gefügt, was bei einem Erdbeben unsere Rettung wäre. Nur ein Gebäude, das mitschwanken konnte, fiel nicht allzu bereitwillig in sich zusammen. Das gilt vermutlich auch für Eltern, bloß wussten wir das noch nicht. Ein mitschwankendes Haus hingegen begrüßten wir, eine mitschwankende Heidi jedoch begrüßten wir nicht, und so kam es, dass wir auch an diesem zweiten Abend in Sri Lanka im Bett lagen wie zwei in die Länge gezogene Mottenkugeln (auffällig weiß), die sich voreinander verpuppen. Lediglich die Hände streckten wir aus. Dass wir wenig sprachen, war zu 70 Prozent dem Jetlag zu verdanken, zu 25 Prozent der Anspannung und zu 5 Prozent einer Art Bereitschaft, sich voneinander wegzudrehen, die ich dort, meine ich heute, zum ersten Mal fühlte oder heute im Zurückdenken dort fühlen kann, was bizarr ist, denn nun waren wir endlich da.

In einem »Da«, das wir uns gewünscht hatten, ohne es uns wirklich vorstellen zu können.

7

Die äußerlichen Unterschiede zwischen Mary und mir sind unübersehbar. Im Lauf der Jahre begegneten wir zahlreichen neuen Menschen. Manchen länger. Diese Menschen hätten fragen können, wie es zu der Adoption gekommen war.

In der Regel fragten sie nicht, wenn Mary dabei war. Das war rücksichtsvoll. Öfter war es das Gegenteil: Sie schienen, kaum sahen sie uns, gleich alles zu wissen. Von selbst. Ohne zu fragen.

Menschen hingegen, die wir nicht kannten und auch nicht kennenlernen wollten, fragten skrupellos. Sie schlichen an Mary heran: »Na, Kleine, wo kommst du eigentlich her?« Manchmal fügten sie noch ein »denn« ein, damit die Kleine die Botschaft auch wirklich verstand.

»Denn eigentlich her.«

Die Kleine erschrak jedes Mal. Sie verstand äußerst genau. Und sagte »Sri Lanka«, auch wenn ich versuchte, ihr beizubringen: Sag Berlin.

Fragt man mich, sage ich nur mehr »ja«.

»Wo haben Sie die Kleine denn her?«

»Ja.«

»Ja« wie in: »Ich habe Ihre Frage gehört.«

Wie in: »Ich weiß genau, was Sie wissen wollen. Warum fragen Sie mich nicht direkt danach?«

Wie in: »Sie fragen also nach der Zeugung meines Kindes. Finden Sie das nicht auch etwas übergriffig, so als Einstieg in ein Gespräch mit einer fremden Person?«

Es gibt andere Begegnungen. Gespräche, in denen wir, einander zuhörend, die eine Frage erreichen, auf die es ankommt: Welche Bedeutung soll Herkunft haben?

Also nicht: Welche Bedeutung *hat* Herkunft.

Sondern: Welche Bedeutung wollen wir ihr beimessen. Wie wollen wir uns die Geschichten von Elternschaften, die mehr als zwei Personen enthalten, in Zukunft erzählen?

Ich (47 Jahre, weiß), Mary (drei Jahre, nichtweiß), Hunter (44 Jahre, weiß) gehen spazieren. Eine Frau mit Sohn fährt auf dem Rad an uns vorbei, das Kind fragt etwas, sie antwortet: »Das ist die Oma.« Aha. So erklärt sich eine vierzigjährige weiße Berlinerin des Jahres 2010 den Hautfarbenunterschied. Ich bin die Oma des Kindes, dazwischen existiert in der Vererbungskette eine braunhäutige, im Augenblick nicht sichtbare Mutter, die die Partnerin meines Sohnes ist, der, kaum jünger als ich, neben mir spaziert.

So geht das.

Sandra, der ich davon schrieb, antwortete umgehend mit einem Kotzsmiley. Das mit der Oma hatte sie bestimmt auch schon zu hören bekommen.

Es mache mich traurig, sagte ich zu Christoph, der bei mir in der Küche Karotten schnipselte, wie sinnlos man sich an Ereignissen dieser Art aufreibt. Eine Frau mit fünfzig, mit Baby. Wie Millionen von Männern. Immer schon!

Er nickte. Seine Geheimratsecken waren größer geworden.

Und, sagte ich, geht es den Kindern mit diesen »alten« Vätern schlecht? Natürlich nicht.

Wir kannten uns aus dem Studium, er hatte irgendwann zu BWL gewechselt, weil ihn unglücklich machte, dass er niemals im Leben genug Zeit haben würde, wenigstens die Bücher zu lesen, die in der Institutsbibliothek auf uns warteten. Geschweige denn alle anderen. Er hatte keine Familie, verdiente zu viel Geld und aß zu oft, sagte er, in Restaurants. Kam er nach Berlin, kochte ich ihm etwas Einfaches, am liebsten waren ihm Kartoffeln mit Zwiebeln und Quark, und er brachte Schokolade mit, nun auch für Mary, und verzieh mir spätestens beim zweiten Glas Wein, dass ich die Menge der Bücher auf der Welt vergrößerte. Christoph war lustig und aufmerksam und einer dieser Menschen, die ein natürliches Talent für Freundschaft haben. Er hatte mir viel geholfen im Leben, bei Umzügen, Liebeskrisen, er hatte mir Tee gekocht und eine Matratze ausgerollt. Immer, wenn es darauf ankam, war er zur Stelle gewesen. Dass er sich um meine Finanzen sorgte, hätte er nie zugegeben, stattdessen zog er mich damit auf.

»Wie wär's, wenn du mal mit einem Buch so viel Geld verdienst, dass es für mehr als sechs Monate reicht?«

Ich fand sechs Monate schon hinreißend.

Christoph meinte, statt über die Adoption solle ich über Leihmutterschaft schreiben. Über Patchwork-Familien, Singles, neue Datingformen.

Während ich, nachdem er aufgebrochen war, die Spülmaschine einräumte, während ich zu Mary ins Zimmer ging, um ihr wie jeden Abend die Kopfhörer aus den Ohren zu ziehen und ein letztes »Gute Nacht« zuzuflüstern, während ich im Bad stand und mir die Zähne putzte, dachte ich über seinen Ratschlag nach. Christoph hatte mir ins Gewissen geredet: Meine Idee, über Mary und mich zu schreiben, sei unklug. Ich müsse uns beide viel besser schützen. Was stellte ich mir vor, welche Konsequenzen solle so ein Buch denn haben?

Ich hatte ihm das nicht sagen können. Ich wusste es ja selbst nicht wirklich, nicht, bevor ich es geschrieben hatte.

Mein Großvater, Vaters Vater, war Soldat in zwei Weltkriegen gewesen, das erste Mal als ganz junger Mann. Dass er überlebte, hatte er allein einem Freund zu verdanken, der meinen schwer verletzten Großvater unter Todesgefahr aus dem Niemandsland, dem Erschieß-dich-Land zwischen den Gräben geholt hatte. Leben verdankte sich Eltern. Und ... Und anderen Menschen. Der Fähigkeit, Freundschaften zu schließen.

Alle Zukunftssätze, die dieser Opa mir mitgegeben hatte (»Lügen haben kurze Beine«, »Ehrlich währt am längsten«) hatten sich in meinem Dasein als wirklichkeitsuntauglich (nachteilig) erwiesen. Zudem hatte ich selbst kurze Beine und brauchte nicht noch mehr Kurzbeiniges in meiner Nähe. Doch ich wünschte mir, dass mein Großvater sich einmal nicht getäuscht haben sollte. Von Roman zu Roman war mir deutlicher geworden, dass Geschichten, so erfunden sie sein mochten, von ihrer inneren Wahrhaftigkeit lebten. In den Büchern, die ich liebte, von Heinrich von Kleist oder Virginia Woolf, Italo Svevo, Herta Müller oder Swetlana Alexandra Alexijewitsch spürte ich ihre Kraft. Ich würde bei meiner Geschichte bleiben. Etwas Langbeiniges, Wahrhaftiges erzählen. Wir hatten es erlebt.

Leise höre ich Sandra lachen: So geht das!

Ich spucke die Zahnpasta aus, wandere in mein Arbeitszimmer zurück. Es ist zwei Uhr nachts, mit der einen Hand spieße ich kalte Stücke Bratkartoffel auf, mit der anderen tippe ich sorgfältig Buchstabe um Buchstabe unsere Geschichte.

8

Mary und der Löwe

Die Schildkröte kriecht, ein mittelgroßer Vogel mit Riesenschnabel und hellblauem Schwanz wischt an uns vorbei, die Bananenstauden wachsen. Sauber und unverschwitzt frühstücken, in Sunils Treewiller klettern, die Straße vor Heidis Haus hinunterrollen, hinein in den Riesenverkehr. An seinen Rändern Menschen hinter Haufen von fein geschichteten Papayas oder stinkenden Durians, streunende, nackte Hunde. Hütten, Verschläge, fliegende Kioske vor Betongebäuden, alles leicht feucht, sackend, bereits morgens erhitzt. Einmal fast herum um den großen Brunnenplatz, vorbei an einem Park, mehrere, sich kreuzende Avenuen, noch mehr Verkehr. Radfahrer (männlich), Rikschafahrer (männlich), das Schreien der Krähen, das Hupen, Bremsen, Rufen der Menschen. Motoren, ab und an eine Limousine, ein Bus und ein zweiter, ein dritter, ein zehnter, Ketten von Bussen, Ketten von Mopeds, extrem ausgelastete Fahrräder, Kinder, Bewegung, Geschrei. Mit jedem Meter wird es wärmer, die Luft riecht nach Abgasen, Essen und Schweiß, wir sind an der Mauer vor dem Heim, das Tor öffnet sich, der Watchman zieht es auf. Eine Mauer ist eine Wohltat, hinter ihr ist es stiller, die Luft setzt sich als stehende Hitze fort. Der Brunnen ohne Wasser, die über ihn in den Himmel ragende Maria, deren Schatten schon um neun Uhr morgens kurz ist. Wir sind in Senkrechtsonnenland, ich will duschen.

Nur sieben Schwestern stellt der Orden ab, um das Heim zu betreiben. Die Oberin, Sister Amanda, stammt aus dem Kongo,

Schwester Allyson aus Neuseeland. Wir sehen sie selten, die anderen sehen wir nie.

Hunter ist fünfzehn Zentimeter länger als ich und faltet und faltet sich aus dem Treewiller. Bei jeder Fahrt stößt er sich ein paar Mal mit dem Kopf an dem Blechdach, Sunil lacht, er ist gläubig, Rosenkranz statt Innenspiegel, ein hervorragender Fahrer, trotzdem hat der werdende Vater, Mister H., wenn es so weitergeht, am Ende unseres Aufenthaltes ein Loch im Kopf.

Mary wartet mit einer Begleiterin vor der Tür zu dem großen Saal, in dem der Fernseher aufgebaut war. Tagsüber halten die Kinder, die schon laufen können, sich hier auf. Mary kennt sie kaum, sie sind beinahe so neu wie wir. Der vordere Bereich des Saales steht leer, der Fernseher ist abgebaut. Links geht es in einen kleineren Raum, der abgeschlossen wird. Im hinteren Teil schwimmt der große, eckige Esstisch in seinem Dämmerlicht, links davon, fest und dunkel auf der Erde, die Anrichte, auf der die heißen Töpfe abgestellt werden zur Speisenverteilung. Hinter ihr führt ein schmaler Gang zur Küche. Er ist den Kindern streng verboten und auch wir dürfen ihn nicht betreten. Auf der anderen Seite geht es in den Schlaf- und Liegesaal der behinderten Kinder. Ab und an wird eines von ihnen in seinem Bett in den Hauptsaal geschoben. Sie lachen, sind zugewandt und auf die elendsten Weisen krank, sie wollen berühren und lassen sich berühren und sie atmen und heben den Kopf und schauen, und das Herz schmilzt einem weg.

Mary also steht an der Hand einer Helferin vor der Tür. Oder auch nicht. Wir spielen mit ihr, wenn auch niemals nur zu dritt. Mary besteht darauf, dass eine Person, die sie kennt, dabei ist. Eine Person, mit der sie, Mary, sprechen kann.

Denken wir zuerst. Keine Frage, uns hält sie für dumm. Wir beherrschen keine der Landessprachen. Vielleicht hält sie uns auch für unheimlich angesichts der seltsamen Laute, die aus unseren Mündern kommen.

Ich lerne die grundlegendsten Vokabeln. Im Heim wird Singhala gesprochen, die Sprache der Singhalesen. Thilini ist Singhalesin. Es gibt keine deutsch-singhalesischen Lehrbücher, zumindest nicht online. Englisch rettet uns.

Mary kennt nur wenige Wörter. Die Helferinnen im Heim sagen, dass sie auch nicht wissen, was sie meint. Sie spricht schlecht.

Doch scheint vieles, wenn nicht alles, zu verstehen.

Sie hört zu. Wir haben ein Holzspiel gekauft. Es besteht aus fünf bunt bemalten Tierfiguren, die man an einem Griff aus dem Brett heben und wieder einsetzen kann.

Ein Löwe. Ein Affe. Ein Elefant.

සිංහයා. වදුරා. අලියා.

Löwe. Affe. Elefant. Der große Elefant hat das kürzeste Wort. Im Nu ist er aus dem Mund. Ist da.

Mary hört zu. Ich mache ihr vor, wie man ein Tier aus dem Brett nimmt, es ansieht, ein wenig dreht und »nach Hause bringt«.

Sie will es allein versuchen. Meine Hand darf Marys Hand nicht berühren.

Es gelingt ihr nicht, den Löwen in seine Form zu passen.

Sie probiert und probiert.

Sie hat Schwierigkeiten, den runden Griff in den Fingern zu drehen, ohne ihn fallen zu lassen.

Sie hat keine Übung. Keinerlei Erfahrungen mit Löffeln. Oder Stöcken. Die Kinder essen nicht selbst, sogar Mary mit ihren drei Jahren wird aus der Hand gefüttert.

Sie ist 99 Zentimeter lang, sie wiegt elf Kilo, ihre Kleidung ist sauber, das Kind ist sauber, ihre Zähne werden geputzt, sie sind weiß, gerade, gesund. Am Hinterkopf wächst eine Eiterbeule, es heißt, von der Hitze. Das Kind, unser Kind, ist wach, mit großen lebendigen braunen Augen. Sie hört scharf, sie sieht genau, sie hat ein Herz ohne Loch, Lungen ohne Schaden, es gibt ein ärztliches Gutachten, für uns wurde es beglaubigt übersetzt. Sie läuft barfuß, sie trägt ein Kleid, nichts darunter, ein Kleid wie alle anderen, es wird ihr jeden Morgen übergestreift, und jeden Mittag, nach dem Mittagsschlaf, ein neues. Immer das nächste aus dem Haufen. Der Haufen der Kleider ist hüfthoch.

Höher als die danebenstehenden Kinder.

Niemandem gehört etwas, alles wird geteilt.

Marys Hände patschen. Sie hat eine kleine Kerbe im Kinn, je nach Lichtwinkel. Ihr Körper ist rundlich, sie wirkt, als wäre sie mindestens fünf, für dieses Alter aber zu kurz, ihre Haare sind tiefschwarz, dicht, streichholzkurz. Sie muss leicht sein, doch wir haben sie noch nicht gespürt. Schon jetzt, als Kleinkind, hat sie lange, dünne Finger, auch sie haben wir noch nie berührt. Mary ist motorisch unterentwickelt, in dem medizinischen Bericht über sie findet sich dazu kein Wort.

Man verschweigt nichts, man lügt nicht.

Unterentwicklung? Sie fällt niemandem auf. Es gibt, im Heim, keinen Vergleich zu »nicht unterentwickelt«.

Wer wen wie

Mary lächelt Saduni an, die junge Frau, die uns an vielen Vormittagen begleitet. Saduni darf Marys Finger, die den Griff umschließen, berühren und ihre Hand führen.

Ich darf das nicht. Hunter darf das nicht.

Es ist, wie uns langsam aufgeht, nicht die Sprache, die uns trennt. Mary sieht uns prüfend an. Erwartungsvoll. Sie nimmt unsere Geschenke.

Sprich: Saduni nimmt sie und gibt sie an Mary weiter.

Mary spielt mit Saduni. Wir dürfen dabei sein.

Sie freut sich, wenn sie uns sieht.

Weitere Geschenke.

Mag sein, dass unsere »future daughter« uns für dumm hält. Gewiss sehen wir alt aus in ihren Augen. Allerdings dürfen die noch älteren Mutter-Teresa-Schwestern sie anfassen.

Endlich begreifen wir: Wir sind weiß.

Unser Kind ist empfindlich, was die Hautfarbe angeht. Fast muss ich lachen.

Aus Schmerz. Und weil es zugleich so großartig, so generationenübergreifend gerecht ist. Ein Ansatz dazu, einmal im Kleinen wenigstens, den mächtigen weißen Blick umzukehren. Am eigenen Leib spüren wir, wie absurd das an der Hautfarbe aufgerichtete Unterscheidungsgewese ist. Wie absurd die auf seiner Basis getroffenen Wertungen.

Wie traurig. Fühlbar traurig.

Unsinnig. Fühlbar unsinnig.

Es tut uns gut, dies nicht nur zu wissen, wie vor der Abreise. Es tut uns gut, dies zu erfahren.

Im Nachhinein wird das nicht die einzige Lektion sein, die Mary uns beibringt. Doch eine der wichtigsten. Eine, die sich fortsetzen wird.

Ärger mit dem rosa Filzstift

Marys Haut ist kindlich glatt, narbenfrei, kaum faltig an den Ellenbogen, verdickt an den mittleren Gliedern von Zeige- und Mittelfinger (starkes doppeltes Fingersaugen nachts, Hornhautbildung). Im Trockenklima von Berlin muss sie regelmäßig eingecremt werden.

Marys Haut ist, wie Mary riecht, sich anfühlt, ihre Wärme, Härte, Samtigkeit, ihr Alter, ihre Lebensspur.

Ist Mary.

Wir sitzen in Berlin am Tisch, und ich erzähle Mary, wie

ich als Kind jedes Mal den rosa Stift aus dem Filzstift-Set ruinierte, wenn ich versuchte, Oma und Opa zu malen. Jedes Mal das gleiche Fiasko: Der Stift war leer – und alle auf meinem Bild sahen aus wie Schweinchen. Wir lachen ziemlich, Mary überlässt mir alle ihre Rosastifte, und mir fällt ein, wie sich das Rosaproblem damals löste. Irgendjemand schenkte mir ein Malbuch für Wasser- und Ölfarben, dort entdeckte ich das Geheimnis: Man musste mit Olivgrün beginnen. Dann ein bisschen Braun auftragen, hie und da vielleicht Rot, vorsichtig, vor allem Blau, Beige und Grau, und noch mal einen Hauch Grün. Heute glaube ich, dass ich beim Kolorieren als Kind zum ersten Mal an die »weiße Bubble« stieß, in der ich lebte: Der Stift in der Hand machte mir klar, dass weiße Haut gar nicht weiß ist. Alle schienen das zu wissen. Das Weiß, von dem sie sprachen, musste also etwas anderes bedeuten.

Apfelstrudel

Heidi nickte. Vor Jahren bereits hatte sie ihre German Bakery gegründet. Für Menschen, die Teigwaren mochten, sich aus welchen Gründen auch immer nach Europäischem sehnten oder schlicht Exotik liebten, wurden hier sieben Tage in der Woche deutsche Backwaren hergestellt. Heidi verkaufte an Hotels, Restaurants und ausgewählte Privatkunden, die sich die Kuchenpakete noch vor dem Frühstück ins Haus bringen ließen. Mit der Definition »deutsch« verfuhr sie großzügig. Am besten liefen ihre Croissants (Hunderte jeden Tag für Edelhotels in Colombo) und ihre Strudel.

Mit Äpfeln (wenig) und Inselzimt (reichlich). Der geriebene Baumrinde sei. Da staunten wir, oder? Hier auf Sri Lanka kämen die Stangen ja schön dicht gerollt. Anders als das Zeug, das im deutschen Supermarkt ausliege.

Heidi war stolz auf die Insel, die sie, zumindest was Zimt und Strudel anging, offensichtlich auch als ihre Insel empfand. Auch meine Mutter hatte stets reichlich Zimt über die Äpfel des Sonntagskuchens gestreut, und das zu einer Zeit, in der in Deutschland noch ohne Knoblauch gekocht wurde und keiner je eine Kiwi probiert hatte.

Zimt war, ich begriff es erst jetzt, eine *alte* Kolonialware.

Bereits die Ägypter hatten das Gewürz benutzt, um ihre Toten einzubalsamieren, Griechen und Römer verwendeten es als Medizin, Aphrodisiakum oder Räucherstoff. Kaiser Nero soll nach dem Tod seiner schwangeren Frau Poppaea, der er kräftig in den Bauch getreten hatte, große Zimtfeuer in den Straßen Roms entzündet haben. Die Germanen in ihren sumpfigen Wäldern wollten Zimt gegen die Gicht nutzen, und auch Venedig baute seinen Reichtum auf das duftende, noch den holzigsten Holzapfel verbessernde Pulver, bis die Portugiesen die Zimtinsel im Süden Indiens kurzerhand besetzten, um europäischen Lagunenbewohnern das Handwerk zu legen.

Weitere Kriege wurden geführt. Der Augsburger Kaufmann Anton Fugger verbrannte 1530 die Schuldscheine Karls des V. vor dessen Augen in einem Feuer aus Zimtstangen, auf dass der Kaiser auch rieche, was wirklicher Reichtum ist. Ab dem 18. Jahrhundert gehörte der Zimt London. Sri Lanka hieß nun Ceylon, nach »cinnamon« für Zimt. Die Briten kontrollierten, sprich leerten die Insel. Hie und da ging in den Docks an der Themse ein Fass zu Bruch, und ein Hauch *serendipity* hing für Minuten über der nebelumfluteten, geldwilden Stadt.

Musste ich mir da nicht sagen, dass Mary der Gründe genug hatte für die Vorsicht, ja das Misstrauen ihren weißhäutigen Eltern gegenüber? Auch wenn sie von all diesen Dingen nichts wusste (doch das letzte Wort darüber, was wir vielleicht auch wortlos durch Generationen hindurch wissen, ist nicht gesprochen).

Unsere *future daughter* mochte hellhäutige Menschen nur,

wenn sie das Mutter-Teresa-Habit trugen. Daran war sie gewöhnt. Fünf der sieben Schwestern waren ohnehin nicht weiß. Die beiden anderen nahm sie, dank der verbindenden Kleidung, in diesem Fall hin. Darüber hinaus hatte Mary ein paar Mal weißhäutige Menschen im Kinderheim gesehen. Heidi zum Beispiel. Die sie ebenfalls ablehnte. Und da kamen wir und waren – *die* Enttäuschung. Mary beobachtete, wie wir im Heim aus dem Treewiller stiegen und *coiled back*. Hunter sagte es gleich so: *she coiled back*. Er benutzte gelegentlich ein englisches Wort, es hatte etwas leicht Angeberisches, hier indessen traf der Ausdruck den Kern. Sie hatte sich von uns zurückgezogen wie ein Kätzchen, das zögernd vor einem hockt, und dann hält man ihm einen Stock hin, und es zieht den Körper zusammen und macht einen Satz nach hinten.

Weihnachten (im Mai)

Mittags geht Mary schlafen. Nach ein paar Tagen zeigt man auch uns das obere Stockwerk. Hier halten sich die Wöchnerinnen auf, hier liegen die Babys in Bettchen, hier ist es eng und voll. Die werdenden Mütter und die Frauen, denen das Heim Schutz gibt, obwohl sie nicht schwanger sind, leben hier oben. Wir erkennen nie genau, wie viele es sind, das Personal wechselt, nicht alle werden sichtbar für uns. Rechts von der Treppe befindet sich der große Kinderschlafsaal, zwischen der Frauen- und der Kinderseite liegen Toiletten und Waschräume. Klar voneinander geschieden wird das nicht. Alles ist offen, in Berlin wird Mary wochenlang schreien, wenn es ans Baden geht, noch heute ist das Wort »Sri-Lanka-Dusche« ein Schreckenswort bei uns, es heißt, dass man nackt dasteht, festgehalten wird und einem jemand eimerweise kaltes Wasser über den Kopf kippt, wobei Seifenschaum in Augen und Mund rinnt, weil man so brüllt.

Mary liegt im großen Saal in einem Bett an den Fenstern. Die zweite Reihe steht gegenüber an der Wand. Der Saal ist schmal, langgestreckt, hell. Ventilatoren drehen sich an der Decke. Sie sehen aus wie Ventilatoren in Filmen, die vor hundert Jahren aufgenommen wurden. Nicht jedes der Betten ist belegt. Wir sind nicht sicher, ob Mary jeden Abend in demselben Bett liegt, und finden es nicht heraus. Wir lernen, dass es tendenziell »nein« heißt, wenn wir keine Antwort bekommen. Vielleicht wurde die Frage auch nicht verstanden. Wir tappen im Nebel.

Spartanisch sehen die Betten aus. Metallgestelle, Gitter rundum, einst weiß, der Lack blättert ab. Die Matratzen sind dünn. Es gibt Kissen, keine Decken. Nachts werden Tücher gebracht. Jedes Kind hat ein Kuscheltier. Die liegen in den Ecken der Betten, abgegriffen, also wichtig. Eine dicke Frau um die dreißig hockt am unteren Ende des Saals, dort, wo sich rechts in der Wand auch die Tür befindet. Sie steht offen, als wäre dies ein Gesetz. Man geht auf den Saal zu und damit auf die Frau auf ihrem hölzernen Stuhl. Da sitzt sie und bewacht den Schlaf der Kinder.

Sie bewacht ihn auch, wenn die Kinder nicht da sind.

Sie ist die Bewacherin des Raums.

Zu ihren Füßen liegt Gabriel. Er ist fünf Jahre alt. Er ist dick wie die Frau. Er liegt ihr zu Füßen, schläft, wartet, döst. Er spielt nie.

Gabriel bewacht die Frau.

Sie ist seine Mutter.

Sie lächelt freudig, wenn sie uns sieht. Nach Wochen erfahren wir ihre Geschichte.

Die Frau auf dem Dach am ersten Tag war eine andere. Die Frau auf dem Dach ist stumm. Ihr wurde die Zunge herausgeschnitten. Als man uns das erzählte, wussten wir bereits, dass es sinnlos wäre, nach dem Grund zu fragen. Man würde uns nicht antworten. Unsere Frage würde nur verletzen. Man fragte nicht, da es den anderen, die andere beschämen könnte.

Die Frau im Schlafsaal spricht ebenfalls nicht. »Ayubowan« könnte sie zu uns sagen, hallo, das verstünden wir. Sie kann sprechen, sie nickt nur und wiegt den Kopf auf die indisch-sri-lankische Art, die vermuten lässt, dass man hier über eine anatomisch vollkommen andere Art von Atlasgelenk verfügt als in Europa. Beweglicher und besser geschmiert. Die Menschen dieser sonnigen Welt haben sich bei der Körper-Kopf-Verbindung eben auch nie einen Atlas vorgestellt, der riesenmännlich etwas immens Schweres trägt, in immerwährender Erstarrung. Ich denke an die Göttin Kali, wildes Haar, wilde Augen, wilder Kopf, wenn ich versuche, dieses Nicken nachzuahmen. Oder an den Rüssel des Elefantengottes Ganesha. Es hilft nicht, ich bin zu steif.

Die Bewacherin des Schlafsaals lebt seit Ende Dezember im Heim. Am Weihnachtstag kam ihr Mann mit einem Gewehr in das gemeinsame Haus (es war Krieg, wer weiß, woher er es hatte, ich glaube, Heidi weiß es, sagt es nicht – es war ein Armeegewehr), richtete es auf den ältesten Sohn und erschoss ihn. Vor den Augen der Mutter und Gabriels, den er als Nächstes bedrohte. Niemand weiß, wie die beiden entkamen. Oder man weiß es und sagt es nicht einmal Heidi, die seit Jahren eng mit dem Heim verbunden ist. Es gibt eine Vorgeschichte, die nicht weitererzählt wird.

In dem Sri Lanka, das wir erleben, gibt es immer eine Vorgeschichte, die nicht weitererzählt wird.

Dies gilt auch für Thilini und Mary. Die Gegenwart, die wir erleben, gleicht einem ausgerissenen Erdballen. Ein paar Wurzeln hängen heraus, die Verbindungen sind gekappt, man sieht, dass da etwas gewachsen ist, dass es fehlt. Man hält das Ding in der Hand, auch Teile der oberirdischen Pflanze fehlen, man hört auf zu erzählen.

Die Frau und Gabriel retteten sich. Vielleicht hatte das Gewehr eine Ladehemmung. Vielleicht hatte die Frau ein Messer. Vielleicht rechnete sie mit einem derartigen Überfall. Sie spricht nicht mehr.

Gabriel spricht.

Er bewacht die Wachheit seiner Mutter.

Er sagt, was zu hören sie erträgt. Wird er müde, schläft er auf ihren Füßen.

Höhlen und Bäume

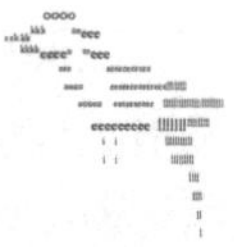

Alles ging in Riesenschritten und zugleich äußerst schleppend voran. Es war nicht so, dass Hunter nicht willens und warm gewesen wäre, gerade auch in der Anfangszeit in Colombo. Wir sprachen über unsere Wahrnehmungen im Kinderheim, unsere Hoffnungen, weitere Geschenke, Annäherungsstrategien, Einschätzungen, Sorgen. Er beruhigte mich, und vielleicht damit auch sich; viel gelassener schien er mir, als ich selbst es war mit dem Aufruhr, der in mir brodelte. Mein Inneres glich dem Auffangbecken eines Wasserfalls, nur ohne Wasserfall. Tag und Nacht, ohne Unterlass, rauschte »Sri Lanka« in mich hinein: die Hitze, die Geräusche, die Feuchtigkeit, die Gesichter, die Sprachtöne, die anderen Töne (das Hupen, das Rufen und Schreien der Tiere, das Rülpsen, das Schaben der Messer, das Gluckern der Bäuche) und mitten darin das Marykind, wie es lief, aß, nicht aß, spielte, uns ansah, nicht ansah, wegsah, die Hand aus Versehen auf meinen Oberschenkel legte, um sich abzustützen, sprich: wie es mich mit einem Stück Holz verwechselte und das die größte Nähe der Woche war.

Hunter war meine Gegen-Einsamkeit, daran hielt ich fest. Erst dort, bei Heidi, lernten wir wirklich, zusammen zu schweigen. Man konnte sich mit meinem Mann wunderbar dunkle Blicke durch die Nacht zuwerfen, etwa in dem Bett mit oder ohne Moskitonetz. Wir probierten mit diesem löchrigen Schutz herum, ängstigten uns vor supergetarnten Mücken, krochen in das weiße Geflecht und hielten es in der Regel nicht lange unter ihm aus. Das Netz klebte an der Haut, und was half es, wenn man es auf diese Weise berührte. Dann stachen die Mücken mühelos durch die kleinen Löcher zwischen den Maschen in den Menschen hinein.

Und wer konnte schon gerade auf dem Rücken liegend einschlafen, geschweige denn für den Rest der Nacht exakt in dieser Position verharren?

Ich nicht. Dabei half auch nicht, dass ich mehr als einmal an einen Deutschen dachte, den wir vor Jahren bei unserer ersten Reise nach Indien in Kolkata kennengelernt hatten. Ein breiter, hochgewachsener, sehr wackerer und sehr kranker Mensch war er, und ich befürchtete, dass er inzwischen nicht mehr lebte. Bei einem Ausflug, zu dem er uns eingeladen hatte, um uns Ecken der Stadt zu zeigen, die Touristen gemeinhin nicht besuchten, etwa den britischen Friedhof aus der Kolonialzeit, erzählte er, dass er an Elefantiasis erkrankt war. Man hatte es spät erkannt, es war nicht heilbar. Seine Beine hatten bereits die Form angenommen, die der Krankheit ihren Namen gibt. Ohne Betonung, nicht sonderlich traurig, eher faktisch meinte er, ungestraft wandele niemand unter Palmen.

Hunter verschwieg ich, dass mir dieser Satz durch den Kopf ging, um ihn nicht mit meinen Mücken- und Palmensorgen anzustecken. Er hatte gewiss seine eigenen Bedenken, von denen er mir ebenfalls aus Rücksicht nichts sagte. Da waren die Blicke, die wir einander im Bett zuwarfen, eine besondere Stärkung. Wir lächelten durchs Dunkle, und obwohl wir unser Lächeln nicht sahen, wussten wir, dass es da war, und es tröstete uns, wie Dunkellächeln die mit Schwierigkeiten beladene Menschheit bereits in der Steinzeithöhle getröstet haben muss, wo es sozusagen naturgemäß tiefdunkel war und blieb.

Auf schwankendem Grund

Ich weiß nicht, warum Heidis Gästezimmer so untererhellt wirkte. Es ist nicht so, dass der Mond nicht scheint in Colombo oder dass die Straßenlaternen nicht brennen. Sie standen dank des Gartens zu weit weg von unserem Fenster. Im Garten war es dunkel, also war es auch im Zimmer dunkel, und unsere Blicke ermutigten uns, aber drangen nicht weit.

Wir waren auf eine Bühne getreten.

Damit hatten wir gerechnet. Darauf hatten wir uns vorbereitet.

Doch nun verwandelte sich die Bühne. Jeder unserer Schritte wurde zögerlich und unsicher. Ein Adoptionsboden besteht nicht aus festen Planken, auch wenn er so aussieht, er besteht aus unvertrauten sri-lankischen Pflanzen und Sand, aus eingeseiftem Linoleum und glitschigen Bananenblättern, und wir wussten nicht, wie wir uns darauf bewegen sollten. Wir spielten eine uns neue Rolle, eine Rolle, die per Definition unvollständig war, schließlich hieß sie »schwebende Eltern« oder »werdende Eltern« oder »Menschen, die hoffen, Eltern zu werden, ohne dabei genau zu wissen, ob sie Eltern werden möchten«, oder »Sie wissen genau, dass Sie Eltern werden möchten, Sie sind exakt daraufhin die letzten fünf Jahre Mal um Mal überprüft worden, Sie haben gezweifelt, haben geschwankt, aber den Wunsch wiedergefunden«, oder »Sie wollen also Eltern werden, definitiv, müssen allerdings herausfinden, ob Sie Eltern werden können für dieses eine spezielle Kind«.

In der Adoptionsurkunde steht Mary als »Mariya«, der singhalesischen Variante des Namens der Gottesmutter. Thilini mit ihren dreizehn Jahren war nach der Geburt nicht dazu in der Lage oder nicht willens gewesen, dem Kind als ihrem Kind einen Namen zu geben, weil sie nicht wusste (dachte ich – schwankend in unbekanntem Terrain), wie sie sich auf dieses Menschenwesen beziehen sollte. Da alle Mädchen, die keinen Namen hatten, im Heim »Mariya« hießen, also ein kleiner Schwarm angerannt kam, wenn man in der Auffahrt den Namen der christlichen Gottesmutter rief, hatten wir angefangen, unsere Mariya »Mary« zu nennen.

Auch Mary musste einen Schrecken oder Stoß erlitten haben durch unser Erscheinen, auf ihre Weise. Ich stelle mir vor, wie sie in ihren letzten Wochen im Kinderheim oder nach der Ankunft in Berlin Blicke und Gedanken und Gefühle aus ihrem Bett heraus, allein für sich, durch die Nacht warf.

Vielleicht lief sie ihnen auch im Traum hinterher.

9

Mitunter sagt sie mir heute, sie tagträume, dass sie eine Liste für mich habe mit Wünschen für Nikolaus und Weihnachten. Etwas Neues sei ihr eingefallen, da habe sie dringend nach Hause kommen wollen, um alles von der Liste zu löschen zugunsten dieses einzigen anderen, wichtigen Geschenks, und nun habe sie vergessen, was es gewesen sei.

Dann essen wir weiter, und ich lächele sie an, sie isst das gute Pesto auf, ich kratze die Reste vom Rand des Glases. Sie geht in ihr Zimmer, nichts ist aufregend, wir teilen unsere Tage, wir teilen unsere Tagträume und das Vergessen, wir teilen das Wechseln vom Nahen zum Alltäglichen, das ebenfalls das Nahe ist, denn sie sagt, räumst du auf, und ich sage, holst du das, und sie sagt Nein, macht es aber. Oder macht es nicht, wirft mir bereits an der Tür zu ihrem Zimmer einen ihrer Blicke zu, steht da in Boxershorts und T-Shirt, diese Fast-Frau, dieses nahezu erwachsene Mädchen, das mir so vertraut geworden ist, dass ich ihre Haut- und Haar- und Augenfarbe nicht mehr sehe.

Auf der Adoptionsbühne setzt man vorsichtig einen Fuß vor den anderen. Für mich wurde es dank des Schwankens der Bühne einfacher, die sri-lankischen Heim- und Rechtssachen brav in der von Heidi vorgegebenen Ordnung auszuführen, bis das gesamte große, mächtige, erschreckend-schöne, das unerhört fantastische und fantasierte, verwaltungstechnisch umkränzte, von fremden Menschen und ihren Entscheidungen, von Urteilen und revidierten Urteilen, von Hypothesen und Suchgängen, Befragungen und Gesundheitszeugnissen, Unglücken und Hoffnungen, zersprengten Familien und wie Plankton im Wasser herumtreibenden vergangenen Taten, von Zeitungsausschnitten, Strafprozessen, arbeitenden Frauen, Gebeten und Kalis Tänzen, von Geiern, Stromleitungen, Stempeln und Lebensideen, von Zukünften und Schmerzen umstellte Ding, DIE ADOPTION, erledigt wäre.

Andererseits fühlte ich, wie das Zwangssystem – Montag bis Freitag: aufstehen um halb acht, frühstücken, Hitze, ins Heim fahren, Hitze, mit Mary spielen (oder eben nicht), starke Hitze, Mittagspause machen (etwas essen, Geschenke einkaufen), starke Hitze, ins Heim fahren, mit Mary spielen (oder eben nicht), Hitze, zu Heidi zurückfahren, duschen, essen, umfallen, Hitze – vor allem Hunter zunehmend schwerfiel. Er wollte es nicht zugeben, oder nur halb. Wir umschifften es, indem wir einander zuraunten »wäre der Gerichtstag nur endlich da«, noch lieber sagten wir »wäre das Kind doch schon hier bei uns in Heidis Haus« (dann wäre alles gut gegangen, dann wären wir Eltern). Was für eine nahe, unvorstellbare Welt.

10

Die erste Adoption

Die äußeren Geschehnisse vollzogen sich, die inneren waren langsam und kannten kein Geradeaus. Sie ruckelten seitwärts, zogen rückwärts, da stark in die Luft, dort ab in die Hölle, verknäulten sich.

Wir besuchten »unseren« Rechtsanwalt. Heidi hatte ihn bereits vor unserer Ankunft ausgesucht, für die Adoptionen arbeitete sie mit drei oder vier Herren zusammen, abwechselnd, Mister Barayanake war an der Reihe. Er brauchte unsere Unterschriften unter den Adoptionsantrag, der nun bei dem sri-lankischen Gericht einzureichen war. Es eilte, unsere Rückflüge waren fest gebucht, bis dahin musste das gesamte juristische Stück über die Bühne gebracht sein, das offizielle formale korrekte pompöse sri-lankische Dokumentenstück ebenso wie das nüchtern-korrekte Dokumente-für-Deutschland-Stück und das beängstigende Stück der Abhängigkeit, des Zufalls, des gefühlten Gnadenerweises und der realen Ermessensspielräume auf dem sandigen Unterboden, wo, kaum setzten wir den Fuß auf, zuverlässig einfach mehr Sand nachrieselte.

Unser Entscheidungsspielraum war extrem eingeschränkt. Entweder brachen wir den Adoptionsvorgang ab. Das wäre es für alle Zeit gewesen. Für einen zweiten Anlauf ließ schon allein mein Alter keine Zeit. Oder wir bewiesen unsere Nervenkraft, unsere Entschlossenheit, unsere Ernsthaftigkeit, indem wir durchhielten und auf Marys Kooperation vor Gericht setzten, auf Mary hofften.

Herr Barayanake war trotz unserer Voranmeldung so ausgebucht, dass er in seinen Bürostunden keine Zeit für uns fand. Die Bürostunden waren der sri-lankischen Pop-up-Friedensfeiertage wegen stark eingeschränkt. Für den tamilischen Teil der Bevölkerung konnten sie nichts Glückliches bedeuten. Raketen und Feuerwerke wurden abgeschossen, Klänge, die auch mir nur eingeschränkt Freude machten, zu stark erinnerten sie an Schießgeräusche. Manche Businessleute empfanden die Flut der Feiertage ebenfalls als eine Art Strafe. Menschen wie unser Rechtsanwalt wirtschafteten in die eigene Tasche, was nicht beruhigend ist, wenn jeder zweite Tag zu einem Feiertag wird.

Büroräume, Familie, Apfelstrudel. Äpfel gab es nicht auf Sri Lanka, Apfelstrudel wurde, dank Apfelimports aus Spanien oder den USA, in Heidis Bäckerei einmal im Monat als besondere Leckerei angeboten, die Liste der Vorbestellungen war lang. Topfen machte sie öfter, Herr Barayanake sagte, er liebe Strudel, »stuti«, und erhöhte, es tue ihm leid, wir müssten verstehen: Angestellte, Gebühren, Kinder, seinerseits die Gebühren. Nämlich auch weil …, und überhaupt: »Dieser Fall.«

»Dieser Fall« war unser Kind.

Das Büro des Anwalts war überfüllt, Rechtsuchende campierten im Treppenhaus, um einen Termin zu erbeuten. Heidi hatte uns daher zu seinem Privathaus gefahren. Es war bereits dunkel, als wir dort ankamen und mitten in das Familienleben traten. Mister Barayanakes Söhne sprangen herum, auf andere Weise munter und beredt als die muntersten und beredtsten der Heimkinder. Es roch nach Räucherstäbchen, und auch die Frau des Hauses begrüßte uns. In dem großzügigen, mit dunklem Holz verkleideten Eingangsbereich, in den die geschwungene Treppe aus dem ersten Stock mündete, zogen wir unsere Schuhe aus und bekamen Tee mit unsäglich viel Zucker.

Danach saßen Hunter, Heidi, der Rechtsanwalt, fast wollte ich Hexanwalt schreiben, und ich für eine Weile im heimischen Arbeitszimmer des Mannes und besprachen gebührenintensive Details wie die Nichtvolljährigkeit der Mutter Marys, die, wie wir nun erfuhren, keinen Nachnamen hatte oder ihn nicht preisgeben wollte. Dem Heim war er geläufig, nahm man an, und man kannte Mittel, wie Heidi versicherte, um die Herkunftsfamilie Thilinis zu kontaktieren. Das werde gleich am nächsten Morgen geschehen, wenn die Papiere unterschrieben seien. Thilinis Mutter, Marys Großmutter, werde sich der Adoption in keiner Weise widersetzen, sagte Heidi nickend. Nicken spielte bei einem Gespräch in Sri Lanka eine große Rolle. Ohne Nicken sprach man eigentlich nicht. Auch Herr Barayanake nickte.

Es bildete sich eine Pause. Welche Rolle Marys Großmutter, die Vormundin Thilinis, spielte, blieb unklar. Bislang hatte sie allen Schritten nicht nur zugestimmt, sie hatte sie vorangetrieben. Aus egoistischem, also zuverlässigem Interesse sagte man uns: Eine Mutter, die ihre schwangere Tochter des Hauses verwiesen hatte, werde froh sein, das entstandene Enkelkind in einem weit entfernten Winkel der Erde verschwunden zu wissen.

Alles war geklärt und noch einmal geklärt worden. Herr Barayanake nickte. Allerdings seien blitzartige »Meinungsumschwünge« nie auszuschließen.

Es stand in Sri Lanka unter schwerer Strafe, ein Menschenkind, etwa die Enkelin, gegen Geld zur Adoption freizugeben. Das wisse auch Thilinis Mutter. Und damit sie es wirklich wisse, werde man es ihr erneut erzählen: ja, unmissverständlich klarmachen. Keine Schlupflöcher! Herr Barayanake lächelte. Wir sollten uns keine Sorgen machen.

Nun machten wir sie uns. Und hofften auf die Kraft der intrinsischen, nicht-finanziellen Motivation.

Thilinis Fall war durch die Presse gegangen. Als »Musterfall«. Des neuen Rechtssystems. Eines Staates, der nun seine Minderjährigen vor sexuellen Übergriffen durch Erwachsene schützte. Es wurde offensichtlich vorausgesetzt, dass wir davon wussten.

Tee wurde nachgeschenkt. Eine zuckerlose Variante gab es nicht.

Ich versuchte die indische Kopfbewegung – ein Wiegen und Wackeln zwischen Ja und Nein –, und tatsächlich reagierte Herr Barayanake mit einer weiteren Erklärung. Die Zielsetzung der Heime sei es, Mädchen wie Thilini zu helfen, Mädchen, die außerhalb einer Ehe aufgrund einer Liebschaft, einer Vergewaltigung oder eines frühen Auf-der-Straße-Lebens-und-Geldverdienens schwanger waren. Vorsichtig bewegte ich auf zustimmende Weise den Kopf. Sie hatten kaum Lebenschancen mit dem Kind, sagte der Anwalt. Bei Thilini habe man es glücklicherweise rechtzeitig gewusst. Eine ihrer Schwestern arbeitete als Dienstmädchen in Colombo. Sie hatte ihrer Arbeitgeberin von Thilinis Not erzählt und durch diese Arbeitgeberin einen Platz im Mutter-Teresa-Heim für Thilini ergattert, als diese im sechsten Monat schwanger war. Das Kopfwackeln fiel mir zunehmend schwerer. Es war erstaunlich, welche Details Herr Barayanake kannte. Heidi musste all dies ebenfalls wissen, hatte es allerdings nicht erwähnt. Thilini hatte die Zeit bis zu Marys Geburt im Heim verbracht, unter ärztlicher Aufsicht auf Kosten der Teresa-Schwestern in einem Hospital entbunden und seither zusammen mit Mary im Kinderheim gelebt. Sie war ja selbst noch ein Kind.

Wieder bildete sich eine Pause. Ich wieg-wackelte als Zeichen von Höflichkeit, Hilflosigkeit und Neugier. Hunter saß reglos neben mir. Lange hatte die Adoption sich hingezogen, sagte der

Kenner des Rechts in seinem exzellenten, wenn auch auf indische Weise halb gesungenen Englisch. Obwohl die Familie sie gewollt hatte. Bereits damals, als der Vater des Kindes gesucht, wenngleich nicht gefunden worden war.

Er räusperte sich. Thilini schien von Anfang an zu wissen, um wen es sich handelte, sie sei also nicht von einem Fremden überfallen worden.

Überfallen. So hieß das nun.

»Nicht von einem Fremden«, wiederholte Herr Barayanake.

Sie hatte, nach seinem Namen gefragt, beharrlich geschwiegen. Nun stand sie in dem Ruf, sehr trotzig zu sein.

Bei diesen Worten schauten Hunter und ich uns an. Man konnte das auch anders interpretieren: Thilini war sehr einsam – sehr stark – oder sehr ängstlich.

Hunter gab sich bei Begegnungen dieser offiziellen Art nicht übermäßig gesprächig, er spielte sich nicht in den Vordergrund, das war nicht seine Art. Ich mochte das und spürte in Augenblicken wie diesem, wie gut ich ihn kannte. Thilini tat uns leid. Mary war mit ihr vertraut, wenn auch nicht auf tiefere Weise als mit den anderen Frauen, die aus ähnlichen Gründen wie Thilini im Kinderheim lebten.

Sagten uns die Frauen im Heim.

Und Heidi, die Mary seit ihrer Geburt kannte und regelmäßig besucht hatte.

Die Schwangeren des Heims bildeten eine eigene Gruppe, die sich tagsüber um Kleinkinder und Babys kümmerte und abends selbst etwas lernen sollte. Thilini war zur Schule geschickt worden, dieser Versuch hatte leider abgebrochen werden müssen, sagte nun erneut der wohlinformierte Herr Barayanake. Nach weiterem Räuspern fügte er an: abgebrochen, da Thilini sich zu intensiv für die Jungen interessierte, die neben der Mädchenschule unterrichtet wurden.

Ich wieg-wackelte nicht mehr. Der letzte Satz verwirrte mich.

Wurde nun Thilini unterstellt, sie sei männererpicht? Nach ihrer Geschichte? Nun wieg-wackelte der Anwalt den Kopf. Heidi, still auf ihrem Stuhl, senkte den Blick.

Man hatte, signalisierte unser Rechtsanwalt, das Problem – wir erfuhren nicht, welcher Art genau es gewesen war – gelöst.

Er hüstelte.

Thilini war das jüngste von vier Kindern. Zwei ältere Schwestern, ein älterer Bruder. Da der Vater nicht bei der Familie lebte (weggelaufen? tot?), galt der Bruder als Familienoberhaupt. Es gab wohl Verwandte in umliegenden Dörfern.

Ich wollte nicht verstehend zurückblicken.

Der Abend bei Herrn Barayanake ist mir in lebhafter Erinnerung geblieben. Marys Vater? Ich war nicht dazu bereit, Thilini »ungezügeltes Begehren« zu unterstellen, nur um die männliche Seite partiell zu entschuldigen.

Thilini, dem Kind. Allein zuhause mit »keinem Fremden«. Einem Verwandten, der zu Besuch gekommen war? Einem Freund der Familie? Da Reisen auf der Insel mühsam war, gebirgige Straßen, tockelnde Züge, blieb man in der Regel länger als ein paar Tage.

Herrn Barayanakes Söhne blickten uns neugierig an, als wir uns verabschiedeten. Ich saß auf dem Boden, um mir die Schuhe wieder anzuziehen.

Unser Wissen über Mary wuchs.

Stärker noch wuchs unser Nichtwissen.

Kröten

Mit Heidi sprachen wir Englisch, wenn Bekannte von Heidi zu Besuch waren. An einem Abend kam die Frage auf, ob Heidis Schildkröte eine »turtle« oder »tortoise« sei.

Hunter meinte, Mausi sei eine »tortoise«, ich hielt sie für eine »turtle«, weil sie so törtelig aussah (kriechendes Törtchen), braungrau, zugegeben, das konnte unter dem Tortenaspekt Verbesserung (Zuckerguss) vertragen. Tatsächlich war die Kröte recht klein, also noch jung, zwanzig Jahre erst, mühelos würde sie uns alle, wie wir um sie herumstanden, überleben, solange sie Heidis Garten mit dem bald anzuschaffenden Dackel und den herunterkrachenden Kokosnüssen überdauerte. Lautlos kroch sie durch das regelmäßig gewässerte, also grüne Gras. Im Übrigen hockte sie unter einem Busch und schlief. Hielt man ihr ein Blatt vor, am besten ein Salatblatt aus der Küche, streckte sie den Kopf heraus und begann enthusiastisch zu mahlen.

Hasen waren mir lieber, sie fühlten sich besser an als ein glatter, kalter Krötenpanzer, die gerunzelte Stirn freilich war hübsch, und nicht nur in den Augen, sondern im gesamten Gesicht der Kröte saß etwas Kluges. Es war alt und langsam. Hunter gefiel, dass die Schildkröte, die er weiterhin »tortoise« nannte, den Kopf stets nur zeitlupenartig aus der Deckung schob, wobei sie keinerlei Laut von sich gab, niemals.

Da Sri Lanka eine Insel ist, die in einem immensen Ozean schwimmt, schwammen um uns herum jede Menge Schildkröten. Sie paddelten durch blaues und dunkelblaues und in der Tiefe vollkommen schwarzes Meer mit ihren fleischigen Beinen und ihren fleischigen, wie Suppenschüsseln geformten Körpern. Meine Katzenzungen essende Großmutter hatte auch Schildkrötensuppe geschlürft, der Kopf wurde vor der Verarbeitung abgeschnitten, der Panzer in einem Indie-Laden aufgehängt. Heute sind sechs der sieben Arten Meeresschildkröten vom Aussterben bedroht (sie halten Plastikmüll für Quallen und fressen ihn). Ende Versuppung. Hunter und ich waren darüber froh, er als Vegetarier und ich als Tierliebhaberin, auch wenn Heidis Schildkröte eindeutig eine kleine, ländische Kröte war und niemanden an eine Suppenschüssel gemahnte.

Ihretwegen dachte ich nun nachts, wenn wir im Bett lagen, auch an die Wasserschildkröten und wie schüsselig sie in den Wellen trieben, die Sri Lanka umspülten. Ich dachte daran, wie das Wasser am Morgen heller werden würde und wo sie wohl schliefen, ob sie dafür an Land krochen, sich auf den Sand setzten, dort, wo sie auch ihre Eier ablegten und das Ausbrüten der Sonne überließen, um selbst in ihr Element zurückzurobben und weiterzuschwimmen, und Hunter hatte recht gehabt, sie waren die »turtles« und Heidis Schildkröte war eine »tortoise«.

Als ich am Morgen erwachte, war Hunter nicht mehr im Bett.

Zufällig entdeckte ich ihn auf meinem Weg ins Bad. Er hockte keine zwei Meter von mir entfernt draußen vor unserem Fenster im Rasen, hielt Mausi (warum nur »Mausi«?) etwas Fressbares hin und redete auf Deutsch auf sie ein. »Komm komm, Kleine.« Unverdrossen versetzte er ihr den nächsten liebevollen Stupser, was sie offensichtlich mochte, denn statt wegzulaufen, streckte sie den Kopf ein wenig weiter aus und war bereit, sich streicheln zu lassen. Ich glaube, das, zusammen mit dem Besuch bei Herrn Barayanake, war unsere erste Adoption.

Hunter, im Gras, vor einer Schildkröte unklaren Geschlechts, flüsternd: »Hallo, Kleine!«

»Willkommen, Kleine!«

Der Plan der Schwestern

Die erste Woche ist vergangen. Nun ja, zehn Tage. Nein, zwölf. Fast zwei der drei Wochen, die üblicherweise vor dem Gerichtstermin liegen. Auch wir rechnen mit diesem Zeitschema, obwohl wir noch nichts von Herrn Barayanake gehört haben. Mary will sich nach wie vor weder von Hunter noch mir berühren lassen. Ihre »Routine« geht weiter. Unsere auch.

Wochenende, Kinderpause. Sprich: In das Hotel auf dem Hügel flüchten, auf dem Liegestuhl liegen, sich fragen, wo die Kraft geblieben ist.

Schwitzen.

Die Luft wird nicht besser, sie wird wärmer. Dann, mit einem Mal, ist es dunkel, ehe man geblinzelt hat. Das heißt Äquatornähe. Dunkel, nicht kühler. Zwölf Stunden später wird es im Handumdrehen hell, wir verschlafen es; ein Morgen in Colombo gilt unseren zeitträgen, europäischen Körperzellen noch immer halb als Mitternacht. Ich benutze Heidis Fitnessrad im ersten Stock. Hunter hat seinen Computer dabei und schlägt sich mit dem Internet herum. Verbindungen brechen ständig zusammen. Ständig aufgebaut, ständig zusammengebrochen.

Die Helferinnen im Heim beobachten unseren Nicht-Fortschritt mit Mary. Sie sehen unsere Not. Am Montag eilen zwei von ihnen mit listigem Gesicht auf uns zu. Genauer auf mich. Die Helferin, die Mary trägt, drückt mir ohne Ankündigung das Kind in den Arm. Das Kind und ich sind gleichermaßen überrascht, das ist auch schon alles, was uns verbindet. Mary brüllt, zappelt, ich will loslassen, höre »give husband«, drehe mich um, da ist Hunter, ich drücke sie ihm in den Arm, sie brüllt weiter, er setzt sie ab, sie rennt weg.

Die Sonne, der alte Mann und der Stein

s
o
h
stein p
mann y
s
i
s

Im Kinderheim gab es keine Unterhosen, das wäre unpraktisch gewesen, schließlich hatte man keine Windeln. Die Kinder trugen ihre Hängekleider und hinterließen Spuren. Das hemdige

Körpergefühl muss vollkommen anders sein als das, was Kinder bei uns vom Augenblick der Geburt an entwickeln.

Sie werden umschlungen. Eingefasst.

Die sri-lankischen Heimkinder hingegen kannten nur Körperwärme und -freiheit. Sie lebten in der Ärmellosigkeit, der Hosenlosigkeit, der Wolllosigkeit, der Bewegungslust. Und da kamen wir an mit Windeln und Hosen, Socken und Schuhen, dem T-Shirt mit Ärmeln und der Jacke für die Reise. Mit Unschuldsmiene versteckten wir sie wieder.

Dass das Kinderheim auf Unterhosen verzichtete, war sinnvoll. Außer dem Computer im Zimmer der Oberin gab es kein elektrisches Gerät im Haus. Der Fernseher wurde ausgeliehen, der Ofen mit Holz befeuert. Die Wäsche oblag der Wasch-Wallah. Sie walkte die Kleider der Kinder, aller Kinder, auf dem Dach des Heims mit der Hand. Jeden Tag stand sie auf dem flachen Teer, auf den die Sonne schien. Sie war es, die uns am ersten Tag so freundlich zugewunken hatte. Die Kleidungsstücke wurden vielfach durch Lauge gezogen, geknetet, ausgespült, in der Sonne ausgelegt, wo sie trockneten wie kleine Brote. Am Ende wurden sie grob nach Größe sortiert und auf den fast frauhohen Verteilungshaufen geworfen.

Die Wasch-Wallah lebte im Heim, damit sie einen Ort hatte. Immer, wenn sie uns sah, lächelte sie auf die besondere Weise der Stummen, bei der das Gesicht, weil der Mund nie etwas sagt, mehr vom inneren Ausdruck des Menschen übernimmt und in ein Lächeln aufgeht.

Das konnte sie.

Die Kinder indes hatten Angst vor ihr. So arbeitete sie dort oben auf dem Dach, wühlte sich Tag um Tag durch Milchbreiflecken, Kotspuren, Sabber. Stundenlang krümmte sie auf Krähenhöhe, in starker UV-Strahlung den Rücken. Ich musste an Albert Camus' Aufsatz zu Sisyphos denken, wenngleich mir das Bild zu europäisch schien. Ein Berg, der typische Weg nach oben, ein Mann, glücklich mit einem Stein. Nichts davon passte hier auf dem Dach.

Die Arbeit der Frau war endlos. Sie fand nicht an einem Stein statt. Und nicht am Ego. Endlos war die Mühe am Menschen.

In Wirklichkeit

Vielleicht blickte die Wasch-Wallah von dort oben auf dem Dach manchmal auf das Meer. Sah einen Schimmer Blau. Oder hörte es.

Selbst wenn dieses Meer »in Wirklichkeit« nur eine Wolkenspiegelung auf dem heißen Teer unter ihr war, das Rauschen des Verkehrs.

Es gab keinen Erdboden in oder vor dem Heim.

Es gab Fliesen, Steine, Staub.

Heidis Horrorliste

EMIGRATION
DENIED

Heidi redete gern, und wenn ihr nichts Neues mehr einfiel, dachte sie an etwas Altes. Sah sie uns, dachte sie an vergangene Adoptionen. Anfangs fragten wie sie danach, bald erzählte sie zutraulich und ohne jeden äußeren Anstoß. Dabei folgte sie ganz und gar ihrem persönlichen Geschmack.

Mit den leichteren Schrecken stieg sie ein. Etwa mit dem Kind, das seine Eltern mit Freude angenommen hatte, schon im Kinderheim, und selbstverständlich hatte es auch bei Gericht vertrauensvoll seine Ärmchen um den Hals der Adoptivmutter geschlungen. Der Richter war bezaubert gewesen, die

Adoptionsurkunde im Handumdrehen unterzeichnet. Die hinreißendste Adoption, die man je erlebt hatte.

Bis zur Grenzkontrolle im Flughafen von Colombo. Das Kind bekam einen Schreianfall. Es riss sich die Kleider vom Leib, warf sich auf den Boden und brüllte. Die Familie verpasste das Flugzeug. Die Papiere wurden mehrfach überprüft. Die Flughafenbeamten trauten sich eine endgültige Entscheidung nicht zu. Das Gericht wurde angerufen. So etwas dauert. Irgendwann schlief das Kind aus Erschöpfung ein.

Die Familie blieb drei Tage im Flughafen (rückwärtiges Gebäude) eingesperrt, bevor der zweite Abflugversuch unternommen werden durfte.

Die Mutter einer Adoptivfamilie, die in Heidis Haus gewohnt hatte, entwickelte wenige Wochen nach der Adoption das Dengue-Fieber. Ausgelöst wird es durch ein Virus, übertragen von Stechmücken. Hohe Körpertemperatur, Schüttelfrost, heftige Muskelschmerzen. Dengue wird auch das »Knochenbrecherfieber« genannt. Wir hatten nie davon gehört, bis Heidi davon erzählte. Details wollt ihr nicht wissen, sagte sie. Wie wahr, Heidi, wie wahr.

Ein Paar beschloss auf der Teereise durch Sri Lanka, die es an einem Wochenende unternahm, nachdem es bereits zwei Wochen jeden Tag ins Heim gefahren war, dass es nun kein Kind mehr annehmen wollte, allemal nicht das ihm angebotene. Das Paar flog bester Laune, erleichtert und in sich gefestigt, nach Deutschland zurück.

Heidi arrangierte eine derartige Teereise auch für uns, Hunter bestand darauf. An einem Freitagmittag fuhren wir in einem mit Fahrer (soziale Verpflichtung) gemieteten Auto los. Am Montagabend kehrten wir nach Colombo zurück. Der Fahrer war ein Freund Heidis; ich nahm an, dass er das Rücktretepaar ebenfalls gefahren hatte. Ich war freudig aufgebrochen, unbedingt wollte ich die Teeberge einmal sehen. Leider wurde mir abends bei der ersten Übernachtung schlecht. »Ziemlich« würde man auf Englisch sagen, also mit Understatement. Ich blieb im Bett. Die Berge waren feucht und lagen zum Großteil in noch feuchteren Wolken versteckt. Das war alles, was ich sah.

Ein Junge, zwar ein Adoptivkind aus Brasilien, aber Heidi griff großzügig auf alle Schrecken zu, von denen sie gehört hatte, hatte die Mutter viele Jahre lang abgelehnt, den Vater hingegen vom ersten Tag an akzeptiert. Die Familie verbrauchte in diesen Jahren diverse Therapeuten, von einem verbrauchten Muttertherapeuten und einem verbrauchten Paartherapeuten wusste Heidi mit Sicherheit. Dem Kind sei es dabei augenscheinlich gut gegangen, es habe sich prächtig entwickelt. Niemand könne nachvollziehen, wie es dem Paar gelungen sei zusammenzubleiben.

Ein auffallend hübsches Adoptivmädchen, das hervorragend in der Familie angekommen war, habe mit fünfzehn Jahren begonnen, seine Mutter zu bestehlen. Schminksachen, Kleidung. Es sei dabei nicht darum gegangen, dass es diese Dinge habe mitbenutzen wollen. Sie seien vielmehr verschwunden. Auch Geld sei verschwunden. Den Vater, dessen Geld sich ebenso in der Wohnung befunden habe, bestahl das Mädchen nie. Er war Polizist. Ihn hätte der Ordnungsverstoß härter getroffen. Alle wunderten sich, dass er verschont wurde.

Heidi wusste nicht, wie der Fall weitergegangen war. Sie erzählte mit Vorliebe Geschichten, in denen die Aggressionen der Adoptierten sich gegen die Mutter richteten. Darauf angesprochen sagte Heidi, das sei nicht ihre Wahl, das sei die Realität. Die Kinder entwickelten Aggressionen gegen die Mütter in Übertragung von der leiblichen Mutter, die sie letztendlich weggegeben habe. Die leiblichen Väter seien an der Adoption nie beteiligt, die seien lange vorher weg. Das sähen die Kinder aber nicht.

Ein Adoptivmädchen fing, kaum vierzehn geworden, damit an, abends nicht wie verabredet zu seinen Eltern zurückzukehren. Es war ein waches, kluges Mädchen, das sich auskannte in der Kleinstadt, in der es lebte. Es besuchte nachmittags eine Freundin, fuhr von dieser Freundin zur Abendzeit ab und verschwand vom Elternradar. Es kam jede Nacht nach Hause, gewiss, wenn auch Stunden später. Die Mutter machte sich Sorgen. Nichts half. Das Mädchen antwortete in den Zeiten des abendlichen Verschwindens nicht auf Nachrichten oder Anrufe. Die Mutter installierte eine Spysoftware auf dem Handy des Kindes. Das Kind war schlauer und ließ das Handy gleich zuhause oder bei der Freundin. Als es fünfzehn oder sechzehn Jahre alt war, fing die Mutter, die nicht mehr wusste, was sie tun sollte, an, zum letzten Nachtbus um halb ein Uhr morgens zu gehen. Oft ging sie aus Unruhe bereits eine Stunde früher zu der Haltestelle und erwartete das Kind. Es kam zuverlässig angefahren. Später sagte es, so Heidi, einmal habe ihm die Mutter, als es sie da am Halteschild stehen sah, leidgetan. Während ich zuhörte, stellte ich mir die Mutter seltsamerweise als Sterntaler vor. In einem lächerlichen Nachthemd stand sie barfüßig am Straßenrand.

Ein Adoptivkind in Stuttgart hatte sich umbenannt. Es hieß nun »Nein«. Das Kind hatte zu allem monatelang nur »Nein« gesagt. Es wollte nichts sehen, nichts hören, nichts machen, nichts haben. Man schenkte ihm eine Puppe.

»Wie heißt die Puppe?«

»Nein.«

»Wie heißt du?«

»Nein.«

Völlig fertig sitzen Hunter und ich auf dem Bett. Wenn auch nicht lange. Wir kippen um, liegen auf der Matratze, das Moskitonetz auf Distanz über und um uns. Mir fällt Dengue ein. Das Fieber. Am liebsten würde ich mich in das Netz einrollen, um mich gegen die Mücken zu schützen. Was grundfalsch wäre. Die Tierchen sind ausgefuchst (auch das falsche Wort).

Ich erzähle Hunter davon, wie es war, Mary auf dem Arm zu halten. Er weiß auch nicht, was tun. Ich empfinde Marys Widerstand gegen uns als nahezu sanft im Vergleich zu Heidis Geschichten. Sanft, und infam. Mary zeigt uns das Besteck: So kann ich mit euch umgehen. Und so.

Hunter tröstet mich. Das werde sich geben. Er tröstet damit auch sich. Ich liege in seinem Arm. Er hat eine flache Brust mit einer Senke in der Mitte des Brustbeins. Ich fand das schon in der Grundschule hässlich an Jungen und wollte als Mädchen auf keinen Fall einen Mann mit Brustsenke in der Mitte. Hunter hat Sommersprossen und hellrote Haare auf den Armen. Das ist viel schöner, als ich es mir als Mädchen gedacht hätte.

Es riecht nach Hunter. Wir sind in Sri Lanka, ich rieche garantiert auch. Man duscht, riecht für fünf Minuten nach Duschgel, dann erneut nach sich. Menschen sind hier eindrucksvoll geruchsidentisch mit sich. Wir waschen uns jede Stunde. Nur wenn man einmal mit dem richtigen Abstand unter dem Moskitonetz liegt, bleibt man da auch. Noch haben wir Zeit mit dem Kind, acht Tage.

»Hast du Angst«, flüstert Hunter.

Ich nicke. Er spürt das an seiner Schulter.

»Ich auch«, sagt er.

Der Kuckuck schläft, die Sterne stehen fast verkehrt herum über uns. Vor dem Fenster schiebt Heidis Schildkröte ihr weises Gesicht durch das lautlose Gras.

Mary schläft sich weg

Ehe wir uns versahen, war auch die dritte Woche fast vergangen. Der Gerichtstermin stand vor der Tür. Alarmstufe Orange: Mary ließ sich weiterhin weder von Hunter noch mir berühren. Mehr noch: Sie weigerte sich, auch nur eine Sekunde mit uns allein zu bleiben. Die Pflegerinnen kannten das Problem von früheren Fällen, sagten sie, und wussten eine Lösung. Mary und ich sollten entspannt werden und es entspannt und vor allem allein, also nur zu zweit, miteinander aushalten.

Dasselbe Spiel wie zuletzt, nur unter verschärften Bedingungen, eingesperrt und weiter von allen anderen entfernt. Ich wurde in einen Seitenraum in der linken T-Ecke geführt, knapp vor der Kapelle. Er war halb offen, ebenerdig, leer, eine Art Wintergarten. Hätte man Tische und Stühle für den Garten besessen und wäre der Garten nicht ohnehin zu heiß und zu ungepflegt gewesen, um sich darin aufzuhalten, hier hätte man sie gestapelt. So war es leer.

Man zeigte auf die niedrigen Fensterbänke, auf die ich mich setzen konnte, falls das Experiment sich hinziehen sollte.

Eine Pflegerin trug Mary herbei, wir redeten miteinander, Mary lächelte, sie erwartete Geschenke und Spiel. Mit einem intensiven Blick warnte die Pflegerin mich vor und drückte mir Mary, eh die sich versah, in den Arm.

Dem Mädchen sollte auf diese Weise klargemacht werden, dass es sich an mich halten oder mit mir abfinden müsse, die Schwestern meinten, das hätten sie bereits des Öfteren mit Erfolg durchgeführt, die Kinder hätten danach nichts mehr dagegen gehabt, von den neuen Eltern, allemal der neuen Mutter, versorgt zu werden.

Diesmal tat »unsere Tochter« nichts. Sie brüllte nicht, schlug nicht um sich, kratzte nicht, biss nicht. Die Pflegerin huschte aus dem Raum und schloss die Tür hinter sich. Mary sah es sich genau an. Keine weitere Reaktion.

Ich spürte nur, wie sie steif wurde. Sie wollte nicht auf meinem Arm sein, mit meinem Körper nichts zu tun haben, und exakt, weil sie diese Situation gefürchtet hatte, wollte sie niemals mit einem von uns allein bleiben. Sie hatte Angst vor mir, und ich hatte keine Vorstellung davon, warum.

Man hatte mir vor dem Versuch eingeschärft, ich dürfe nicht nachgeben. Auf keinen Fall. Ich müsse das Kind so lange wie möglich halten, es sei eine Art Therapie. Auch wenn es sich wehre. Gerade dann. Das müsse und solle ich ertragen, es werde sich lohnen. Mary müsse es eben auch ertragen. Zwei Tage hatten wir noch bis zur Verhandlung, das war fast nichts. Der Richter würde überprüfen, ob das Kind uns angenommen hatte. Also hatte ich in das Experiment eingewilligt.

Mary wurde noch ruhiger. Sie weinte nicht, keine Träne rollte. Sie gab auf.

Es war einer der traurigsten Augenblicke meines Lebens.

Unvermittelt wurde das steife Mädchen in meinem Arm schlaff wie eine Fensterwurst. Es wirkte, als schliefe sie, aber ich spürte, dass sie nicht schlief. Sie beamte sich weg. Anders kann ich es nicht sagen. Es war, als wäre ich ein Eisblock für sie. Ein Eisblock hält dich im Arm, umschließt dich von überall, und was geschieht? Dein Körper zieht das Blut aus den Gliedern zurück, weg zieht er es von der Haut, er verkriecht sich nach innen. Ebendas tat Mary mit sich. Oder etwas in Mary tat es mit Mary. Und allem Maryhaften. Ihr Inneres rollte sich in meinem Arm ein wie ein Gürteltier. Unten, am Bauch und an den Füßen, war es ein wenig weich. Alles andere, alles, was in Berührung mit mir kam, wurde leblos.

Es dauerte nicht lange, und sie war restlos fort. Mary knipste sich aus, da auf meinem Arm. Ich spürte ihre Macht, ich begriff, dass Zwang nichts nützte, sie brachte mir eine so grundlegende Menschenlektion bei, dass ich mich schämte.

Mit einem Mal wog das Mädchen dreißig Kilo statt elf, da auch ihr Körper wie ein Brei wurde, den nur mehr die äußere Haut zusammenhielt. Da erst dämmerte mir, dass das Kind dies nicht zum ersten Mal machte.

Heimkind, mein Heimkind.

Mary hatte dieses Sich-Einrollen und Wegbeamen und Fortsein und Lebloswerden erfunden, um sich zu schützen. Die Wirklichkeit, die sie erfuhr, war vermutlich immer wieder überwältigend gewesen. Wie oft war sie in ihr Bett gezwungen worden? Einmal, als wir im Heim ankamen, hatte sie unter einem der Fenster des großen Saals schmollend auf dem Boden gesessen, nahe beim Eingang. Freiwillig, wie uns versichert wurde. Was vorgefallen war, war nicht herauszubringen gewesen. Mary hatte etwas angestellt. Man hatte sie getadelt? Vielleicht auch geschlagen?

Damals hatte ich den Eindruck gehabt, dass sie beleidigt war.

Ihre Würde war gekränkt worden.

Sie hatte, als wir kamen, bereits seit über einer Stunde auf dem Boden gesessen. Sagte man uns. Niemand regte sich auf. Sie tat das nicht selten. Wir sahen: Mary hatte Durchhaltewillen. Erstaunliche Willenskraft. Sie war für alle unansprechbar.

Und sie fand von allein nicht mehr aus dieser Unansprechbarkeit heraus.

Damals hatte ich mich auf Abstand neben sie gesetzt. Irgendwann war das Problem weggeschmolzen.

Mein Körper hatte gereicht. Er war die Brücke gewesen. Dass ich unten bei ihr auf der Erde hockte und nichts erwartete. Sie zu nichts zwang.

Ich ging auf die Türöffnung zu, um die Szene »Mary lernt, sich von ihrer Mutter auf den Arm nehmen zu lassen« augenblicklich zu beenden. Als Mary die Bewegung fühlte, kehrte Spannung in ihren Körper zurück. Ich war erbärmlich gewesen, warum hatte ich überhaupt zugestimmt, dass dieser Versuch, den Willen des Kindes zu »brechen«, unternommen wurde.

Kein Strampeln und noch immer kein Laut von Marys Seite, als ich sie auf den Boden stellte. Ich entschuldigte mich bei ihr, auf Deutsch, sie rannte davon.

So war das also nun mit uns. Mary lernte ihre Mutter kennen. Dank der Fehler, die sie machte.

Und ich lernte mich kennen. Als Marys Mutter. Mithilfe der Fehler, die ich machte.

Warum

ich bei dem Beweis, dass das Kind uns als Eltern annehmen würde, die entscheidende Rolle spielen sollte? Die Wendung »das patriarchale System« geht einem in Deutschland inzwischen leicht über die Lippen. Es ist eine Floskel geworden, der Boxsack schlechthin, das »Hyper-Ding«, das man für großartig viele Übel der zeitgenössischen Welt verantwortlich machen kann. Man ruft »Patriarchat«, und alles scheint geklärt.

Sagen wir so: Das mit dem Patriarchat war in Sri Lanka deutlicher. Zumindest, was die Erwartungen an adoptierende Eltern betraf. Es war immer ein Richter, der das Urteil sprach. Und das Kind wurde immer der adoptierenden Mutter in den Arm gedrückt. Das war der Test. Sie war primär zuständig für Bindung, Wärme, Versorgung. Das Kind bekam den Namen des Vaters. Die Gelingensverantwortung trug die Frau.

Seren-dip-dip

Um uns aufzumuntern, kutschierte Heidi uns am Ende des Tages mit der Halte-Katastrophe in ihre Bäckerei. Sowohl Hunter als auch ich zählen zu den Menschen, bei denen Teigwaren Wunder wirken. Heidis Croissants und Papaya-Quark-Hörnchen waren inzwischen auch uns ein froher Begriff. Jeden Morgen zierte frisches Gebäck den Frühstückstisch, jeden Nachmittag gönnte ich mir eines der talergroßen »deutschen« Cashewkekse.

Mitgenommen und trostbereit standen wir in Heidis süßer Küche. Zwei singhalesische Familien arbeiteten hier: einkaufen, herbeifahren, schälen, häckseln, mörsern, kneten, weiter kneten, ausrollen, ausrollen, backen. Heidi besorgte die Rezepte aus dem Netz, stellte Versuche an. Fette, unbehandelte Milch bekam man überall, Heidi goss Zitronensaft hinein, schon beim Einrühren flockte die Milch. Die Mischung wurde durch einen riesigen, mit einer Papierfiltertüte versehenen Kaffeefilter gegossen, aus dem sie in eine Kaffeekanne lief. Zehn in einer Reihe. Nach einer Stunde war der Quark fertig, er ließ sich aus der Filtertüte kippen. Ich staunte, Heidi probierte. Schmeckte er zu intensiv nach Zitrone, goss sie etwas Molke aus der Kaffeekanne nach.

Alles war klein und vorzüglich sauber, nachhaltig zudem, die Fruchtschalen wurden weiterverfüttert, die Angestellten nahmen verformte Teilchen mit nach Hause, zu ihren Familien. Ingwer, Zimt, Kardamom wurden den Hörnchen großzügig zugesetzt, Heidi experimentierte, *fusion* auch auf dem Kuchenmarkt. Ein junger, auffallend schmaler Mann, er konnte etwas Englisch, ließ mich Füllungen probieren. Bereits nach dem zweiten Löffelchen warmklebriger Paste konnte ich nicht mehr. Er sah mein Gesicht, grinste und sagte: seren-gurgel-ity-ekke.

Ich verstand – wie soll ich sagen – Zuckertopf.

»Pretty?«

Oder »pity«, Mitleid, mit Ecke?

Im Singhalesischen klingen viele Wörter englisch: toilet-ekke, bus-ekke (»bas« ausgesprochen), car-ekke.

Die Toilette, der Bus, das Auto.

Serendipity-ekke also? Höflich versuchte ich, so großzügig zu lächeln wie der Junge. Zurück in Heidis Wohnzimmer schlug ich in *Sri Lanka and its History* nach, einem abgegriffenen Inselband, während wir auf das Abendessen warteten. Das Buch war sehr 50er-Jahre, Schwarz-Weiß-Fotos und ein solider historischer Aufbau aus exklusiv europäischer Perspektive. Bei den alten Griechen hatte Sri Lanka »Taprobane« geheißen. Was hübsch aussah in der altgriechischen Schrift:

Ταπροβανῆ

Ptolemäus ließ es auf seiner berühmten Karte als Gewürz-Eiland und Gesamtindien unter dem asiatischen Kontinent schwimmen. »Ekke« wurde angehängt, um »eines« zu bedeuten. Das englische »serendipity« hingegen verdankte sich, so das Buch, dem persischen Namen für den Zimtbaum, »silan« oder »sarandib«. Sprachen-Mischmasch rundum, angeblich begleitet von entspanntem Wohlbefinden in sublimer Bergeshöhe. Teeblatt, Weitung der Poren, Liebe.

Meine Bergerinnerung war entschieden anders, und auch nun bereitete ein unfriedlicher, geradezu wühlender Sri-Lanka-Zustand seinen Auftritt in meinem Körper vor. Still und leise hatte sich die Veränderung angeschlichen, doch kaum saßen wir beim Abendessen, war das »Gefühl« (viel davon, schmerzlich) fertig.

Ich sagte, ich müsse mich entschuldigen, war schon halb aus dem Stuhl, jeder im Raum begriff, warum ich es mit einem Mal so eilig hatte. Da sagte mein lieber Hunter »me, too«, sprang auf und überholte mich, bevor ich überhaupt richtig losgegangen war. Er rannte auf das Klo, das zu unserem Zimmer gehörte, auf dem er dann fünf gezählte Minuten sitzen blieb. Es waren die längsten fünf Minuten, die man sich vorstellen kann. Ich wand mich. Heidi wollte mir ihr Klo im ersten Stock nicht anbieten, Bakterien, jedenfalls sri-lankische, springen noch aus Kloschüsseln heraus (inzwischen habe ich nachgelesen. Es stimmt. Auch europäische Bakterien beherrschen das). Außerdem war es möglich, dass mein Mann sich beeilte und unverzüglich zurückkam, davon gingen wir aus. Bei Curry-induzierten Darmschüben geschah normalerweise alles in beeindruckender Beschleunigung.

Die Zeichen meines Zustandes ließen sich nur in geringem Maß unterdrücken (um es erneut ziemlich englisch zu formulieren). Genauer: Mir ging es elend. Hunter wohl auch. Er war nicht davon begeistert gewesen, wie das Experiment mit Mary geendet hatte. Vorwürfe hatte er mir nicht gemacht. Ja, hatte er gesagt, er verstehe schon.

Nach einer Pause: »Du hast sie losgelassen.«

Oder: »Du hast sie eben losgelassen.«

Nach Verstehen sah sein Gesichtsausdruck nicht aus.

Wenn man jeden Tag unglaublich wohlschmeckendes sri-lankisches Essen zu sich nimmt, das 55 Gewürze enthält, von denen fünf auch als Abführmittel wirken, oder zehn, oder auch mal zwanzig, muss man eben aufs Klo. Mit zusammengepressten Pobacken saß ich auf dem Stuhl. Heidi guckte mich aufmerksam an, und es war mir extrem peinlich, dass sie denken könnte, unsere Ehe sei in einem besorgniserregenden Zustand, wenn Hunter sich mir gegenüber so … so raumgreifend verhielt. Und so weiter. Dabei war unsere Ehe, bitte, in einem viel besseren Zustand, als dieses Verhalten ahnen ließ, darauf hätte ich damals geschworen. Schade, dass Heidi das nicht sehen konnte.

»Und so weiter«, schreibe ich, weil ich heute selbst nicht mehr weiß, in welchem Zustand unsere Ehe tatsächlich war. Oder gibt es überhaupt keine Zustands-»Tatsachen«, sondern stets nur Einschätzungen (seine, ihre, Kommentare von Freunden), aus deren Mischung dann die Ehe und ihre Zukunft entstehen?

Heidi hatte mir einen Blick zugeworfen, als Hunter mich überholte, und ohne lange nachzudenken, hatte ich ihn mit Augenrollen beantwortet. Daran mochten meine Bauchschmerzen ihren Anteil haben, den größeren Anteil indes hatte Hunter. Heidi und ich blickten uns an – und lachten los.

Sie laut und ich vorsichtig.

Was sollten wir sonst tun.

Das Verhalten meines Mannes war bizarr. Gewiss konnte man daran nicht erkennen, dass es hier irgendwann einen Ex geben würde. Doch etwas, was ich nicht einordnen konnte, zeigte sich und beschämte mich. Mitten in einem Adoptionsprozess, in dem man eine derartige Ahnung und auch ein derartiges Überrolltwerden durch das Verhalten des Partners so gar nicht brauchen kann.

Noch vor Heidis Blick hatte ich Hunters Blick aufgefangen. Bis heute weiß ich nicht, woher es kam: Alles in diesem Blick war lieblos.

Nicht einfach neutral.

Oder voller Abneigung.

Er hatte mich angeblickt, als hasste er mich.

Doch wofür?

Ich habe keine Antwort darauf. Der Blick währte nur den Bruchteil einer Sekunde. Fast wollte ich glauben, ihn nicht gesehen zu haben.

Doch ich hatte ihn gesehen.

Ceylon Attack

Wir lösten das Bauch- und Rennproblem an diesem Abend dann noch ziemlich elegant. Mit Schnaps.

Eine schlechte Idee, hätte man in Deutschland gesagt. Werdendes Elternpaar besäuft sich. Torkelt am nächsten Tag mit Fahne ins Kinderheim. Netterweise war der nächste Tag ein Samstag, und am Wochenende wollte das Kinderheim uns ohnehin nicht sehen. In Sri Lanka sagte man, Schnaps sei eine exzellente Idee, »stuti dip dip«: tunk dich ein. Sri-lankische Bakterien waren inzwischen abgehärtet gegen Ingwer, Kurkuma und anderes Gesundes, auch Vitamine setzten ihnen nicht zu, ihre Schnapsresistenz war ausgeprägt. Immerhin half der Schnaps den Wirten der Bakterien, also uns, dabei, die Bakterien zu ignorieren, und mir half er zudem über die Enttäuschung in Bezug auf Hunter hinweg.

Die Hunter wohl fühlte. Er entschuldigte sich jedenfalls, er habe nicht gemerkt, dass er mich abdrängte, sein Bauch etc. Da Hunter einer der Männer war, die Männerschnupfen bekamen, also körperlich schlagartig litten, glaubte ich ihm fast. Meine Mutter hatte einmal über meinen Vater gesagt, seine Vorzüge sehe sie darin, dass er treu sei, regelmäßig Geld verdiene und nicht trinke. Ich hatte das für eine bescheidene Auflistung von Vorzügen gehalten, insofern es darum ging, eine Ehe zu begründen. Hunter konnte witzig und charmant sein, talentvoll entwickelte er hervorragende Vergnügungsideen, was Urlaube oder Ausflüge betraf. Überraschend, vielschichtig, kompliziert. Mit der Wahrheit nahm er es nicht immer so genau, wie treu er lebte, blieb fraglich, er war intelligent und hatte seine Verstecke. Ich schätzte, dass es nicht langweilig wurde mit ihm. Niemals. Außerdem roch er sagenhaft, er roch einfach richtig, es war beruhigend *und* beflügelnd, von ihm berührt zu werden. Und er liebte mich, das war aus meiner Sicht ein Wunder und der größte Vorteil überhaupt. Oder er hatte es zumindest getan. Er hatte diese Beziehung unbedingt gewollt, er hatte nicht aufgegeben und sich um mich bemüht, er hatte mir das ein oder andere verziehen und kam mit meinen Fehlern, meiner Arbeit, meinem Schminküberdruss, meinen Ansichten zu Frauen- und Männerrollen, meiner Intelligenz und Unabhängigkeit zurecht. Das war viel, das war mehr als viel: Das war sagenhaft. Es war ein tiefer Grund.

Genau dies, einen tiefen Grund, sahen wir auch nun vor uns. Wir blickten auf den Boden der Schnapsflasche, die Heidi uns aus ihrem Bestand überlassen hatte. Auf dem Etikett stand *Ceylon Arrack*, was ich zuerst als *Ceylon Attack* las, wir fanden das höchst komisch. Wahr war es auch. Der Inhalt strahlte rot, gegen Licht gehalten flammend rot, man fühlte sich allein vom Hinschauen wärmer, vom Schlucken auch. Man hätte gedacht, dass es das nicht brauchte in Äquatornähe Anfang Juni, vor dem Monsun, ohne Nachtabkühlung. Wie falsch! Die Schnapshitze war ein Phänomen, dessen hintersinnige Güte, ja Gnadenwirkung, man bald erkannte: Glühte man erst einmal selbst, nahm die äußere Hitze bald ab.

Tiefenentspannt, sprich gesegnet mit völlig entleerten Innereien, benebelten Köpfen, schwindelndem Blut saßen wir auf dem Bett. Hunter in der einen Ecke, ich in der anderen. Den Bettrand bemerkten wir nicht mehr. Unsere Füße, dann auch Beine, verknoteten sich. Oben hielten wir Abstand, um die Flasche besser an den Mund setzen zu können. Mit Gläsern gaben wir uns nicht ab, die wären nur umgekippt. Ob der Schnaps aus Toddy gebrannt war – dem trüben Palmensaft, den man überall auf den Straßen kaufen konnte – oder aus Reis, war vollkommen egal. Garantiert war noch etwas anderes dabei. Meine Augenränder wurden schlammpfützig. Das war zumindest, was ich sah. Es wuchs von außen in die Mitte. Mein Auge schluckte Hunters Gesicht, oder sein Gesicht ruderte sich in das Auge hinein, wo es seine Form verlor. Es war ausgesprochen hübsch so mit Schmelzaugen und also ohne Ecken in der Welt zu leben, und wir waren froh, dass die nicht in allem uneckige Heidi nicht zwischen uns lag.

Wir tranken weiter und übten, »Mary« zu sagen. Es war als kurzer Name auch da im Bett angenehm aussprechbar. Nach einer Weile sprachen wir weniger und gar nichts mehr und waren so entspannt, dass man uns als Gänseblümchenwiese hätte vermieten können, wobei mir einfällt, dass ich in ganz Sri Lanka kein einziges Gänseblümchen gesehen habe, und auch keine Gans.

Die Fahrten ins Heim

Die Tage nach dem Schnapsabend fühlten sich leichter an. Ich spürte das Kinderheim nicht so stark. Auch Hunter, meine ich, taten die Besuche dort nicht gut, wenn auch auf andere Weise als mir. Ich bin ein Nasenmensch und fing an, den Geruch in dem Gebäude hinter der hohen Mauer unerträglich zu finden. Alles war extrem sauber, das Essen, das ausgegeben wurde, roch hervorragend, die Kinder dufteten. Die Schwestern achteten auf Hygiene, jedes Wesen im Heim putzte regelmäßig seine Zähne, jeden Tag leuchteten die Gebisse. Es wurde gesungen, gesprochen, gelacht. Daran lag es nicht.

Nicht was da war, bestimmte die Atmosphäre.

Noch immer kam im Heim, wenn wir »Mary« riefen, die gesamte kleine Herde, »a flock« auf Englisch, also das Flöckchen aller Mariyas angestürzt. Ein Ruf bedeutete in der Regel, dass etwas zu essen verteilt wurde. Besonders deutlich ist mir eine eineinhalbjährige Mariya im Gedächtnis geblieben, die zielstrebig und jeden Morgen wieder auf meinen Schoß kletterte. Das taten keineswegs alle Kinder ihres Alters, diese Mariya hingegen schien mich ins Herz geschlossen zu haben. So wie ich sie ins Herz schloss. Derartiges passiert in Sekundenschnelle und mit größter innerer Sicherheit, ja Unumstößlichkeit, nicht nur zwischen Erwachsenen oder Erwachsenen und bereits größeren, »vernünftigeren« Kindern. Mit Vernunft hat es nichts zu tun. Ich war Klein-Mariya zutiefst dankbar für ihre Vorliebe. Anders als unsere Tochter hätte sie uns eilenden Herzens adoptiert. Ich hätte sie ebenfalls ohne zu zögern mitgenommen. Zusammen mit unserer Mary.

Der Geruch kam davon, dass etwas fehlte.

Ich spürte es nach einer Weile und dann jeden Tag schlimmer. Es fehlte – die Liebe.

Ach ja? Geht's noch? Man belächelt den Satz. Kitschig. Andere zucken die Schultern: Was soll das denn nun heißen?

An Hinwendung zu den Kindern fehlte es nicht im Heim. Verrichtungen wurden mit und an ihnen ausgeführt. Sie wurden berührt. Gekuschelt wurde nicht. Nicht geknuddelt. Nichts extra gespielt. Nicht über Schicht gearbeitet.

Dass es keine Tripp Trapps, Buggys oder Kinderwagen gab, war ein Vorteil: Die Heimlinge wurden getragen und gehalten. Ständig saßen sie bei jemandem auf dem Schoß. Das half, sie hatten Körperkontakt. Und doch: Jedes war eines unter vielen.

Keines war für einen der Menschen, die mit ihm zu tun hatten, etwas Besonderes. Das »du bist es«, das Gefühl »wir gehören zusammen«, »mir bist du die Welt«, »mein Herzblatt«, »mein Sonnenschein« fehlte. Die Kinder lagen mit einem Kuscheltier in ihren Gitterbetten, die Deckenlampe brannte, der altgediente Ventilator rauschte. Die Weihnachtsfrau, die sie nachts bewachte, sodass sie nie allein schreien mussten, war selbst sehr allein. Da sie nicht sprach, kümmerte sie sich stumm. Sah sie uns, lächelte sie. Es war ein Lächeln, das den Mund aufriss wie ein großes eckiges Tor. Sie war zerbrochen worden, aber noch da, Gabriel folgte ihr auf Schritt und Tritt, und ebendas, was die beiden aneinander hatten, was sie zusammen am Leben hielt, hatten die Kinder in den Betten nicht.

Ich wurde selbst davon so aufgeraut, dass ich den Heimgeruch gegen Ende der Wartezeit kaum mehr ertrug. Ich atmete – und wollte fort. Dem Heim gegenüber war das ungerecht, es war ein ordentliches Heim, angesichts der Umstände ein hervorragendes, aber eben ein Heim. Es trug die Trauerflagge, die Nichtbindungsflagge, die Fahne der Einsamkeit. 23 Fähnchen Einsamkeit, eine für jedes der größeren Kinder, unsichtbar im Garten aufgesteckt.

Man erklärte uns, wir würden dem Kind beibringen müssen, was es heißt, Eltern zu haben.

Ich glaube, so versuchte man, uns etwas von dieser Einsamkeit zu sagen.

Der Ausflug

Mit Mary und einem anderen Mädchen aus dem Heim, Kumari, fuhren wir in den Zoo. Kumari war vielleicht fünfzehn Jahre alt, dünn, eher klein nach unseren Maßstäben, doch wirkte sie bereits fast erwachsen. Sie war ein Waisenmensch, ein Kind ebendes Heims, in dessen Kinderversorgung sie nun arbeitete. Nie hatte sie eine Schule von innen gesehen, das sagt man so, dabei hatte sie vermutlich niemals eine Schule auch nur von außen gesehen. Sie kannte nichts in der Welt als die beiden Gebäude des Heims, seine Kapelle und ein Stück Deutschland. Kumari war mit einer Lippen-Kiefer-Gaumenspalte zur Welt gekommen, sodass sie, vermutlich der Verstümmelung wegen, auf den Stufen des Heims oder vor seinem Tor abgelegt oder vielleicht auch von der Mutter gebracht und übergeben worden war. Einer Mutter, die nicht wusste, was tun mit einem Kind, das nicht saugen konnte. Es wäre ihr unter den Händen gestorben.

Im Alter von vier Jahren war Kumari nach Stuttgart geflogen und dort operiert worden, sie erinnerte sich nicht daran. Man hatte die damals als »Hasenscharte« bezeichnete Fehlbildung geschlossen, und Kumari war, frisch operiert und nahezu geheilt, nach Colombo zurückgebracht worden. Von der einst überbetonten Spaltung ihres Gesichtes war kaum mehr etwas zu sehen, nach allem, was wir mitbekamen, konnte sie ohne jede Einschränkung sprechen. Trotzdem hatte sich in der Zeit, die noch zur Verfügung gestanden hatte, kein Elternpaar für sie gefunden. Kinder jenseits des sechsten Lebensjahres wurden nicht mehr zur Adoption freigegeben, seit man damit an vielen Orten der Erde schlimme Erfahrungen gemacht hatte. Ältere Kinder, Kinder, die auf der Straße hatten überleben müssen, Kinder, denen jahrelang persönliche Zuwendung gefehlt hatte, fügten sich nicht in Familien ein. Sie fassten kein Vertrauen mehr, und es war zu Angriffen und sogar Morden gekommen. Die Kinder fühlten keinen Schmerz. So konnten sie ihn sich auch an anderen nicht vorstellen. Sie überfielen ihre nichtsahnenden Eltern, oft im Schlaf, stachen mit Messern oder Scheren zu und wollten dann das Erbe antreten.

Auch Mary weinte nicht, wenn sie stürzte oder sich schnitt. Im Heim fiel das nicht weiter auf. Im Heim verhielt sich jedes Kind so. Wenn Schmerz nie angenommen wird durch einen anderen, wenn kein empathisches Wort fällt, kein Mitleid gezeigt wird, verkümmert die eigene Empfindung. Oder entwickelt sich erst gar nicht.

Mit Vorliebe betonen wir das Einzelne an uns, sind stolz auf unseren Individualismus, denken uns als unabhängig und frei, dann hört man dies – und ahnt, was für soziale Wesen wir sind. Wie abhängig voneinander. Jählings werden wir zu nichts, wenn die Menschen um uns herum uns aus ihrer Fürsorge fallen lassen.

Kumari also begleitete uns. Es war für sie, wie für Mary, der erste Zoobesuch ihres Lebens. Mary lachte, alles neu, und sie, Marykind, durfte darin herumlaufen. Die Elefanten oder anderen Tiere, ich sehe vor allem die Elefanten in ihren Ketten vor mir, beeindruckten sie nicht übermäßig, und nach einer knappen Stunde sprang sie uns voran zum Ausgang. Ich hätte mich gern nochmals so entspannt gefühlt wie ein sonniges Feld von Gänseblümchen, nur kam es hier nicht so weit, denn mit einem Kind, das einem nicht gehört, einen Zoo zu besuchen, den man nicht kennt und der voller Abenteuer steckt, zum Beispiel voller herumspringender, wunderbar wilder Affen, frei auf Bäumen und Lianen und Stauden, hungrig zudem, also räuberisch unterwegs, ist kein Gänseblümchenunternehmen.

Regen im Zoo

Ein Gewitter zog auf wie jeden Nachmittag, wir hatten Glück und fanden einen Pavillon, in den wir uns flüchten konnten. Seifenblasen wurden geblasen, Cracker geknackt, Kumari und Hunter und Mary und ich schauten uns um, Blitze, Pfützen, Affen im Regen, feuchte Cracker in jeder Hand.

»So traurig«, sagte ich, Mary nickte und aß grinsend den nächsten Cracker und war nah. Hatte sie mich verstanden?

Ein wenig wohl – und mehr Regen und Riesenpfütze, und dann weiter, und mit einem Mal wollte Mary, kaum mehr Regen, viele Riesenpfützen, über die Pfütze am Ausgang springen und rennen und gab mir die Hand. Wir fingen an zu hoppeln, wurden schneller, sprangen und flogen über die Stufen, zum Glück trockneten die Steine schon. Mary gefielen die Treppen und das Rutschen auf ihnen so sehr, dass sie Kumari und mich unablässig rauf und runter jagte – sie lief, gesichert an unseren Händen, zwischen uns. Es war das x-te Schweißbad des Tages. Geschenkt! Endlich das Kind, ein lachendes lebendiges Kind an der Hand. Hunter sah zu, Mary beschloss, allein die Treppe rückwärts wieder hochzugehen, und wie freute sie sich, als sie das konnte.

War die Angst erst einmal weg, war alles gut zwischen uns.

Doch das mit der Angst, das sagte sich nur leicht.

Oh, mein altes Leben

Amma. Tatta. Schau!

Krümel am Mund, wilder Blick. Kumari an der Hand, andere Hand frei. »Yaneva mae, passe eneve«: Ich gehe, aber komme gleich zurück.

Ich denke. Ich lerne. Ich renne.

»Awa« heißt Hase, »nimba« Frosch, »sinja« Löwe. »Balla« ist der Hund, »bolle« der Ball.

Der Nachgewitterwind fährt als mächtiges Rascheln in die Wedel der Palmen. Ein großer, heißer Föhn. Ein Gecko flitzt über einen Stein.

Alles ist jetzt.

Aufsaugen, fühlen. Lautlos rauscht mein altes Leben den Bach hinunter: den Treppenbach, den Sri-Lanka-Schlamm-und-Staub. Ganz da, ganz ohne weitere Gedanken, stehe ich daneben und lächele.

Einpacken, auspacken

Das Herz wird uns ausgepackt, dann wieder eingepackt. Hing Marys Verhalten davon ab, welche Helferin da war? Wie *future daughter* geschlafen hatte? Plüschtier nicht knuddeln, sondern werfen, johlen, verabschieden mit Küsschen, eines für Hunter, eines für mich. Winken und Abfahrt. Gelöst winkten wir zurück, erleichtert, wenn auch voller Zweifel, wie es weitergehen sollte, wie die Annäherung funktionieren könnte. Sunil hielt am Supermarkt, wir kauften noch mehr Überraschungseier. Sie sahen aus wie in Deutschland, doch tatsächlich steckten in der vertrauten Packung zwei getrennte Teile, einer eine Art Milchkompott mit Schokokugel, der andere das Toy.

Aus der Welt

Beim Tierpuzzle griff Mary noch immer nur nach dem Löwen, jeden Tag von Neuem, und war jeden Tag von Neuem nicht dazu in der Lage, ihn richtig herum in seine Puzzlelücke zu drücken. Im Zoo interessierten die Löwen sie nicht. Sie hatte das

Kinderheim vor dem Arztbesuch, der nötig geworden war, weil sie uns als Adoptivkind vorgeschlagen werden sollte, nie verlassen und war auch seither nicht vor seine Mauern gelangt. Wir durften diesen Ausflug mit ihr nur unternehmen, weil wir Kumari ebenfalls einluden, zu der das Kind offiziell gehörte, und weil die Schwestern Kumari wünschten, dass auch sie einmal den Zoo sehen möge.

Dass jede der beiden zuvor nur ein einziges Mal im Leben aus dem engen Rund des Heims herausgefahren worden war, entsprang keiner bösen Absicht. Es fehlte schlicht die Zeit dafür, also das Personal, und ebenso das wenige Geld, das ein derartiger Ausflug mit den Kindern, allen Kindern, gekostet hätte.

Es kam eben nicht vor.

Die Welt der Heimkinder bestand ausschließlich aus den Dingen und Menschen, die aus der Welt zu ihnen kamen.

Sie waren zur Welt gekommen, gewiss, doch der Ausdruck stimmte nicht.

Ihr Zur-Welt-Kommen war, kaum hatte es begonnen, eingefroren worden.

11

Erinnerung, sprich

Vladimir Nabokov beginnt sein Buch vom Sprechen der Erinnerung mit einer Levitation. Sein Vater erscheint, auf dem Rücken liegend, ausgestreckt, als entspanne er sich auf einem Diwan, vor dem Fenster im ersten Stock, aus dem der Erzähler blickt. Die väterliche Flugfigur liegt für Sekunden in der Luft, sinkt, verschwindet, steigt erneut in die Höhe. Im Hof feiern die Angestellten, indem sie den flugtauglichen Direktor unermüdlich gegen den blauen Himmel werfen.

Ich denke an diesen Anfang, weil es mir mit meinen Erinnerungen an Sri Lanka ergehen will wie Nabokovs Betrachter des Himmelfluges am Fenster. Der Erzähler steht für vieles: den Autor, das sich erinnernde Ich, vielleicht auch das Gedächtnis selbst. Ich fühle mich ihm verbunden: So unregelmäßig wie unausweichlich steigt aus den Tiefen der in mir abgesackten und verschmierten Zeit ein neues und jedes Mal leicht anderes Bild des Kinderheims auf, seiner Architektur, seiner Gerüche, seines Gartens, seiner Menschen. Die dreieinhalb Wochen, in denen wir Mary dort besuchten, haben sich hoffnungslos miteinander vermischt, ein fester Block Zeit ist entstanden, aus dem das eine oder andere Ereignis herausragt, wie etwa die Ausflüge. Sie bedeuteten Abwechslung, sind greifbar. Der Stoff hingegen, das Gewebe – waren die oft genug qualvollen Stunden im Heim selbst.

Hitze, Erschöpfung, ein inneres, halb panisches Suchen nach immer neuen Spielen auf beschränktem Raum, mit wenig Mitteln, ohne Sprache. Die Sehnsucht nach Verständigung.

Noch einmal setze ich an, die Flugfiguren der Bilder zu zeichnen, gegen einen licht grauen Himmel gelehnt, gegen schiefe Telefonmasten und in der Luft schwingende Kabel, wie man sie überall in Sri Lanka findet. Mitten im Erzählen tauchen Erinnerungen einer anderen, flüchtigen Art auf, Erinnerungen nicht an Ereignisse, sondern an unsere sich herausbildenden »Alltage« im Heim; Erinnerungen an einen scheiternden Prozess, »sich mögen lernen« genannt.

Wer damals Regie führte? Wer jetzt? Ich? Oder etwas mir selbst halb (?) Verborgenes?

Irgendetwas in meinem Gehirn meint, es müsse Geist spielen und eine Schublade nach der anderen aufziehen. Und das bei einer Kommode, in der auf eine Schublade zahllose weitere folgen, einem ewigen Adventskalender gleich. Doch es sind in den Schüben nicht nur Süßigkeiten versteckt.

12

Heimleben

Händisch zieht der Wachmann des Heims das zweiflügelige, rostige Eisentor auf, händisch schließt er es hinter uns.

Das Gebäude in der Verlängerungsachse der Einfahrt, in das man nur eintreten kann, nachdem man den Brunnen mit der hohen, weiß-blauen Marienfigur passiert hat, in dem trockene Erdflocken oder Samen schwimmen, ist den Ordensschwestern vorbehalten. Aufgrund der zahlreichen Feiertage wurde unser Gerichtstermin später angesetzt als gedacht, aus heiterem Himmel haben wir drei Heim- und Kennenlerntage hinzugewonnen. Welch Geschenk. Welch Nervenspiel.

Heute dürfen, nein, müssen wir über die Treppe neben dem Empfangszimmer in den ersten Stock steigen, vorbei an der Kapelle, aus der es statt nach Weihrauch nach tropischen Blumen duftet. Hier oben liegen das Büro der Oberin und die Zellen der Schwestern. Ein alter Ventilator dreht sich neben dem anderen an der Decke. Marys sri-lankische Geburtsurkunde, groß und auf gelbem Papier gedruckt, wird uns, mit zahlreichen Stempeln versehen und vor unseren Augen erneut abgestempelt, überreicht, damit wir sie zu unserem Gerichtstermin mitnehmen können.

Wir fotografieren das gesamte Areal, um Mary später etwas zeigen zu können, wenn sie nach Sri Lanka fragt.

In den rund um die beiden Gebäude gelegenen Garten-Flecken wachsen einige immer zu trockene Pflanzen, niemand pflegt sie oder gießt, Staub weht auf. Nur an der Innenseite der Mauer, die das unregelmäßige, halb runde, halb eckige Grundstück umschließt, das sich in eine schiefe Straßenkreuzung schmiegt, wuchert Grün, vielleicht, weil es bei den Steinen schattiger und daher auch feuchter ist, oder weil man diese Pflanzen wässert, damit sie Schutz bieten vor Menschen, die nachts versuchen könnten, über die Mauer zu klettern. Hier schleichen die Katzen umher, hübsche kleine spitze sri-lankische Wesen, die meisten von ihnen in erstaunlichen Sandfarben. Sie sind viel felliger als die Hunde. Beim Gähnen zeigen sie tiefrosafarbene Zungen. Die Mauer ist hart, hoch, kompakt.

Am Fuß des Kindertrakts, rechts vom Tor, liegt ein bescheidener Spielplatz. Ihn steuern wir als Zweites an. Hunter und ich halten niemals Hand hier im Heim, berühren uns nicht. Es gälte als kinderverderbend. Wir, vor allem ich, müssen auf möglichst umfassende Bekleidung achten. Rock weit über die Knie, Oberteil mit Ärmeln, kein Ausschnitt. Hunter scheint ausgesprochen zufrieden mit diesem Teil der Regeln. Er darf in kurzen Hosen herumlaufen. Man bedient ihn, ständig wird ihm Tee gebracht, den auch er inzwischen mit viel Zucker trinkt. Er prostet der Kamera zu. Schweiß steht ihm auf der Oberlippe. Mary beobachtet uns und möchte die Kamera untersuchen.

Den Spielplatz ziert eine einsame Rutsche, der Rest ist Sand, Floh, mehr Floh und ein verrostetes Karussell, das nur abends nicht zu heiß ist, um darauf zu sitzen. Die aus Deutschland gespendete Rutsche hingegen ist durchgehend unbenutzbar. Ich habe mir darauf noch spätnachmittags die Schenkel durch den Kleidstoff hindurch fast verbrannt. Hunter meinte, ich solle kalt duschen. Es half.

Ein Kind sah ich nie auf dieser Rutsche, vielleicht wussten nicht einmal die Erwachsenen des Heims, wie man solch ein

Gerät nutzt. Am Rand des Spielplatzes, neben einigen Büschen, findet sich eine Holzbank, auf der wir mit Mary und Chandrika sitzen, einer der Pflegerinnen. Die beiden beugen sich über die Kamera, Chandrika hält das Gehäuse, Mary drückt auf den Auslöser. Wir sind vergessen.

Die größeren Jungen im Haus entdecken Hunter und stürzen auf ihn zu. Sie unterscheiden genau nach Geschlecht. Er ist wichtig für sie, hockt auf dem Boden mit ihnen, macht Brummgeräusche. Seine Stimme gefällt ihnen, und ein Junge muss so lachen über all dies, dass er über den Boden rollt. Mary sieht zu.

Hinter dem Tor kauert der Wachmann auf dem immergleichen Klappstuhl, sein schiefes Häuschen neben sich, wohl für die Regenzeit. Man weiß nicht genau, wen oder was er bewacht. Er agiert als lebende Klingel. Sieht er jemanden aus einem der Häuser treten, schlurft er zu den Eisentüren. Das Tor quietscht und kratzt über den festgetretenen Sand der Einfahrt, die Bananenblätter biegen sich, andere Blätter tun es ihnen nach, Vögel, staubig, klein oder ungewohnt, also unsichtbar, schreien in den Bäumen. Ich halte meine Hand neben Chandrikas, die die Kamera hält, Mary weicht nicht aus, Hände sehen von innen weltweit ähnlich aus, für einen Moment sind wir zu dritt, miteinander verbunden durch dieses unerhörte, ab und an schnurrende oder leicht klappernde, silbrig-schwarze Ding namens »Fotoapparat«. Das Kind wirkt anwesend, interessiert, wach, gelöst.

Das Affenwerfen

Wir hatten einen Stoffaffen gekauft, weich, leicht, mit langen Armen. Er gefiel Mary, und weil sie nicht viel davon wusste, was Spielen ist, begriff sie ihn als Ball. Sie stand im Treppenhaus im ersten Stock vor den Waschräumen, einem langgestreckten schmalen Podest, das mit einem sorgfältig gearbeiteten dunklen

Holzgeländer gesichert war. Darunter lag der große Saal, wo wir am Esstisch herumtanzten, um den Ball-Affen zu unserer Tochter hinaufzuwerfen. Sie johlte, wenn wir eine der Holzstreben des Geländers trafen und er zu uns zurückfiel, sie johlte, wenn er weit über das Geländer flog und sie zu ihm laufen musste. Mit Schmackes pfefferte sie ihn auf uns herab, Hunter oder ich mussten den Affen fangen, nach fünf Minuten war ich in Schweiß gebadet, nun durfte man nicht schwächeln. Die Helferinnen verzogen keine Miene, was deutlich machte, dass sie nichts von diesem Spiel hielten, es widersprach allen Regeln, viel zu laut und anarchisch auf seine Weise, trotzdem ließen sie uns gewähren, auch das begriffen wir ohne Worte, weil sie unsere Verzweiflung fühlten, weil sie verstanden, wie dringend wir in Verbindung treten mussten mit unserem Kind, sein Vertrauen erwirken, das Eis brechen (nicht das Herz), vom Baum herunterklettern (wir oder sie), das Herz über die Hürde werfen (Affe runter, Affe rauf), die große Schmelze einleiten (was? wie?), sie bezirzen, wie dringend wir sie brauchten, etwas Magie, eine Bezauberung.

Danach zeigte Mary den Helferinnen und anderen Kindern, die nichts Besseres zu tun fanden, die Fotos aus Berlin. Wir hatten sie in ein Album geklebt, das nun ihr gehörte, sie saß auf dem Boden, das Album im Schoß, das halbe Heim umgab sie. Die Helferinnen bewunderten sie für alles, was sie in Kürze besitzen würde. Das Bett im leeren Zimmer, den roten Teppich, den Frosch auf dem Hochrad.

Wie das Haben glitzert, wenn man nichts hat.

Wie die Nähe glitzerte für uns.

Zuhause?

Wir hießen nun »Amma« und »Tatta«. Lautlich war das weich, und ich schwitzte und stand neben Hunter, und wir sahen unserem Kind zu, inmitten der Menschen, die es bislang in der Welt erhalten hatten und die ihm glichen.

Beim Namen rufen

Die Fahrer aller Autos, die wir in den Wochen in Sri Lanka sahen, waren Männer. Noch bartlos oder schon ergraut. Die mittlere Generation schien mit anderen Dingen beschäftigt zu sein. Wochen später blitzten Marys Augen auf, als ich mich in Deutschland an das Steuer unseres Wagens setzte. Ich spürte einen Energiestrahl von hinten, wo sie in ihrem Kindersitz auf die Abfahrt wartete, sie funkte mich geradezu an. Auch sie hatte also wahrgenommen, dass nur Männer Autos gelenkt hatten, und erkannte mich am Steuer sofort als eine Möglichkeit für sich. Es war eines der vielen Zeichen dafür, was dieses stumme Kind, das nicht oder kaum mit uns sprechen konnte, wenn es auch gern und viel vor sich hin brabbelte, in einer Sprache, die man nicht unbedingt verstand, wovon weder Mary noch wir uns stören ließen, was dieses kleine, halb stumme Wesen aufgenommen und begriffen hatte von den Welten, in denen es sich bewegte, und was es von der einen in die andere übertrug.

Nur eine Übertragung klappte nicht. Man sagte uns, dass Mary sich an die Namen aller Menschen erinnere, die sie gesehen habe – und auch wir beobachteten, dass sie in kürzester Zeit jede Person in Heidis Haus namentlich kannte. Kaum waren wir in Deutschland, wollte sie sich nichts mehr merken. Sie hörte den Namen und vergaß ihn im selben Atemzug. Bis heute hält dies an, sie verwechselt Menschen, weiß nicht, wer wer war, und braucht ein halbes Jahr oder länger, um die Namen ihrer Lehrer und Lehrerinnen zu lernen.

Männer durften das Heim nur betreten, um Arbeiten wie Reparaturen an den anfälligen alten elektrischen Leitungen oder den Rohren durchzuführen. Eine Heizanlage gab es selbstverständlich nicht, aber einen Gasanschluss für einen der Herde. Es handelte sich um eine Frauengesellschaft mit einigen männlichen Kindern. Die sri-lankischen Adoptiveltern besuchten ihr zukünftiges Kind nur ein oder zwei Mal, dann wurde die Adoption ausgesprochen und sie holten ihren Schützling ab. Kinder, die zu dunkel waren, ein ungünstiges Geburtshoroskop, eine körperliche Beeinträchtigung oder eine anstößige Vorgeschichte aufwiesen, ließen sich innerhalb des Landes nicht vermitteln.

Jeden Morgen und jeden Nachmittag ist es so: Wenn der Treewiller in die Einfahrt des Heims biegt, wartet bereits jemand mit unserem Kind auf dem Arm auf uns. Hunter und ich klettern aus dem Blechgehäuse. Sunil steigt ebenfalls aus.

Das Kind strahlt ihn an.

Wir trösten uns mit billigen Sätzen. Wir wissen, dass sie billig sind. Sie sind, was wir haben. Wir sagen uns: Wir haben Fortschritte gemacht. Hunter wirkt zufrieden. Er lächelt mich an. Ich lächele ihn an in dem Versuch, mich von seiner Nervenruhe anstecken zu lassen. Er meint, man werde uns nicht deswegen (Mary schreit bei Gericht) das Kind *nicht* geben.

Das klingt vernünftig. Nach all dem Aufwand auf beiden Seiten etc. Untergründig bebe und zittere ich trotzdem vor mich hin. Mehr als einmal renne ich aufs Klo oder hänge bleich aus dem Treewiller, weil mir unvermutet kotzübel wird.

Das waren, sagte man, der Kreislauf, die Schwüle. Das waren der Kreislauf, die Schwüle, die Gerüche im Heim und meine Angst.

Auch um mich zu beruhigen, machten wir den zweiten Ausflug. Wir fuhren ans Meer.

Ozean

Von Anfang an war dieser Ausflug eine ganz andere Sache als der Zoo. Sri Lankas Meer ist ein Ozean: nach Osten nicht klein, nach Westen weit, endlos nach Süden. Die Südspitze Indiens liegt nördlich von Colombo. Südlich der Insel liegt Wasser, nichts als Wasser. Schnurgerade fährt der Finger auf der Karte nach Süden, Süden und Süden, bis man auf die Ingrid-Christensen-Küste trifft. Sie besteht aus Eis. Schnurgerade heißt: über die Äquatorlinie und dann die halbe Erdkugel tief oder lang oder hinab. Das ist Sri Lankas »Nachbarschaft«. Ziemlich genau das Gegenteil der geografischen Lage Deutschlands. Was ich hier wiederhole, weil es mich beeindruckt. Und ich mich daran erinnere, wie die Menschen Sri Lankas am Ufer dieses Ozeans standen und niemand in ihm schwamm. Niemand.

Alle Meere der Welt hängen zusammen. Nordöstlich von Sri Lanka kreist das Wasser im Uhrzeigersinn im Golf von Bengalen, einem breiten Becken, das einen 180-Grad-Bogen beschreibt. Von rechts kommend, fließt es auf der Sechs des Uhrblattes hinaus nach Westen und Süden unter der perlenförmigen Insel vorbei, um südlich der Äquatorlinie in Gegenrichtung zurückzuströmen.

Turbulent. Als spielte das Element mit sich.

Spielfeld: der gesamte Planet.

Wir standen an einem der Strände Colombos, und die beiden Kinder, Mary und Kumari, wurden innerhalb von Sekunden kleiner und anhänglicher. Wäre man strikt geradeaus, also nach Westen, in See gestochen, wäre man irgendwann auf ein Stück somalischer Küste gestoßen. Das Meer war grau und wild, mit hohen Wellen und einem wunderbar weißen, leicht ansteigenden Sandstrand, auf dem Menschen saßen, Familien, Paare, Männergruppen, und die Wellen betrachteten. Nur vereinzelt ging man, die Frauen komplett in ihren Sari gehüllt, bis zu den

Fußknöcheln oder den Knien, niemals weiter, ins Wasser. Kam man heraus, glitzerten die Bändchen, die viele der Frauen um die Sprunggelenke trugen, umso intensiver.

Man lächelte uns zu, und ich zog mich aus und eine halbe Minute später eilends wieder an, weil alles schaute. Das Meer war stark und aufgewühlt, grob der Sand. Wir spielten mit einer Wasserflasche. Mary machte dankbar mit, ihr Arm berührte für eine Weile mein Bein, sie lehnte sich an. Nach einer weiteren Weile Schauen war sie bereit, mit mir allein, ohne Kumari, an den Saum des Meers zu gehen. Kumari musste für sich selbst in die Ferne blicken, sie watete ein merkliches Stück von uns entfernt bis zu den Knien ins Salzwasser. Die Wellen rauschten, Hunter kam Mary und mir nach, zu dritt schwiegen wir, und ich fühlte mich demütig unter diesen Menschen, die nach Sri Lanka gehörten, und war froh, dass sie uns nicht weiter beachteten.

Was mochte es heißen, jemand zu sein, der nichts als diese Insel kannte und sie mit hoher Wahrscheinlichkeit für keinen Tag seines Lebens verlassen würde? Auch die Vorfahren hatten bereits hier gelebt, seit Hunderten von Jahren ging es so, die Insel war nicht klein, wenngleich auch nicht riesig, kleiner als Bayern, doch nicht durchwanderbar, zumindest nicht im europäischen Sinn. Man wandert nicht durch Restregenwald.

An ihren Berghängen wuchs Tee, an dem Wochenende, an dem das Kinderheim verlängerten Urlaub von uns machte, waren wir Richtung Kandy, Richtung Urwald gefahren, ins Herz des Landes. Die Höhenzüge erhoben sich in der südlichen Mitte und tief im Süden der Insel, hart arbeitete man dort, das Meer sah man nur in Träumen (in den Plantagen gab es weder Fernsehen noch Funknetz). Die Hänge steckten voller Stürme, Tiere und Pflanzen, sie hielten die Insel im Griff.

Sie und das Meer.

Die meisten Menschen neben uns im Sand konnten nicht schwimmen. Auch Mary blickte zweifelnd auf die mächtigen

Wellen und ihr Wühlen. Kumari hatte die Arme ausgebreitet und sich gegen den Wind gelehnt. Sie sog alles ein.

Als wir am nächsten Morgen ins Heim kamen, hatte Mary eine geschwollene Wange und ein geschwollenes Ohrläppchen.

Man tat, als sei da nichts.

Es war da aber etwas.

Ich fragte nach.

Man schwieg, schaute von mir weg.

Ich zeigte es Hunter. Er sah es auch.

Wir hakten nach.

Es hieß, Mary sei gefallen.

Unmöglich. So sah kein Ohr aus nach einem Fall. Wir insistierten.

Vielleicht waren wir sehr deutsch.

Ich fühlte mich elterlich.

Wir warteten. Eine Stunde, zwei. Als Kompromiss. Nicht so drängen. Es tat uns auch leid: Die Scham der Frauen war zu spüren.

Andererseits: Nicht fragen konnte ich auch nicht.

Endlich, gegen Abend, bedeutete man uns, dass Kumari das Kind beim Abendessen geschlagen und stark am Ohr gezogen hatte. Man sagte das nicht in *so many words*: Wir hörten Andeutungen. Verschiedene Personen steuerten einen Satz oder Halbsatz bei. Das dauerte in etwa eine Stunde.

Mary, hieß es, hatte etwas fallen lassen oder Essen geworfen.

Wir schüttelten den Kopf. Man hatte uns fortwährend versichert, dass die Kinder im Heim nicht körperlich bestraft würden.

Die älteste und kleinste der Mutter-Teresa-Schwestern, Schwester Allyson, der Herkunft nach Neuseeländerin, nahm mich bei der Abfahrt beiseite. Ich genoss die Gespräche mit ihr, ihr Englisch war so mühelos zu verstehen. Sie bat mich, mir Kumaris Situation vorzustellen. Gestern, nach dem Ausflug, habe sie geahnt, was Mary geschenkt bekommen werde mit der Adoption. Während für sie selbst das Leben Jahre im Kinderheim oder einen pflegebedürftigen Ehemann bereithielt. Aus Wut und Eifersucht und Verzweiflung war Kumari beim Abendessen auf unsere Tochter losgegangen.

Mary hatte den ersten Ausflug ans Meer mit Schlägen bezahlt. Kumari wurde zum Küchendienst abgestellt. Wir bekamen sie nie wieder zu Gesicht.

Schirm und Schmerz

Dass all dies passierte, veränderte etwas für mich. Ich sprach mit Hunter darüber, er nickte, trotzdem weiß ich nicht, wie er es empfand. Wir saßen am Abendessenstisch in Heidis Haus, und er stritt mit Heidi über die Kartoffel. Hunter war der Meinung, die Kartoffel stamme aus Indien. Indien habe der Welt die Kartoffel geschenkt. Das war ehrenvoll für Indien, so Hunter. Heidi war der Meinung, die Kartoffel stamme aus Südamerika, »Inkas, nicht Inder«, sagte sie. Ich war der Meinung, dass sie recht hatte, dass ich allerdings besser meinen Mund hielt. Ich dachte auch lieber über Mary nach als über den Ursprung der Kartoffel in meinem Curry. Wir mussten einen Schirm aufspannen, dachte ich. Einen Schirm, unter dem sie sich bewegen konnte – nach unserem Willen. Auch für die letzten Tage im Heim.

Wir waren angekommen. Sahen mehr als zuvor. Man zeigte sich uns auch offener. Der Alltag war erschienen, und wir wurden mutiger.

Seit ein paar Tagen unterbrach ich die Schwestern und Helferinnen, wenn sie an unserer Tochter zerrten oder irgendetwas mit ihr tun wollten, was sie nicht wollte. Wir brauchten das nicht. Mary sollte ihr eigenes Tempo haben.

Der Gerichtstermin, der frühestens zu Beginn der vierten Aufenthaltswoche stattfinden durfte, war inzwischen auf das Ende dieser Woche verlegt worden. Das schenkte uns als Familie, die es noch nicht gab, einen weiteren Aufschub von zwei Tagen. Mary würde uns entgegenkommen, sollten wir nicht darauf vertrauen?

Hatten nicht genug kleine Szenen das bereits gezeigt?

Es war ein gutes Gefühl, so auf ihrer Seite zu stehen.

Sie war so allein im Heim. Erst jetzt spürte ich es. Ständig herrschte Gewusel, jede Menge Bezugspersonen saßen oder standen herum. Doch der Anschein trog. Und auch Thilini versorgte Mary nicht, zumindest nicht innerlich, nicht dauerhaft. Das Mädchen hatte von Anfang an deutlich gemacht, dass ihr die Kraft dafür fehlte, was schon angesichts ihres Alters nur zu nachvollziehbar war. Sie kam und sah nach Mary, sagte man uns, und mitunter tat sie dies jeden Tag die Woche. Dann wieder ging sie ihrer Tochter wochenlang aus dem Weg, arbeitete im Babyzimmer, kam nicht ins Erdgeschoss.

Mary lehnte an einem Türrahmen. Mary saß in einer Ecke, schmollend auf dem Boden. Mary rührte sich für Stunden nicht. Mary lag im Bett, schlief und schlief nicht ein, schlug mit dem Kopf auf die Matratze und saugte so stark an Zeige- und Mittelfinger ihrer rechten Hand, dass sie Hühneraugen davon hatte.

Wirklich, würde sie auf uns zugehen? Warum sollte sie? Konnte sie das überhaupt?

Oder redete ich mir etwas schön?

Heidi und Hunter standen am Computer, mit der Kartoffelfrage, die vertagt werden musste. Das Internet war »down«. Ich zupfte meinen Mann am Ärmel und sagte, komm, wir gehen ins Bett. Kartoffeln im Dunkeln und Warmen bekommen Augen, und die wünschte ich mir nun auch, Sehen im Dunkeln, Sehen durch Knochen hindurch, Sehen bis zu Mary in ihrem Bett, Tiefersehen, bis in ihr und in Hunters Herz.

13

Hunter sagt, dass ich unsere Geschichte nicht aufschreiben kann, dass niemand das kann, weil immer etwas verloren geht.

Ich schreibe es auf, etwas geht verloren und etwas anderes erscheint, vielleicht weiß Hunter das nicht, das täte mir leid für ihn, aber das Kind ist auch erschienen und die Liebe zu ihm.

14

Das Hin, das Her

Da uns die Zeit davonlief, durften wir an unserem letzten Wochenende vor dem Gerichtstermin ausnahmsweise auch am Sonntag ins Heim. Früh trafen wir ein, denn Sunil wollte um zehn Uhr zum Gottesdienst. Er setzte uns an einem Supermarkt ab, den Rest der Strecke gingen wir zu Fuß, spazierten nur zu zweit durchs Tor. Mary war bereits fertig angezogen und freute sich sichtlich, doch wollte nicht spielen. Wir standen in der Einfahrt, sie vor uns, die Helferin wurde weggeschubst, eine andere, mit der wir ebenfalls schon einmal zu viert in die Stadt aufgebrochen waren, musste geholt werden. Mary machte mit allen Mitteln deutlich, was sie wollte: Auto fahren.

Wir bestellten einen anderen Treewiller, saßen neben dem Watchman und warteten. Es dauerte und dauerte, und das Kind begann zu weinen. Enttäuscht wollte es nach oben in den Schlafsaal, ich wollte den bestellten Treewiller in dem Verkehr, in dem er stecken geblieben war, anschieben. Der Umgang mit Zeit fiel in Sri Lanka merklich entspannter aus als in Deutschland, der Fahrer saß vielleicht auch noch beim Tee, bei einem Kartenspiel. Bei der Ankunft hatte Mary mich an der Hand genommen, frohes kleines Wunder, und den Affen gesucht, und die Schwestern erzählten, sie habe mit ihren Schuhen schlafen wollen, wie um fertig zu sein für einen sofortigen Aufbruch.

Doch, sie versuchte, mit all ihren Mitteln auf uns zuzugehen, trotz aller Abwehr, sie erlebte die Spaltung, das Fremdeln, den Wunsch nach Nähe zerreißender, unabgefederter, auswegloser als wir. Ich spürte ihre Anstrengungen zusammenzukommen, wusste von unseren. Die Kinder wollen Eltern, woher das auch rühren mag, sie wollen und brauchen Eltern. Die feinen Fühler, die sie haben. Der Mangel, in dem sie leben.

Im Englischen gibt es für das, was ihnen fehlt, das Wort »cherish«. Auf Händen tragen? Anstaunen und tiefste Freude empfinden? Ich weiß nicht, wie es übersetzen.

Nobody cherished them.

So saßen wir da, warteten, bis sie nicht mehr weinte, spielten zwischendurch. Seifenblasen stiegen auf und verflogen, der indische Kuckuck sang. Die anderen Kinder stürzten herbei, wie immer, wenn sie Seifenblasen sahen, und versuchten, sie zu essen, wir lachten viel. Hunter blühte auf in der Menge der Kleinen, es dauerte keine Minute, da saß er auf dem Boden, hinten und vorne beklettert, ich sah, wie er sich veränderte, auch für mich, ein Mann wurde mit einem Kind.

In Tinte getaucht

k r ä h e k r ä h ●
e getarnt als neumond

Der Meeresstrand war erstaunlich leer gewesen, kaum Muscheln im Sand, die Möwen versteckt, nicht einmal Krähen ließen sich sehen, die sonst überall mit den Flügeln schlugen. Mary und ich hatten inzwischen ein Ritual entwickelt, was die Rabenvögel betraf – sie waren in Sri Lanka groß, glänzend und tiefschwarz (samt Krallen, Augen, Schnabel), wie in Tinte getaucht.

Wie einer alten Druckmaschine entflogen.

Während der Kinderheimwochen waren wir bereits zwei Mal mit Mary und einer ihrer anderen Betreuerinnen, ich weiß nicht mehr, ob es Kalpani, Hiruni oder Asanke war, in einen der Parks von Colombo gefahren. Dorthin brachen wir auch jetzt auf.

Man hatte sich diese britischen Ideen von Urbanität und Bewohnbarkeit erhalten, da man dringend auf Luftverbesserung angewiesen war. Kaum jemals trafen wir Menschen in diesen künstlichen Lungen. Sitzbänke fehlten ohnehin, der Boden war hart oder schmutzig oder voller Insekten. Hohe Bäume, vertrocknetes Gras. Regelmäßig kam es auf der mehrspurigen Verkehrsader um den Hauptpark zu Demonstrationen, Polizei und Armee fuhren auf, beruhigend war das nicht.

Die Krähen flogen überall, gierig und ausgehungert, immer zu vielen, schimmernd dunkel. Ich hatte angefangen, sie mit den billigen Keksen zu füttern, die es an Straßenständen und in den höhlenartigen Lebensmittel-Minisupermärkten gab, Kekse aus Zucker, Mehl, Milch und etwas Chemie für den Geschmack.

Die Vögel liebten sie. Ich fütterte sie zum einen, um sie anzulocken für Mary, die ihr Anrauschen und Abfliegen und Keks-in-der-Luft-Fangen bewunderte. Zum anderen zu meinem Trost, um auch in Colombo eine Art Austausch mit einem Tierwesen zu haben, denn die Tiere aus dem Berliner Rettungsheim und der Umgang mit ihnen fehlten mir, und am allermeisten fehlte mir unser Hund.

Ich erzählte Mary von ihm, einfach auf Deutsch, während ich Kekse in die Luft warf, damit eine Krähe kam, rauschte, konzentriert auf die Süßigkeit, desinteressiert an uns, und Mary sie anstaunen konnte. Hier schien ich etwas zu können, was niemand sonst im Kinderheim beherrschte (nun, niemand war verrückt genug, die Krähenfütterei anzufangen). In Marys Augen wechselten Freude und Schrecken.

Die Zuckersucht

Sie werde umziehen, sagte unsere Gastgeberin eines Abends, dann kaufe sie sich einen langen braunhaarigen super-krummbeinigen Dackel, ein in Sri Lanka nie gesehenes Wunder werde er sein, »ein Spektakel«. Bisweilen drückte sie sich seltsam aus. Sie vergaß ihr Deutsch oder klang altmodisch, ohne es zu bemerken.

Es gab in den Straßen Colombos zahllose, niemals bellende Hunde. Mitten auf den Fahrwegen lagen sie, kollektiv suizidal. Die Treewiller fuhren um sie herum. Ich wagte nicht, einen von ihnen zu berühren aus Angst, er könnte mich beißen oder mich mit Krankheiten infizieren, und ich hätte auch nicht gewusst, was mit ihm tun, wenn er mir dann nachgekommen wäre.

Heidi sagte, der Umstand, dass sie auf den Namen Heidi getauft worden war, sei ihr an und für sich bereits Grund genug gewesen, aus Deutschland auszuwandern. Niemals im Leben wolle sie in die Schweiz fahren. In Sri Lanka hingegen, welch Segen, waren der Almöhi und *das* Heidi unbekannt. Zudem ließen sich »hei« und »di« für singhalesische wie tamilische Zungen mühelos aussprechen. Kurz und knackig, angenehm anders als die einheimischen Namen, was, sagte Heidi, ideal zu ihr als Kinderscoutin und Bäckereidirektorin passte. Besonders genießerisch sagte sie dies, wenn sie in ihrem »Office« saß, vor Arbeiter X und Arbeiterin Y, ganz Chefin, die überwachte, wie viel Zucker in den Teig geknetet wurde. Er werde das Haus bewachen, sagte Heidi, die ungebremst enthusiastisch beim Dackel verweilte (the sausage of your future), während ich an Gurpal dachte, wie er mit dem Dackel neben sich auf dem Stuhl in der Garage sitzen und Benzinreste schnüffeln würde, bis der Dackel rülpste.

Heidi konnte ich mir mit dem Dackel perfekt vorstellen. Ich sah vor mir, wie sie sich ihn quer unter den Arm klemmte, es würde ein männlicher Dackel sein, so unsere Gastgeberin, oder ihn in die Handtasche stopfte, neben und über den Keksdosen. Der Dackel würde, wenn er unserem Hund nur ein wenig glich, sogar mit Ingwerpaste gefüllte Hörnchen essen wollen.

Mary wollte das nicht. Wir hatten ihr Marmeladehörnchen ins Heim gebracht. Sie waren kross, man musste und durfte kauen, schon lehnte Mary sie ab. Bis zur Marmelade kam sie erst gar nicht. Über einem Heidi-Hörnchen die Nase zu verziehen war der Königsweg, um es sich mit Heidi zu verderben. Mary beschritt ihn.

Denn Mary und die Krähen wollten nur eines: Zucker pur.

Geburtstagskuchen (das reiche Kind)

Einmal während der Kinderheimbesuchswochen kam unser Halbkind mit uns in das Restaurant, selbstverständlich in Begleitung einer der Pflegerinnen, in dem wir gemeinhin unsere Mittagspause verbrachten. Mary stürzte auf die überdachte Terrasse, die sich auf einen Garten öffnete, raste an den vordersten Tisch, griff sich die Zuckerdose, steckte die andere Hand bis zum Handgelenk hinein, zog sie, zu einem Schaufelbagger gebogen, voller Zucker hervor und kippte sich die gesamte Ladung in den Mund.

Dabei war sie erstaunlich geschickt, viel geschickter als später, als sie in Berlin anfing, mit einem Löffel zu essen. Sie konnte den Löffel damals zwar bereits halten, traf den Mund jedoch nur schräg. Den Becher mit dem Mangojoghurt warf sie, als das Essen nicht klappen wollte, an die rote Wand, farblich lohnenswert. Schlimmer als der Löffel war die Schere, Finger durch Grifflöcher fädeln, halten und dann noch bewegen. Sie wusste nicht, wie sie das Ding auch nur anfassen sollte, geschweige denn heben, drehen oder etwas schneiden.

Im Heim wurde von Anfang an auf beste Weise für die Verzuckerung der Heimlinge gesorgt. Sie frühstückten gesüßte Milch. Die Milch kam gezuckert aus der Packung. Vollhaltbar, vollsüß. Vormittags erhielten die Kinder als Zwischenspeise zwei große, krümelige Kekse, zu fünfzig Prozent aus Zucker. Die zu Fütternden streckten die Hände aus, griffen zu, so fest sie konnten, und schoben sich die gesamte Faust mit beiden Keksen eilends in den Mund. Wer das nicht tat, hatte sein Keks gleich verloren, die anderen rissen es ihm weg, sie fraßen es dir direkt aus der Hand, sprich bissen zu.

Die meisten der Frauen, die sich um die Kinder kümmerten, glichen Gabriels Mutter. Man hatte sie von der Straße gerettet, aus Familien geholt, bevor sie fast erschlagen oder mit Säure attackiert worden waren. Oder auch danach.

Narben, Brandspuren, Verätzungen.

Manch eine schrie in der Nacht. Ihr Leben hatte diesen Frauen die Sprache eingegeben und sie ihnen wieder genommen, und das war die Weise, wie sie die Kleinen von vornherein nicht erzogen, sondern schlicht versorgten. Im Wesentlichen ließen sie den Dingen ihren Lauf. Nur bei größerer Gefahr oder eigener Ungeduld griffen sie ein.

Mittags aßen die Kinder Reis, auch er konnte gezuckert sein. Sie bekamen Gemüse und gelegentlich Fleisch, das Essen wurde frisch gekocht und duftete. Trotzdem nahm Mary nichts davon, außer es war gesüßt. Nachmittags wurde mindestens zwei Mal in der Woche Geburtstag gefeiert. Geburtstage bestanden aus Geburtstagskuchen. Die Geburtstage der Heimkinder waren in der Hälfte der Fälle unbekannt. Auch für die andere Hälfte wurden sie nicht begangen. Die Kinder waren so klein, sie hätten es ohnehin nicht verstanden, also vermissten sie es nicht, sagte man, dabei wussten Kinder wie Mary und andere der Älteren genau, was ein Geburtstag ist, aßen sie doch jede Woche mindestens einen Geburtstagskuchen und sahen ein Geburtstagskind vor sich.

Es war das reiche Kind. Das reiche Kind feierte seinen Geburtstag auf anständige Weise, wenn es seinen Geburtstags-Zweitkuchen mit armen Kindern teilte, die keinen Kuchen und keinen Geburtstag hatten. Das reiche Geburtstagskind wurde mit der Geburtstagsfeierfamilie ins Kinderheim gefahren. Man hatte keine besondere Beziehung zu diesem Heim, es war eine Institution, die Armen half. Sie zu unterstützen, gehörte zum guten Ton. Ein Angestellter, man möchte sagen Diener, balancierte die Torte auf den großen Waisenhaustisch. Das Geburtstagskind wurde fünf oder sechs oder sieben Jahre alt. Der ihm gekaufte Kuchen setzte sich aus bunten Teigschichten zusammen, umgeben von einer dicken, besser sehr dicken, über-amerikanischen Zuckerglasur. Reichenkinder wünschten sich Rennwagentorten, Motorradtorten, Disney-Schloss-Torten, Heißluftballontorten (nicht gut zu erkennen), Flugzeugtorten (Mary erkannte es), Tigertorten und vieles mehr.

Das Reichenkind stand zwischen den sitzenden Heimkindern am Tisch und ließ sich mit dem gespendeten Kuchen fotografieren. Es lernte, dass eine gute Tat keine gute Tat ist, wenn sie nicht dokumentiert und der Welt verkündet wird. Die am Geburtstag begangene gute Tat würde für das Reichenkind Glück bedeuten.

Für die Heimkinder bedeutete sie Zuckerschock. Nicht einmal Zuckerkind Mary wollte von diesen Kuchen noch essen. Das lag vermutlich auch an der Nase. Die Heimkinder mussten zur Kuchenguttat in voller Montur erscheinen. Sie trugen Papphütchen und Pappnasen, durch die man kaum atmen konnte. Ein Reichengeburtstag war Karneval. Ein Geburtstag sah hier wie ein Fasching aus. Unser Februar hätte für Menschen in Sri Lanka wie ein Dauergeburtstag gewirkt.

Mary aß nichts und schwenkte auch keine Fahne, selbst wenn sie eine Geburtstagsfahne, in der Regel die Nationalfahne, in die Hand gedrückt bekam. Sie saß nur da und war später auf den Fotos als stumm dasitzend zu sehen. In Sri Lanka liegen bis heute Hunderte von Geburtstagsfotos herum – auf Reichenfestplatten oder eingeklebt in Reichenfotoalben, auf denen Mary abgebildet ist. Mary mit einem Jahr, Mary mit zwei Jahren, mit zweieinhalb. Wir haben so gut wie kein Foto von ihr aus dieser Zeit, niemand im Kinderheim besaß eine Kamera oder ein Handy, das heißt, dass auch Mary keinerlei Foto von sich aus ihrer Zeit als Kleinkind besitzt. In den Archiven der Reichenkinder hingegen ist sie aufgehoben als die Kindergestalt, die sie damals war, ein kleines, nicht Fahne schwenkendes, nicht kauendes Wesen unter einem Papphut, das verschwommen, halb im Schatten, verschmiert von Glasur oder Creme, falls sie wider Erwarten probiert hatte (obwohl die Bilder besser aussahen, wenn die Kinder noch nicht aßen und ein herrlich perfektes Stück Torte sich auf dem Teller vor ihnen wölbte), am Rand des Bildes auszumachen ist.

Die Heimkinder erkannten nicht, was die Geburtstagskuchen darstellen sollten. Sie hatten keinerlei Vorstellung davon, was ein Pferd war, was eine Gitarre. Sie hatten keine Vorstellung davon, was ein Wunsch ist, der erfüllt wird. Sie hatten Wünsche, gewiss, nur was bedeutet es, wenn man sich zum Beispiel wünscht, ein bestimmtes Kleid anzuziehen, ich will das gelbe, aber gnadenlos das übergestreift bekommt, das als Nächstes im Haufen liegt, also täglich mehrfach lernt, dass Wünsche fruchtlos sind?

Fruchtlos, furchtbar.

Und was wird aus Wünschen, die man allem zum Trotz noch immer hat, Wünsche, die man als Unruhe und Unglück spürt, ohne zu wissen, was sie stillen könnte (ich möchte gehalten werden, ich möchte ein Lied, das man mir singt, ich möchte ein Herz schlagen hören)?

Was bedeutet es, das mitzunehmen – in ein Leben?

Dass ich meine Wünsche nicht mehr fühlen kann.

Oder sie fühle, aber nichts mit ihnen verbinde.

Es gab Kuscheltiere, jedes gehörte jedem, es gab Betten, aber man zog ständig um, es gab Teller, die kamen durcheinander, es gab Schwestern, aber keine war zuständig für dich. Alle waren für jeden da.

Wie ist Wünschen dann?

Das Kinderheim im Mund

An dieser tauben Stelle, in der Wunschlosigkeit, wuchs Marys Sucht.

Abends trugen Pflegerinnen große, dünne Blechtöpfe aus der Küche in den Essraum und gaben Reis und Gemüse auf die Teller. Kinder aßen mit beiden Händen, Erwachsene nur mit jener, die nicht zum Poabwischen benutzt wurde. Uns musste man das erst mal beibringen.

Es hat etwas Befriedigendes und Sinnliches, das, was man dem Körper einverleibt, zuvor an den Fingern zu fühlen. Mary indes aß nichts davon. Auf keinen Fall rührte sie das Gemüse an. Bis heute haben Hunter, sie und ich damit zu kämpfen. Sie hat lange Zeit nur trockenen Reis, Kekse und gesüßte Milch zu sich genommen. Gemüse mag sie nicht essen, auch Probieren hilft nicht. Man sagt uns, dass Menschen ein Nahrungsmittel mindestens zehn Mal kosten müssen, in möglichst frühem Alter, um es überhaupt schmecken zu können. Nur auf dieser Basis kann man sich später Speisen hinzueressen. Ohne Basis ist dies schwierig, sagt man uns und meint unmöglich, und die frühe Zeit ist für meine Tochter längst und unwiederbringlich dahin.

Mary: eine Nichtverbindung zwischen Zunge, Nase und Gehirn.

Mary kann Teile dieser Welt nicht schmecken.

Mary trägt das Kinderheim im Mund.

(Nachfahren, Vorfahren): Fahren

Noch immer fuhren wir jeden Tag zwischen Heidis Haus und dem Kinderheim hin und her. Noch immer schloss das Gericht, jedes Mal erneut überraschend, für einen Tag oder zwei Tage seine Pforten. Noch immer wurde der Frieden gefeiert. Immer das Gleiche, wollte man denken, immer der gleiche Weg, wollte man empfinden, nur dass sich das mit der Zeit, eben durch die Monotonie, veränderte. Wir machten, wie man so sagt, unsere Erfahrungen und lernten, dass ein Frieden eine Welle ist.

Wie eine Welle kommt und geht er, muss besungen und ausgerufen werden, Stunde für Stunde gefeiert und befestigt sein, tags die Feiern, nachts die Jagden – und dann gab es die Jagden auch tags.

Jeder Termin war eine feste Verabredung und eine Erfindung, eine Verbindlichkeit (für uns) und im Übrigen ein Schwanken.

Alle naslang wurde unser Dreiradroller kontrolliert. Der Bürgerkrieg war doch vorbei? Heidi lächelte: Was waren wir naiv. Kriege endeten nicht wie im Film: »Klappe Krieg zu«, »Klappe Frieden auf«. Sie fransten aus, versickerten allmählich, man musste sich so als »Volk« die Kriegsgewohnheiten erst wieder abtrainieren, das war der beste Fall. Im schlechteren wurden diese Gewohnheiten erst einmal härter, obwohl sie »Frieden« hießen, weil die siegende Partei nun »durchgriff« und »aufräumte« und Gegner suchte. In Sri Lanka handelte es sich um eine Mischung dieser beiden Wege, was nach einem großen Durcheinander klingt und für europäische Gemüter auch eines ist, dort indes allem Anschein nach nicht so empfunden wurde.

Vielleicht empfand man auch nichts, es war zu gefährlich, etwas zu empfinden, man versuchte, es unbeschadet zu durchleben.

Ständig wurden neue Feiertage ausgerufen, um dieses Durchleben zu ermöglichen und mit etwas Freude zu umkränzen, der Sieg sollte gefühlt werden. Man wusste tatsächlich an keinem Morgen, ob das Hohe Gericht, das auch unser Adoptionsgericht sein würde – die entscheidende Sitzung war weiterhin für den kommenden Freitag anberaumt –, überhaupt tagen würde. Nur die Straßensperren waren sicher, was sie betraf, gab es keinen Feiertag, oder alles war Feiertag für sie, sie freuten sich ihrer Existenz und vermehrten sich stündlich.

An einer Sperre steckte der kontrollierende Soldat das MG am Fahrer des Treewillers vorbei nach hinten zu den Passagieren durch, bis er Widerstand spürte. Man musste sich in den Sitz lehnen, möglichst weit zurück, sonst bekam man den Lauf ins Gesicht. Lehnte ich mich weit zurück, bekam ich ihn irgendwo auf die Brust. Ich versuchte, das Brustbein hinzuhalten. Dem MG folgte dann, mehr oder minder schnell, gelegentlich wurde mit dem Fahrer des Autochens, in unserem Fall also Sunil, noch diskutiert, ein soldatisches Gesicht. Der Mann musterte uns, wie wir da bleich und europäisch vor uns hin schauten, zog sein Gewehr ab, mit einem gewissen Bedauern, das nicht zu übersehen war, und verlangte den Reisepass.

Heidi hatte uns eingeschärft, bei diesen Gelegenheiten den Mund nicht aufzumachen oder maximal »Germany« zu sagen, schön englisch. Ein singhalesisches »stuti« (danke) bei der Rückgabe des Passes, um die man naturgemäß froh sein konnte, oder jedes andere Wort in der Landessprache würde uns verdächtig machen, als Spione etwa, und könnte langwierige Folgen haben.

Das Langwierige konnten wir uns inzwischen vorstellen.

Wir beobachteten, dass geschlossene Wägen, Limousinen in Silber und Schwarz, viel seltener kontrolliert wurden als die

Treewiller. Die Logik des Geldes stach die Logik der Sicherheit, wenn auch von Logik kaum zu sprechen ist.

Als der gesuchte Anführer der Tamil Tigers hätte ich mich in eine Limousine gesetzt.

Blätterteig

Der Ort, an dem wir uns aufhielten, kam lagenweise zu uns, als wären Colombo und das Kinderheim eingebacken in Blätterteig. Schicht um Schicht hob sich. Mal entdeckten wir zufällig etwas, mal fragten wir nach und noch einmal nach, weil wir lernten, dass wir nur langsam vorankamen.

Gewehrläufe haben keine Augen. Gleichwohl wurden sie für eine Art Voraus-Schauen benutzt. Das war, hieß es, das Sicherste für die Soldaten, die am anderen Ende des Laufes standen. Heidi sagte, ein Menschenleben gilt hier … Nun ja.

Erst spät dämmerte uns, dass dies ein Vorbereitungssatz sein sollte.

So wurde es hier am liebsten und formvollendet gemacht. Man fing mit einer generellen Feststellung an. Sie durfte, ja musste, blumig klingen: »Gewehrläufe haben keine Augen.«

Sie konnte auch so gemeint sein. Leicht und blumig. Fast schon poetisch.

Doch sie erschöpfte sich niemals darin.

Heidi hob den Kopf, sah uns an und sagte: »Weniger als bei euch.«

»Bei euch«, sagte sie, wenn sie Deutschland meinte. Und dann wieder »bei uns«, wenn sie Deutschland meinte. Sri Lanka war ebenfalls »bei uns« oder »hier« oder »this damn place«.

In ihrem Haus hatte Heidi, ich glaube, als Mittel gegen das nachhängend Koloniale des eigenen Weißseins, Statuen diverser Hindugötter und -göttinnen aufgestellt. Man schob sie in eigens gebaute Wandnischen oder schuf freie Plätze im Regal. Dort schauten sie aus ihrer Höhle oder Lücke und beschäftigten sich mit Fragen, die sich nicht lösen ließen. Dafür waren sie da. Dank ihrer musste man sich nicht dauernd selbst mit diesen Fragen beschäftigen. Zum Beispiel: Das Personal in Heidis Backstube wechselte ständig, oft mitten in der Schicht. Sie sagte, wie das vor sich gehe, sei undurchsichtig. Was sie damit meinte, war nicht undurchsichtig. Familienstrukturen in Sri Lanka waren nicht an und für sich undurchsichtig. Sie waren es nur für uns, »the white guys«.

Hunter und ich wussten zum Beispiel nicht sicher, wer außer Hunter der Vater unseres Kindes war. Es lag in der Luft. Daher war es selbst Luft oder leichter als Luft. Auf diese Weise wurde, was man wissen konnte, nicht unterdrückt, sondern hinweggelüftet.

Sigmund Freud wäre in Sri Lanka nie Sigmund Freud geworden.

Oder hätte, als Sigmund Freud, keinen Erfolg gehabt.

Das Lüften diente der Unschärfe. Das Nichtwissen, sagte man uns, diente der Demut.

Bekindung

Als wir an einem der letzten Abende, erschöpft wie nichts, in Sunils Treewiller stiegen, um aus dem Heim zu Heidi zu fahren, sagte Schwester Allyson, wir hätten uns verändert. Ich, sagte sie zu mir, sähe jünger aus.

Ja, alt hätten wir gewirkt bei der Ankunft.

Und nun?

Gabriels Mutter zeigte auf meine Brüste und sagte »fat«. Es war das einzige Wort, das ich jemals von ihr hörte, und es freute mich durchaus, für sie, und gar nicht für mich. Danach zeigte sie auf ihre Brüste, »fat«, und blinzelte Hunter an. Ich glaube nicht, dass sie mit ihm flirtete. Sie wollte Verbindung aufnehmen. Er fand es archaisch, sagte er später und schaute gequält. Brüste? Was das anging, stimmte zwischen ihm und mir nichts mehr. Wir berührten einander nicht in Colombo, kein einziges Mal, waren bestenfalls als Bruder und Schwester unterwegs.

Der sinnlose Brunnen

Die älteren Heimlinge, zu denen Mary zählte, tatsächlich war sie das älteste der nicht-behinderten Kinder, hatten einmal in der Woche eine Art Kindergartenstunde. Hierfür stand ein eigener Raum zur Verfügung, mit einem schmalen Tisch. Die Schützlinge sollten hier wenigstens kurz stillsitzen und Puzzle machen. Das Puzzle war aus halbweichem blauem Schaumstoff gefertigt, zerlegt in vier etwa fünfzig mal fünfzig Zentimeter große, sprich für die Kinder halbkörperlange Stücke, die man ineinanderstecken konnte. Gelang dies, wurden sie zu einer Art Matte auf dem Tisch. Bloß warum sollte ein Kind eine blaue Matte herstellen wollen?

Im gesamten Heim sahen wir kaum Spielzeug, und das wenige, das es gab, wurde in einem Schrank weggeschlossen. Die Spielsachen, die wir mitbrachten, verschwanden ebenfalls, zunächst dachten wir, sie würden mit den anderen im Schrank aufbewahrt. Gegen Ende unserer Besuche entdeckten wir durch Zufall in einer Ecke einen Haufen roter, grüner und hellblauer Krümel, deren Farbigkeit und Material stark den Plastik-Bausteinen glichen, die wir der Kinderschar am Tag zuvor geschenkt hatten. Die Betreuerin, die etwas Englisch konnte, erklärte uns, was geschah, wenn wir das Heim verließen. Die Kleinen stürzten sich auf die von uns mitgebrachten Stücke, Mary konnte ihre Geschenke gegen diese Mehrheit nicht verteidigen, und da keines der Kinder wusste, wie man etwas zusammensteckte, zerstörten sie, was sie zu fassen bekamen.

Was sollten sie auch tun? Sie waren intelligent, also begannen sie, die Dinge zu untersuchen, was bedeutete, dass sie sie auseinandernahmen. Ich musste an eine Aussage in einem Buch über Raben denken, das ich vor Jahren gelesen hatte. Die Vögel zerstörten alles, wenn man sie in der Wohnung hielt, weil sie sich, neugierig und aufgeweckt, für ihre Umwelt interessierten. Zerstörung ist die Voraussetzung dafür, Neues entstehen zu lassen. Den Raben konnte man nichts erklären, den Kindern schon. Sie hätten Hilfe und Anweisung gebraucht, und ich lernte, dass man auch Spielen lernen muss.

Mary hingegen lernte, dass alles, was wir ihr gaben, nicht länger hielt als ein paar Stunden. Sie lernte, dass wir die Welt stillstellten, die sie kannte, dass diese Welt sie aber einholte, wenn wir abfuhren, und dies schlimmer als zuvor. Sie erfuhr sich als beschenkt – und als schwach. Jedes Geschenk führte zu einem Verlust.

Von Mal zu Mal wurde das Kinderheim ein mir schrecklicherer Ort. Die Heimkinder waren nicht nur hellwach, sie waren auch aggressiv. Da sie einander nicht wirklich kannten, taten sie selten etwas miteinander. Wenn wir sie sahen, verhielten sie sich wie eine kleine Herde. Das mochte allerdings daran liegen, dass wir aufgetaucht waren. Sie zogen aneinander, rannten vor dem alkoholgeschädigten Mädchen davon, wuselten um Hunter herum. Oder saßen, waren sie kleiner, jeweils einzeln auf dem Schoß einer der werdenden Mütter, versanken in sich. Wir bezogen sie ein, brachten Geschenke für alle, Malblöcke und Stifte, und Hunter erwies sich als geschickter Kinder-Vorzeichner. Dann wieder stoben sie davon. Ich glaube, die Helferinnen zogen sie ab, damit wir mit unserer »schwierigen« Tochter allein sein konnten.

Kaum schlug die Tür hinter uns zu, kam der Haufen zurück.

Vermutlich zerbissen Marys Mitkinder die Bausteine, schabten mit den Zähnen daran. Womit sonst hätten sie sie zerlegen sollen.

Für Mary waren wir eine Art sinnloser Brunnen geworden. Ein hilflos weiter Geschenke spuckender Brunnen. Mary wäre zu enttäuscht gewesen, hätten wir von einem Tag auf den anderen nichts mehr ausgepackt. Also spuckten wir »Zeug«. Kamen an, brachten ein Spiel, es wurde zerstört, kamen wieder, brachten ein Spiel.

Hondha dhue

Wir spielten mit Bauklötzen, eine Helferin, Mary, Hunter und ich. Das Kind wirkte versunken, im Übergang zwischen dem Heim und uns, im Nirgendwo. Ich stand auf, um mir ein Tuch zu holen, Hunter tat es mir nach, die Helferin flüsterte etwas, da begann Mary zu weinen.

Unerklärlich. Uns weinte sie nie nach. Das konnte es nicht sein.

Hatte die Helferin etwas Seltsames zu ihr gesagt, als ich mich erhob? Etwas, was Mary ängstigte? Etwas über Hunter, über mich?

Wir konnten nicht kontrollieren, was vor sich ging. Die Helferinnen im Heim zerrten an dem Kind, redeten auf es ein. Wie das Leben sein würde, bei uns in Deutschland. Wie das Kind uns lieben sollte.

Oder?

Wer weiß, was sie ihr tatsächlich sagen. Selbst wenn sie es freundlich meinen.

Und Mary? Muss herüberwachsen zu uns, wie wir hinwachsen zu ihr.

»Hondha dhue«, sagen die Frauen im Heim, gute Tochter.

Im Garten werden meine Beine von Sandflöhen zerstochen. Wir blasen Seifenblasen, Mary will Sonnencreme essen. Die neuen Armreifen lässt sie sich anlegen, die lila Haarspange nicht. Sie gewinnt Vertrauen, dass, wenn sie Nein sagt, es nun bei uns auch ein Nein ist, das akzeptiert wird.

Hoffen wir zu sehr?

Unterschätzen wir, dass oder wie sie sich an uns bindet?

Ratewerk, all dies.

Ameisen auf dem Mond

Wir trinken Tee bei Heidi, es regnet und blitzt, die Terrassentür steht offen, ein Schwarm Ameisen, groß wie ein Smart, fliegt ins Wohnzimmer. Regel: nicht bewegen, Tür weiter aufstoßen, warten. Wir warten. Herr Barayanake braucht eine Aufstellung all unserer Einkünfte aus dem vergangenen Jahr, Hunter übernimmt es, sich darum zu kümmern, ruft in Deutschland an. Die Ameisen fliegen, der Ventilator dreht, nach etwas mehr als einer Minute ist der Schwarm irreal wie ein Spuk. Hunter sagt, die Stimme der Steuerberaterin habe auch so entfernt geklungen, als säße sie auf dem Mond, »dabei sitzen wir darauf«.

Ich lache: wie wahr. Genau das ist das Gefühl.

Von Zählbarkeit

Mary erwartete uns an der Hand einer der Helferinnen und nahm die Gaben Tag für Tag freundlicher entgegen. Wir durften neben ihr sitzen, wir durften ihr die Dinge nun auch direkt übergeben. Fingerberührungen waren in Ordnung, alles ging glatt, solange eine Person aus dem Heim in der Nähe blieb.

Es herrschte – der Zwiespalt. Die Tochter unserer Zukunft lächelte uns an, sie sprach mit uns, indem sie zu Sudeshi oder Thilini sprach, die uns Zeichen machten, oder wir tauschten ein paar Wörter auf Singhalesisch oder Englisch aus und rieten, was gemeint war. Mary ließ sich gern Dinge zeigen. Wir schwitzten und führten vor, wir waren erschöpft und grinsten, wir sprangen durch den Sand, und die Flöhe bissen uns in Füße und Waden. Wir wurden angelächelt, sie winkte uns zum Abschied vom Arm einer Helferin, einmal warf sie uns sogar Küsschen zu, und ich hatte ihr einen leichten Kuss auf die Wange setzen dürfen, da, auf dem Arm der Helferin, ganz leicht, fast nicht real. Doch niemals wollte oder konnte sie mit uns allein sein. Vielleicht hatte sie Angst, dass sie dann sofort in einem dieser Himmelsdinger (Flugzeug) säße?

Es tat mir so leid. Hatte sie Angst vor noch mehr Einsamkeit?

Konnte man Einsamkeit überhaupt so »zählen«?

Ich glaube ja, als Kind. Als Kind konnte man. Ich erinnerte mich.

Heben

Zwei Tage vor der Gerichtsverhandlung, am Mittwoch, verließen wir das Kinderheim bereits am frühen Nachmittag. Wir mussten Abzüge unserer Passfotos machen lassen, zehn pro Elternteil. Danach sanken wir, welch ungewöhnlicher Luxus, gegen fünf Uhr zur *tea time* auf Heidis Terrasse in die Tiefe der Rattansessel und tranken kostenlosen, ungezuckerten, starkmilchigen Tee.

»Ich möchte ein anderes Kind«, sagte ich zu Hunter, »ein jüngeres.« Ich sagte es eigens melodramatisch. Es war keine reale Absicht. Nur der Wunsch, einen Rest Handlungsfähigkeit zu beschwören. Und die Sehnsucht nach einem Kind, das sich nicht gegen uns wehrte.

Der Gedanke musste gedacht werden dürfen. Und ausgesprochen sein. Ihn nicht wegzudrängen hatte mit innerer Klärung zu tun. Mit einer Wahrhaftigkeit, auf die dieses Kind uns verpflichtete.

Hunter sah mich daraufhin nicht an, als wäre ich verrückt. Er hatte mich verstanden. Und er hatte es ebenfalls: das halbe Verzweifeln. Das Leiden an der Ohnmacht.

Hätten wir Mary noch hergegeben? An diesem Morgen, ausgerechnet, hatte sie geheult und war vor uns weggelaufen, bestimmt eine Stunde lang. Alle im Heim hatten zugesehen.

Und wir? Hatten uns, ohne eine Sekunde zu zögern, um sie bemüht. Notanruf bei Sunil (das Telefon stellte ihm Heidi). Er kam mit dem Treewiller zurück, wir packten Mary, eine Helferin namens Kali und deren Tochter hinein, ab in den nächsten Park. Krähen füttern, Kekse für Krähen in die Luft werfen und fangen lassen, in ein Café umziehen, Limonade versprühen, Zucker essen, Mary reiner Sonnenschein.

Mit einem Mal liegt sie auf dem Boden, weil Kali ihr nicht noch mehr Zucker gibt, sie trotzt. Ich erhebe mich, schaue ihr in die Augen, sage auf Deutsch in dem vollen Bewusstsein, dass sie mich nicht versteht: »Mary, was tust du denn da unten?«

Betonung auf »unten«.

Sie grinst mich an und steht auf. Potzblitz.

… und senken

Außer von der Kamera war Mary von unseren Telefonen begeistert. Die wollte sie ständig berühren, betippen, sie hätte sie sogar abgeschleckt, nur wir, trotz aller Gewöhnung, aller Ausflüge, wir durften ihr weiterhin nicht die Hand halten, nicht auf einen Stuhl helfen, und erst recht nicht sie liebkosen. Der letzte Tag hatte keine Veränderung gebracht.

Der Gerichtstermin, die alles entscheidende Begegnung mit dem Richter, der den Adoptionsdaumen heben oder senken konnte: Nun war er da.

15

»Du kannst es nicht aufschreiben!«

Ich fahre aus einem Traum hoch, keuche, muss schlucken. Ist das in Berlin? Als wir längst zurück sind, wie man sagt.

Wo »zurück«?

Wer war ich damals in Sri Lanka, ohne das Kind?

Ich erscheine mir als Schatten.

Sag mir, wie?

Jung. Ich nenne es so. Es trifft und trifft nicht.

Leichter. Noch ohne die Zugabe. Die Zugabe des Kindes. Die Zugabe dieser »Welt«, der »das Leben« erweiternden Liebe.

Gewiss.

Gewiss? Sie machte mich auch dunkler. Schwerer.

Verletzlicher. Dinge, die mich geschützt hatten, fielen von mir ab: mein rascher Verstand. Meine Zunge. Lange geduldig, dann scharf und schneidend.

Sie wurden weich. Weicher, dunkler, schwerer. Als klebte Blut an meinen Händen.

Doch es war kein Blut.

Zumindest keines vom Sterben. Eines vom Geborenwerden.

Vielleicht. Vielleicht kann man es so sagen. Berührt vom Schrecken-der-Existenz.

In antiken Epen berühren sich die Hände der Liebenden, aus nichts als Gedanken und Luft gemacht, wenn sie sich in der Unterwelt wiederbegegnen.

Vielleicht kann ich es so sagen: um *diese* Dimension erweitert.

Um das Wissen, was das ist: die Verbundenheit mit einem anderen Menschen über den Tod hinaus.

16

Der Fleischring

Der Mann, der vor dem Gerichtsgebäude auf dem nackten Boden lag, sah aus wie ein rundum von Gummi ummanteltes Stück Tod.

Wir stiegen aus Heidis »gutem«, also geschlossenem Auto und wurden behände weitergeschoben. Wir sahen fast nichts. Wir sollten nicht schauen.

So trafen wir ein vor Colombos Gericht.

Es war das einzige der Insel.

Auch als Fremdling konnte man das Gebäude auf Anhieb identifizieren. Es trug einen Fleischring aus Menschen. Sie wurden in ihm erwartet. Sie umlagerten es. Dort war ein kleines Zelt aus Pappe aufgeschlagen, da lag eine Matte. Die meisten saßen oder schliefen unmittelbar auf dem Boden. Manche wirkten gespannt, andere niedergeschlagen. Zwischen ihnen riefen Händler Wasser, Früchte und Reisgerichte aus. Ein Heer kleiner zäher Männer und Frauen lebte von den Gerichtstagen der Inselbewohner.

Heidi flüsterte, dass die Bürger:innen Sri Lankas in der Regel auf verschlungenen Wegen von ihrer Vorladung bei Gericht erführen. Die Mehrzahl könne nicht lesen, besitze kein Telefon, lebe weit von der Hauptstadt entfernt. Man erfahre es, hoffe auf Hilfe. Göttliche und konkret irdische, etwa Geld von Nachbarn, Proviant. Spätestens eine Woche vor dem Termin setze man sich in Bewegung.

Man fuhr mit dem Zug, dem Bus, ging zu Fuß. Die Züge der

Insel waren verblichen rot, niedrig, kolonial und elektrifiziert, zumindest meistens. Dreihundert Kilometer, elf Stunden bei glatter Fahrt. Wäsche trocknete auf den Schienen und konnte, hörte man den Zug, gemütlich gerettet werden. Leicht möglich, dass man keinen Platz mehr in einem Waggon fand oder herunterfiel, während man versuchte, auf dem keinen Platz, also außen am Zug hängend, das Gericht zu erreichen.

Meistens, so Heidi, seien die Vorgeladenen nervös. Viel zu früh träfen sie in Colombo ein. Suchten das Gericht, fänden nach einem weiteren Tagesmarsch zu Fuß durch die Stadt, auf unvermeidbaren Umwegen irgendwann das richtige Gebäude und lagerten sich.

So glich das Haus der Gerechtigkeit einem Bahnhof, was den Verkehr betraf. Es war der zweite Hauptbahnhof Colombos, und dank seiner dämmerte mir, dass Gerichte generell, auch deutsche Gerichte, etwas wie Bahnhöfe sind. Man fährt mit dem Zug, den das Verfahren darstellt, in ein anderes Leben hinein.

Anfang Juni. Es regnete weniger als bei unserer Ankunft, nur nachts donnerte es regelmäßig. Im Wesentlichen sah der Fleischring, den ich nun deutlicher erkannte, weil unsere Taschen von den Sicherheitsmännern durchsucht wurden, trocken, ja zu trocken aus. Die Wartenden trugen staubige Reisekleidung. Faltige, müde Gesichter blickten uns an. Hunde liefen umher, man vertrieb sie, sie rissen einem das Essen vom Teller. Uns führte man nach der Kontrolle durch den nächsten Ring von Wartenden. Unsereins war auffällig; unsereins sollte und musste das Gerichtsgebäude zügig betreten.

Auch wir schuldeten Gehorsam? So konnte es wirken.

Zugleich genossen wir ein weißes Privileg.

Beides in einem: Unterwerfung und Rest-Vorteil. Ausschluss und Scham.

Als wir durch den Menschenring traten, fühlte ich mich wie

ein großes weißes Kamel. Ich schwankte und geriet mit den Füßen durcheinander. Wie Hunter sich vorkam, weiß ich nicht. Ich habe es vergessen oder war zu ausschließlich damit beschäftigt, mich selbst wahrzunehmen oder ging kurzerhand davon aus, dass er es empfand wie ich, was man ja öfter tut in einer Beziehung. Wir schwitzten beide, das steht fest, fiel freilich niemandem auf. Wir waren vergleichsweise dick und weiß, der Körper quoll in der Hitze zusätzlich auf, man merkte es an den Sandalen und den Eheringen, selbst die Haut wurde irgendwie massiger und dabei glitschiger.

Im Gericht durfte man weder zaudern noch sich umsehen. Man musste auf einem vorbestimmten Weg in den Verhandlungssaal gehen. Von allen Seiten strömten Menschen hinzu. Wir wurden doppelt ~~bewacht~~ begleitet, links Heidi, rechts Soldaten. Heidi marschierte regelrecht, sie kannte sich aus, dankbar wackelten wir gesenkten Blickes hinter ihr her. Obwohl das Gebäude verwinkelt und groß war, nutzte man, vermutlich aus Sicherheitsgründen, jeden Tag nur einen einzigen Verhandlungssaal. Alle Personen, deren Fall aufgerufen werden sollte, mussten von Anfang an für den gesamten Tag in diesem Saal sitzen und bereit sein. Niemand wusste vorab, in welcher Reihenfolge das Hohe Gericht geruhen würde, sich der anhängigen Verfahren anzunehmen. Der Aufruf konnte unmittelbar nach Eröffnung der Sitzung oder acht Stunden später erfolgen. Für uns galten in dieser Hinsicht die gleichen Regeln wie für alle anderen, wenigstens das.

Der Saal füllte sich bis auf den letzten Platz. Jeder Platz war sehr schmal. An der Decke hingen Ventilatoren, die aussahen, als wären sie die von Flugzeugen, uralten Flugzeugen, abgeschraubten Propeller. An den Wänden des langen Saals, feuchtheiß und etwa so groß wie eine Turnhalle, bezogen nach dem Einmarsch der Vorgeladenen Soldaten der sri-lankischen Armee Position. Im Abstand von etwa zwei Metern zueinander stellten sie sich, in voller Montur, an die Wand. Mit Montur meine ich nicht nur die Uniform, die sie berufsmäßig trugen, sondern die Ausrüstung, die dazukam und nicht gedankenlos getragen, sondern gezeigt wurde, also gezückt war. So sagt man bei Messern. Bei Gewehren, genauer Maschinengewehren, spricht man, auch wenn es sich nur um MGs der kleineren Klasse mit zwanzig bis fünfzig Schuss handelt, wie Heidi später sagte, von »pointed«. Übersetzt heißt das »sie waren gerichtet«. Das klingt auf Deutsch falsch. Oder auf übertriebene Weise zutreffend.

Es schien mir unglaublich, dass die Soldaten nicht schwitzten. Ein Maschinengewehr ist nicht leicht, und sie hielten es die gesamte Sitzungszeit hindurch, Stunde um Stunde, ohne es abzusenken oder vor sich aufzustützen, auf uns gerichtet, die Menschen im Saal.

Ich nehme nicht an, dass die Gewehre geladen waren.

Ich weiß, dass sie es waren.

Der Beginn der zweiten Adoption

Bis zu diesem Augenblick hatte ich einigermaßen erfolgreich versucht, nicht an mein letztes Gespräch im Kinderheim zu denken. Jetzt konnte ich nicht mehr vor ihm fliehen.

Da wir nicht an die Unwägbarkeiten der Anreise glauben mussten wie die Menschen aus Sri Lanka bzw. da wir den Großteil unseres Weges schon zurückgelegt hatten mit Hindernissen, die nicht so greifbar sind wie das körperliche Fortkommen von A nach B, hatten wir uns am Vorabend des Gerichtstages zur gewohnten Zeit aus dem Heim verabschiedet.

Mary ging schlafen. Es war ihre letzte Nacht dort, so der Plan. Ob sie das ahnte? Oder wusste? Und falls man es ihr gesagt hatte: Was sie sich darunter vorstellte?

Man sprach bereits seit Längerem mit »future daughter« über die Adoption, man hatte ihr Flugzeuge am Himmel gezeigt und erzählt, dass Menschen darin reisten, man hatte gesagt »du auch«, »du bald«. Doch ich weiß nicht, wie man einen silbernen Strich am Himmel auffasst, der sich so geräuschlos bewegt wie eine Wolke, wenn auch anders geformt, und von dem es heißt, dass Menschen darin sitzen, wenn man Transportgeräte wie Autos, Busse oder Züge kaum kennt, nur in einem rundum offenen, laut tuckernden Treewiller einmal zum Arzt gefahren war, wo man gestochen wurde, und das andere Mal in einen Park, einen Zoo und an ein wildes, brüllendes Meer, und danach war man geschlagen worden.

Flugzeug?

Himmel?

Silberstrich?

In Marys Welt vor unserer Ankunft war jedes Transportmittel warm gewesen. Es hatte Herzschlag, Menschengeruch und eine weibliche Stimme gehabt.

Ich freute mich, als ich unter den uns verabschiedenden Teresianerinnen meine Lieblingsschwester entdeckte, die schmale, ledrig wirkende Allyson aus Neuseeland, die vor über fünfzig Jahren in den Orden eingetreten war und ihm nun hier in Colombo diente, eine Frau, der man ihr Weißsein in keiner Weise mehr anmerkte, nur dass sie an diesem Abend blass fast bis zur Durchsichtigkeit schien (ein wenig auf diese vornehme englische, überzüchtete Landadelsweise). Auf meine besorgte Frage hin, wie es ihr gehe, erzählte sie mir, dass sie vor einer Woche ein einheimisches Adoptivelternpaar ins Gericht begleitet habe, unter den üblichen unvermeidlichen Umständen – lange sitzen, geduldig sein, demütig »ja« sagen –, um das Paar bei seiner entscheidenden Verhandlung, in der das Kind final zugesprochen werden sollte, zu unterstützen.

»Final«, sagte sie, *final*. Und seufzte: Auch wir würden morgen in diesem Saal sitzen.

Bei der Verhandlung vergangenen Donnerstag habe man zwei Räuber, fuhr Schwester Allyson mich aufmerksam betrachtend fort, dem Richter vorgeführt (Menschen weiblichen Geschlechts existierten an dem sri-lankischen Gericht, soweit wir es kennenlernten, nur als Protokollantinnen). Die Räuber hätten vor dem Richter gestanden und leugneten die Tat. Einer der Männer soll, so Schwester Allyson, eine unerwartete Bewegung gemacht haben. Sie habe sie nicht gesehen. Es sei wohl eine Bauchbewegung gewesen, eine Schmerzbewegung, er habe, habe sie gehört, ein akutes Abdomen gehabt – Schwester Allyson war medizinisch gebildet –, ein unwillkürliches Zucken also, begleitet von einer Verkrümmung des Oberkörpers, die pfeilschnell für eine versuchte Befreiungsbewegung gehalten worden war. Er sei vermutlich an einen Soldaten oder Wachmann gekettet gewesen und habe diesen mit sich zu Boden gerissen, so Schwester Allyson, die erneut ergänzte, das habe sie nicht gesehen, tags darauf umso ausführlicher in der Zeitung gefunden.

Ich glaube nicht, dass es stimmt, sagte sie, der Artikel habe es so behauptet. Was, sagte sie, nur normal sei (dass es da Abweichungen gebe). Jedenfalls sei anzunehmen, dass einer der Soldaten, die an der Wand standen, die vermutete Bewegung ebenfalls gesehen oder zumindest etwas wie eine Bewegung vermutet habe. Die Bewegung habe für den Soldaten auf einen Aufruhr hingewiesen, er habe also einen Aufruhr wahrgenommen, und um diesen Aufruhr zu unterdrücken, nicht auf den zweiten Räuber, sondern sozusagen prophylaktisch in die Menge der Sitzenden geschossen, die auf den langen durchgehenden Holzbänken auf ihren Fall warteten und nun ihren Fall bekamen.

Der Mann neben dem zukünftigen, ja bereits werdenden Adoptivvater, der seinerseits wiederum neben der Schwester saß, wurde von einer der Kugeln getroffen und starb noch im Gerichtssaal. Es schoss nicht nur der eine Soldat, sondern nachdem der eine Soldat angefangen hatte, schossen auch alle anderen Soldaten, um den einen zu unterstützen und den Aufruhr, den nicht sie, aber er wahrgenommen haben musste, zu unterdrücken. Zudem wollten sie sich später keinesfalls vorwerfen lassen, sie seien zu feige oder zu langsam gewesen oder hätten ihre Dienstpflichten nicht erfüllt.

Es wurden mehrere Menschen in der sitzenden Menge getroffen, drei starben, einer der Räuber entkam. Was mit dem anderen Räuber geschah, wurde nicht vermittelt oder vergessen über dem Tohuwabohu, das im Saal ausbrach und keineswegs zur Beruhigung der Soldaten beitrug. Der Mann neben Allyson, der das Kind adoptieren wollte, war bleich wie Milchsuppe, doch unverletzt. Die Adoption fand dann noch statt, an ebendiesem Tag mit vielen Stunden Verspätung und in ebendem Gerichtssaal, der auch am Morgen bereits benutzt worden war. Er war in der Zwischenzeit geputzt worden.

Ausgerechnet dieser Satz blieb mir besonders in Erinnerung. »In der Zwischenzeit geputzt.« Vielleicht, weil er die Geschichte abschließen sollte und das auf erschreckend präzise Weise auch tat. Schwester Allyson sagte, dass sie jeden Abend vor einer Verhandlung um deren guten Verlauf bete. Aufgrund ihres Gebetes war der Nachbar des Adoptivvaters statt des Adoptivvaters erschossen worden. Sie schien kein schlechtes Gewissen zu haben, was diese Fernlenkung der Kugel anging, und versprach mir, auch für uns an ebendiesem Abend noch zu beten. Beruhigt könnten wir uns in den Gerichtssaal begeben, sterben würden wir dort nicht.

Das war wirklich enorm aufbauend.

Am Thron

Mit derart aufgeklärten Gefühlen saß ich auf der gerichtlichen Holzbank. Ich wusste, dass wirkliche Kugeln in den Läufen der auf uns gerichteten wirklichen Gewehre steckten und dass ein Abzug ein Abzug ist und ein Trigger ein Trigger und ein Finger nervös. Zudem wusste ich, dass jemand, der sein Leben der Nächstenliebe gewidmet hatte, dafür betete, es möge zu keiner Schießerei kommen, und wenn es zu einer Schießerei komme, möge die Frau neben mir (sie war mindestens zehn Jahre jünger als ich) statt meiner getroffen werden. Zweifelnd und leicht mitleidig sah ich sie an. Immerhin hatte ich begriffen, dass es darauf ankam, einen Platz nicht zu nah an einer der Außenseiten der Bänke zu ergattern. Man musste andere Körper zwischen sich und die unmittelbarsten Bahnen fliegender Kugeln bringen.

Die Bänke in dem Gerichtssaal glichen den Bänken, die man in Kirchen findet, nur dass das Brett zum Niederknien fehlte. Vielleicht stammten sie aus ehemaligen Kirchen. Die Sitzflächen waren schmal, sri-lankische Menschen passten mühelos hinein, unsereins nicht, es war eng und wie üblich lieblich heiß.

Jeder Fall des Tages wurde von einem Rechtsanwalt vertreten. Auch Herrn Barayanake hatten wir bereits in einer der ersten drei Reihen erkannt, die nicht Bänke zeigten, sondern Stühle, zu denen schmale Tischchen gehörten. Die Rechtsanwälte, zwanzig Männer und eine Frau, saßen somit vor der Herde der Besucher, sie saßen auf einzelnen, wichtigen Stühlen, sie hatten Namen und trugen dunkle Roben, wenn auch keine Perücken. Die Roben allein mussten heiß genug sein.

Der Boden bestand nicht aus Erde, wie vor dem Gerichtsgebäude, sondern war gefliest, wenn auch mit Lücken, und an den Seiten aus Brettern genagelt. Die Plastikstühle der Anwälte schrammten fast lautlos darüber. In ihren Roben und ihrer

Unruhe glichen die Rechtsbeistände Krähen, ständig wechselten sie die Plätze. Kaum wurde ein Tischchen frei, steuerten zwei oder drei neue Anwälte auf es zu, während der Wisch-Wallah versuchte, rasch noch die Platte zu säubern.

Überall in Colombo gibt es kleine Müllhaufen und auch größere, und beide gefallen den Krähen, deren Schwärme sich dem Fressangebot laut krächzend anpassen. Der Anwaltsschwarm war leise und roch elegant, nämlich nach nichts, schon gar nicht nach ~~Mottenkugeln oder~~ Schweiß. Diese Duftlosigkeit war absolut erforderlich. Auf die Pulte folgte ein etwa drei Meter breiter Streifen, der leer blieb und leer bleiben musste. Hinter ihm erhob sich der Thron, aus Holz geschnitzt, kunstvoll verziert, weiß und ein wenig golden. Er stand auf einem Podest, war sodann noch einmal durch einige Stufen, über die man in ihn kletterte, erhöht und so thronig, dass er den Richter, so Heidi, fast zur Gänze verschlucken würde. Das Mikrofon inmitten der traditionellen Schnitzerei zeigte bereits, wie der Richter mit uns kommunizieren würde. Links und rechts neben ihm würden der Protokollant und die Beisitzer Platz nehmen.

Der Graben zwischen dem Gericht einerseits und den Rechtsanwälten und uns war selbstverständlich nicht mit Wasser gefüllt. Er war auch ohne Wasser unüberwindlich.

Die den Thron zierenden Inschriften konnte ich nicht lesen, vermutlich sagten sie etwas wie »Demokratische Sozialistische Republik Sri Lanka«, das »Hohe Gericht« und so weiter. Der Richter kam, als alles bereit war, natürlich noch für eine lange Zeit nicht in den Saal. Eine Flanke des Throns war besetzt, leer der Platz des zweiten Beisitzers, leer die Mitte.

Bordüren und Gespenster

Die Soldaten standen rundum an der Wand wie eine atmende Bordüre aus Mann&Gewehr. Das Volk saß, die Rechtsanwälte saßen und standen nochmals auf, der Graben, hellweiß und gebohnert, glänzte. Man schwieg, man flüsterte. Die Deckenventilatoren rauschten.

Wir warteten und schwitzten, und die Soldaten warteten und schwitzten versteckt. Ich fragte mich, ob sie versteckt auch überlegten, wo sie hinschießen würden, wenn ein Räuber vorgeführt würde, der versuchte davonzulaufen.

Endlich trat der fehlende Beisitzer aus einer kleinen Seitentür in der rechten Flanke des Saals und nahm rechts außen im Thron Platz. Ein rotes Tuch mit der sri-lankischen Flagge wurde gehisst, darüber kreiste der Ventilator als Heiligenschein.

Nach einer weiteren halben Stunde erschien der Richter. Er ging so hastig und rückenverkrümmt, dass er nicht zu erkennen war. Selbst als er sich im Thron der Gerechtigkeit bzw. des Rechts niedergelassen hatte, saß er noch so weit entfernt, dass man nichts wirklich sah. Der Baldachinschatten des Throns trug gezielt dazu bei.

Die Verhandlungen begannen. Streitsachen wurden aufgerufen, ihre Ordnung erschloss sich mir nicht, insbesondere, da ich kein Wort verstand, das Ausrufen und Verhandeln fand naturgemäß auf Singhalesisch statt. Neben mir saßen auf der einen Seite Hunter, auf der anderen Heidi. Sie spricht Singhalesisch und raunte uns, also mir, in unregelmäßigen Abständen zu, was zu tun war (immer das Gleiche: sitzen schwitzen warten schweigen), ich gab es an Hunter weiter. Ich fühlte mich an das stundenlange Ausharren im Flugzeug erinnert, die Ventilatoren rauschten wie Turbinen, die Gerichtsglocke hatte das Ding-dong ersetzt, es dauerte und dauerte, man konnte nicht aussteigen, es gab keine Drinks, und der eine Film im Angebot (*Thron*) war etwas eintönig.

Sich gleichende Flure

Wäre ich müde gewesen, hätte ich rechts oder links meinen Kopf an eine Schulter lehnen können. Ich war nicht müde. Nun, da nach zweieinhalb Stunden In-der-Reihe-Sitzen alles angefangen hatte, quälte mich ein anderes Problem. Es war acht Uhr morgens gewesen, als wir angekommen waren, und vor diesem Ankommen hatte ich gefrühstückt und zu diesem Frühstück eine Tasse Tee getrunken, oder auch zwei. Ein Fehler, wie ich von unseren Exkursionen in Sri Lanka und verschiedenen indischen Städten hätte wissen müssen. Als Frau sollte man, wenn man beabsichtigte auszugehen, am besten gar nichts trinken. Vor allem trank man keinen Tee. Tee entwässert, ebenso wie Kaffee entwässert. Ich weiß nicht, wie die indischen und sri-lankischen Frauen das Problem lösen. Sie haben vielleicht Bekannte an jeder Ecke der Stadt, bei denen sie klingeln können, da braucht man dann nichts sagen, nur verkniffen den Sari halten. Oder sie gingen eben gar nicht auf die Straße. Ich als Europäerin, die das Klima nicht gewohnt war und trinken musste, hatte bei jedem Ausflug »das Problem« und musste des Öfteren den Stadtteil wechseln, um ein westlich anmutendes Restaurant oder Hotel zu finden, in dem es mit hoher Wahrscheinlichkeit eine Toilette für Frauen gab.

Es war praktisch, dass die Toiletten »toilet-ekke« hießen. Das Singular-»ekke« musste angehängt werden, sonst wurde das Wort seltsamerweise nicht erkannt. *Eine* Toilette reichte mir. Die Hoteliers in den Luxushotels kannten das, Frau stürmte rein, schaute wild um sich, sie gaben ihr das Daumenzeichen, die Fingerrichtung, Frau war erlöst. Es konnte auch passieren, dass sie darum bitten musste, vielleicht einmal aufs Klo gehen zu dürfen, je nachdem, an welchen Rezeptionisten sie geriet, ich habe auf diese Weise mit höchst unterschiedlichen indischen und sri-lankischen Männern über intime Bedürfnisse gesprochen. Jeder von ihnen lächelte dazu ohne Unterbrechung perfekt.

Heidi glaubte, dass eine gerichtliche Frauentoilette existierte. Soweit sie sich erinnere, sei sie stets verschlossen und liege außerhalb des Gebäudes.

Ich hatte Angst, als ich in der Reihe aufstand, dass ich erschossen werden würde. Da ich meiner Meinung nach nicht wie eine Räuberin aussah, nahm ich das Risiko in Kauf. Hunter und ich hatten zu diesem Zeitpunkt bereits einige Male die MG-auf-der-Brust-Erfahrung gemacht und fühlten uns »savvy«, also straßenklug und abgehärtet. Dümmer kann man kaum sein.

Mein Manöver führte zu mürrischem Raunen aus den hinteren Reihen, denn ich hatte einen schlechten Augenblick erwischt. Der linke Beisitzer rief soeben neue Namen aus, und mancher im Saal musste, wie es schien, auch mit den Augen sehen, um mit den Ohren zu verstehen. Man brauchte alle seine Sinne, um den eigenen Namen in so einem Gericht überhaupt zu erkennen, dafür hatte ich vollstes Verständnis, duckte mich tief und beeilte mich, aus der Sitzreihe zu kommen. Einige der Gerichtsdiener fingen auch an, den aufgerufenen Personen zu winken, obwohl sie, man sah es ihren Bewegungen an, nicht genau wussten, wo die Aufgerufenen saßen. Es war eine dieser sri-lankischen Nettigkeiten. Auch einige der Anwälte standen nun auf und winkten. Fast war ich versucht zurückzuwinken.

Befand man sich als Angeklagter oder Klagender in diesem Saal, war es wichtig, den eigenen Rechtsanwalt zweifelsfrei aus der Entfernung von dreißig oder vierzig Metern zu erkennen. Die betroffenen Personen mussten, waren sie aufgerufen worden, aufstehen, sich aus der Reihe fädeln und neben dem Anwalt, wenn auch auf Abstand, vor das Hohe Gericht treten. Davon, was sich wo gehörte, hatte man in Sri Lanka klarste Vorstellungen.

Es gelang mir, den Impuls zu winken ebenso wie meine Blasengefühle zu unterdrücken und, endlich auf dem Flur, eine Gerichtsdienerin zu finden, die einen Schlüssel zur Damentoilette hatte und mein Gefuchtel richtig auffasste. Sie durfte den Schlüssel nicht aus der Hand geben und begleitete mich daher. Wir schritten durch viele Flure, stiegen von zahllosen Füßen glänzend polierte Treppen hinab, überquerten einen mageren Hof, in dem zwischen vertrockneten Pflanzen eine einzelne Krähe spazieren ging, und erreichten einen Holzverschlag.

Man hockte sich über eine Bodenschüssel. Das war üblich. Dann goss man mit Wasser aus einem Eimer nach, dabei spritzte es, was dazu führte, dass alles permanent feucht war oder gleich in Wasser schwamm. Es lohnte sich, zuhause Gleichgewichtsübungen zu machen und darauf zu achten, dass einem beim Hocken die Füße nicht wegrutschten, sonst fiel man in das Toilettenloch. Inzwischen trug ich nur noch Kleidung, die man angemessen hochraffen und hochgerafft halten konnte, trotz der tiefen Sitzlage. Zudem musste sie Taschen haben, tiefe Taschen, in denen ich das Geld sicher verstauen konnte, das man für einen derartigen Klogang brauchte. Das Trinkgeld musste gleich zu Anfang überreicht werden. Es gab überall bessere und höllische Toilettenlöcher, es war also ratsam, nicht zu sparen. Dank meiner Kleidung und Erfahrung konnte ich inzwischen fast überall aufs Klo gehen, sogar im Bahnhofsgericht oder Gerichtsbahnhof. Es dauerte eine Weile (Schlüssel ins Schloss bringen, Kleider raffen etc.), und natürlich befürchtete ich, den Aufruf unseres Falles zu verpassen und damit alles zu verderben.

Der Rückweg fiel mir nicht leicht. Die Gerichtsdienerin hatte zwar auf mich gewartet, aber nur, um die Toilettentür hinter mir wieder abzuschließen. Ehe ich mich versah, nahm sie mein zweites, pflichtgemäß überreichtes Trinkgeld und verschwand. Mein Fehler. Ich hätte es ihr nur zeigen sollen. Ich überquerte den Hof, an den ich mich erinnerte, fand neue Hilfe, zeigte Trinkgeld, wurde durch sieben, ich zählte mit, sich gleichende Flure in drei Stockwerken auf eine besonders langwierige Weise, die man wählte, um das Trinkgeld zu erhöhen, vor den Gerichtssaal geführt, wo ich das Geld aushändigte. Es reichte nicht. Erst nach einem merklichen Aufschlag durfte ich zurück in den Saal. Zum Glück war Hunter so groß und rothaarig, dass ich meinen Platz mühelos fand. Ohne zu zögern, quetschte ich mich an den Menschen meiner Reihe vorbei.

Sie konnten sich denken, wo ich gewesen war, und wussten nun genau, wie lange ich dafür gebraucht hatte.

Einige lächelten.

Warten in der Steinzeit

Nichts hatte sich geändert. Es war keinerlei Schießerei ausgebrochen, die Soldaten hatten sich, wie es schien, nicht bewegt, und der Fall, der aufgerufen worden war, als ich ging, verharrte fünfzehn Personen stark unverändert vor dem Thron. Wieder verstanden wir für sehr lange Zeit nichts. Wir warteten.

Warten ist eine tiefsitzende, im Kern steinzeitliche Beschäftigung der Menschheit. Die meisten Menschen scheinen bereitwillig zu warten, sie können es und wehren sich nicht dagegen. Sie sitzen und erlauben der Zeit, sich in ihrem Körper auszubreiten wie Suppe. Es gibt ausgesprochen fade Suppen, Gemüsebrühen etwa (von meiner Mutter gekocht), die saften so vor sich hin. Manchmal ist die Suppe auch zu scharf, dann bricht das Warten bald ab. Doch in der Regel hockt man zufrieden auf seinem Stein oder Stuhl oder Bänkchen, an- und abwesend zugleich. Die Menschen der Frühzeit müssen enorm viel gewartet haben. Sie gingen jagen, fraßen, kraulten sich. Und dann? Warten.

Man muss nur eine Affenhorde beobachten, schon fühlt man es wieder.

Warten bedeutet Wohlfühlen. Eine beneidenswerte Fähigkeit in Kinoschlangen, an Straßenrändern, auf Ämtern, in Gerichtssälen. Die mir leider vollkommen abgeht.

Die Nützlichkeit der Kokosnuss

Der Richter war ein gebildeter Mann, und es ist mir unangenehm, dass ich nur seinen Vornamen, Mohammed, behalten habe. Wir erkannten unsere Namen ansatzweise, als er sie aufrief, und Heidi, die schon lange in Colombo lebte, erkannte sie in ihrer Gänze und stieß uns kräftig an, damit wir aufsprangen. Alle wussten natürlich, dass wir es waren, die aufspringen mussten, denn wir waren abgesehen von Heidi die einzigen weißen Personen im Gerichtssaal an diesem Tag, zu denen derartig seltsame Namen gehören konnten. Zudem hatte es in den Einleitungsworten des Richters, die er auch auf Englisch sprach, geheißen, dass es sich um eine internationale Adoption handele.

Kaum waren wir in unserer Reihe aufgestanden und Herr Barayanake vor den Thron getreten, wurde das Gericht vertagt. Die Vertagung bedeutete tatsächlich eine Verraumung. Die Arbeit, also Rechtsprechung, sollte in unserem Fall nicht vor aller Augen und Ohren fortgesetzt werden.

Der Richter bedeutete uns mithilfe von Heidi und unserem Anwalt, dass wir hinter ihm aus dem Saal marschieren sollten. Es war nicht weiter auffällig und auch nicht weiter peinlich, da wir ohnehin bereits aufgefallen waren. Mühsam arbeitete ich mich also hinter meinem Mann erneut durch die Reihe der Sitzenden, vorbei an den Füßen, Knien, Schößen, an denen ich bereits vorbeigekommen war. Die sri-lankischen Beine zogen sich mit großem Tempo vor uns zurück, vor allem vor Hunter. Es machte nichts, wenn ich die Frauen berührte, manche schienen die Berührung sogar zu suchen, ich blickte vor allem auf den Boden, um jedes unwürdige, das Gericht potenziell beleidigende Stolpern zu vermeiden. Man wusste auch nie, wie ein Soldat auf eine möglicherweise aufrührerische Bewegung wie ein Stolpern, das ein Tauchen nach einer verborgenen Waffe sein konnte, reagieren würde, oder was er davon hielte, wenn ich mich direkt unter seinen MG-Lauf legte.

Wir hatten uns bereits in die richtige sri-lankische Ordnung gebracht. Der Richter schritt voran, ihm folgte in gebührendem Abstand unser Anwalt, dem abstandslos Heidi folgte, sozusagen als lokale Kraft, der Hunter folgte. Ich, weiblich, ausländisch, zukünftige Mutter, bildete das Ende der Kette. So verließen wir den Gerichtssaal durch die Tür, durch die der Beisitzer und dann auch Richter vor Stunden hereingekommen waren, und überquerten den mir bereits bekannten Flur. Der Weg führte um einige Ecken vor den engen Eingang zum Amtszimmer des Richters.

An seiner Tür stießen wir zu unserer Erleichterung auf Thilini. Sie hielt das Kind auf dem Arm und wurde von ihrer Mutter begleitet, da sie selbst nicht volljährig war. Thilinis Mutter musste ihre eigene Einwilligung sowie die Einwilligung ihrer Tochter zur Adoption erklären und mit ihrem Daumenabdruck besiegeln.

Erneut bildete sich, lautlos und mit automatisierter Geschwindigkeit, eine klare Eintrittshierarchie. Zunächst betrat der Richter sein Zimmer, dann der Rechtsanwalt, dann Hunter. Alle Frauen folgten nach, Heidi voran, denn sie war als Dolmetscherin unabkömmlich, dann die Mutter der leiblichen Mutter. Doch nun wurde es schwierig. Zwischen Thilini und mir galt keine klare Rangfolge. Thilini war viel jünger als ich, kleiner, unsicherer. Aber es war ihr Kind. Wir sahen uns an. Ich bat sie mit Gesten, voranzugehen.

Das war mir ein Bedürfnis.

Zudem half es mir. Einer meiner Schnürsenkel hatte sich verknotet. Ich meine, ich hatte ihn verknotet. Thilini sah es und grinste. Ich mochte sie sehr dafür. Mit einem nackten und einem schuhumkleideten Fuß fand ich mich als Letzte, allein, vor dem Zimmer des Richters.

Auch Hunter hätte fast vergessen, die Schuhe auszuziehen. Ich stieß ihn an, doch halt: Ein Amtszimmer, in dem ein Richter arbeitete und betete und vielleicht auch lebte, betrat man nur als Frau barfüßig. Wenigstens konnte der werdende Vater uns sofort als Elternpaar mit männlicher Würde im Richterzimmer repräsentieren.

Als ich hinzukam, sagte der Richter, dass wir Glück hätten, diesen Raum überhaupt betreten zu dürfen. Heidi dolmetschte. Von unten warf Herr Mohammed (er saß, wir standen) uns einen freundlichen, doch nicht harmlos wirkenden Blick zu: Was wir von Kokosnüssen hielten?

Wir liebten sie. Aus Überzeugung. Aus meiner Sicht wäre die Erde ohne Kokosmilchcurry ein kulinarisch erbärmlicher Ort (mir aus meiner Kindheit nur allzu vertraut).

Heidi sagte, dass die Kokospalme der nützlichste Baum des Planeten sei.

Nicht der orientalisch-europäische, stark überschätzte Apfel, sagte Hunter.

Richter Mohammed nickte. Feiertage wüchsen in Sri Lanka wie Kokosnüsse auf der Palme. Der Staatspräsident feiere heute, dass er nun alleiniger Präsident sei. Soeben war, so das Staatsfernsehen, der Anführer der Tamil Tigers an einer Straßensperre gefasst worden. Dass er tot war, wurde nicht gesagt.

Heidi flüsterte »haltet den Mund«, der Richter rechnete mit einer Feiertagsschließung des Gerichts innerhalb der nächsten Stunde, mir schoss alles Mögliche auf einmal durch den Kopf, es hieß »Sri-Lanka« (Straßenblockade poppt auf, verschwindet, es regnet, es ist Nacht, es grollt, es ist Nacht, es ist sieben Uhr und wird hell, es ist sieben Uhr und wird dunkel, die Erde ist fett, Kokosnüsse krachen herab, wenn man sie nicht rechtzeitig erntet, fallen sie einem auf den Kopf, in Heidis Garten kriecht Schildkröte Mausi durchs Gras und weiß von nichts). Ich nickte, Hunter nickte, der Staatspräsident, weiß von Kopf bis Zeh, beruhigte im Fernsehbild, das lautlos zwischen den Aktenordnern flimmerte, die Menschen seines Landes, die sich jahrelang bekämpft hatten, und ich fühlte das Glück: Wir hatten es geschafft. Wir waren hier. Gerade noch rechtzeitig, bevor unser Gerichtstag zu einem Aufpoppfeiertag erklärt worden war.

Ich nahm an, dass Schwester Allyson auch hierfür gebetet hatte und war ihr sicherheitshalber in Gedanken dankbar.

මම

Richter Mohammed beschrieb Mary in offiziellen Worten, sprich er las ihre Daten von einem langen gelben Blatt: drei Jahre und zwei Monate alt, 99 Zentimeter groß, elf Kilo schwer. Untersucht von einem Arzt in Kalubowila, einem wohlhabenden Stadtteil Colombos, für gesund befunden. HIV-negativ. Geimpft gegen Tetanus, Mumps und Masern. Geburtsgewicht 2921 Gramm.

Er setzte Haken hinter jede der Angaben. Die leibliche Mutter, so die Gerichtsvorschriften, hatte das Kind zum Gericht zu bringen und zunächst bei sich zu behalten. Haken. Mary, auf Thilinis Arm, rief »akka« und wirkte zufrieden.

Akka bedeutet »große Schwester«. Es sieht hübsch aus auf Singhalesisch:

අක්කා

Mary nannte alle Helferinnen des Heims »akka«. Für ihre Mutter machte sie keine Ausnahme.

Die machte sie für eine andere Frau. Das Wort »Mama« auf Singhalesisch

මමී

klingt wie das deutsche »Mami«. Nur das »i« ist etwas länger.

Mary hatte ihre Ansprüche und ihren Stolz. Das freute mich. Langfristig (im Zimmer des Richters konnte davon noch keine Rede sein). Im Augenblick schwebte sie rüschig auf dem Arm ihrer Mutter, die sie als große Schwester behandelte. Sadjeni hingegen, eine ausgebildete Krankenschwester, die im Heim angestellt war, nannte Mary »Mami«.

Unsere »future daughter« hatte sich dieser Frau in besonderem Maß angeschlossen. Vor uns hatte man das all die Wochen hindurch versteckt.

Vielleicht, um es Mary leichter zu machen.

Erst am letzten Tag war es, wohl aus Versehen, zu einer Begegnung gekommen. Wir hatten bei Mary auf der Bank am Spielplatz gesessen, zusammen mit der obligatorischen Helferin, als Sadjeni aus dem Kinderhaus trat und Richtung Tor ging. Sie schien Dienstschluss zu haben. Mary erspähte sie, krähte begeistert »Mami-i« und rannte zu ihr.

Sadjeni also. Sie stellte sich uns vor, als sie uns »unser« Kind zurückbrachte. Mary saß auf dem Arm der jungen Frau und ihr Gesicht leuchtete von innen.

Man konnte die Liebe sehen.

–

–

–

–

–

Eine einseitige Liebe. Nur Mary empfand sie.

Nun, da wir es entdeckt hatten, erzählte man uns mehr dazu. Sadjeni arbeitete nicht jeden Tag im Mutter-Teresa-Heim. Zudem hatte sie Urlaub gehabt und war eben erst zurückgekehrt. Die voll ausgebildete Krankenschwester war unserer Tochter mindestens so vertraut wie Thilini, sie war bei ihrer Geburt dabei gewesen und hatte sie vielleicht als Erste gehalten. Dass Mary sich Sadjeni in besonderem Maß angeschlossen hatte, war damit nicht »begründet«. Es war ein Faktum. Dergleichen »passierte«, erwünscht war es nicht.

An den Tagen, an denen Mary Sadjeni begegnete, musste sie auch erleben, dass diese »Mutter« genannte Frau wieder wegging. Nie nahm sie Mary mit in einen anderen Raum, nie verabschiedete sie sich von ihr. Das war rücksichtsvoll gemeint, doch Mary brüllte, auch das hatten wir nun erlebt.

Liebe und Brüllen.

Denn eben so lauteten die Regeln im Heim: Bei Schichtende verschwand man wortlos, löste sich in Luft auf. Um am nächsten Morgen abermals da zu sein. Keine Erklärung, kein Ritual.

Ich glaube, dass es für die Heimkinder einen Nebel erzeugte. Eine undurchdringliche, unzuverlässige Welt.

Menschen, die etwas Besonderes für einen waren, erschienen willkürlich und verschwanden ebenso willkürlich wieder.

Andere, die man nicht brauchte, gingen nicht weg.

Jetzt, im Zimmer des Richters, scheint Mary zufrieden. Sie wirkt fremder als sonst, hergerichtet wie ein Püppchen in ihrem golden glitzernden Festtagskleid und den ebenfalls glitzernden Sandalen.

Beides haben wir eigens für diesen Tag gekauft. Es musste etwas nach sri-lankischem Geschmack Pompöses sein. Nach Reichtum sollte es aussehen. Man musste erkennen, dass wir bereit waren, Geld für das Kind auszugeben. Geld bedeutete Sicherheit, und die wollte der Staat dem Kind mit uns schenken.

Kraut und Chemie

Man hatte uns im Heim gefragt, ob Mary am Morgen der Verhandlung eine oder mehrere Beruhigungspillen bekommen solle.

Man hatte gesagt, dieses Angebot werde gern angenommen. Man habe Erfahrung, auch mit der Dosierung je nach Altersstufe. »Ayurveda, Western medicine, what you like?«

Die Absicht war deutlich. Ein weggedröhntes Kind würde bei der Übergabe nicht schreien. Sich nicht wehren. Oder so gut wie nicht.

Wir hatten »Nein« gesagt.

Mary betäuben? Ihr den Augenblick chemisch nehmen?

Über Dinge dieser Art musste ich mit Hunter nie streiten. Ich war froh um ihn und seine Klarheit.

Ich komme dran

Man legt mir eine Bibel hin. Ein offizieller Englisch-Übersetzer, der eine hundsmiserable Aussprache hat, spricht mir vor. Zum Glück kenne ich die Formel aus dem amerikanischen Fernsehen: »I swear that I shall say the truth, the whole truth, and nothing but the truth, so help me God.«

Das Ermessen

Marys Großmutter hatte von vornherein keine Schuhe getragen. Rasch und aufrecht und innerlich lächelnd, wie mir schien, war sie, selbst noch keine 45, also jünger als ich, in das Amtszimmer getreten.

Der Richter legte, während wir schworen, die Robe ab und

öffnete den obersten Knopf seines Hemdes. Er wirkte entspannt im Vergleich zu seinem Auftritt im Thron. Vor uns saß ein beruhigend normaler Mensch, der ebenfalls zu schwitzen schien. Ich wagte es, meinen Mund zu einem sehr sehr kleinen Lächeln zu verziehen, dort in meiner hintersten Reihe.

Ernsthaftes, umfangreiches Papierwerk stand an. Wir mussten Fragen beantworten, die wir zusammen mit dem Rechtsanwalt bereits beantwortet hatten. Es kam darauf an, die Antworten exakt zu reproduzieren, sich also an sie zu erinnern. Leider konnten wir sie nicht ablesen, da die Unterlagen des Richters in Singhalesisch waren. Tatsächlich hatten wir diese Fragen seit fünf Jahren ständig beantwortet, der Richter schien zufrieden und setzte fest, wie viel Geld wir jeden Monat auf einem für das Kind in Deutschland einzurichtenden Konto hinterlegen mussten bis zum 18. Geburtstag unserer Danntochter.

Hunter hatte keine feste Anstellung, ich hatte keine, es war uns nicht klar, wie klar dies dem Richter aus den Dokumenten wurde. Wir hatten es den gesamten Adoptionsprozess hindurch heruntergespielt, besonders bei den deutschen Untersuchungen unserer Eignung für eine Adoption. Mit einer, am besten zwei festen Stellen konnte man in Deutschland eher ein Kind adoptieren als ohne feste Stelle. In Sri Lanka galt das ebenfalls. Und unbedingter. Wir hatten kurzum angegeben, Geld zu besitzen, Erspartes, zu Erbendes, wir arbeiteten fleißig, Festanstellungen erwarteten uns.

So, wie unser Richter uns ansah, durchschaute er die Lage von jetzt auf gleich. Wir konnten kein sicheres Einkommen vorweisen. Gleichwohl hatte uns das Child Probation Office in Colombo ausgewählt. Etwas an uns musste also stimmen. Dieses Stimmen hatte selbstverständlich mit Heidi zu tun. Jahrelang hatte sie sich für Marys Fall eingesetzt. Für Mary, die bereits so lange auf Eltern gewartet hatte und nicht weiter übersehen werden durfte.

Formeln wurden verlesen, Fallnummern, Verweise auf Dokumente: »health«, »wealth«, »good character«. Richter Mohammed guckte uns an wie ein Spatz den anderen, wenn sie auf einem Balkongeländer sitzen und sich fragen, wo die Körner geblieben sind, und entschied, dass wir dem Kind jeden Monat fünfzig Euro überweisen sollten, jeweils zur Hälfte, also 25 der Mann, 25 ich. Wir unterschrieben ohne Vorbehalt.

Mary saß in ihrem glitterigen Adoptionskleidchen mit ihren drei Jahren und Weniger-als-hundert-Zentimetern weiterhin quietschvergnügt, was wörtlich zu nehmen ist, auf dem Arm ihrer Mutter. Thilini stand, ohne dass ich ihre Miene hätte lesen können, neben ihrer Mutter, die soeben ihrerseits die Dokumente samt aller Durchschläge absegnete. Sie legte ihren Daumen auf, wie auch Thilini ihren Daumen auflegte. Mary versuchte nicht mitzumachen, wollte nicht nach dem Stempelkissen greifen, nicht den eigenen Daumen eintauchen. Ernst beobachtete sie jede Bewegung der beiden Frauen.

Potzblitz 2

Marys Großmutter hatte angeblich letzte Woche im Heim gesagt, dass sie nun 500 000 Rupien auf ihrem Konto erwarte. Im Gegenzug, für die Enkelin.

Man hatte ihr die Leviten gelesen, hatte es geheißen.

Sprich mit mir

Was Marys Großmutter sich wohl unter Deutschland vorstellte?

Und Mary erst?

Immer drängender hatten die Schwestern im Heim uns zuletzt gefragt, was sie dem Kind über uns und das neue, es erwartende Leben erzählen sollten. Als »future parents« durften wir mit einem Mal bestimmen. Man hörte, wie es schien, eifrig auf unsere Antworten, vielleicht war es auch nur Höflichkeit. Wie fremd unser Haus hier aussah, das Zimmer, das Bett, der Frosch auf dem Teppich. Unser Singhalesisch war keine Hilfe. Wir hatten eben erst angefangen, es zu lernen. Hunter hatte geschwind aufgegeben, genug, wenn einer von uns sich damit plagte, und angesichts aller Umstände blieb auch mir kaum Zeit dafür. Tatsächlich reichte auch Englisch nicht aus, und Deutsch reichte nicht, wir wussten gar nicht, was wir ausdrücken wollten oder was wir fühlten. Wir erfanden Dinge, wir fühlten peripher und rasend schnell und dann wieder nicht. Wie sollten wir Eltern sein aus dem bloßen Stehen und Staunen heraus.

Richter Mohammed hingegen wusste, was er tat. Er schrieb und schrieb. Wir hatten geschworen, wir hatten Geld, wir warteten brav.

Das Kind würde Hunters Nachnamen bekommen. Auch dies war in Sri Lanka adoptionsrechtlich vorgeschrieben. Noch zuhause, lange bevor wir konkret von Mary erfuhren, hatten wir uns öfter über die Nachnamensfrage unterhalten. Zurück in Deutschland würden wir entscheiden können, ob das Kind den mütterlichen oder väterlichen Nachnamen tragen sollte. Manche Paare losten. Da Hunter an einem ungeraden und ich an einem geraden Tag Geburtstag hatte, machten wir aus, dass unser Kind den Nachnamen der Person tragen sollte, mit der es das Geburtsdatum »gerade« oder »ungerade« teilte. Ich war, was die Zuordnung von Kinderkörpern zu Nachnamen anging, empfindlich (siehe die Geschichte mit dem Namensarmband und meinen Eltern).

Mary hatte an einem geraden Tag Geburtstag. Es war sogar derselbe Tag wie mein Geburtstag, nur in einem anderen Monat.

Die Entscheidung war eindeutig.

Der Richter brauchte davon nichts zu wissen.

Your honour.

Er blickte uns an, wir blickten ihn an. Ich zitterte. Nun kam es. Richter Mohammed lächelte: »Sie haben drei Wochen Zeit gehabt, das Kind kennenzulernen. Und das Kind hat Sie kennengelernt. Das Kind wird übergeben.«

Die dritte Adoption

Im familientraditionellen Sri Lanka überreichte die Mutter das Kind der Mutter.

Die Männer regelten die Papiere, die Frauen die Körper.

Die Mutter des Kindes gibt das Kind in die Hände der neuen Kindsmutter.

Ach, Wörter.

Die Menge der Mütter

Heute nehme ich Marys Aussehen (»anders« als meines) nicht mehr wirklich wahr. Ich meine, ich sehe es – und sehe es nicht.

Mary ist Mary.

Machen wir ein Handybild, fällt es uns wie Schuppen von den Augen: Entweder ist Mary zu dunkel und daher kaum zu erkennen, oder ich bin zu hell und daher kaum zu erkennen. Meist Ersteres. Bis heute wirkt nach, dass die Shirley Cards, anhand derer bei der Entwicklung der Farbfotografie die Farbskalen definiert wurden, exklusiv an sogenannten »Caucasians« ausgerichtet waren. Gesichtserkennung, Farbabgleich – passend für den Standard »Weiß«. Anders aussehende

Menschen verschmelzen mit Möbeln und Wänden. Will man sie sehen, muss man überbelichten. Ich werde neben Mary zu einer Art explodierender Glühbirne.

Alles geschah zugleich: Hunter sagte »akka« und zeigte auf mich. Thilini hob ihre Tochter in die Luft und hielt sie mir entgegen. Ich streckte die Hände aus. Mary brüllte.

Der Richter blickte auf. Heidi hatte uns gewarnt. Es war schon geschehen, dass ein Richter die Adoption nicht ausgesprochen hatte, weil es den ausgewählten Elternpersonen nicht gelungen war, in den Wochen der Heimbegegnungen wirklich Kontakt zu dem Kind aufzunehmen, also zu verhindern, dass es schrie wie am Spieß, wenn es zu ihnen auf den Arm kommen sollte.

Ich nahm ihr diese Warnungen nicht übel. Sie hatte uns auf das Worst-Case-Szenario vorbereitet.

Nun war es eingetreten.

Das Gefühl, auf einem Elternprüfstand zu leben, quasi in einer permanenten Elternführerscheinprüfung, die nicht mehr aufhören wollte, hatte sich in den Wochen in Sri Lanka verschärft und verschärft. Es endete exakt in diesem Augenblick. Wir waren durchgefallen.

Der Humor des Gerichts

Herr Mohammed – grinste.

Er sah unsere Angst, die Angst des Kindes, die Unsicherheit der Mutter, den Willen der Großmutter. Er hatte selbst Kinder und Erfahrung damit, wie unterschiedlich sie sich verhielten. Ich bin diesem Mann bis heute zutiefst dankbar, ihm, den ich einmal für eine Viertelstunde sah und der mein Leben so tiefgreifend veränderte. Wer er war, wo er aufwuchs, wie er lebte, wie er heute lebt – ich weiß es nicht.

Your honour.

Unsere Lebenswege berührten sich im Juni des Jahres 2009 für fünfzehn Minuten in einem richterlichen Amtszimmer in Colombo. Für Jahre waren sie aufeinander zugelaufen, dann trennten sie sich wieder. Sichtlich amüsiert sagte er: »Na, dann arbeiten Sie mal weiter daran, Ihr Kind für sich zu gewinnen.«

Ich reichte Mary, die schreiend in meinen Armen zappelte, ihrer Mutter / großen Schwester zurück. Abrupt endete der Lärm. So ein Schreien im Hohen Gericht ist, abgesehen von allem anderen, respektlos und sollte auf keinen Fall stattfinden, und falls es stattfindet, sollte es nicht anhalten. Richter Mohammed setzte den Stift an, das vermute ich zumindest. Ich erinnere mich nicht daran, das Kind lenkte mich ab. Dass Mary erneut nur gebrüllt hatte in dem kurzen Moment, in dem ich sie auf dem Arm hielt, demütigte mich.

Seit unserer Ankunft dachte ich darüber nach, woran es lag. Ich hatte gehofft, es würde sich bessern, wenn meine Haut in den Wochen auf der Insel brauner wurde. Dumme Idee. Bereits der erste Nachmittag machte klar, dass Colombos Licht zu heiß und zu strahlungsdicht war, um in der Sonne zu bleiben. Sollte ich also versuchen, kleiner zu wirken? Ich übte Singhalesisch, das tat ich aus vielen Gründen, es ist eine klangvolle Sprache, die in wundersamen Kringeln geschrieben wird, und ich dachte, irgendwann einmal möchte ich mit dem Kind diese Kringel üben. Bis dahin allerdings sollten wir wenigstens dazu fähig sein, nebeneinanderzusitzen, ohne dass einer von uns beiden brüllte.

Mit Ohne-Kind

Es war ein weiter Weg von Richter Mohammeds Amtszimmer zu Heidis Haus, wo der endgültige Abschied von der Kindsmutter stattfinden sollte. Thilini trug das Kind, als wir aus dem Gericht traten, und die Muttermutter, also Marys Oma, blickte mit einem Mal so unzufrieden aus ihrem Sari wie ein Lama über einen Zaun, über den es gleich spucken will. Hunter und ich verließen das amtliche Gebäude so, wie wir es betreten hatten – kindlos. Wie wir schauten, weiß ich nicht. Meiner Meinung nach hatte ich keinerlei Kraft mehr für »irgendwie schauen«.

Ohne Kind fuhren wir in Heidis Wagen zu Heidis Haus. Die Oberin des Mutter-Teresa-Heims, die uns vor dem Gerichtsgebäude erwartet hatte, brachte Mary, Thilini und ihre Mutter im Wagen des Kinderheims zu Heidi. Wie die Stimmung im Wagen der Oberin war, weiß ich nicht. Doch ich bin mir sicher: In jedem Wagen wurde wahrlich Unterschiedliches gesprochen und gefühlt und beschwiegen.

Da saßen Hunter und ich, auf Heidis Rückbank. Hinter den getönten Scheiben ihres mittelgroßen Wagens. Glitzer-Colombo, die Mitte der Stadt mit ihren Business-Hochhäusern und Glasfassaden, glitt verdunkelt an uns vorüber. Stumm saßen wir da. Mit Ohne-Kind.

Gelbes Papier

Der einzige Unterschied zur Hinfahrt bestand für uns darin, dass wir nun ein sri-lankisches Dokument in der Tasche trugen, das uns zu den Eltern des Kindes Mary erklärte. Es hatte eine eigene Richtigkeit, dass dieses Dokument aus gelbem, fremdländischem Papier, beschrieben mit fremden Formen, für uns unentzifferbar blieb. Selbst den eigenen Namen zu finden, gelang uns nur mit Heidis Hilfe.

Ein Dokument, das Menschen in Eltern- und Kindschaft zusammenbindet, kann nicht anders als unentzifferbar sein.

Ich habe es bewahrt, es existiert in vielfachen beglaubigten Abschriften. Zuweilen sehe ich mir das Original an. Vorsichtig nehme ich es aus der Klarsichthülle und warte, ob ein Hauch Mottenduft meine Nase streift.

17

Schatten und Druck

Dieser Bericht besteht aus mir, Ernest Hemingway und Richard Brautigan. Bei Brautigan habe ich mir abgeschaut, wie man eine Abtreibung erlebt und schreibt, und ich dachte, es braucht eine Gegengeschichte, ich muss Brautigans Abtreibung um eine Adoption ergänzen, ich muss sie umerzählen. Nicht nur ein »nicht« soll es geben, sondern auch eine Erweiterung: Wie findet ein Kind, das bereits lebt, zu einer Familie. Zudem ist es eine Eisberggeschichte, weil Brautigan es wie Hemingway macht, wie in *Hills Like White Elephants*. Da kommen gerade mal Hügel vor, weiß oder nicht, jedoch keinerlei Elefanten. Nur zwei Menschen, sie fahren irgendwohin, machen Pause, essen etwas und wissen nicht, worüber sie sprechen sollen, darin sind sie sich im Wesentlichen einig, sie wollen sich vertragen und sie bemühen sich darum.

»Ich habe Hunger.«

»Du siehst müde aus.«

Und dann sage ich zu Hunter: »Ja, ich bin müde«, oder er sagt: »Und du brauchst etwas zu essen.«

Weiter sagt er nichts. Er tippt an seinem Computer, ich sitze schräg hinter ihm und sehe zu. Hunter ist beschäftigt.

Er sagt nicht: »Du bist ja ganz bleich«, er sagt nicht: »Du bist ja ganz traurig, weil das Kind dich nicht berühren möchte und erst recht nicht von dir berührt werden will. Ich verstehe dich. Ich tröste dich.«

Das alles nicht.

Er verstand es vielleicht trotzdem. Als Thilini Heidis Haus verließ, rettete Mary sich auf Hunters Arm. Hunter, Heidi und ich waren überrascht.

Doch damit war das entschieden.

Ab sofort durfte Hunter Mary berühren. Hunter wurde Marys Ersatz-große-Schwester. Hunter. Und nur Hunter. Akka-Hunter. Ich stand daneben und schaute zu.

Richter Mohammeds Worte »lernen Sie Ihr Kind kennen« klangen mir im Kopf. Karge Worte für einen vielfach verwobenen, intrikaten Prozess. Wie die Bezeichnung für die Spitze eines Eisberges kamen sie mir nun vor.

War der Eisberg Mary?

Nein. Aber es gab etwas Eisbergiges an ihr, und ich merkte, wie ich mehr und mehr erfror. Immer spitzer wurde ich und unfühlbarer für mich selbst.

Auch damals schon hatte das Geschehen sich aufgeteilt in Sichtbares und Unsichtbares. Dieses Unsichtbare wirkte. Vielleicht wird etwas davon heute sichtbar. Hemingway sagt: Wenn du es aufschreibst, dann so, dass man den Eisberg fühlt. Gut, das sagt er vielleicht nicht so, *not in so many words*. Doch, denke ich, wozu denn sonst mit einem Eisberg umgehen beim Erzählen?

Mit Schatten und Druck und blauem Eis unter der Wasserlinie. Blauem taumelndem Eis. Taumelndem, schillerndem, ausgedehntem Eis. Auf dem versteckt Lebendiges wächst. Eis, das so viele Stoffe einschließt. Eis, das eine Form von Gedächtnis ist.

Heute weiß ich das.

Heute, nachdem Hunter mich verlassen hat. Und ich Hunter verlassen habe.

Damals, glaube ich, hatte ich das Gefühl, einen Eisberg zum Schmelzen bringen zu müssen. Er hatte die Form eines dreijährigen Wesens. Er war nicht kalt. Im Gegenteil. Er hatte Temperatur und Temperament, Kraft und Schub.

Von einer Geschichte, die wir nicht sahen.

Hunter nickte. Wir mussten abwarten, improvisieren, »nicht zu viel denken«, sagte ich. Meinem Mann ging es bestens, schließlich war er Marys »chosen one«. Ich glaube nicht, dass ich es ihm missgönnte. Bis heute begreife ich nicht, was im Weiteren zwischen uns passierte. Hunter war nun mit Mary-zu-zweit. Wunderbar. Wir konnten uns entspannen. Es gab keinen Grund dafür, dass mein Mann ungeduldig mit mir wurde. Hatte er keine Kraft mehr übrig? Oder konzentrierte er sich so sehr auf Mary?

Das verstand ich, ja hieß es gut.

Doch ich glaube, ich hätte seine Hilfe gebraucht.

In der Einsamkeit, die mit Marys Wahl für mich entstand.

Hunter sagte, ich sollte erwachsen sein. Sagte es leise, wie nebenbei, als wäre es nichts. Während er es sagte, verlor ich seine Augen. Ich meine, sie wurden leer, es war, als spiegelte ich mich nicht mehr in ihnen, als rutschte ich an ihm ab. Ich rutschte aus ihm heraus. Umso leuchtender umrahmte sein rotes Haar sein Gesicht, aufrecht und wehrhaft.

Wenn Mary und Hunter schliefen, ganz Vater und Tochter, friedlich aneinandergekuschelt in unserem breiten Bett, lehnte ich in Heidis Terrassentür und schaute in den Garten. Er war dunkel, und ich dachte über die Dunkelheit nach. Die Palmwedel rauschten, die elektrischen Lichter brannten, die Mücken rochen mich und kamen zu mir, ganz ohne Berührungsangst.

18

The Twilight Moments of Our Lives

»Twilight« bedeutet wörtlich übersetzt »Zwischenlicht«. Das gefällt mir besser als das deutsche »Dämmerung«.

Die Zwischenlicht-Augenblicke unseres Lebens.

Zwischenlicht-Augenblicke, kurze graue Drizzle-Tropfen der Erinnerung, wenn einem etwas plötzlich wieder einfällt.

Hunter sagt: »Guten Morgen.«

Ich sage: »Guten Morgen.«

Mary sagt: »Plum bum.«

Lücken

Geckos machen ein Wettrennen auf Heidis Wohnzimmerwand. Ich mache einen Sprung von einer Woche bis knapp vor die Rückreise nach Berlin. So weit, wirklich von den anstrengenden Tagen unmittelbar nach der Adoption zu erzählen, bin ich noch nicht.

Der erste Ausflug zu Elefanten und Affen war meine Idee gewesen. Ich war als Kind gern in den Zoo gegangen, auch wenn mich einmal ein Lama angespuckt hatte. Ein Lama war im Zoo von Colombo nicht zu erwarten und dann tatsächlich auch nicht anzutreffen gewesen.

Ich habe das Tierding. Mary hat es nicht, wie ich heute weiß, oder wenn sie es hat, dann auf andere Weise als ich. Was das »Tierding« ist? Man muss nur an das 24/6-Tierheim denken. Im

Übrigen: Spinnen werden gerettet, Fliegen aus dem Fenster gelockt. Als Jugendliche fand ich einen aus dem Nest gefallenen Star. Ich sammelte in diesem Sommer sehr viele sehr kleine Insekten und brachte ihn durch. Hunter sagte: »Hat sie kein Tier, fühlt sie sich allein.« Ich glaube, er fand diesen Zug an mir »putzig«, das war zwar weniger als Verstehen, doch er ließ mich sein, wie ich war, und sagte auch nichts mehr dazu.

Ich hatte Jura studiert und aufgehört, Jura zu studieren, als ich erfuhr, dass Tiere im Gesetz schlicht (schlicht!) als Dinge galten. Dinge *waren*. Mit Dingen dürfen Eigentümer machen, was sie wollen, durchstechen, quälen, verbrennen, zerhäckseln etc. Auch heute noch werden Tiere oft genug behandelt, als wären sie Dinge, obwohl sie es rechtlich nicht mehr sind. Aufgehört mit dem Juristischen hatte ich auch, weil es nicht oder zu wenig um Gerechtigkeit ging, nach der ich mich eine Kindheit und Jugend lang gesehnt hatte. Primär ging es um einen Knödel, zusammengeknetet aus Dingen und Undingen wie »Geschichte des Rechts«, wie Interessen, Auslegung, Selbstverstrickung, Rache (in der Regel spannender als Gerechtigkeit) und Macht. Mich hatte das überfordert. Das Tierding hingegen war an mir hängen geblieben, ja, es war stärker geworden mit der Zeit und hatte sich nicht unterdrücken oder wegdrücken lassen, obwohl mir der Berliner Zoo nicht erlauben wollte, mich, als ich bereits 41 Jahre alt war, noch zur Tierpflegerin ausbilden zu lassen. Dabei war ich bereit gewesen, jede Menge Kot zu schaufeln, und wollte niemandem einen Arbeitsplatz wegnehmen, nur Tiergeruch atmen, viel davon, und Tierschweigen um mich herum haben, viel davon, um mich von all meinen fehlgeborenen Kindern zu verabschieden.

Sechs Tage nach der Adoption

Da lag ich, auf der Seite. Zusammengekrümmt, ich meine halbrund, wie ein Wurm.

Mir war, als bildeten sich Platten auf meinem Körper. Sie waren nicht miteinander verwachsen wie bei Mausi, sondern überlappten einander. Bewegungen gaben sie nach.

Nur dass ich mich nicht bewegte.

Also wuchsen sie.

So lag ich da, allein, in der Hitze.

In meiner Seelentiefe.

Zehn Tage nach der Adoption

Colombo blinkt, flackert, versinkt, die Maschine steigt, ich sehe den Mond, schräg unten rechts einen aufgehenden, schon rosagelb glimmenden Horizont, der über dem Erdboden zu schweben scheint, links vorne noch Sterne. Ah, falsch: Das waren die Positionslichter eines anderen Flugzeugs. Dankbar bleibe ich an dem Lämpchen hängen, das an unserem eigenen Flügel blinkt. So gibt es wenigstens eine klare Kontur; man weiß, wo die Maschine anfängt bzw. endet.

Von mir selbst weiß ich das weniger deutlich. Mary liegt auf dem Platz neben mir, also in der Mitte, während Hunter am Gang sitzt und *Star Wars Episode I* schaut. Das Kind hält sich mit einer Hand an dem Spielzeugtelefon fest, eckig, rosa-weiß, sagenhaft laut, das man ihm im Kinderheim zum Abschied überreicht hat, mit der anderen am Saum meines offenen, über der Hose getragenen Hemdes. Mary schläft, wenngleich nicht so, dass ihre Hände sich entspannen würden.

Innerhalb einer oder zweier Minuten ist der Himmel hellblau. Es wird ein Tagflug werden, in ein paar Stunden landen wir in

Doha. Mary atmet so laut, dass es selbst im Turbinenlärm zu hören ist, wenn auch nicht sonderlich durchdringend.

Das mag auch an meinen Ohren liegen. Meine Ohren, flinker und lebensweiser als ich, haben sich bereits auf das Muttersein umgestellt. Ich taumele hinterdrein. Meine Ohren filtern Marygeräusche noch aus der überlautesten Welt, ob ich will oder nicht.

Wenn Menschen mich fragten: »Wie geht das, ein Kind adoptieren?«, wäre die genaueste Antwort: »Ich lebe nun in einer Welt mit dem Marygeräusch.«

Oder: »Nie mehr soll es eine Welt ohne das Marygeräusch geben.«

Und: »Nie mehr möchte ich in einer Welt ohne das Marygeräusch leben.«

Das Marygeräusch ist das Geräusch, das Marys Leben macht. Früher hätte man vielleicht gesagt »das ihre Seele macht«. In der Regel misstraue ich derartigen Sätzen, weil ich nicht genau weiß, was »Seele« bedeutet. Dann wieder weiß ich es. Auch ohne weitere Genauigkeit sagen »Seele« und mein Satz etwas davon, was ich ausdrücken möchte.

Vom Finden und Zerren

Mary neben uns schrie also nicht mehr. Sie war eingeschlafen, endlich, nachdem sie eine halbe Stunde geweint hatte. Wegen des Gurtes. Anschnallen, während das Flugzeug noch steht, zur Landebahn rollen, warten.

Eindeutig: Sie hasste es, festgezurrt zu werden. Sprich: Sie kannte es. Ich nehme an, dass die Kinder im Heim, zumindest ab und an, so im Bett gehalten worden waren. Sie wehrte sich gegen den Gurt, und als es nicht half, schlief sie sich weg, wie sie es wer weiß wie lange schon machte, wenn sie sich gegen etwas wehren wollte oder von etwas überwältigt wurde. Ich staunte, wie fraglos es wiederkehrte: Ihr bewusstes Erleben schaltete sich aus. Ob Mary das willentlich steuerte oder es ihr zustieß, wer weiß. Klug war es, körperklug, und effektiv: Ich entziehe mich den Erwachsenen, all ihrer Macht zum Trotz.

Ich fragte mich, was ich selbst tat, wenn mir etwas zu viel wurde.

Unsere Hündin setzte sich mit gleichgültiger Miene hin, wenn Männchen ihr zu penetrant am Po schnüffelten. Die Männchen liefen weg, sie stand auf. Während ich es nicht fertigbrachte, zu Hunter, der seinen Film auf toxische Weise ansah (also mit dem unschuldigsten Gesicht und der sichersten Ausstrahlung von »du nervst mich« in meine Richtung), zu sagen: Können wir ein Gespräch darüber führen, wie wir damit umgehen, was in den letzten vier Wochen passiert ist?

Vor allem: in der letzten Woche?

In den letzten zwei Tagen in Colombo?

Das war der freundliche, neutrale, unemotionale, gefilterte Satz, den ich mir sorgfältig zurechtgelegt hatte. Es hatte gedauert, da ich mich erst durch all die Sätze hatte hindurchdenken müssen, die mir eigentlich einfielen. Sie reichten von: »Geht's noch?« zu: »Erst sagst du zu mir, ich solle mich zusammenreißen, und nun, wo das Kind uns beide akzeptiert, bist du beleidigt?«

Wie hieß es in Beratungsbüchern (auch im Netz zu finden): Fragen Sie Ihren Partner zuallererst, wie es ihm/ihr geht.

Hunter hatte auf mich heruntergelächelt: »Gut. Doch, wirklich, gut.«

Er hatte bei dieser Unterhaltung im Flughafen gestanden, ich hatte gesessen. Wir waren müde, aufgeregt, erleichtert, sprich auf dem Weg, bald einfach zu dritt zusammen sein zu können, ohne Heidi, ohne Zuschauer. Nur der Flug musste noch bewältigt sein. Und all die Grenzkontrollen.

Und wir, wir mussten uns finden. Zu dritt.

Gern hätte ich Hunter besser gespürt, etwa seine Hand gehalten, ich schaute zu ihm hinauf und wollte ihn anlächeln, da kam sie mit einem Mal zurück, eine frühe Szene aus unserer Beziehung. Wir hatten bereits damals Probleme miteinander gehabt, Hunter durchlief Phasen, in denen liebte er einen (z. B. mich) wie ein Jojo – mal näher, mal ferner ohne ersichtlichen Grund. Der Paartherapeut hatte uns gebeten, uns nach Gefühl frei im Raum zu verteilen, um unsere Beziehung darzustellen. Ich hatte mich auf den Boden gesetzt, einen Arm nach Hunter ausgestreckt. Er war zwei Meter schräg vor mir gestanden, halb von mir weggedreht. Er hatte in die Ferne geblickt.

Der Therapeut hatte gesagt, ich solle aufhören zu erwarten, dass Hunter meine Hand nehme. Ich solle aufstehen.

Nun waren wir zu dritt, und ausgerechnet diese Szene meldete sich. Ich hatte keine Kraft mehr, Hunter die Hand hinzustrecken, das stimmte. Ich sah endlich ein, dass es sinnlos war. Ich stand auf und ging. Doch nicht auf ihn zu. Sondern auf Mary.

Dass das Kind nun auch mich akzeptierte, setzte ihm zu. Ich begriff nicht, warum. Er durfte Mary weiterhin berühren, sie spielte mit ihm, nahm ihn wahr. Die Situation hatte sich normalisiert. Ich zumindest hätte es so genannt.

Im Flugzeugsitz blickte ich auf »meine Tochter« (still im Kopf übte ich die Wortkombination) und wusste nicht weiter mit meinem Mann.

Eines immerhin ist seither gelungen: Ich habe mich vorgesehen und meine Tochter nie so behandelt, dass sie sich in ihr altes Wegschlafen flüchten musste. Diese Regel begleitet uns, eine zärtliche Ranke, wie wir so miteinander sind. Ein bisschen komisch vielleicht, diese »Ranke«, obwohl ich sie erklären kann. Sie stammt aus einer Geschichte von Robert Musil,

Grigia heißt sie, in der der Erzähler beschreibt, wie die Gedanken und Träume eines Menschen, der in einem Stuhl neben der Tapete eingeschlafen ist, als Ranken auf der Tapete erscheinen. Aus dem Nichts wachsen sie in den Stoff, dehnen sich und ziehen sich wieder zusammen, und so ist es mit Mary und mir, nur dass die Tapete unsere gemeinsame Zeit ist und die Art und Weise unseres Zusammenseins die Ranken bildet.

Damals im Flugzeug hatte es gerade begonnen. Hunter spürte vielleicht etwas davon und fühlte sich ausgeschlossen. Ich sah, wie auf seinem Screen Qui-Gon mit Anakin Skywalker sprach, der, viel älter als unser Kind, soeben sein erstes Leben verlor.

Die Liebe der Winde zu Wüsten

Marys Anfangsschreien im Flugzeug hatte unsere Versuche begünstigt, ihr rechtzeitig vor dem Abheben ein Bonbon in den Mund zu stecken, um mit dem Druckausgleich zu helfen, falls ihre Ohren anfingen zu schmerzen. Anders als andere Eltern mit Dreijährigen konnten wir ihr nicht sagen »Mach den Mund auf und zu«, sie hätte es nicht verstanden. Das Bonbon spuckte sie aus, ich nahm ein neues, es wurde ausgespuckt. Am Ende bekam sie dank des Schreiens den Druckausgleich auch so hin. Ein Bonbon war nicht mehr nötig, ich gab ihr dennoch eines, als sie es wollte, und ließ sie herausfinden, dass man es mit geschlossenem Mund besser lutschen kann. Auf Marys Intelligenz (und ihre Abhängigkeit von Zucker) konnte man sich verlassen.

Sie saß zunächst am Fenster, was sie unmittelbar als Privileg erkannt und eingefordert hatte. Dass sie im Lauf der zwei Mal fünf Flugstunden dann auch richtig schlief, war in gewisser Weise eine Verschwendung (sinnvollerweise hätte sie nachts geschlafen), wenn auch besser als weiteres Brüllen. Immerhin gehörte uns jetzt, da wir zu dritt waren, eine komplette Reihe für uns allein, irgendwann schoben wir das Kind auf den Sitz zwischen uns. Allein schon aus Angst, dass Mary aufschrecken und sich fürchten könnte, blieb ich wach, dabei hätte sie mich, wäre sie aufgewacht, ohnehin aufgeweckt. Das war klar, mit oder ohne Kinderfahrung, doch egal, wie lange ich es mir auch vorsagte, es nützte nichts. Hunter sagte es mir ebenfalls vor, ohne Effekt, er war in dieser Hinsicht vernünftiger als ich, was ich ihm mehrfach ungefragt bestätigte (um seine Laune zu heben – erfolglos).

Dass ich auf mein Wachsein heimlich auch stolz war, sozusagen als erstes ernsthaftes Zeichen vom Muttersein, war rührend naiv. Mein Blick darauf hat sich gründlich verändert, ein paar Jahre Single-Mutter-Sein, also keinen festen Job haben, trotzdem alles Geld verdienen müssen und ein Grundschulkind versorgen, haben mir den Kopf zurechtgerückt, sprich mich die Schlafpragmatik gelehrt. Jedenfalls das »Prioritätenmanagement« (als Ausdruck zu pompös? Mag sein. Aber wenigstens nicht so haushälterisch wie all die Wendungen mit »alleinerziehend«. Das ist eckig, bürokratisch und stößt einen mit dem betonten »allein« noch extra in die Defizitgrube).

War ich auf dem Flug aus heutiger Sicht helikopternd? So was von. Ich konnte kein Auge zumachen, dennoch fühlte ich mich zufrieden, ja, mein Muttersein beflügelte mich geradezu, denn zum ersten Mal befanden wir uns in einem Raum, der ansatzweise uns gehörte. Ohne Heidi. Und auch sonst war niemand da, der gewusst hätte, wie frisch geschlüpft und unerfahren wir als Eltern waren.

Als ich endlich fast eingeschlafen wäre, beschloss die Wüste um Doha, einen windigen Tag zu haben. Seit diesem Flug weiß ich neu zu respektieren, was »windiger Tag« bedeutet. Winde lieben Wüsten, ungehindert können sie über ihre Tausende Kilometer weiten Weiten hinwegsausen. Dabei entfalten sie eine ungemeine, sich mit Sand spickende Sause-Freude und reißen unbedeutende Dinge wie Flugzeuge ohne viel Aufhebens mit.

In Doha angekommen wackelten mir die Knie. Ich trug Mary auf dem Arm, wackelte und staunte: Es gab einen Spielplatz im Flughafen. Er musste zwischen unserem Hinflug und dem Rückflug eingerichtet worden sein. Im Mai hatte es keinen Spielplatz gegeben, nur Uhrengeschäfte. Nun gab es kein Uhrengeschäft mehr, dafür Klettertürme und Kunstrasen. Ja, der gesamte Flughafen war auf dem Rückweg ein vollkommen anderer als auf dem Hinweg.

Einzig die Sandberge vor den Fenstern lagen noch da.

Von Schädigung

Dohas Spielplatz befand sich im Hellen. Das war gut, denn Mary staunte dort mächtig. Zum ersten Mal in ihrem Leben sahen wir sie sprachlos. Denke ich heute daran, bin ich traurig, wie wenig Hunter und ich damals dazu fähig waren, miteinander zu teilen, was wir erlebten. Jahrelang hatte ich ihn bevorzugt, er war mein nächster Mensch gewesen. Das blieb er. Doch nun gab es auch Mary und sie war mir in diesen ersten Tagen, wenn nicht Wochen, wichtiger. Das gebe ich zu.

Es war keine bewusste Entscheidung. Und als es mir bewusst wurde, tat ich nichts dagegen. Mary war dringender, angewiesener, bedürftiger, abhängiger als Hunter. Sie war das Kind.

Ich hatte meinen Mann gewählt, weil wir etwas teilten. Indem ich ihn erlebte, sah ich es an mir selbst, und da es sich bei ihm naturgemäß in anderen Formen und zu anderen Zeiten äußerte als bei mir, dachte ich lange, wir könnten einander dabei helfen, es kleiner werden zu lassen. Ich meine eine gewisse Art, verkopft und ohne Kenntnis des Körpers durchs Leben zu laufen. Man weiß mehr, als man sagen kann, aber weiß nicht, wohin damit, und dann flieht man in Theorien und redet klug darüber, allerdings nur abstrakt. Es gab dafür gewiss viele Gründe, unter anderem, dass wir beide als Kinder von Kriegskindern aufgewachsen waren. Da herrschten Schweigegebote, Ängste und Verletzungen. Das wusste ich damals nicht, *not in so many words*, doch es bedrängte mich auf die ihm eigene indirekte, untergründige Weise. Ich musste diesen Nebel hinter mir lassen, musste weg davon, und das Leben mit Hunter war ein Teil meiner Befreiungsversuche. Gewiss trifft das nicht alles, was zwischen uns bestand, ich hatte mich einfach auch in ihn verliebt – und bin froh um dieses wunderbar abkürzende, das eigene Unwissen anerkennende »einfach«.

Gestaunt hatte Mary auch im Flughafen von Colombo, es fehlte nicht viel, und wir hätten sie an einen Fernsehapparat verloren. Fernsehen war im Kinderheim, wie wir mit der Zeit herausgefunden hatten, durchaus an der Tagesordnung gewesen. Auch die Einjährigen sahen schon fern, erst recht die Dreijährigen und das fünfjährige Mädchen, das uns bei den Heimbesuchen mehrfach in den Rücken biss.

Seine Mutter hatte während der Schwangerschaft getrunken, das Kind, das reizend aussah und überaus große, feste Zähne besaß, konnte keinerlei soziale Schranken erlernen, zu viel Alkohol hatte es in seinen sich entwickelnden Körper aufgenommen. Kleinkinder ziehen ihr Gegenüber an den Haaren, ohne sich vorstellen zu können, dass dies der betroffenen Person wehtut, und genau so verhielt das Mädchen sich, nur war es eben fünf Jahre alt, stark, wendig und wild.

Es war vergiftet. Das Gift saß in den Zellen des Kindes und verhinderte, dass seine Nerven weiterreiften. Daran war nichts zu ändern. Erziehung war unmöglich.

Lernen war unmöglich.

Die gehirnliche Entwicklung eines alkoholgeschädigten Kindes endete irgendwann nach der Geburt. Abrupt. Und unwiderruflich. Man konnte nur warten und hoffen, dass dieser Zeitpunkt möglichst spät eintrat.

Die Heimkinder hatten gelernt, mit dem Mädchen umzugehen. Sie waren ständig auf der Hut. Sie mussten ständig damit rechnen, überfallen zu werden.

Heidi bemühte sich mit anderen Adoptions-Scouts darum, einen Platz in einem speziellen Heim für alkoholgeschädigte Kinder zu finden. Man versuchte, ein derartiges Heim in Sri Lanka zu gründen.

Auf den Teeplantagen wurde viel getrunken.

Das stand in keinem Buch über die Insel.

Das hörten wir, irgendwie, zwischen den Blätterteigschichten, irgendwoher.

Weiße Menschen, in klein

spielplatz SABBER SABBER matte

Im Kinderheim (zu heiße Rutsche, beißende Flöhe, Karussell) war der Spielplatz rost- und sandfarben gewesen. In Doha, bunt, sollte man klettern und kriechen. Mary, die jetzt unser Kind war, obwohl sie das noch nicht wirklich wusste und sich auch nicht so verhielt (wir im Gegenzug verhielten uns so, dass sie es werden sollte, sozusagen musste), erstarrte vor dem Zwergenzaun, der das kunstgrüne Spielfeld umschloss. Er war wirklich niedrig, selbst unserem Kind reichte er nur bis an die Brust. Man hätte ein liegendes Baby quasi über ihn hinüberrollen können, auch Schnecken hätten ihn überklettert, hätte es hier Schnecken gegeben.

Sicherheitshalber schaute ich mich auch noch einmal nach den Uhren um. Wirklich, kein einziges Uhrengeschäft mehr. Ich war in einen vollkommen verwandelten Flughafen geraten, und das Kind starrte irritiert auf blaue, grüne, gelbe und rote Würfel auf Kunstrasen, bis ich merkte, dass es gar nicht darauf starrte, sondern auf die anderen Kinder.

Die Kinder waren in allen Farben, was zum einen an ihrer Kleidung lag. Darüber hinaus zeigten auch sie selbst alle Haar- und Augen- und Hautfarben, die man sich vorstellen mag. Inklusive Grün (meine Gesichtsfarbe, Nachwirkung des Wüstenwindes).

Mary zögerte.

Sie erlebte eine mächtige Überraschung, ich hörte die Gedanken in ihrem Kopf geradezu rattern. Was sind das für Geräusche in dir, sagte ich. Es war relativ egal, was ich zu ihr sagte, da sie kein Deutsch verstand oder eben erst damit anfing, ich konnte also Metaphern verwenden und Erwachsenengedanken an sie hinsprechen. Dabei ging ich davon aus, dass sie die Worte vielleicht semantisch nicht auffasste, den Rest des Sprechens hingegen sehr wohl. Ich bin dir nah, sagte mein Satz, und ich machte ihr vor, was ich aus ihrem Kopf hörte, ich griff mir an meinen und machte »oh« und »tsch«, riss die Augen auf, staunte mit ihr. Vielleicht hielt sie mich vor lauter »tsch tsch tsch« für eine Eisenbahn, nun gut, das war unwahrscheinlich, sie hatte keine Vorstellung von ruckenden, Dampf ausstoßenden Lokomotiven, nur mir hatte man so etwas als Kind beigebracht. Quasi noch aus dem 19. Jahrhundert heraus.

Mary hingegen wusste, wie ein Flugzeug klang.

Das war der eine Fortschritt.

Der zweite: Ich fiel in Doha nicht mehr auf. Die Menschen um uns waren entweder kürzer oder länger als ich, also exakt das, was ich als normal kannte, während mein Marykind weiße Menschen sah, die klein waren, sogar kleiner als sie. Sie lernte an diesem Zaun, dass Weiße nicht als große Nacktschnecken in ihrer gesamten Länge auf die Welt kommen. Auch wir, ihre neuen Eltern, waren also einmal klein gewesen. Ob uns das Mary, in Marys Augen, näherbrachte?

Still hoffte ich vor mich hin. Meine Tochter starrte eine gefühlte Ewigkeit auf diese unterschiedlich großen und in ihrer Häutigkeit unterschiedlich äugigen und haarigen und sprachigen Kinder und legte die Sache dann ad acta. Sprich: stürzte sich auf den Spielplatz.

Zack, die Welt ist verändert. Ein grüner Schwan schwimmt um die Ecke, du schaust ihn an, du hast es nicht erwartet, na und. Grüne Schwäne, warum nicht! Weiße und schwarze kennt man ja schon. Du bist Kind. Die Welt ist, was sie ist, dein Gehirn geht auf praktische Weise damit um, plastisch, flexibel, grüner Schwan rein, rote Ente dazu, drei Dimensionen sind langweilig, bitte vier, bitte fünf.

Ich versuchte, mir einen Vergiss-Veränderung-nicht-Knoten in mein bereits zu Dimensionslosigkeit neigendes Alten-Gehirn zu machen. Das Zögern am Spielplatzzaun war ein Grüner-Schwan-Moment im Leben meines Kindes. Und ich war dabei. Wie auch bei dem ihm folgenden Spielen. Es dauerte und dauerte. Man kam überhaupt nicht zum Kaffeetrinken. Vermutlich brach eine überaus gesunde Zeit für mich an (weniger Kaffee, mehr Bewegung, aber Achtung: Bonbons für das Kind nicht mitessen). Statt Koffein durch meine Adern kriechen zu lassen, kroch ich selbst auf international bunten und international eingesabberten, also von internationalen Bakterien besiedelten Kunstrasenflecken herum und sagte mir: Muttersein, Muttersein, Muttersein.

Ich empfand nun doch eine gewisse Ambivalenz. Man kriecht einigermaßen freudig, wenn man damit dem Kind zeigen kann, dass es nun ein Kind ist, das mit anderen spielen darf und einen Elternteil dabeihat. Es besitzt (wahres Wort) ein Elternpaar insgesamt und einen Elternteil konkret, und den schleppt es mit sich über den Speichelboden. Zwei Stunden lang. Mein angetrauter Gatte war einen Kaffee trinken gegangen und hatte versprochen, mir einen mitzubringen. Offensichtlich trank er einen Zweit- und Drittkaffee. Später erzählte er mir von den Uhren, die er sich angesehen hatte. Selbstverständlich waren sie noch da.

Für den Flug Doha–Berlin konnte Mary, erschöpft von der Weltveränderung, die sich als Erfahrung eines Spielplatzes getarnt hatte, widerstands- und geschreilos angeschnallt werden. Sie nahm kein Bonbon mehr, sondern fiel überwältigt in Tiefschlaf, der diesmal ein gesunder Nichtfluchtschlaf war und bis zur Landung in Berlin-Tegel anhielt.

Hunter blieb wach, bei ihm lag es an den Kaffees und dem Filmprogramm (*Star Wars II*); bei mir an nachträglicher Begeisterung (Kind), Sorge (Bakterien), Zweifeln (meine Zukunft als Kriechtier) und Dummheit. Ich überlegte, einen Flugkaffee zu bestellen. Verbot es mir als unvernünftig (teuer, schlechtschmeckend, Koffein) und warf Hunter einen Blick zu. Zwei Blicke. Zehn.

Kaum hatten wir die Reisehöhe erreicht, musste jede Verblendung herabgezogen werden. Wenigstens machte nichts dingdong wie auf dem Hinflug, oder zumindest seltener oder leiser. Ich wählte eine Episode von *Sex and the City* aus dem Flugprogramm. Sozusagen als geheime Botschaft an Hunter.

Sie blieb zu geheim.

Vorsichtig schob ich meine Fensterblende ein wenig nach oben. Wüste. Im Programm gab es auch einen Wüstenfilm. Ich konnte mich nicht entscheiden.

Eine Weile saß ich nur da. Kein Kopfhörer, keine Idee, kein Film, keine Aussicht, kein Ich.

Stattdessen: Flugzeugdämmer, Motorengeräusch, Marywärme.

Ich schwamm. Etwas in mir, in unseren Leben, änderte sich. Ich spürte es, ohne es fassen zu können.

Nach außen: Monotonie. Sitzen in der immergleichen Position.

Und darunter floss er, ein Sturzbach zerlegter und sich neu kombinierender Träume, jäher Straßenrufe, halb fertiger Sätze und Szenen – Palmwedel, Weiden, fegende Gärtner, postende Frauen –, die aufstiegen und versanken, mitunter wenn man sich gerade eine Tüte Gefriererbsen in den Einkaufskorb legte, die Bankkarte über den Scanner zog – Tausende von Gesichtern, lachend, zornig, grübelnd, verblüfft. Nichts, was sich mit einem Löffel herausfischen ließ, nichts, was sich als Ereignis bezeichnen ließ. Und doch lebendig und tief, dieser Strom.

Blick auf Hunter.

Ich glaube, der Gedanke eben, vom Strom unter der Wirklichkeit, stammte von Virginia Woolf. Aus ihrem Roman *Die Wellen*.

Unter mir flossen Wellen von Wolken. Unter uns.

Ich bestellte den Kaffee. Mit Milch und Süßstoff. Extra ungesund. Ich rührte. Er war überaus trinkbar.

Schwarzer Kaffee, schwarzer Schwan, Wellen.

Geschaue macht mich nervös

Man kann an vieles denken, während man ein noch müdes, wenngleich nicht mehr schlafendes Kind in gebückter Haltung aus einem Flugzeugsitz klaubt, wobei man sich nicht aufrichten und nicht drehen kann, ohne entweder sich oder das Kind an etwas anzustoßen. In den Augen der Passagiere um uns sah ich, dass sie wenig dachten, dies dafür intensiv. Sie fragten sich nach unserem Familienleben.

Das sollte später noch öfter passieren. Etwa so: Frau beim Frühstück in einer Hotelhalle an der Ostsee kommt an unseren Tisch, stellt sich hinter Marys Stuhl und fragt mit süßlicher Grimasse: »Sagen Sie, wo kommt die Kleine eigentlich her?«

Bis heute warte ich auf eine Wiederholung dieser Szene. Heute hätte ich die perfekte Antwort: »Das erzähle ich Ihnen gern, wenn Sie mir sagen, wie und wo Sie Ihre beiden Söhne gezeugt haben!« (Die Söhne saßen an dem Frühstückstisch, den die Frau soeben verlassen hatte.) Vielleicht hatten sie eine Wette abgeschlossen, was die Herkunft meines Kindes betraf.

Oder sollte ich einfach sagen: »Aus meinem Bauch.« Und ihren Rassismus an mir abtropfen lassen.

In dem Flugzeug von Doha nach Berlin schauten die Leute auf das Kind, auf uns, senkten die Augen. Wenn sie glaubten, dass wir es nicht bemerken würden, starrten sie von Neuem. Man musste nicht sonderlich empfindsam sein, um mitzubekommen, was sie beschäftigte. Der Mann auf dem Außenplatz der Reihe neben uns machte es beim Warten im Gang dann für alle deutlich. Betont unbetont fragte er: »Na, angekommen am Ziel?«

Hunter: »Ja.«

Der andere: »Sind Sie lange geflogen? Die Kleine ist sicher müde.«

Hunter: »Geht so.«

Der andere, zu mir: »Ist sie zum ersten Mal in Deutschland?«

Jede Frage wurde von einem auffordernden Nicken begleitet. Was wollte er von uns? Ich fühlte mich ausgehorcht. Wonach er fragte, ging ihn nichts an, und er fragte weiter, obwohl er merken musste, dass wir nicht antworten wollten. Neugier, bemäntelt als Nettigkeit. Ich schwieg. Heute würde ich, freundlich lächelnd, zurückfragen: »Sind *Sie* das erste Mal in Deutschland?«

Doch heute bin ich auch eine andere. Ich habe viele Jahre mit einem nicht-weißhäutigen Menschen zusammengelebt.

Damals sagte ich: »I don't speak German.«

Das war eine krasse Lüge. Er hatte mich ja Deutsch sprechen gehört.

Es war Hilflosigkeit, meinerseits. Aber auch ein Gefühl. Die Leute sahen uns und fingen an, sich etwas vorzustellen. Mir war klar, dass ich mich an dieses Verhalten vermutlich gewöhnen sollte. Trotzdem: nett gemeint blieb schlimm. Daran gewöhnte ich mich nicht.

Dabei hätte ich vermutlich auch geschaut. Zwei weiße Deutschsprecher, ein Paar, das konnte man sehen, der Mann berührte die Frau, sie ihn, beide kümmerten sich um das Kind, und das Kind sah vollkommen anders aus als sie. Schrie so ein Kind, machte man sich Sorgen, ob es entführt worden war. Saß es einem der Erwachsenen auf dem Arm, spielte friedlich und sagte dann noch »Papa« oder »Mama«, entspannte man sich und ging zu den Gedanken über die beiden Erwachsenen über. Fremdsex? Samenspende? Ehedrama und Versöhnung? Spannend … Oder auch ein Seufzen: »Ach, die Zeiten.«

Es passierte, während ich Mary hochhob. Ich wurde erwachsen. Die Jahre seit meinem Abitur steckten voller Brüche, kein Weg war so verlaufen, wie ich es mir zu Schulzeiten gedacht oder gewünscht hatte (diese Beziehung war zerbrochen, dann jene, mit 24 und 34 war ich eine junge Frau gewesen, die Kinder haben wollte, vier schien ihr eine passende Zahl, Jungen und Mädchen). Ich war vier Mal schwanger gewesen und hatte kein Kind, ich war nach Sri Lanka gefahren und hob ein dreijähriges Mädchen aus dem Flugzeugsessel, das ich kaum kannte.

Ich sah die Krümmungen. Sie waren nicht geradezubiegen, aber ich musste mich ihnen auch nicht unterwerfen. Die Adoption krümmte meine Krümmungen neu. Ich dachte an Thilini und war ihr dankbar und blickte den Leuten um mich offen ins Fragegesicht.

Sie berührten etwas. Wären wir nicht alle damit beschäftigt gewesen auszusteigen, hätte ich fragen mögen:

Wie geht es in Ihrem Leben mit den Wünschen?

Und den Planungen?

Was für Fantasien haben Sie?

Was halten Sie von den Verwandlungen der Welt?

Als Thilini, Marys Mutter, zur Welt kam, war ich 31. Hätte mir jemand an diesem Tag gesagt: Soeben hat eine 26-Jährige in Sri Lanka das Mädchen geboren, das einmal die leibliche Mutter deiner Tochter sein wird, hätte ich ihn ausgelacht.

Der Unterglitzer

M
k o f a
f e r tasche r y
txlxxxxxxxxxxxxxxxxxxxxxxxxxxxxx

Im Vergleich zu Asien hat Berlin den Unterglitzer. Man fliegt an, nichts funkelt, nichts flackert. Aus der Luft wirkt Berlin ländlich.

Das Gepäck kam rasch. Wie still alles war. Im Vergleich. Mary schien das auch aufzufallen. Kaum saßen wir im Taxi, begann sie, bestens ausgeschlafen, mit ihrem sri-lankischen Telefon zu spielen. Es hatte eine Wähltastatur, bei jeder Ziffer, die man berührte, gab es eine laute, immergleiche Melodie von sich. Hörer hoch, Hörer runter. Auf unseren Handys drückte Mary inzwischen die richtigen Tasten, die Abschleckphase war vorbei.

Das Taxi roch nicht, holperte nicht, war nicht zugig, stieß Dieselschadstoffe aus, und die Autoindustrie dachte darüber nach, wie das Problem mit Datenfälschung zu beheben wäre. Die Musik berlinerte vor sich hin wie auch der Taxifahrer, der einen Schnauzbart trug, was fast schon colombisch aussah, obwohl es auch berlinerisch war. Wir fuhren an einem Resthafen vorüber, krochen Nebenstraßen entlang. Kaum stiegen wir vor dem Haus aus, in dem wir wohnten, kam uns ein Mitbewohner entgegen, zufällig mit Spiegelreflexkamera in der Tasche. Auf den Aufnahmen sieht man drei Menschen, von denen zwei noch immer verschwitzt wirken, obwohl es in Berlin nur ein

Juniabend ist, zwanzig Uhr, nicht mehr besonders warm, zwei Menschen wirken müde und glücklich, und ein dritter Mensch ist unverschwitzt, wird im Arm gehalten, hat beide Ärmchen um meinen Hals geschlungen und schaut in die Kamera wie ein Nachttier. Mit großen schwarzen Augen.

Obwohl Mary nach den Erfahrungen mit uns und dem Adoptionsvorgang mit Kameras vertraut war. Doch nun befand sich der Apparat in Berlin, und Mary befand sich in Berlin, und hinter der Linse, die auf sie gerichtet wurde, stand ein hoher, weißhäutiger Mensch, der mit Marys Tragepersonen in den fremden neuen Lauten sprach, die die Eltern seit der Ankunft ausschließlich benutzten. Das Kind wusste vermutlich nicht, wie ihm geschah, denn es schwitzte nicht und nichts flog und nichts hupte und nichts roch nach Essen, wie es das kannte, und es gab keine anderen kleinen Kinder, die herumspielten, und es kam in ein Haus von einer Art, die es noch nie gesehen hatte, zumindest nicht in Wirklichkeit, hoch und dicht.

So ging es.

So ging es uns.

Eine Verwandlung mitten am Tag.

Das Recht auf Kindsdurchstechung

Mary hatte zu diesem Zeitpunkt keinerlei Durchstechungen.

Hätte Heidi unser Kind adoptiert, wäre dies anders gewesen. Heidi hatte keine Kinder und wollte keines adoptieren, sie half nur bei Adoptionen durch andere. Kinderfahren war sie gleichwohl, sie verkörperte geradezu die Kindererfahrung in diesem Übergangsbereich: heraus aus dem mit Müttern, die alle nur »große Schwester« hießen, überfüllten Heim hin zu Eltern, die soeben einen Elternstempel bekommen hatten und sonst nichts wussten.

Kindererfahren war Heidi in Piesel-nicht-auf-das-Sofa-Befehlen und Pieselt-leider-auf-das-Sofa-Berichten, sie war geradezu extrem übergangserfahren im Augenbrauenhochziehen und Rechnungen-Stellen, was Kindschäden betraf. Das Kind hat eines meiner Magazine zerrissen, es hat in mein Buch geschaut und die Seiten geknickt, es hat auf meine Lieblingsdecke gesabbert, es hat der Schildkröte ein Bonbon zu fressen gegeben (stellte sich glücklicherweise als Falschmeldung heraus. Oder Mausi schaffte es, das Bonbon anstandslos zu verdauen). Heidi hätte dem Kind qua »Mädchen ist Mädchen« noch am Adoptionstag Ohrlöcher stechen lassen. Der Geschlechter- und Genderdiskurs befindet sich an dem einen, die Wirklichkeit an einem anderen Ort.

In den 80er-Jahren gab es »Babyfarmen« auf Sri Lanka. Reiche europäische Menschen konnten sich dort gegen Bezahlung ein Kind abholen. Seither wird rigoros und hochkorrekt kontrolliert. Wir haben keinen Cent für das Kind gegeben. Entlohnt wurden der Rechtsanwalt für seine Arbeit und Heidi für Kost und Logis, der Psychologe in Deutschland sowie der Verein in Deutschland für seine Arbeit bei Ämtern und im internationalen Verkehr, bezahlt wurden diese Ämter für die Zeit, die sie mit unserer Überprüfung verbrachten, die Übersetzerinnen und Notare, der Arzt in Sri Lanka, der das Kind untersuchte und impfte. Dem Heim wurden pauschal die Kosten für die Ernährung des Kindes für drei Jahre ersetzt.

Bestechungsgelder flossen nicht. Das war sehr aufrecht und »sehr Deutschland«, so Heidi. Heidi deutete an, dass ein aufrechtes Amtsdasein in Sri Lanka aufrechte Geschenke an Menschen in sri-lankischen Ämtern nicht aus-, sondern einschloss, zum Geburtstag etwa, zur Geburt eines Enkelkindes, zu einem nationalen Feiertag wie dem Friedensschluss.

Obwohl unser in allem anderen durchgehaltenes Aufrechtsein zu einer extra langen Wartezeit führte, bereue ich keinen Tag davon. Sonst wäre das Kind, das dann Mary wurde, nie zu uns gekommen, ein Kind, das bis heute keine durchstochenen Ohren hat und auch keine haben möchte. Bei der Ohrlochentscheidung kam ich mir ebenfalls aufrecht, unstecherisch, gewaltfrei und richtig vor (meinetwegen auch deutsch). Ich hatte entschieden, das Kind selbst entscheiden zu lassen.

Heidi spiegelte uns, was Elternsein – auch – heißt. Man durfte nun nach Gutdünken Ja oder Nein sagen. Etwa in medizinischen Dingen. In einem bestimmten Rahmen, gewiss. Doch er war verstörend weit gezogen. Ich gruselte mich, wenn ich daran dachte, was passieren konnte. Und wozu man dann Nein oder Ja würde sagen müssen. Ein Kind zu haben konnte einen das Beten lehren.

Im Vergleich dazu war die Ohrlochfrage nichts. Und doch beschäftigte sie mich. Sie machte etwas sichtbar, was generell für unsere Zukunft als Eltern gelten sollte. Dauerhafte Spuren würden wir hinterlassen, körperlich, psychisch, seelisch.

Erstaunt fragte ich mich: Bestand die höchste Kunst des Elternseins etwa darin zu wissen, was man *nicht* unternahm? Wo man *nicht* eingriff?

Mutterschwüre

Ich schwor mir, keinerlei Durchstechungen an Mary zuzulassen, und es ist lobenswert, solche Schwüre zu leisten und sie sich laut vorzusprechen. Man kann sich dann leichter daran halten. Angeblich wurde es von »Natureltern« leicht übersehen, wie schwierig es war, einem Schwur jahre-, wenn nicht jahrzehntelang treu zu bleiben. Ob das stimmt, kann ich nicht beurteilen; Adoptiveltern und solchen, die es werden wollen, wird das Schwanken der Kraft jedenfalls nicht zu knapp vor Augen geführt. Bedenken Sie, dass Sie sich ein Leben lang binden;

bedenken Sie: Ein Kind geht nie mehr weg; bedenken Sie: Sie wissen nicht, was drinsteckt; bedenken Sie, bedenken Sie, bedenken Sie.

Man hört es und vergisst es. Zu begreifen ist es ohnehin nicht, weil niemand begreift, was es heißen soll, dieses »lebenslang«.

Die Entdeckung des Bootes

Das Foto von unserer Ankunft in Berlin hat meine Erinnerung repariert. Es war nicht dunkel, als wir eintrafen. Die armen Menschen vor Fotozeiten konnten ihre Erinnerungen nie mit festgehaltener Wirklichkeit abgleichen. Menschen der analogen Zeit hatten diese Möglichkeit nur in Bezug auf spezielle Gelegenheiten. Wir, Menschen der digitalen Zeit, werden ständig repariert. Wir werden sogar sekundenweise durch uns selbst verbessert, wenn wir wollen: Selfie – vergleichen – Selfie etc. Leider gibt einem das den Eindruck, dass man auch sekundenweise verfällt. Stimmt vermutlich. Nur: Will man dauernd daran erinnert sein?

In den ersten Wochen mit Mary konnte man es mir ansehen, glaube ich: Verfall durch Müdigkeit – Todmüdigkeit – Sekundenschlaf im Stehen. Zum Selfiemachen kam ich nicht.

Hieran hingegen erinnere ich mich: Die Maschine aus Doha hatte Berlin gegen Abend von Westen aus angesteuert (Gott weiß warum, Doha liegt im Osten). Die Sonne schien von hinten in die Kabine, das heißt, der Schatten des Flugzeugs flog neben dem Flugzeug mit. Man saß auf seinem Sitz und fühlte nicht nur, wie die Maschine aufkam, sondern beobachtete es auch im Schattenbild. Es zeigte, was sich verborgen unmittelbar unter einem vollzog. Erde berührt, Füße auf dem Boden. Mary war wieder auf den Fensterplatz umgezogen gewesen, still hatte sie die Augen aufgemacht und mich angeschaut, wie ich mich über sie lehnte und hinausblickte auf unser Bild, und dann zu ihr.

In Colombo hatte man uns gesagt, dass wir nun für den Rest aller Zeit zu mehreren in einem Boot säßen. Wir hatten uns ein Boot gekauft, waren nach Colombo geflogen, hatten das Boot gefüllt und waren nun mit dem Flugzeugboot zurückgekehrt.

Marys leiblicher Vater

In dem Boot saßen neben Mary die Schatten. Ich meine die Schatten all der Szenen, die das Kind schon erlebt hatte, die Schatten, die Mary begleiten würden (und also auch uns), und all die Menschen, die zu ihr gehört hatten und weiterhin gehörten. Allen voran Thilini und der leibliche Vater, von dem wir weiterhin nichts Genaueres wussten.

Kein »Fremder«, hatte man gesagt. Also vielleicht jemand aus dem Dorf? Wenn man sich in Sri Lanka schämt, streckt man wie in Indien die Zunge heraus. Sie sagt: Siehst du nicht, dass es um etwas Inneres, eigentlich Verborgenes geht? Siehst du nicht, dass ich nicht sprechen kann?

Das Boot, in dem wir saßen, wird gemeinhin »Familie« genannt. Familien bestehen aus dem, was auf den Papieren steht, sich besucht und/oder zusammenlebt. Und sie bestehen aus Schatten und Pausen.

Bei uns war das Schöne, dass mit einem Mal das Boot so gefüllt war. Und nicht nur mit der gleichen Art von Menschen. Natürlich dachten wir an Thilini, die nicht mitgeflogen war, und an Marys Oma, die eine Schattenoma war, nun, wo das Marykind mit uns entschwunden war. Sie hatte sich, nach allem, was wir von ihr wussten, nie als Oma gefühlt und auch ihre Tochter nicht als Mutter sehen wollen. Mit Marys Abflug aus Sri Lanka war Thilini ent-muttert und Marys Oma ent-omat worden. Bei unserem Abschied im Kinderheim hatte mir Schwester Allyson gesagt, dass Thilini zwei Tage später mit ihrer Mutter in ihr Dorf zurückkehren werde. Die beiden hatten Colombo also noch vor uns verlassen.

Wir wussten nicht genau, wo Thilinis Zuhause lag, und das war auch gut, jedenfalls war es Absicht. So die Behörden. Kontakte zwischen der leiblichen Kindsfamilie und der Adoptivfamilie wollte die Regierung von Sri Lanka nicht zulassen, man dachte an die Babyfarmen, man misstraute den eigenen Leuten, nein, vielleicht war es einfach (»einfach«) nur dies: Man hatte Erfahrung mit ihrer Not.

Wir hatten in Sri Lanka eingesammelt, was wir konnten, und sofort damit begonnen, mit Mary über ihre leiblichen Eltern zu sprechen. Auch wenn sie anfangs das meiste nicht verstand. Es sollte keinen Bruch geben, sie sollte später nicht überrascht werden.

Thilini, ihre Mutter und Marys Vater und vermutlich noch andere Menschen, der Vater Thilinis und die Eltern des Vaters von Mary, und seine und Thilinis Geschwister, saßen mit uns im Boot. Schatten, Phantome und Erinnerungen. Wenigstens hatten wir die beiden Schwestern Thilinis, die in Colombo arbeiteten, kennengelernt und für Mary fotografiert.

Niemand konnte uns ansehen, wer alles dazugehörte, wenn wir so draußen umhergingen, im Hauseingang in Taschen kramten oder mit Mary im Lift hinauffuhren in unsere Wohnung. Man verstand allerdings, dass Hunter, Mary und ich nur eine Teilbootsbesatzung sein konnten.

Erneut musste ich an Hemingway denken und wie er meint, dass eine Geschichte wie ein Eisberg ist, weil man stets nur einen Teil sieht, und er ist klein, während das größere Stück unter der Oberfläche verborgen dahintreibt, schwer, mächtig und real, und den Kurs bestimmt, und so hatte ich noch in Tegel auf dem Weg nach draußen, vorbei an der schwarzen Ankunfts- und Abflugtafel, deren reale, umklappende Buchstaben sich unermüdlich zu immer neuen Ortsnamen und Zeiten zusammenfügten, zu Hunter gesagt: »Und, was geht dir so durch den Kopf?«, und er meinte: »Das wollte ich dich auch gerade fragen«, und ich sagte »Eisberg« und er sagte: »Nun übertreib nicht, so abgewandt bin ich doch gar nicht.«

Da hatte ich es gesehen: Wir drei waren der Eisberg. Ein weißer Mann, eine weiße Frau und das dunkle Kind mit den nichtgekräuselten, schwarzen, streichholzkurzen Haaren.

Am Hinterkopf waren sie ganz abrasiert, dort saß eine mandarinengroße Beule. Seit Wochen wollte und wollte sie nicht verschwinden.

19

Mary liest, was ich hier schreibe. Zudem erzähle ich ihr davon. Als ich Musils Ranke erwähne, schaut sie mich halb amüsiert, halb muttergenervt an: du und deine Ideen.

Ich hole Musils Erzählung, in der die Menschen komische Namen tragen. Wir sitzen am Tisch. Er ist unser Tisch für alles: basteln, kleben, spielen, Hausaufgaben machen, Computer aufbauen, Homeschooling erleben, Computer abbauen, scherzen, wackeln, Kerzen anzünden, streiten, in Decken einwickeln, auf Mama sitzen, essen. Musils Protagonist heißt Homo, das bedeutet »Mensch«, sein schwarzer Freund Hoffingott. Wenn das nicht deutlich ist. Meinem Kind gefällt es, mir nicht. Die weibliche Hauptfigur wird »Grigia« gerufen. »Klingt italienisch«, sagt Mary und nimmt mir das Buch aus der Hand. Sie liest die Rankenstelle vor:

»Eine Tapete mit einem unsagbar wirren, geschmacklosen, aber durchaus unvollendbaren und fremden Muster. Und ein Schaukelstuhl aus Rohr; wenn man sich in diesem wiegt und die Tapete anschaut, wird der ganze Mensch zu einem auf- und niederwallenden Gewirr von Ranken, die binnen zweier Sekunden aus dem Nichts zu ihrer vollen Größe anwachsen und sich wieder in sich zurückziehen.«

Ich muss gestehen, dass das anders ist, als ich dachte. Ich habe mich falsch erinnert. Gewirrig.

»Und?«, frage ich Mary.

Sie zuckt die Schultern, tippt in ihr Telefon.

Ich gebe ihr Zeit. Mitunter muss man sie lassen (sie, die Ranken; sie, Mary; sie, die Pubertierenden; sie, mich). Gar nicht erst fragen. Die Dinge, Sätze, Fremdheiten wollen sich setzen, einen Platz suchen in dem Menschengewirr, das man ist.

Musils Ranken helfen mir mit Marys leiblichem Vater. Das An- und Abschwellen der Gefühls-, Wunsch- und Traumranken in einem selbst, all dessen, was man, gespeist aus unerfindlichen Quellen, geworden ist und was auf die Umgebung reagiert, in der man sich befindet (wiederfindet?). Wie rasch wächst es einem über den Kopf.

Mary weiß alles, was ich weiß. Mindestens ebenso wichtig, wenn nicht wichtiger: Sie weiß, was Hunter und ich nicht wissen. Was sich nicht klären ließ. Ich habe ihr die Zweifels- und Möglichkeitswörter beigebracht, die Abwägungen und das Nachfragen. Die Grenze zwischen Wissen und Nichtwissen war in ihrem/unserem Fall ein breiter Streifen aus Nachrichten, genetischen Tests, Anschuldigungen und Gerüchten.

All dies war vor den Fremden, Hunter und mir, noch einmal gekürzt und verkleidet worden. Mary ist fast erwachsen. Wenn sie will, lässt der Faden sich aufnehmen. Sollte sie sich dafür entscheiden, unterstütze ich sie.

»Grau«, sagt Mary, »Grigia heißt grau auf Italienisch.« Sie legt ihr Telefon weg, isst weiter.

»Soll ich dir das Buch leihen?«

»Nö.«

Wir spielen Rummikub. Vierzehn beigefarbene Plättchen mit Ziffern auf ein Brett legen. Reihen bilden von eins bis dreizehn. Kleine und große Manöver erdenken. Alle paar Mal verändern wir die Regeln. Verbünden uns.

Gestern Morgen erwachte ich in einem seltsamen Zustand. Man kennt das, halb wach im Bett, stufenweise Rückkehr aus einer Traumwelt (sie versinkt bereits) in die Welt der Träume, die man Wirklichkeit nennt. Doch nicht diffus, sondern von großer, ruhiger Klarheit durchstrahlt. Ich stand in einem durchschnittlich hellen Raum (was heißt stand: war da) und blickte auf eine Holzleiste vor mir, in deren Mitte ein Stück ausgesägt war. Durch diese Lücke strömten meine Erinnerungen an »die Adoption« auf mich zu wie Licht, das in Wellen fließt, die man nicht sieht. Nur dass ich sie nun sah. Die Erinnerungsteilchen schossen durch den Spalt, um sich hinter ihm auszubreiten, wobei dieses »Hinter« seltsamerweise ich war oder mein Kopf in seinem eigenen Schwingungszustand. Beides erhielt sich (in seiner Atmosphäre, Eigenart, Frequenz), es existierte gleichzeitig: heute und damals, ich-jetzt und ich-einst, durch eine Lücke gespeist. Was durch die Lücke floss, kam nicht freiwillig, ich musste es ansaugen, ich beobachtete und veränderte es, wenn auch nur teilweise, denn es veränderte auch mich. Ich dachte an Mary und spürte Unselbstverständlichkeit und Dankbarkeit. Was für ein Wunder, dass sie da war. Und so in mein Leben strömte. Mit sich!

Wir beugen Verben. Und die Knie. Oder die Arme. Beugen uns zu jemandem. Für Umarmungen ist Mary meist zu haben, diesmal hingegen steckte sie den Kopf in die eigene Achsel und zog die Nase kraus.

Sie hat Schultern und Armmuskeln, als trainierte sie für ein Schwimmolympia. Dänische T-Shirts passen ihr, deutsche nicht. Ich bleibe am Tisch sitzen. Der Himmel steht, gebauschte Wolken wie Zeilen. Auf dem Balkongeländer landet ein Spatz, äugt herein.

Musil erfindet einen weißen Mann, einen schwarzen, eine graue Frau. Schwarz auf weiß beschreibt er, was sich zwischen ihnen ergibt: die auf dem Papier der Tapete erscheinenden und sich wieder löschenden, wilden und unvollendeten Figuren ihrer Leben.

Womit ich mir genug Berliner Boden unter den Füßen erschrieben habe, um von der letzten Woche in Sri Lanka und ihrer wilden, aus Menschen, Vögeln und Ringen zusammengesetzten Familien-Figur zu erzählen.

20

Mary spielt mich aus

»Karuna' kere.«

»Eppä, eppä!«

»Karuna' kere.«

»Eppä, eppä!«

Erst ich, dann Mary. Erst mein »bitte«, dann ihr »eppä!«, »ich will nicht.« Auch das singhalesische »näh« konnte sie schreien, das hieß besonders nachdrücklich »nein«.

Mit der Aussprache des deutschen »ä« hatte Mary später keinerlei Problem.

Sie hätte »harri harri« sagen können. Ich mochte es. In der Regel wurde es gerufen. »Harri harri«, alles okay. Man hörte es oft in Sri Lanka. Mary nahm es stets würdevoll entgegen. In ihrem aktiven Wortschatz kam es nicht vor.

Sie lag zwischen uns, in unserem Zimmer bei Heidi, auf Heidis Bett.

Die Adoption war ein paar Tage her. Ich durfte Mary weiterhin nicht berühren.

»Ich bin müde«, sagte ich zu Hunter, und er sagte: »Ich auch.«

Er sagte nicht: »Du bist traurig, weil das Kind dich nicht will. Ich fühle mit dir. Komm, lass dich mal umarmen.«

Er sagte: »Lass doch mal die Kirche im Dorf.«

»Du bist eh die, der immer alles zufliegt.«

Er sagte: »Jetzt bin ich mal dran.«

Das konnte ich nachvollziehen. Und ich schämte mich, es nicht gesehen zu haben. Im Ton seiner Stimme schwang ein leiser Vorwurf. Hatte ich übersehen, dass er sich oft benachteiligt fühlte?

Das tat mir leid.

… und schleicht zur Tür hinaus

Der Spalt zwischen uns wuchs trotzdem.

»Die, der immer alles zufliegt.«

Ich erinnerte mich an Blicke von Hunter zuhause in Berlin, die ich aufgefangen hatte, ohne sie auffangen zu wollen.

Da senkt man geschwind den Blick. Sieht auf den Boden, und auch aus ihm schaut die Ferne zurück.

Hunter stand im Mary-Zentrum. Ich war mir sicher, dass ich es ihm nicht missgönnte. Im Gegenteil, ich war froh darum. Was wäre gewesen, wenn Mary weiterhin uns beide abgewiesen hätte? Das wollte ich mir gar nicht ausmalen.

Ich hätte Hunters Nähe gebraucht, nicht seinen Platz gewollt. Er verkannte meine Schüchternheit. Meine Erfahrungen mit Zurückweisungen.

Ich hatte ihm davon erzählt. Das schon.

Es war eine dieser Stellen. Die einem, allen Worten zum Trotz, verborgen bleiben am anderen. An denen man sich verfehlt.

Das trifft jedes Paar. Es kommt darauf an, wo die Stellen sitzen. Wie wichtig, wie bestimmend wird, was man nicht erkennt. Wir waren gut zurechtgekommen bislang. Jetzt, mit Mary, verschoben sich die Wichtigkeiten. Und etwas, das wir unter den Teppich gekehrt hatten, kroch hervor.

So dachte ich lange. Die Trauer und der Schmerz über die verlorenen Kinder fing abermals an, in uns zu wühlen. Vielleicht auch nur in mir. Er glich einem aufgestörten Wurm, der Geräusche, Regengeräusche, hört und beginnt, sich aus dem Untergrund nach oben zu drücken.

Hunter und ich waren seit dreizehn Jahren ein Paar, verheiratet seit zehn. Wir hatten eine Familie gewollt und waren ins Messer gerannt. Und wieder. Das klingt dramatisch. Das meine ich nicht so. Ich meine es konkret: Jedes Mal fuhr ein Messer in meinen Bauch, räumte ihn aus.

Mit Mary nahm diese alte Geschichte eine Wendung. Hunter und ich führten sie zu einem anderen, guten Ausgang, und dass wir dies tun konnten, brachte uns zusammen, es erfüllte uns. Wir arbeiteten gemeinsam daran, das, was uns widerfahren war, aufzuheben.

Zugleich beendete es auch etwas.

Und da, erst da, trat hervor, dass etwas zwischen uns zerstört worden war.

Als Paar waren wir ausgeglüht. Die Liebe hatte sich aufgelöst, leise, wir hatten es kaum bemerkt, jeder von uns hatte es mit seinem Bedürfnis nach Trost und Anerkennung vor sich selbst und vor dem/der anderen verdeckt. Übriggeblieben war das Sich-miteinander-Vergleichen und Abwägen und Aushandeln (was machst du, was ich, wer übernimmt wie viel?), das zum Paarsein dazugehört, doch nun war es nackt und hart. Die Großzügigkeit, die Milde, der wundersame Liebesschein, sie nahmen ab oder bekamen Lücken und schlichen zur Tür hinaus. Es war keine Absicht. Als ich die Liebe ins Feld geführt hatte vor dem Verkehrspsychologen, hatte ich nicht gelogen.

Sie schwelte. Die Erinnerung an sie war da. Manchmal leuchtete diese Erinnerung so in die Gegenwart hinein, dass es wirkte, als sei auch die Liebe noch da.

Dabei war sie nur mehr ihr eigenes Schattenbild. Der Schatten, der uns dann auch in Berlin empfing.

Eine Reflexion. Eine Glasfigur.

Und so, mit diesem Schwelen und seinen Lücken, ging unser Gespräch darüber weiter, was es bedeutete, dass Hunter Mary berühren durfte, im Gegensatz zu mir. Unter den Wörtern spielte eine andere Melodie. So etwas spürt man. Es färbt die Sätze ein, die fallen. Er hat sie vielleicht nicht einmal so gesagt, wie ich sie niederschreibe. Doch die Essenz, die war da.

Auseinandersetzungen gerinnen. Man vergisst die Einzelheiten. Bei Streitereien mit Hunter habe ich die Einzelheiten stets mit unbewusster Absicht beunruhigend schnell verdrängt. Sie wurden gelöscht, obwohl ich mich oft an die eine oder andere Einzelheit besser hätte erinnern wollen. Die Löschung nahm sich von selbst vor, es war unheimlich. Der emotionale Kern indes blieb. Er musste nicht ausgesprochen worden sein. Was Hunter laut sagte, traf mich ebenso wie all das, was er sagte, ohne es in Worten artikuliert zu haben.

Abkönnen

Mein Kind lehnte mich ab.

Daran gab es nichts zu deuteln. Ich sollte Marys Verhalten respektieren, nicht davon betroffen sein. Auch daran gab es, so Hunter, jede Adoptionsinstanz und meine Vernunft (bist du nun eine reife Person oder nicht?), nichts zu deuteln. Mit Marys Verweigerung war zu rechnen gewesen. Ich war erwachsen. Ich musste das »abkönnen« (Elternführerschein), um eine gute Mutter zu werden.

Mein Mann hielt mir einen Spiegel vor. »Abkönnen.« Seine Stimme hatte entschieden geklungen.

»Sei nicht kindischer als das Kind. Das ist doch Unsinn. Dieses bisschen.«

Hunter trinkt einen Schluck: »Nun ja«, sagt er, »man muss schon sagen. Mary ist echt rigoros. Macht keine Kompromisse.«

Pause.

»Es muss eben passen zwischen ihr und dem Elternteil.«

Sprich: Hunter passte eben.

Mir wurde ein bisschen übel. Oder so etwas Ähnliches. Ich habe das bisweilen, eine Art Drehen im Magen. Wenn ich im Bus lese. Oder etwas wahrnehme, was ich nicht wahrhaben will, und dann schlucke ich es runter. Früher reichte das meist, es war dann weg. Je älter ich werde, umso öfter rumort es im Magen weiter.

Hunter: »Ich? Mich daran freuen? Wie kommst du denn darauf?«

Und nach einer Weile, mit diesem breiten Lächeln, das ich jedes Mal weniger mag: »Das fühlst du doch gar nicht. Das bildest du dir ein.«

Dazu streichelt er meinen Arm.

Bettgedanken

Es war ein Labyrinth. Mit wenigen Zügen, mit ein, zwei Sätzen baute Hunter es auf. Ich konnte nicht vor noch zurück, ohne gegen meine eigene, nicht gutzuheißende Empfindlichkeit zu stoßen. Jede Kritik an ihm, Hunter, war dadurch von vornherein diskreditiert.

Während Hunter Mary tragen füttern windeln etc. durfte, durfte ich sie unterhalten. Herumspringen, Spiele erfinden, Theaterstückchen aufführen. Abends waren Mary und ich fix und fertig. Zum Schlafen legte Hunter sie in die Mitte unseres Bettes, in der schon eine Reihe frisch adoptierter Kinder vor ihr gelegen hatten. Auch nachts achtete ich darauf, sie nicht zu berühren. Hunter röchelte leise, Mary atmete, ich lag wach.

So ging es seit Marys Ankunft bei uns.

Mary war noch im Kinderheimrhythmus, um sieben Uhr, pünktlich zum Beginn der sri-lankischen Nacht, schlief sie ein. Wir aßen zusammen mit Heidi, an einem Abend war Besuch dazugekommen, an den ich mich nicht weiter erinnere. Das Essen schmeckte hervorragend wie immer. Danach standen Hunter und ich vor Hunters Computer, der auf dem kleinen Tisch lag, an dem mein Mann »etwas Dringendes« arbeitete. Oder dringende Mails schreiben wollte.

Wir mussten uns bei der Nutzung des Notebooks abwechseln, da wir nur eines mitgebracht hatten, um Gepäckgewicht zu sparen für den Rückflug (»deckt euch in Colombo mit Kinderkleidern ein, tolle Farben, sagenhafte Preise«), zudem wollten wir Geschenke mitnehmen (etwa für die Freunde, die unseren Hund hüteten, und für den Arzt, der uns eine Gesundheitsbescheinigung nicht nur ausgestellt, sondern sie auch noch persönlich beim Notar hatte beglaubigen lassen, ohne dass er dafür von jemandem bezahlt worden wäre). Für die Computernutzung hatten wir Zeiten vereinbart, die Regel war simpel: Hunter vor dem Essen, ich danach.

Als ich mich eben an das Gerät setzen wollte, tauchte er neben mir auf. »Du jetzt dran? Das bildest du dir ein.«

Ich sei wohl durcheinander. Von all den Ereignissen der letzten Zeit.

»Wir haben eben gegessen.«

»Fraglos«, lächelte er.

Doch eine Regel? Wovon ich da rede. Die habe es nie gegeben.

Ich sehe noch, wie er mich ansah. Spüre, wie ich mich umdrehe und davongehe. Ich kehre zurück in das Zimmer, in dem das Kind schläft. Soeben ist etwas in mir unberührbar geworden, unberührbar für Hunter – und ich weiß nicht, wohin ich noch blicken soll.

Das Visum

Mary war seit der Gerichtsverhandlung offiziell adoptiert, zumindest was die sri-lankische Seite betraf. Die letzte Adoption musste in Deutschland stattfinden. Deutschland musste die sri-lankische Adoption anerkennen, seinerseits seine nationale Adoptionswilligkeit erklären und Mary daraufhin durch uns hindurch ebenfalls adoptieren. Ein weiteres gerichtliches Urteil war notwendig, man rechnete mit mindestens einem Verfahrensjahr. Für die Zwischenzeit wurde unser Kind, das bereits unser Kind war, doch eben nur teilweise, von Deutschland dazu eingeladen, seine Zeit als befreundete Ausländerin, genauer als geduldete, mit einem Visum versehene ausländische Menschin bei uns zu verbringen. Wir würden nicht ständig nach Dubai ausreisen müssen, wie man uns in der Deutschen Botschaft in Colombo versicherte, als wir die Einreiseerlaubnis für Deutschland in Marys sri-lankischen, zufällig ebenfalls burgunderroten Pass stempeln ließen, was unkomplizierter klingt, als es war, denn woher kam der sri-lankische Pass?

Man denkt, so eine frisch zusammenadoptierte Familie kümmert sich um sich und spielt und lacht und hüpft den lieben langen Tag. Das denkt man nicht lange. Tatsächlich fuhren wir nach der Gerichtsadoption sehr viel Auto. Nach zwei Ausflügen sagte Mary »Auto-ekke«. Wir hatten exakt fünf Werktage Zeit für die erforderlichen bürokratischen Schritte. Das sollte reichen, vorausgesetzt, dass kein zusätzlicher Friedensfeiertag dazwischenpoppte. Auf Heidis Rat hin behaupteten wir, der Rückflug sei fest gebucht, um »den Behörden Beine zu machen«.

Als »junge Familie« lebten wir nun nach einem strikten Stundenplan. Morgens galt es, so pünktlich wie möglich fertig zu werden. Und wie kriegt man eine Dreijährige, mit der man nicht sprechen kann, dazu, sich anziehen zu lassen? Man holt die Köchin (sie ist Singhalesin). Nichts da Frühstück (die Zeit war weg, denn Dayawati brachte Mary zwar sogar dazu, Schuhe zu tragen, aber es dauerte). Ab ins Auto. Sunil wechselte in Heidis Wagen, in den Treewiller hätten wir zu viert nicht gepasst. Heidi kam jetzt ausnahmslos mit. Sie war unsere Rettung.

Ohne sie wären wir in den sri-lankischen Behördengebäuden verloren gegangen. Bis zum heutigen Tag irrten wir durch ihre Flure.

Zum Glück liebte Mary Auto-ekke. Sie krähte auf dem Rücksitz vor sich hin, eingeklemmt zwischen uns, und fühlte sich besonders wohl, weil Sunil dabei war. Man sah, dass Mary ihn begeistert als Vater genommen hätte, wenngleich sie sich jeden Tag besser gelaunt mit Hunter abfand, der sie auch im Wagen festhalten durfte. Heidi schaute sich Marys Elternunterscheidungskunst schweigend an. Sie saß vorn, neben Sunil. Im Grunde sollte sie vor den Behördenangestellten für uns dolmetschen, am Ende war das kaum jemals nötig. Die Personen in ihren hölzernen Amtsthronen sahen Heidi mit uns und wussten spätestens, was wir wollten, wenn wir ihnen unsere Papiere unter der Trennscheibe zuschoben.

Tatsächlich brauchten wir Heidi, um zu lernen, wie man mit sri-lankischen Warteschlangen umgeht.

Hunter und ich hätten uns hinten angestellt, Heidi rauschte nach vorn. Zu diesem Zweck trug sie nun täglich einen Sari. Sie war blond, das konnte gefärbt sein, sie war, was auch immer, jedenfalls sichtbar, hörbar, riechbar: Matrone. Es funktionierte bestens. Das Wohlwollen des Obersoldaten der herumstehenden Soldaten, die die Schlange bewachten, förderte sie mit einem dezent zugesteckten Päckchen Geld, das wir ihr vorab im Auto überreicht hatten. Es waren vielleicht auch Polizisten, sie schienen sie zu kennen und riefen ihr gut gelaunt »ikmaniu hamuvemu« nach, »bis bald«. Wir gingen an der Schlange vorbei und gingen und gingen, und nach 400 Schlangenmetern waren wir wirklich überaus froh um Heidi, und nach 800 Metern waren wir sprachlos dankbar. Die Schlange wand sich mehrfach um das hochkoloniale Gebäude, in dem die Personenstandsverwaltung nicht nur für Colombo, sondern für das gesamte Land residierte. Sie wand sich durch Flure, Treppen hinauf, Treppen hinunter durch einen Hof in das nächste Gebäude etc. Unsere Missachtung der Schlange war Notwehr, wir hatten nicht die Zeit, uns zwei oder drei Tage anzustellen, um eine Vorform des Passes zu ergattern, mit der wir uns erneut tagelang anstellen konnten, um Marys Reisepass zu erhalten. Der Vorpass musste also in einen Pass umgewandelt werden, was nur geschehen konnte, wenn zuvor bereits das Passbild in einem weiteren Verwaltungsgebäude beglaubigt worden war. Was drei vollumfängliche Schlangen, drei Päckchen Geldscheine und zahlreiche, innerlich gemurmelte Entschuldigungen später geschafft war.

Letzter Schritt: alles zur Deutschen Botschaft bringen und abstempeln lassen. Dort gab es, sozusagen naturgemäß, keine Schlange, auf uns wirkte es gleichwohl wie ein Wunder.

Mary im Auto merkte davon nichts. Wir zeigten ihr Busse, sie bewunderte sie. Wir zeigten und sagten »ein Bus«. Mary wiederholte »Einbus«.

»Einbus« und »Zweibus« waren die ersten Wörter, die sie auf Deutsch sagte. Das eine Ding war das Einbus, und das andere war das Zweibus, und am Ende standen wir, trotz Heidis hoher Taktiken Einstund und Zweistund und Dreistund doch noch in irgendwelchen Schlangen und suchten verstohlen nach weiterem Bargeld-Hundertschein.

Vorfreude

Unser Kind brauchte einen Pass auf seinen neuen Namen. Dabei hatte es nicht einmal einen Pass auf seinen alten Namen. Sogar eine richtige Geburtsurkunde auf den alten Namen fehlte. Auf der Urkunde, die es gab, stand nur der Vorname der Mutter, Thilini, gefolgt von einem X, und für das Kind stand da »Mädchen«. In der Deutschen Botschaft erhielt Mary, die hier sozusagen ihren ersten deutschen Raum betrat, einen Visumsstempel, der ihr erlaubte, drei Jahre in Deutschland zu arbeiten. Kinderarbeit ist in Deutschland verboten, trotzdem erhielt Mary ein Arbeitsvisum mit einer Arbeitserlaubnis für 36 Monate.

Nur gut, dass Richter Mohammed das nicht zu sehen bekam.

Ich wies die Botschaftsangestellte auf den Arbeitswiderspruch hin, nicht dass hier etwas nicht stimmte und wir am Ende bei der Grenzkontrolle in Tegel festgehalten bzw. zurückgeschickt würden. Sie zuckte routiniert die Schultern, fast möchte man sagen abgebrüht, und machte mir klar, dass man nicht zu erwarten habe, dass Bestimmungen der Verwaltung und der Menschenrechte zusammenpassten, und ob wir was anderes wollten? Ein kürzeres Visum?

Diese Töne waren wirklich ein Säuseln, kräftiger Heimatduft wehte uns an, eine derartig freundliche Behandlung war nahezu berlinerisch, ich wusste gleich wieder, worauf ich mich freute bei der Heimkehr (Ausländeramt), und ich lächelte, da sich nun einmal Widersprüche nicht nur in der Administration und der Gesetzgebung der Bundesrepublik verbergen, sondern auch in mir.

Tatsächlich war es nett von ihr, dass sie uns ein Visum mit Aufenthaltshöchstdauer einklebte. Ihr Bestreben implizierte, dass wir es brauchen würden, die Zweitadoption in Deutschland, die nach Heidi maximal ein Jahr dauern sollte, dauerte in einer Stadt wie Berlin, die unglaublich sparte, und das seit zwanzig Jahren und von einem Minusniveau aus, das zugleich ein Minuskompetenzniveau war, mindestens zwei Jahre.

Zugleich erinnerte ich mich an das McDonald's in Singapur auf einer Backpackerreise durch Südostasien 1984. Seither wusste ich, was »zuhause« war. Zumindest wie es schmeckte. Adrian und ich, kaum den heimischen Eierschalen entschlüpft, waren für sechs Wochen mit wenig Geld, begleitet von Diarrhö, Kakerlaken, einem Motorradunfall, Regengüssen, Tempeljagden und weiteren sagenhaften Überraschungen durch Südostasien unterwegs gewesen. Singapur bildete unsere letzte Station. Mitten im Stadtgewimmel (Häuser, Ordnungswächter, Menschen) entdeckten wir das gelbe M. Nichts wie rein. Wir wussten exakt, was wir brauchten. Wir hatten sechs milch- und käselose Wochen hinter uns.

Milchshake war ein überzeugender Grund, um nach Berlin zurückzukehren. Joghurt war ein überzeugender Grund. Aufgeschäumte Milch im Kaffee ein Muss.

Die Vorfreude meldete sich zurück. Wir mussten Mary nicht erzählen, dass ihr nun erlaubt war, in Deutschland Einarbeit, Zweiarbeit, ja Dreiarbeit zu verrichten. Auch Heidis gesammelten Hausangestellten mussten wir das keineswegs mitteilen.

Wie ich mich hatte und mit mir beisammen war

Der Spruch »Hab dich nicht so« fiel häufiger. Als Zweispruch und Dreispruch traf er mich weniger als beim ersten Mal. Hunter schien den »sich haben«-Ausdruck besser zu verstehen als ich, obwohl er im Englischen oder Amerikanischen nicht vorkommt. Im Kern war mein Mann viel deutscher als irisch oder amerikanisch, auch wenn er selbst das nur nach deutschen Fußball-Siegen oder dem dritten Daiquiri wahrhaben wollte.

Ich hingegen wusste bald nicht mehr »how I had myself«. Meine Mutter fragte Bekannte zur Begrüßung meist: »Wie bist nachad beisammen?« Auf dem bayerischen Land sagte man das gern. Allemal bei den Älteren wollte man wohl wissen, ob ihre Glieder noch zusammenhingen oder so ausgeleiert waren, dass der begrüßte Mensch bald auseinanderbrach. So hatte ich mir zumindest als Kind die Beisammenfrage erklärt und heimlich geschaut, ob die befragte Person vielleicht eine Lücke hatte, weil ihr schon ein Organ rausgefallen war.

Erst in Sri Lanka ging mir die höhere Weisheit des Ausdrucks auf. Bei einer inseltypischen Darmattacke wusste man im Nu nicht mehr, wie man beisammen war, man zerfloss, und das Gehirn dehnte sich unglaublich aus. Es wuchs aus dem Schädel heraus, wobei es löchrig wurde, als Wolke schwebte es um einen. Das wusste ich seit der sogenannten Teereise genau, auf der wir Schlangen in den Teesträuchern, Bollywoodposter in den Hütten der Teepflücker, selbstgebrannten Alkohol und viele dicht grün bewachsene, von Wolken umschwebte Berge gesehen hatten. Hunter aufrecht, ich bodennah.

Wenigstens dies (Erstgehirn im Kopf, Zweitgehirn im Darm – das weiß inzwischen fast jeder, und es ist sooo wahr) hatte ich inzwischen wieder beisammen oder bei mir. Ich war dazu übergegangen, literweise nachts zu trinken. Mein Flüssigkeitsmangel tags (Warteschlangen, Autofahrten, keine öffentlichen Toiletten für Frauen) konnte dadurch aufgefangen werden; den Schlaf holte ich im Auto nach, das die meiste Zeit in Verkehrsschlangen stand. Insofern ging es mir in dieser Woche bestens. Der Kinderheimgeruch fehlte mir nicht im Geringsten.

Wäre da nicht Mary-ohne-Körper gewesen. Mary nur als Bild, als Klang, als Geruch. Doch niemals als Kind, als Mary-ganz.

Wie die Liebe weiterging, ohne mich

Es war dunkel, mitten in der Nacht, die Straßenlampen schienen erst hinter Heidis Garten, das Moskitonetz war das Hellste in unserem Raum, eine Kuppel engmaschiger Löcher, die uns umschloss. Hunter hatte auf seiner Seite ein Bein hinausgestreckt, es war so weiß wie das Netz, sodass ich es ebenfalls sah. Die Lücke, die er damit für Mücken schuf, konnte ich mir lebhaft vorstellen, auch ohne sie zu sehen. Hunter lag auf dem Rücken und atmete unregelmäßig. Als ich ihn mit Flüstern und An-der-Schulter-Schieben so weit gebracht hatte, dass er sich auf die Seite drehte, von mir weg, atmete er schwer weiter, wenngleich leiser. Ich wollte ihn nicht aufwecken, jeder von uns brauchte seinen Schlaf, er und ich und Mary, die zwischen uns lag, wo sie viel kleiner wirkte als tagsüber. Sie war so dunkel, dass ich sie nicht sehen konnte, und auch sie schnarchte, aber leichter und schneller als Hunter, und ich war allein wach bis auf Mausi vielleicht, die draußen herumkroch. Ich hätte mich glücklich fühlen können, so zu dritt im Bett (und kein viertes Wesen, sprich keine Mücke dabei, soweit ich hören konnte). Die Palme im Garten rauschte versöhnlich, der Ventilator war ausgeschaltet, ich dachte an den indischen Kuckuck, wie er verborgen in der Bananenstaude saß und schlief, den Kopf unter einen Flügel gesteckt, auf dass das Gehirn zwischen den leichten Flugknochen schwebe, sich fülle mit Vogeltraum. Heidis Kommode lehnte sich schwarz an die graue Wand, unsere Kamera lag darauf, die Packung mit Marys Windeln. Im Nu hatte das Zimmer sich verwandelt, mit Kind-Dingen gefüllt. Unsere Koffer warteten in der rechten Ecke, zwischen den Fenstern, auf uns. Ich war glücklich und war es nicht, da lag ich auf der Seite, den Kopf in die Hand gestützt, spürte Marys Füße an meinem Bein (nachts unterschied sie nicht zwischen Hunter und mir) und hörte Hunter schnaufen. Er sah aus wie ein Mannberg, so von hinten, und ich fühlte, dass meine Liebe leise zur Zimmertür schlich. Tagsüber wollte ich meine Gefühle nicht wahrhaben und geriet zurück ins Paarsein und Rechtfertigen (»Hunter hat schlechte Laune«), und da passierte es nachts, und jede Nacht wieder: Die Liebe schlich zur Tür und schlüpfte hinaus, während die Liebe zwischen anderen, etwa Hunters Liebe zu Mary, dablieb, ohne mich.

Das Multikind

Am siebten Tag nach der Adoption, einem Freitag, war es geschafft. Wir hatten alle Unterlagen besorgt, ein freies Wochenende lag vor uns. Abflug früh am Montagmorgen.

Mary erwies sich als Fels der Beständigkeit. Die Gerichtsübergabe war eine Woche her, an ihrem Verhalten hatte sich, abgesehen von Einbus, Zweibus, nichts geändert. Sie zerriss Heidis Magazine, hätte auf ihr Sofa gepullert, hätte sie dort geschlafen, bewunderte Gurpal, parlierte mit Dayawati, lehnte Heidi immer stärker ab, ließ sich von Hunter tragen, füttern, windeln, eincremen, anziehen, streicheln und lieben.

Zwei Tage noch auf der Insel, dann der Flug. Mein Blutdruck stieg. Dass es mir zusetzte, dass ich Mary nicht berühren durfte, konnte ich angesichts der Reise als praktische Bedenken getarnt erneut vorbringen. Wie geht man mit einem lebhaften dreijährigen Kind um, das alles macht, was Dreijährige so tun: rennt, klettert, agiert, hat einen eigenen Kopf, nur kennt es, anders als durchschnittliche Dreijährige, seine Welt so wenig wie ein Baby. Es langt auf Herdplatten, kalt oder glühend, nicht einmal dieser Unterschied ist vertraut. Es hat nie ein Messer gesehen, geschweige denn in der Hand gehalten. Mary ist null Jahre und möchte-gern-vier Jahre alt zugleich und alles dazwischen ebenfalls, und man kann nicht mit ihr sprechen wie mit anderen ihres Alters, weil man sich wechselseitig nicht versteht.

Es gibt inzwischen ein paar Formeln, die wir austauschen, bis heute weiß ich, was »ich muss pullern« auf Singhalesisch heißt. Hunter brachte ihr ein Wort fürs Kacken bei, das es auf Deutsch nicht gibt, sie glaubte daran wie an den Weihnachtsmann, so hätten wir den Vorgang auch nennen können, und dann hätte sie gesagt »ich muss Weihnachtsmann«.

Erneut: Wie umgehen mit einem Kind, das so lebendig ist, so unerfahren, einem Kind, das man vor allem schützen muss. Zu diesem »allem« musste man auch Heidis Möbel zählen, ihre Bücher, Gläser, Kissen, Schildkröten, Schubladen (unbekannt), Wasserhähne (unbekannt), Steckdosen. Ich lernte, eine Windel an Mary zu wechseln, ohne Mary zu berühren. Sie versuchte, alles selbst zu machen, ich durfte am Ende zuzerren. Manche Windel wölbte sich stark nach vorn statt nach hinten. Ich lernte Gleichmut. Zudem lernte ich, Mary abzuputzen, ohne sie zu berühren (dem Tuch war Hautkontakt erlaubt), ich lernte sie zu füttern, ohne sie zu berühren (das war leicht, wenn auch nicht nur). Es war ein Fortschritt, dass sie zuließ, dass ich den Löffel hielt, während der Löffel ihren Mund berührte, denn sie nahm sehr wohl wahr, dass er eine materielle Verbindung zwischen uns herstellte, eine Art Vorform von Berührung.

Es ist auch schwierig, ein Kind vor dem Fallen zu bewahren, wenn man es nicht auffangen darf, also bewahrte ich Mary nicht vorm Fallen. Sie saß auf Hunters Schoß, er und sie schauten mich an. Positiv denken, my dear. Ich begriff, dass das hier wirklich nützlich war (sprich der einzige Weg). Ich durfte eine Puppe bewegen. Hunter wie Mary waren hervorragende Zuschauer. Ich sah, wie meinem Mann, auf dem das Kind saß, das die Augen aufriss und hellwach war, und zwar mindestens für achtzehn von 24 Stunden, wie meinem Mann ständig die Augen zufielen. Ab und an schlief er ein. Ich gönnte ihm diese Kurzerholungen. In den verbleibenden sechs der 24 Stunden schlief Mary schließlich keineswegs kontinuierlich. Die Adoption, all die Veränderungen. Durch ihren Körper rauschte wochenlang ein Adrenalinfall, nehme ich an. Oder es war all die Aufmerksamkeit, die ihr nun galt.

Wir schütteten Energie in sie hinein. Sie platzte schier. Und trug dieses Besitzfunkeln im Blick, ein »ihr gehört mir«. Es kam mir nicht richtig vor, leider wusste ich auch nicht, was dagegen tun. Ihre Vorstellungen von Elternschaft waren jedenfalls wilder und diverser als unsere. Sie lernte es von Grund auf. Wir hatten gedacht zu wissen, was es heißt. Wir lernten ebenfalls. Von Grund auf.

Mit flatternden Segeln

Bereits nach dem ersten Wochenende litten Hunter und ich an akutem Schlafmangel. Unser Multikind (Kleinkind und Säugling in einem) hatte keinen Rhythmus oder einen gestörten. Man sagte uns, das sei üblich. Wir waren dauerwach und angestrengt – üblich. Mary trank nur Wasser – unüblich. Es beruhigt lange nicht so effektiv wie Milch. Sie war zu schwer, um stundenlang auf dem Arm hin und her getragen zu werden, ich kam dafür ohnehin nicht in Frage, und Hunter gab spätestens nach einer Viertelstunde auf. Mary war ein exzellenter Ofen – bei dreißig feuchten Grad Nachttemperatur wünscht man sich allerdings einen Ventilator.

Ich fand, dass Hunter, der ja immerhin tagsüber schlief, während ich entertainte, also ausgeruhter war, wenigstens am Abend nette Dinge zu mir hätte sagen können. Ich hoffte, dass er sie wiederfinden würde. Dass meine Erklärung »er ist halt im Stress« richtig war und die Liebe gestärkt zurückschleichen möge, zu uns. Ein »du machst das klasse« oder »harri harri« oder schlicht eine Umarmung hätten mir geholfen. Vielleicht dachte er, *ich* sollte »harri harri« zu ihm sagen und ihn in den Arm nehmen, und ich muss gestehen, dass ich nicht mehr weiß, ob ich es überhaupt versuchte.

Es musste ja auch gemeint sein.

Hunter wies darauf hin, dass ständig dahocken anstrengend sei. Ich hingegen stehe, also habe wenigstens Luft um mich herum, auf ihm hingegen sitze das Kind. Tatsächlich wog das Kind nun bereits zwölf Kilo, sie hatte bei Dayawati und Rülps-Gurpal flugs zugenommen, und maß hundert Zentimeter, also wuchs, obwohl sie kaum schlief. Ein Mensch ist überhaupt ein Ofen, und wenn er in Sri Lanka ist, ist er ungewollt ein heißer Ofen, weil der starke Sonnenschein zusätzlich auf ihn fällt, also schwitzte Hunter auch tags so stark unter dem Kind, dass ihm die Augen trotz aller guten Vorsätze zufallen mussten.

Er sprach und sprach und versuchte, damit den anderen Grund für die Müdigkeit zu verstecken. Heute glaube ich, dass das sich abzeichnende Familienleben Hunter zusetzte. Nicht das gegenwärtige und die Aussicht auf das zukünftige, sondern das vergangene. Sein vergangenes. Mein Lebensmensch kreuzte, mit flatterndem Segel, gegen den Wind. Der Curry wühlte ihm im Bauch, die Kindsituation in der Identität. Er wollte es nicht zeigen, vielleicht auch mich nicht damit »belasten« (sich nicht öffnen).

Ich hatte nicht geahnt, welche Ängste sich mit dem Thema Familiengründung in seinem Fall verbanden. Er hatte mir seine Geschichte erzählt, in dürren Ausschnitten, die ich damals noch für alles hielt. Die Kindheit seiner Mutter war ein Tabu. Dass er eine alkoholkranke Schwester hatte, erfuhr ich erst nach der Trennung. Anderes hatte er vielleicht selbst nicht *in so many words* gewusst. Man erkennt nur Teile, allemal im eigenen Ich, und ordnet sie zu Mustern, die kurz darauf anders aussehen können. Eben solch eine Musterverschiebung geschah durch die Adoption, und sie brachte etwas an die Oberfläche. Ich nehme an, dass ihm deshalb so besonders heiß und so besonders müde zumute war.

»Du bist mein Erdgeschoss«

An einem dieser Abende freilich war er reizend. Gewiss nicht zufällig kam ein Händler von sri-lankischen Edel- und Halbedelsteinen während eines unserer letzten Abendessen bei Heidi vorbei. Vermutlich kassierte unsere Gastgeberin eine Provision, meiner Meinung nach wäre das auch angemessen gewesen. Hunter kaufte mir einen silbernen Ring mit verschiedenen bunten, auf der Insel gefundenen Edelsteinen, und ein ähnlich gearbeitetes Armband. Ich war überrascht und – erleichtert. Das verschenkte Herz: wie freute es sich.

Zur »Geburt« des Kindes also. Mein Vater hatte meiner Mutter einen Januarstrauß aus Tulpen und Narzissen überreicht, um meine gelungene Ankunft zu feiern. Eine Zeitlang war mit jedem Jahr eine Narzisse oder Tulpe hinzugekommen. Inzwischen war ich alt, also ein zu dicker Strauß, und mein Vater kaufte nichts mehr. Der mir überreichte Strauß bestand aus leuchtenden, sri-lankischen Steinen. Ein derartiges Geschenk war eine zwischen uns ungewöhnliche Geste.

Und eine Art Talisman. Einen Talisman braucht man vor allem, wenn man Angst hat oder etwas beschwören möchte. Hunter wollte vielleicht beides, ich ebenfalls. Ich hatte Angst. Angst vor all dem, was auf uns zukam und was auf mich zukam und was auf das Kind zukam und was ich wahrnahm, wenn ich bei dem Kind war, und was auf uns alle drei zukam.

Bis heute hat dieses »Zukommen« nicht aufgehört.

Durch Mary bin ich auf andere Weise als zuvor in der Welt. Das sagen viele über das Elternwerden. Schlagartig hängt man so … so fest an den Dingen und an den Lebensumständen und an den Gefahren, und alles wird größer oder kleiner, jedenfalls hat es sich verschoben, und man hat nun auch mehr Angst um sich, des Kindes wegen, das von einem abhängt, hat mehr Angst um alles, weil die Sorge für und Liebe zu dem Kind hinzugekommen sind. So erleuchtet das Kind die Welt auch auf diese Weise, die Vorsichts-Weise. Die Anhänglichkeits-Weise.

Man beginnt, ein Zuhause zu schaffen. Ich glaube, ich dachte damals darüber vor allem konkret: Spielzeug und Kleidung, Nahrung und Zuwendung.

Zwei Jahre später, Mary und ich spielen in der Küche, ich glaube, sie malt, zwischendurch rühre ich Grießpudding, es ist ein grauer Berlintag, irgendwann im Herbst, unser Hund liegt auf dem Sessel und schläft, steht Mary mit einem Mal neben mir, hält mir die eben angefertigte Zeichnung mit buntem Haus und lachender Mary hin und sagt: »Mama, du bist mein Erdgeschoss.«

Mary Fünf-Jahr.

Ich breche in Tränen aus.

Abschied vom Kinderheim

In der Autofahrwoche hatte Marys Lächeln sich so weit geöffnet, dass man die makellosen Ansätze ihrer weißen, mäusisch spitzen Milchzähne sah. In ihren Augen wanderten freundliche Blitze auf und ab und manchmal wie zum Augenrand hinaus. Ihr Haar war kurz geschnitten wie bei allen Kindern im Heim, wir hatten gesehen, wie die Friseure kamen. Behandelt wurde draußen, jedes Kind saß in einem blauen Kittel auf einem Stuhl und hielt still. Kurze Haare mussten nicht gekämmt werden, waren läusesicherer und kühler.

Am Abend unseres letzten Freitags in Colombo brachten wir Mary in das Heim, wo wir eine Abschiedsfeier für das Kind ausrichteten, mit allen Kindern und Pflegerinnen außer Kumari, die weggesperrt blieb, und Thilini, die, sagte man, die Stadt bereits verlassen hatte. Statt Süßem wurden Obst und Würste angeboten. Es war also durchaus auch eine deutsche Abschiedsparty, gepimpt mit Vitaminen. Wir hinterließen reichlich Geschenke für den »Kindergarten« und hofften, dass sie dank Menge länger als 24 Stunden überleben würden.

Und wir überreichten den Schwestern einen englisch geschriebenen Brief an Thilini, in dem wir uns bei ihr bedankten. Für ihre Fürsorge für Mary. Dafür, dass sie ihr mit der Adoption ein neues Leben eröffnete. Wir versprachen, das Kind zu erziehen, in allem zu versorgen, seine Beziehung zu Sri Lanka zu pflegen. Es zu lieben.

Schwüre sind selten geworden in unserer Welt. Vielleicht, weil sie etwas Heiliges berühren? Man sagt eventuell einmal »ich schwör's dir«, aber das ist mehr Floskel als Ernst. Der Rest sind Verträge. Vor Richter Mohammed hatten wir, wie verlangt, auf die Wahrheit geschworen. Doch nur das Versprechen an Thilini war auch gefühlt ein Schwur.

Als wir nach dieser Feier endgültig aufbrachen, was Mary ohne jegliches emotionales Zögern geschehen ließ, ja, eilends stieg sie zu uns ins Auto, sagte eine der Mutter-Teresa-Schwestern in meinem Rücken »immerhin«.

Ich drehte mich um. Eine zweite Schwester konnte sich das Grinsen kaum verkneifen und ergänzte bereitwillig: Wir hätten das trotzigste Kind adoptiert, das man je im Heim gehabt hätte.

Das gaben sie uns mit auf den Weg.

Und riefen uns, als wir alle im Auto saßen, nach: Übertroffen werde Marys Trotz nur vom Trotz ihrer leiblichen Mutter.

Hilfe, ich muss erziehen

Ich war ungemein stolz in diesem Augenblick auf mein Kind. Daraus kann man Schlüsse ziehen, die mich betreffen. Zum Beispiel: Ich war naiv als Mutter. Stimmt. Oder: Diesen Stolz sollte ich noch bereuen. Stimmt nicht. Und: Mit diesem Trotz würde ich noch umgehen müssen. Stimmt vollkommen. Ich selbst bin ein in diesem Marysinn trotziger Mensch: stimmt partiell. Ich könnte mehr davon brauchen oder habe mir das, was ich davon habe, nach meiner gründlich »weiblichen« Sozialisation erst erarbeiten müssen.

Mary war willensstark. Im Kinderheim ging das so: Hatte man sie geschimpft, kauerte sie eine Stunde oder auch zwei oder drei oder auch einen ganzen Tag in der Ecke vorn bei den Fenstern auf dem Boden, wo sie sich nicht mehr rührte und auch mit Nahrungsangeboten in keiner Weise zu bestechen war. Drei Mal hatten wir sie so angetroffen.

Schon hier zeigte sich: Mary mit Strenge zu behandeln war keine sonderlich erfolgreiche Erziehungsmöglichkeit. Auf Essen verzichtete sie bereits als Dreijährige, ohne eine Miene zu verziehen.

Uns hatte man beigebracht, dass man Kinder erzog, indem man Grenzen setzte. Das klang hervorragend, ja wirkte milde und weise, führte indessen in der Praxis sofort, nämlich innerhalb von Sekundenbruchteilen zu der Frage, wie man die gesetzten Grenzen rettete. Also erhielt. Setzungen müssen Folgen haben, angenehme und nicht so angenehme. Sonst bleiben sie irreal, wie meine und Hunters Worte, die etwas verboten hatten, irreal blieben, wenn es keine Konsequenzen gab. So viel war uns klar: keine Strafen also, sondern Was-auch-immer, um Nicht-Verbote durchzusetzen.

Verbote waren abgeschafft, nur um als Grenzen wiederzuerstehen. Eltern wissen, wovon hier die Rede ist. Als ich meiner

Tochter Jahre später androhte, dass sie, wenn sie nicht endlich das Handy ausschaltete, nichts zu essen bekäme, war das so sinnlos, dass ich, als ich merkte, was ich da eben sagte, zu lachen anfing und wir beide herzlich weiterlachten.

Zu diesem Zeitpunkt waren wir bereits durch zahllose »ich will das«-, »du willst dies«-Situationen gegangen.

Bestrafen war nicht notwendig. Notwendig war Achtung. Die Handyfrage hatte sich mit dem Lachen entspannt. Wir schlossen dann einen Kompromiss: noch fünf Minuten, und Schluss für den Tag.

Wir waren große Kompromisslerinnen geworden, Mary und ich. Wenn ich etwas von ihr wollte, erklärte ich ihr, warum. Anfangs hatte sie mich erstaunt: In Nullkommanichts hatte sie nach der Ankunft in Berlin gelernt, dass man bei Rot an der Ampel nicht weiterläuft. Einmal erklären genügte. Das war besonders verblüffend, weil sie meine Worte inhaltlich gar nicht verstand. Sie lernte eben erst Deutsch, das Wort »Auto« war ihr in meinen Sätzen vermutlich als einziges vertraut.

Was also war passiert? Sie hatte Sorge und Angst in meiner Stimme gehört? Meine Gefühle bewirkten, dass sie die Warnung ernst nahm?

Natürlich klappte das nicht in jedem Fall. Ich wurde beschimpft, die Tür knallte. Als Mary älter wurde, machten wir Listen und verhandelten. Nun habe ich einen Teenager, der abenteuerlich verstiegene Argumente gegen meine Ansagen und Ideen vorbringt, deren Nicht-Logik durch hitzige Überzeugtheit ausgeglichen wird.

Erzogen wurde auch ich. Ich lernte, ohne Wegnehmen oder Einsperren auszukommen. Schlimm war, wie oft mir anfangs eben dies und nur dies einfiel. In Auseinandersetzungen, die es mit meinem Vater regelmäßig und mit meiner Mutter etwas seltener gegeben hatte, waren Mittel dieser Art großzügig zum Einsatz gekommen: Schläge, Arbeitsdienste (Steine aus der Erde klauben, jeden Tag die Terrasse fegen, sämtliche Einkäufe für die Familie erledigen und nach Hause schleppen), stundenlanges Eingesperrtsein. Ich erinnerte mich an Ausbruchspläne, an Fantasien, in denen ich mir vorstellte, wie meine Eltern bei einem Autounfall ums Leben kamen und ich die Familie übernahm (meine Schwester und mich). Letzteres war sehr traurig gewesen und sehr befriedigend.

Nichts davon brauchte ich in meinem Leben noch einmal.

Nichts davon wollte ich an meine Tochter »weitergeben«.

»Sonnig«

Trotz ist Unglück. Er ist eine Grube. Mitunter fiel Mary hinein. Dann brauchte sie eine Leiter. Eine Hand.

Also: mich selbst beruhigen (der Affe klettert vom Baum). Abwarten, hingehen, sprechen. Hinter dem Trotz saß eine Mary, die sich Ermahnungen und Unfrieden zu Herzen nahm. Ich erinnerte mich daran, wie man sich in derartigen Situationen als Kind fühlt. Ich erinnerte mich an die Abhängigkeit von den Erwachsenen, das Ausgeliefertsein. An das Elend »sie bestimmen über dich«.

An mir war es, meine Tochter aus diesem Unglück zu holen.

Es dauerte unterschiedlich lang, bis sie die Hand nehmen konnte. Und ich bereit war, für die Leiter zu sorgen. Mit der Zeit wurden wir besser, jede von uns trainierte sich ein Stück Vergangenheit ab. Vielleicht klappte es auch deswegen. Es hatte nun endlich einmal einen Vorteil, dass meine Kindheit nicht allzu »sonnig« gewesen war.

Marys Herkunft

Ich erzähle Mary, dass ihr Leben ohne Adoption wie Kumaris Leben verlaufen wäre. Sie wäre im Heim groß geworden und hätte dort bei der Arbeit geholfen. Die Schwestern hätten versucht, sie zu verheiraten. Es hätte dafür nur überaus eingeschränkte Möglichkeiten gegeben.

Mary erinnert sich nicht an Kumari. Sie staunt mich an.

Wir sprechen über Thilini. Mary erinnert sich nicht.

Identität ist kein Zustand, sie ist ein Prozess.

Ich dachte an Thilini, wenn Mary »trotzig« war.

Ich glaubte nicht mehr an den »Trotz«.

Ich sah Fragen, Unverstehen. Mit Trotz hatte Thilinis Verhalten im Kinderheim nichts zu tun. Sie hatte sich dagegen gewehrt, dass man ihre Angst nicht sah, ihren Willen nicht ernst nahm. Und sie tat mir unendlich leid.

Unser Berliner Straßenleben

Mary akzeptierte Windeln. Unterhosen nicht. Leggings gingen anfangs, dann von einem Tag auf den anderen nicht mehr. Nie hat sie Seidenstrümpfe auch nur anprobiert. Alles, was der Haut dicht anliegt, ist ihr zuwider. Nach drei Jahren der Fast-nicht-Bekleidung gewöhnt ein Körper sich nicht mehr vollständig um.

Das größte Problem waren Schuhe. Eng, trotzdem notwendig. Mary wusste nicht, was Scherben sind. Sie trat hinein. In alles. Mit viel gutem Zureden und Spielen ließ sie sich vor dem Hinausgehen in der Wohnung Sandalen anziehen. In Sri Lanka hatte sie ebenfalls Sandalen getragen. Nun war alles elend, Sandale hin oder her. Kaum erreichten wir die Straße, warf das Kind sich zu Boden und schleuderte die Schuhe von sich. Der Hund musste dringend raus. Der Hund wollte rennen und ein bisschen

Hundeleben haben. Ich wollte, Kompromiss zwischen Kind und Hund, wenigstens einmal um den Block. Mary wollte nicht und wollte doch (Spielplatz – dorthin wollte der Hund auf keinen Fall, weil er draußen am Zaun angebunden wurde. Damit musste der Hund zurechtkommen. Netterweise fing er meist erst nach zwanzig Minuten an, so laut zu heulen, dass wir gehen mussten). Mary wollte zum Spielplatz gebeamt werden, der Hund wollte in den Park und dann direkt zu seinem Fressnapf, ich wollte für zehn Minuten allein sein, kam nicht mal auf eine Minute. Der Weg schien unüberwindlich und war es, wenn ein Teil des Trupps auf dem Gehweg saß, die Schuhe weggeschleudert hatte und sich nicht mehr rührte.

Das Fremde fiel über Mary her.

Hund und ich lernten, es auszuwarten.

Auswarten: warten, bis das Bodenleben Mary langweilig wurde. Irgendwann stand sie auf, war schuhbereit, ging ein Stück. Warf sich auf den Gehweg, riss sich die Schuhe von den Füßen, schleuderte sie weg. Ich sammelte sie ein. Meterweise kamen wir voran. Der Hund gewöhnte sich daran, seine Notdurft vor dem Haus zu verrichten. Nicht schön, aber gesünder für den Hund als weiteres Warten. Als ich auf dem Spielplatz secondhand ein Laufrad ergatterte, weil ich sah, wie Mary es bewunderte und die Mutter des Kindes es loswerden wollte, besserte sich das Problem schlagartig. Ich rannte. Dem Hund gefiel das, wenn er auch kaum mehr zu gewissen wichtigen Hundedingen kam. Mary fand die Schuhe nützlich beim Laufradfahren. Sie konnte sich mit ihnen kräftiger vom Boden abstoßen, also schneller werden.

Wir kamen voran. Atemberaubend.

Sollte Mary ein paar Schritte tun, kehrte das Problem wieder. Ein-Schuh flog. Zwei-Schuh.

Ich erinnere mich nicht zu knapp an Stunden auf Gehwegplatten. Heiße Stunden. Zuweilen dachte ich an die Waschfrau auf dem flachen glühenden Dach des Kinderheims, wie sie die ausgewrungenen Kleider und Hemden nebeneinander auf Laken legt, sie glatt streicht. Schmelzender Teer, das Rauschen des Verkehrs, ein fernes Meer. Die Sonne brennt. Jedes Kleid beschwert ein Stein. So fliegt sie nicht weg, die kleine Stoffgestalt.

Fragend sah ich mein Kind an. Ich fing an, ihm Geschichten zu erzählen: Die Waschfrau steht auf dem Dach. Es glüht und der Himmel fällt herab. Da steht sie am Meer. Das rauscht und steigt in ihren Kopf. Sie ist ein silberner Fisch. Im Meer schwimmt der Himmel, als zweites Meer.

Damit, dass wir auffielen, hatte ich mich abgefunden.

Mehr noch: Heimlich amüsierte ich mich über das Rätselraten der anderen.

Ersatzkind »Ich«

Die anderen Dreijährigen und älteren Kinder spielen miteinander. Sie verständigen sich, Mary kann nicht mithalten. Also bleibt sie bei mir, ich bin ihr Ersatzkind auf der Wippe, im Kletterschiff, im Sand. Während die anderen Eltern auf den Bänken rundum sitzen und ihren Latte trinken, bin ich in Bewegung. Legen wir eine Pause ein, spüre ich verstohlene Blicke. Diesmal haben sie nichts mit meinem Familienleben zu tun, sondern mit der sozialen Klasse. Rundum kann man sich nicht deuten, was man sieht. Für die Nannykonstellation sind das Kind und ich falsch herum gefärbt. Ich sollte braun sein, sie weiß. Aber so?

Ergebnis: Man spricht nicht mit uns.

Zwei Ausnahmen gab es. Nichtdeutsche Eltern sowie nichtdeutsche Kinder. Leider redeten sie meist auf Englisch mit uns, was Mary nicht beherrschte.

All dies erlebte ich ohne Hunter. Hunter erlebte es ohne mich. Und er erlebte es anders. Was nicht nur daran lag, dass wir selten zu dritt unterwegs waren (während er das Kind betreute, arbeitete ich. Und umgekehrt). Es lag daran, dass Hunter nie für eine Nanny gehalten wurde.

Mit ihm sprach man. Er war eben der Vater eines bunten Kindes, ein Mann mit einer nicht-weißhäutigen Frau.

Das sahen alle, da wussten alle gleich Bescheid.

Hunter und ich teilten uns die Kindbetreuung auf. Das war vorab so abgesprochen und klappte anfangs auch gut. Also wie üblich: Ich denke, ich machte mindestens siebzig Prozent. Er sagte, ja, du machst mehr, maximal sechzig.

Ab und an waren wir zu viert unterwegs (mit Hund), doch insgesamt sahen Hunter und ich uns sehr viel weniger als vor Marys Ankunft.

Mary springt

Zwei Jahre sind vergangen. Mary und ich gehen von der Ergotherapie nach Hause. Wir sind dort, weil Mary nicht spüren kann, wo ihr Körper anfängt, wo er endet. Infolge einer frühen Bindungsstörung. Sagt man. Ich bin froh, dass die Diagnose existiert. Die Symptome existieren jedenfalls. Wäre Marys Haut wie meine, sähe man überall blaue Flecken. Sie stößt an Wände, an Türen, an Möbelkanten und Tischbeine. Sie sitzt und verletzt sich. Bei fast jeder Mahlzeit wirft sie ihr Glas um. Kein Schal, keine Mütze, nichts. Sie friert nicht. Sie wird allerdings auch nicht krank. Sie kuschelt zart und gnadenlos und wild. Ab und an knackt sie mit dem Kopf. Noch immer schüttet sie sich Zucker zum Aufschlecken in die Hand. Unser Kompromiss: nur in die Kuhle, die sich knapp über dem Handgelenk bildet, wenn man die Hand anspannt und den

Daumen abspreizt. Am Kopf hat sie zwei kahle Stellen, über die wir Haare kämmen. Die angebliche Hitzebeule, mit der sie in Berlin ankam, beschäftigte uns wochenlang. Sie war voller Eiter. Eine zweite Beule bildete sich. Würmer? Andere Parasiten? Tropeninstitut? Am Ende half ein bestimmtes Antibiotikum, verbunden mit einem strikten Berührungsverbot. Auch nachts. Mary trug ein Stirnband, mitten im Sommer. Es war grün, war von mir. Sie lachte.

Nun, in der Ergotherapie, breiten die Therapeutin und ich ihr ein Tuch über die Augen, damit sie nichts mehr sieht. Wir spielen. Mary liegt auf dem Boden, wir legen Kissen auf sie. Sie fühlt sie nicht. Die Therapeutin und ich drücken wechselnd auf das eine oder andere Kissen: unten an Marys Fuß, auf ihrem Bauch, links oder rechts. Seit Wochen machen wir dies. Wir hoffen, immer weniger stark drücken zu müssen, bis Mary uns sagen kann, wo das Kissen ist. Bis sie die Berührung spürt.

Die Sitzungen finden im vierten Stock eines alten Hinterhofhauses in Berlin statt, wir hüpfen die Treppe hinunter. Nach dem letzten Absatz gehe ich voraus. Mary wartet oben und springt mir über die Stufen hinweg in die Arme. Wir haben es ein paar Mal so gemacht. Diesmal bin ich kaum unten, als sie mir schon entgegenfliegt. Sie ist fünf Jahre alt und wiegt vielleicht zwanzig Kilo. Ich kann sie gerade noch auffangen, taumele nach hinten, fast stürzen wir zu Boden.

Ich erkläre ihr, dass sie so nicht springen kann, zumindest nicht mehr: ohne Ankündigung, einfach in die Arme. Von der Küchenanrichte macht sie es auch. Lässt sich auf die Anrichte setzen, steht auf, hebt ab. Bisweilen ist es, als springe sie einen an – sie prüft, ob man da ist, ganz da, ob es immer gilt, Sekunde für Sekunde, und verlässlich ist, denn das Testen (ich teste euch als Eltern) geht weiter in all diesen Jahren.

Meine Treppenworte versteht sie, versteht meine physische

Grenze. Nach zwei Jahren Erfahrung (»Mama fängt mich«) sind wir so weit, dass Mary auch ohne täglichen körperlichen Beweis daran glauben kann.

Bis heute fragt sie ab und an auf rührende Weise, auch wenn sie längst zu groß ist, um in die Arme zu springen, ob ich bereit bin – »bist du bereit, Mama?«, etwa um loszugehen oder neben ihr mit dem Fahrrad zu fahren oder gemeinsam mit ihr etwas Schweres zu heben. Andere hören es, denken sich nichts. Ich höre es, denke vieles, sage nichts. Mary handelt aus unserer gemeinsamen Geschichte heraus, ich weiß es, sie weiß es, und jede weiß von der anderen, dass sie es weiß – und an diesen Stellen, da, in diesem Gespinst aus Taten und Ritualen und kleinen Erinnerungen und überlebten und überstandenen Abenteuern, aus diesem Gespinst heraus sind wir Mutter und Tochter. Daher speist sich meine Elternschaft.

Aber das wollte ich gar nicht erzählen.

Ich wollte von unseren letzten beiden Tagen in Colombo erzählen.

Von Krähen und Hunden

Schweife ich ab, um ein unangenehmes Ereignis zu vermeiden?

Im Gegenteil. Ich versuche, die »kleine Gnade« hinauszuzögern. Es ist eine Freude, sie vor mir zu haben. Und schwierig, sie wiederzugeben.

Kleine Gnade.

Mehr fällt mir erst einmal nicht ein. Ich versuche, den Moment wenigstens im Rückblick zu fassen. Flüchtig, nichts »Großes«, nur entscheidend. Kaum etwas davon war überhaupt sichtbar. Ein Augenblick – versteckt in hellem Tageslicht, in der Bewegung zweier Körper, in einer auf einen Hund gerichteten Aufmerksamkeit. Auch ein paar Krähen waren dabei.

Wie es nennen, dieses »du hältst mein Leben, mein Ich« in der Hand?

Ohne Tiere hätte es nicht stattgefunden, nicht so, nicht zu diesem noch frühen Zeitpunkt.

Es geschah nicht etwa aufgrund eines Fehlers, der Mary unterlief. Es geschah bewusst. Und wurde von ihr gesteuert.

Es war: ein Kategorienwechsel.

Wir beide wussten das sofort. Wortlos.

Ich hütete mich, das Geschehene zu kommentieren.

Gehütet hätte ich mich auch, wenn Mary mein Deutsch verstanden hätte. So, wie es war, kam ich gar nicht in Versuchung.

Genauer: Schon gleich, als es geschehen war, fehlten mir die Worte.

Es musste sich auch noch erweisen. Ich wusste zwar, was es bedeutete, doch konnte mir nicht sicher sein, wie stabil diese Bedeutung wäre.

Ich kannte mein Kind noch nicht gut genug.

Was schreibe ich da? Noch? Wie gut kennt man einen Menschen je?

Und ist es nicht sinnvoll, sich der Grenzen dieses »gut« bewusst zu sein?

Ja, sie zu begrüßen?

Die gelbe »Krähe«

Ein Vogel flog auf, bei Heidis Haus, der Rücken grünbraun, unscheinbar, die Flügel indes leuchteten in den verschiedensten Blau- und Grüntönen, metallisch, changierend. Er krächzte laut und heiser, fast als wäre er eine Krähe, streckte zum Landen die gelben Füße aus.

Als er saß, sah ich seine goldene Brust.

Kleine Gnade

Für den Abend unseres letzten Samstages in Colombo hatten wir Heidi in ein Hotelrestaurant im Zentrum der Stadt eingeladen, dessen Besuch sie sich wünschte. Wir wollten uns bei ihr bedanken, und natürlich würde auch Mary mit von der Partie sein. Den Tag indes verbrachten wir zu dritt, Hunter, Mary und ich, in dem Hotel auf dem höchsten Punkt des Hügels, an dessen Fuß Heidis Haus lag. Es verfügte über einen outdoor, auf der Klippenterrasse gelegenen Swimmingpool, und wir lernten, dass nicht einmal kleine Kinder, allemal nicht kleine Mädchen, in Sri Lanka ohne Hose gesehen werden dürfen. Sie dürfen nur mit Hose und Bikinioberteil oder T-Shirt ins Wasser gehen, wobei niemand darauf achtet, ob die Hose, die die Kinder tragen, sich über eine Windel spannt oder nicht. Hose ja, Sauberkeit nein. Die Kleinen durften ins Wasser machen, sehen indes durfte man nichts, auch die Nippel einer Dreijährigen waren tabu. Nicht einmal Umziehen neben der Liege war erlaubt.

Wir saßen auf der weitläufigen, partiell überdachten Terrasse des Hotels, und Mary war ausgelassener Stimmung. Die Verpflanzung aus dem Kinderheim in unseren Aufmerksamkeitsraum schob sie weiterhin so kräftig an wie der Booster eine Rakete. Der Start ist laut. In Marys Kopf muss es ebenfalls laut gewesen sein in diesen Tagen, ihr gesamtes Leben hatte sich innerhalb einer Minute geändert. Alle ihr bislang vertrauten Gesichter waren verschwunden. Sie schlief nachts, wie man es erwartete, wollte im Gegenzug mittags keineswegs schlafen, bis sie auf ihrem Vater wegkippte und beide auf Heidis Sofa umsanken, was dazu geführt hatte, dass auf Heidis Sofa ein Urinfleck aus Marys undichter, weil übervoller Windel erschienen war und wir eine extrem teure Kissenreinigung bezahlen und viel heidischen Unmut über uns ergehen hatten lassen müssen.

Mary war aus dem Treewiller gesprungen, der uns gegen elf Uhr zum Hotel hinaufgebracht hatte, und auf einen der Wachmänner zugerannt. Als verkörperte Anti-Gurpals hielten sie sich aufrecht, rülpsten keinesfalls und trugen eine Art Fantasielivree: blaue Hose, rote Jacke, Goldknöpfe, Kordeln und Tressen. Kamen denn vorwiegend Touristen mit heimlicher Kolonialsehnsucht hierher? Kauften sich ein Stück Herrschaft und ließen sich »Sahib« nennen? »Sahib« sagten die Watchmen nicht nur zu Hunter, sondern auch zu mir.

Oder wollte man gezielt ins 19. Jahrhundert zurückreisen, um sich von der Gegenwart zu erholen?

Das vielfach umgebaute Hotel hatte einst dem britischen Gouverneur Colombos als Residenz gedient. Weiß, elegant, gleichwohl festungsartig thronte es auf einem Felsendorn am Ende ebenjener lang gezogenen Bucht, in deren nördlicher Krümmung sich Colombo erstreckt. Zwischen der Stadt und dem Felsen der Residenz, der Sicherheit vor Horden einheimischer Menschen, Überblick und Kanonen-Bestreichung über das Wasser hinweg garantierte, fand sich ein langer Streifen Strand in einem für die Region typischen Zustand. Am Wasser wohnten die Ärmsten der Armen, hier wurde Müll abgeladen, hier lag die öffentliche Toilette all jener, die in den armseligen Hütten lebten. Regelmäßig wurden sie überflutet, ein Tsunami war dafür nicht erforderlich, es reichte ein mittlerer Sturm.

Als Mary den Wachmann in seiner Uniform erreichte, der uns und damit ihr in diesem Moment zufällig den Rücken zudrehte, klatschte sie ihm mit voller Hand und ganzer Kraft auf den Po. Er fuhr herum und sah – weit unter sich – die Missetäterin. Sie grinste ihn an.

Ich musste mir das Lachen verkneifen. Es war so komisch, ohne komisch sein zu dürfen. Was nur hatte unser Kind auf diese Idee gebracht?

Ich konnte Marys Übermut nachempfinden. Hatte sie sich diese Aktion eben ausgedacht? Oder, nicht komisch, derartiges Verhalten beobachtet? Und mit welchen Gefühlen verband sie es? Ich zog ein betretenes Gesicht, wir entschuldigten uns, der Wachmann konnte in diesem Fall nicht wirklich gekränkt sein, hofften wir, ein Schein wechselte den Besitzer.

An diesem Tag hatten wir folgende Begegnungen: Po des Watchman, Sittenwächter am Pool, Saft servierende Angestellte des Hotels. Die Krähen kamen am Nachmittag.

Meine vierte Adoption

Hunter war drei Mal mit Mary im Wasser gewesen. Die Berührensregel galt weiterhin, also konnte ich ihm die Schwimmgänge nicht abnehmen. Ich verzichtete bereitwillig auf das Badeerlebnis (s. keine Windeln), zur Abkühlung duschte ich. Nach der Mittagspause wollte Hunter nur mehr auf der Terrasse sitzen und sich bedienen lassen: Eistee, Kekse, Sonnendurchtränkung. Samt Sonnenbrand auf den Schultern (äußerst unpraktisch auf der Rückreise).

Mary wollte keineswegs auf der Terrasse sitzen, sie fand wie alle, die wir in Sri Lanka beobachteten, Sonnendurchtränkung überflüssig. Die Menschen, die ich in Colombo kennenlernte, fuhren Rad, saßen im Treewiller, saßen herum wie Gurpal oder lagen auf der Erde. Angesichts der Hitze war die Minimierung von Bewegung überaus vernünftig, diese Vernunft teilte Mary altersgemäß damals nicht. Erst später wandelte die Fußfaulheit sie regelmäßig an, wenn es sich darum handelte, in einer deutschen oder Berliner Landschaft spazieren zu gehen (wir ließen das bald, ich verbrachte meine Zeit auch lieber anders). Nun, nach drei Schwimmgängen und null Sekunden altersgerechtem Mittagsschlaf musste die Terrasse inspiziert werden, sprich das Kind rannte und hüpfte, und ich rannte und hüpfte hinterher.

Das Hotel hatte sich sein Felsplateau klug eingeteilt. Von der Auffahrt aus gesehen erhob sich zur Linken der zweistöckige Flügel mit den Gästezimmern, nach rechts öffnete sich ein Bereich mit Liegestühlen, überdacht von einem Arkadengang. Ihm folgte der Pool, an den sich die unüberdachte Terrasse anschloss für jene, die mehr Direktwetter brauchten. Sie reichte bis zur Absturzkante des Felsens, begrenzt von einer nicht sonderlich hohen Brüstung. Ein deutscher TÜV-Mitarbeiter wäre von einer Ohnmacht in die nächste und dabei über die Brüstung gefallen.

Man sah und spürte die alte Festungsanlage. Vor der Felswand, die unter der Brüstung zwanzig senkrechte Meter abfiel, erstreckte sich ein etwa acht Meter breiter Streifen gepflegten, tiefgrünen Rasens, der einstige Wassergraben. Er zog sich um die gesamte, dem Meer zugewandte Front der Hotelanlage, um auf der Seeseite halbwegs sanft, dann wieder in stärkeren Sprüngen und zunehmend felsig seinerseits zum Meer abzufallen. In dem grünen Schutzgraben patrouillierten Wachen. Bereits seine Farbe stand in krassem Gegensatz zu den Hütten am Strand. Ein Streifen Leere erstreckte sich zwischen der einen und der anderen Welt, wobei der Reichenkosmos des Hotels keineswegs nur von ausländischen Touristen genutzt wurde. Touristen waren in der Minderzahl.

Mary lief an den weiß getünchten Steinen der Brüstung entlang, weiße Stühle standen herum, weiß gekleidete Kellner gingen zwischen weißen Tischen auf und ab. Wolken bedeckten den Himmel, dennoch schwitzte man, die Sonne warf einem ihr UV-Licht auf den Körper, strahlte durch jeden Stoff.

Der junge, cremefarbene Labrador der Wachleute war arbeitsbegierig und wendig. Er rannte, drehte auf Pfiff um, dass der Rasen aufstob, apportierte ein Spielzeug in Knochenform. Oben bei Mary und mir warteten weiße Möwen und tiefschwarze Krähen. Sie beobachteten die Terrasse und damit auch uns, es herrschte ein angespanntes Verhältnis zwischen ihnen und den Kellnern, jeder kannte den anderen und wusste, wann er sich bewegte. Ab und an mussten die Bediensteten etwas aus der Küche holen, zielbewusst schritten die Krähen heran. Es ist schwierig, als schwarz glänzende Krähe unsichtbar zu werden, mit diesem dummen Naturgesetz kämpften sie täglich. Die mutigsten schossen im Tiefflug mit einem kräftigen Flügelschlag auf die Terrasse, streiften einem fast den Kopf.

Die Wachen im Graben hatten sich in einiger Entfernung voneinander aufgestellt und warfen ein Stöckchen hin und her. Der Hund rannte und rannte. Französische Freunde nannten das »faire la navette«, das Schiffchen machen, sie hatten versucht, auch unser Tier zu derartigen Rennmanövern zu animieren, wenngleich vergebens. Dieses Spiel machte Hunde wunderbar müde, den Wachen machte es Freude, Mary machte es Freude und damit auch mir. Mary fing an, oben auf der Brüstung die Strecke des Hundes unten mitzulaufen, ich lief natürlich ebenso mit, schon um mein Kind zu sichern. Außerdem schauten wir uns dieses Spiel gemeinsam an. Alles war einfach und unmittelbar, wir liefen und Marys Hand schob sich in meine.

Und blieb dort.

Auch, als wir standen.

Und atmeten.

Blieb.

Und umdrehten und wieder liefen.

Und blieb.

Stolpern und halten

Wir beobachten den Hund und die Krähen fliegen über uns und die Terrasse ist weit und leer und Hunter sitzt und merkt nichts.

Das sri-lankische Meer brandet an das Felsenufer, unsere Hände halten sich. Sollte Mary stolpern, fange ich sie. So, miteinander verbunden, sind wir effektiver als zuvor. Wir rennen und drehen auf der Stelle, wir freuen uns und die Krähen fliegen und die Zeit steht still oder weitet sich (wie sollte es noch zu unterscheiden sein) und mein Herz schlägt und öffnet sich und schließt sich und schlägt und öffnet sich.

21

Von Mut

Wenn man sagt, daran erinnere ich mich so und so, glorifiziert man den Augenblick nachträglich. Unabhängig davon, ob er schlimm war oder wunderbar. Denkt man darüber nach, wird einem bald seltsam zumute. So, als wüsste man nicht mehr, ob er stattgefunden hat. Mary kann sich heute gar nicht mehr an das erste Handhalten mit mir erinnern. Doch das bedeutet nicht, dass es diesen Moment nicht gab.

War er vielleicht nur für mich ein Einschnitt? Während sie ihn als Fortsetzung einer Bewegung auffasste?

Worte verfälschen ihn.

Du musst das Bild vielfältig, bunt werden lassen, so macht die Natur es auch mit unseren Körpern, sagt ein Freund. Wir fahren in seinem Mini mit all den blau hinterlegten Zählern und den runden Hebeln und Schaltern durch das nächtliche Frankfurt. Wolf hat mich nach meiner Lesung abgeholt. Er klingt verhalten aufgeregt. Seine Forschergruppe hat entdeckt, dass unser Gehirn vermutlich einen Teil der Algorithmen verwendet, die auch in Quantencomputern realisiert werden. Es arbeite, sagt er, nach einem holistischen Prinzip, das erlaube, eine nahezu unendliche Vielzahl von Variablen gleichzeitig miteinander in Bezug zu setzen.

Zugrunde liege, so Wolf, die unvorstellbare Komplexität der Dynamik, die sich aus den Wechselwirkungen zwischen Myriaden von gekoppelten Nervenzellen entwickelt.

Wir schweigen eine Weile, fahren weiter. Die Messkreise vor mir leuchten. Einfach, still, und unendlich.

Was ich schreibe, ist Reduktion. Die Krähen, der Hund, was sahen und dachten sie, was machte der Watchman vom Morgen, was Hunter, was beobachtete der Kellner? – zu viele Perspektiven, Dimensionen, zu viele Töne und Düfte in der Luft, zu viele Strömungen und Gegenströmungen, auf der Zunge, im Ohr, zu viele Zwischenfarben, zu viel.

Mary hatte an diesem Tag eine übermütige Hand. Klatschte dem Watchman auf den Po, zog ihren kleinen Körper durch Wasser, kam zu mir.

Im Umkehrschluss, im Rücklicht dieses Übermutes, spüre ich, wie beängstigend das gesamte Geschehen, angefangen mit unserem Erscheinen im Kinderheim, für sie gewesen sein muss.

Sie war ausgezeichnet gewesen, hatte Geschenke bekommen, hatte sich gefreut. Wenngleich nicht nur. Ein Abschied hatte sich angekündigt. Sie hatte sich gefürchtet.

Und warf an diesem Tag nicht nur ihr Herz, sondern ihr Alles über die Hürde.

Auf mich zu.

Auch das ist eine Rekonstruktion.

22

what escaped

______________________________ what ______________________________

what escaped

what
escaped

escaped

what escaped

23

Rotlicht

In unserem ersten Sommer in Berlin sagte ich zu Hunter: »Ich hatte noch nie eine Adoption.«

Wir tranken einen Absacker auf dem Balkon, Mary war endlich eingeschlafen, elf Uhr nachts, dunkel, heiß, kein einziges Insekt kreiste um das Windlicht auf dem Tischchen zwischen uns.

»Ich auch nicht«, sagte er.

Hunter war in Teilen Schotte, in anderen Ire, in dritten Amerikaner, er hieß Hunter und hatte rote Haare. Sie waren großartig, schon allein ihretwegen hätte ich mir einen leiblichen Sohn mit ihm gewünscht. Auch in Sri Lanka (gesamt) und Colombo (immer wieder) waren seine Haare aufgefallen und bewundert worden. Die Kinder durften sie berühren, Hunters Haare wurden zu Hunters klebrigen roten Haaren. Am Ende hatte Mary Hunter als Berührungsperson vielleicht auch ein wenig des herrlichen Rots wegen gewählt.

Wir tranken Wein. Er viel, ich viel.

Ich fragte nicht: »Würdest du es noch mal machen?«

Er fragte nicht: »Und du?«

Mit dem »noch mal« sollte Mary gemeint sein. Aber vielleicht wäre auch er gemeint gewesen: Würdest du noch mal etwas anfangen mit mir?

Ich hatte Hunter selbstverständlich nicht nur aufgrund seiner Haarfarbe gewählt und auch nicht, weil unsere Körper einander so gut riechen konnten, obwohl man sagen muss, dass beides keineswegs keine Rolle spielte. Mein Mann hegte mit Sicherheit keine bösen Absichten, er trug nur, wie ich auch, Unfähigkeiten mit sich herum. Während ich Mary ins Bett gebracht hatte (1 Stunde 43 Minuten diesmal), hatte er mit seiner Mutter telefoniert. Das war eine neue Gewohnheit. Immer ausführlicher sprach Hunter mit seiner Mutter, die in Bamberg lebte. Er sagte, wozu gebe es Handys und Skype. Und Zeit habe er auch. Wir beide wussten, dass das stimmte, ohne zu stimmen. Da saßen wir auf dem Balkon, warteten auf irgendein Insekt, eine Motte, einen Nachtfalter, der um das Windlicht kreisen wollen würde wie früher. Und bevor Mary schrie. Der Hund schlief ebenfalls bereits, mit Sicherheit an einem weichen Ort (auf dem Sofa, vor Marys Bett).

Hunter trank, ich trank.

Wir bliesen die Flamme aus, ließen den Hund liegen, wo er war (unter Marys Decke) und gingen jeder ins Bett. In getrennten Zimmern. Eine konnte schlafen, der andere hatte Nachtdienst, wir wechselten uns ab. Hunter telefonierte auch nachts. Es war Ferienzeit, seine Mutter verbrachte einige Wochen in San Francisco. Er telefonierte, weil etwas in ihm aufgewühlt wurde, von dem er nicht gewusst hatte, dass es in ihm lag. Ob es sich beruhigt hat, erfuhr ich nicht mehr, und nun ist es, wie es ist.

»Mach dir keine Sorgen« war, worauf Hunter sich mit Herbstbeginn festlegte. Fragen, Hindernisse, Kontaktprobleme? »Mach dir keine Sorgen.«

Das war nicht schlecht, nur eintönig. Ich antwortete »ich weiß«, was ziemlich präzise war, wenn auch zu keiner weiteren Antwort führte. Hunter ging lieber die Schildkröte streicheln, die wir uns inzwischen angeschafft hatten.

Sie war noch sehr klein. Sehr pflegeleicht. Und sie lebte, anders als ein Hamster oder ein Kaninchen, bei uns in Sicherheit: Hund interessierte sich nicht für sie.

Leider ist Schildkrötenstreicheln nicht sonderlich erfüllend. Ein Panzer ist ein Panzer ist ein Panzer. Wie eine Kokosnussschale ohne Haare. Unsere Kröte wurde nicht gern gestreichelt, merkte es jedoch nur, wenn man sie zusätzlich hochhob. Sie schaute dann dezidiert krötig und zeigte ihr verzogenes, schmales Maul, halb hilflos, halb fies.

Panzerstreicheln. Auch hieran konnte man erkennen, dass Hunter innerlich mit anderem beschäftigt war. Ich streckte mich nach meinem Gegenübermenschen aus und fand keine Antwort mehr, ganz wie eine dumme Pflanzenranke, die wächst und die Wand sucht oder wenigstens Halt und dabei die falsche Richtung genommen hat. Daran ist niemand schuld oder beide sind es, die Bedürfnisse passen nicht zusammen, nicht in diesem Augenblick, der das Kind betrifft, und nicht in späteren Augenblicken. Hunter hatte eine warme Stimme, besonders wenn ich bei ihm lag, morgens in seinem Arm aufwachte und die Töne sowohl von außen als auch von innen aus seiner Brust an mein Ohr zu dringen schienen.

Nach der Trennung vermisste ich es lange.

Die Schildkröte nahm er mit, der Hund blieb bei Mary und mir.

Mary fragen

Mary, wir haben dich in unsere Welt gebracht. Das heißt: Wir haben dich aus deiner ersten Welt geholt.

Was denkst du heute darüber? Was hältst du davon?

Und denkst du, wenn du dies liest, daran, wie wir ab und an in der Küche oder auf dem Sofa, noch während deiner Schulzeit, darüber redeten, wie es wäre, wenn ein schwedisches Paar (anfangs dank Pettersson & Findus besonders beliebt) oder ein amerikanisches oder eines aus Taiwan dich adoptiert hätte? Wir malten uns andere Leben aus für dich, und deine Augen funkelten: welch Abenteuer. Ich verstand das so gut, auch aus meiner eigenen Kindheit, und zugleich öffnete sich ein Abgrund für mich. Akut empfand ich all die Unwägbarkeiten der Adoption von Neuem, scharf die Zufälligkeit dessen, dass wir beide da so saßen und diese Gespräche führten – und ebenso scharf trat meine Dankbarkeit für dich aus meinem Inneren hervor. Scharf, ja entschieden und kantig, weil es diese Art von Glück ist, bezahlt und geschenkt, bitter und süß, rau und auf Zeit und für immer.

Danke, dass wir dich mitnehmen durften. Dass du geblieben bist.

Statistiken

Es heißt, dass Menschen, die Kinder haben, nicht glücklicher sind als Kinderlose. Zugleich heißt es, dass Menschen, die Haustiere halten, glücklicher werden als Menschen ohne. Ich kann diese Statistiken nicht beurteilen, eine Zeitlang hatte ich beides. Erst einen Hund, dann ein Kind und den Hund und eine Schildkröte, ganz zu schweigen von den Hasen, die ich im Tierheim 24/6 wieder mitversorgte. Nun habe ich nur noch das Kind, denn der Hund ist an Alter gestorben.

Es gibt also, so die Befragungen, einen Unterschied im Glück zwischen Menscheltern und Haustiereltern. Ich nehme an, dass Haustiereltern sich, zumindest auf Dauer, des Haustieres entledigen, wenn das mit dem Glück für sie nicht mehr stimmt, sodass man nie unglückliche Haustiereltern findet.

Ich erlebte das Glück, das Mutter-Kind-Gewebe wachsen zu fühlen. Mitunter, im Alltag und dem Abrieb darin (wo sind deine Sportsachen, schon wieder eine schlechte Note in Mathe, du kannst nicht dauernd nur Chips essen …), vergisst man es. Doch Mary habe ich es zu verdanken, dass es diesen vollkommenen Augenblick in meinem Leben gibt: ihre Hand, die sich in meine schiebt.

Ob das Kind die Eltern macht?

Wenn man Eltern als jene Personen definiert, die das Leben eines jüngeren Menschen extrem beeinflussen, sind wir mit Sicherheit Marys Eltern. Man meint damit im Regelfall, der in allen Schritten direkt leiblichen Mutter- wie Vaterschaft auch, dass Eltern jene sind, die den Körper »gemacht« haben. Nur was soll das in heutigen Zeiten heißen? Inwiefern hat auch die Leihmutter, die das Kind austrug, seinen Körper gemacht? Welchen Anteil hat die Eispenderin? Und in welchem Sinn hat ihn die Frau gemacht, die das alles beauftragte und bezahlte? In welchem Sinn der anonyme Samenspender, der irgendwo in ein Becherchen onanierte? Und inwiefern hat ihn der Arzt gemacht, der die IVF durchführte?

Adoptiveltern scheinen Eltern in keinem dieser Sinne zu sein. Das ist falsch. Auch sie machen den Körper ihres Kindes. Gewiss, in unserem Fall fing das erst an, als Mary drei Jahre alt war. Sie aß, was wir ihr gaben. Es wurde Teil ihrer Knochen, Sehnen, Nerven. Inzwischen sieht man sogar eine Ähnlichkeit zu Hunter und mir. Sie hat sich gebildet, weil unser Kind uns nachahmte. Es übernahm unsere Gesten, unsere Mimik, erlernte seine Sprache von uns, ich meine: las sie uns aus dem Mund. Mary imitierte unsere Art von Körperlichkeit.

Sie ist eine Überleberin. Eine Kämpferin. Wie klug sie war, wie viel sie davon verstand, was es hieß, keine Eltern zu haben und nun Eltern zu bekommen, ahnten wir erst mit der Zeit. Mary testete uns aus. Sie war in Not, sie musste uns kennenlernen. Wo lagen ihre Grenzen, wo unsere. Mich prüfte sie auf meine Leidensfähigkeit, so empfand ich es zunächst, heute glaube ich, dass das nicht stimmt. Sie testete mich auf meine Fähigkeit, Freiheit zu geben, Raum zu schaffen, sie agieren zu lassen, sie sie selbst sein zu lassen. Nebenher testete sie mich auf meine Geduld.

Ihren Vater testete sie auf seine Humorfähigkeit.

Ich weiß nicht, ob er diesen Test bestand. Ich war dabei, als die Probe stattfand, ich beobachtete Hunter und Mary und das gesamte Geschehen. Mary kann gut mit ihrem Vater umgehen, sie weiß ihn zu nehmen, so sagt man wohl. Ich möchte nicht beurteilen, wie nahe die beiden sich wirklich sind.

Seine Probe fand an unserem vorletzten Abend in Sri Lanka statt. Mary wusste, dass wir am nächsten Tag packen wollten und dann ein letztes Mal in Heidis Haus schlafen gehen würden.

Namen

Hunter erzählte ich nichts von dem Geschehen am Krähengraben, als wir an den Tisch zurückkamen, an dem er stark sonnendurchglüht einen indischen Kuchen aß. Ich glaube, Mary und ich gingen Hand in Hand. Er konnte es also sehen. Vielleicht habe ich auch vergessen, was er sagte. Mir hatte es die Sprache verschlagen (anhaltende Überwältigung). Ich lächelte nur.

Unser Mädchen ging noch mit fünf und sogar sieben Jahren überzeugt an der Hand, noch in der dritten Klasse wollte sie sich zur Schule bringen lassen, noch heute hakt sie sich bei mir ein. Nie ruft sie mich beim Vornamen, sie sagt »Mami« oder »Mama«, für sie ist das keine Frage. Vielleicht, weil sie die ersten drei Jahre hie und da ein »Mami« gehört und es der Lieblingsschwester gegenüber selbst benutzt hat. Oder vielleicht schlicht, weil sie so ein Mensch ist. Eine, die sich ihre Freiheit nicht nimmt, sondern die diese Freiheit immer schon mitgebracht hat.

Der Scherz

Am Abend des Hotel- und Handtages fand, wie geplant, das Abschiedsessen mit Heidi statt. Hunter lachte über das Krähenwunder: »Na, dann bist du ja jetzt entstresst.«

Und, ein Nachsatz: »Super, dann kannst du dich auf der Reise um sie kümmern.«

Was er so absichtsvoll ironisch sagte, dass wir beide lachten. Keine Frage: Er meinte es nicht böse. Nicht einmal ernst. Er war ebenfalls angespannt gewesen, nicht wahr?

Jetzt würden wir es uns zusammen gut gehen lassen. Erneut hoffte ich. Natürlich hoffte ich.

Die Gerichte in dem von Heidi gewählten Restaurant waren nicht unbedingt besser als das, was ihre Köchin Tag um Tag zubereitet hatte, doch wir saßen bei Lotusblüten, Licht und Wasserflöckchen, die dank diverser Springbrunnen und Brünnchen durch die Luft sprühten. Das Restaurant befand sich in *dem* Luxushotel Colombos, und zahlreiche Menschen in ausgesuchten Abendgarderoben und zahllose andere in Livreen rauschten an uns vorbei. Glitzernde Hochhäuser umstanden uns, Fontänen sprühten, mehrspurige Straßen. Hier wurde Geld verdient. Und ausgegeben.

Auch Heidi glitzerte. Ihr Auftrag, »wir«, war erfolgreich zu Ende gebracht, und sie schien sich wirklich mit uns zu freuen. Nach all den Jahren zwischen Deutschland und Sri Lanka war sie nicht leicht zu lesen. Ihr Deutsch verknüpfte sie mit sri-lankischen Handbewegungen, zu einem »Nein« schüttelte sie nie den Kopf, doch das scheinbar mühelose Genickkreisen, das alles bedeuten konnte, »ja, »nein«, »vielleicht«, »ich habe Angst«, gelang ihr nicht wirklich. Ab und an schien sie, wie andere sogenannte Expats, in Gesten aus dem 19. Jahrhundert zurückzufallen. Ich hatte es mehrfach in Colombo gesehen: Erschöpft nahm ein europäischer Geschäftsmensch in einem eckig-mächtigen Sessel Platz, sah reich und dienstherrlich und zugleich unglücklich und einsam aus. Fast, als wäre er einem alten Foto entstiegen, während Colombo sich im Silberglitzer globaler Businessströme präsentierte.

Mitten im Hauptgang musste Mary aufs Klo. Hunter und ich zogen mit ihr durch Marmorgänge los in die Marmor-Damentoilette, die glücklicherweise leer war. Unser Mädchen erledigte, was zu erledigen war, und ließ sich, da auch etwas in die Windel gelaufen war, danach friedlich auf die Babymatte legen. Wir waren noch nicht so erfahren im Windelwechseln, allemal ich nicht, die es das erste Mal machen durfte. Hunter lenkte Mary ab, ich arbeitete, er wischte das Waschbecken trocken, sie schaute, ich cremte sie ein, es klappte, wir übten Familie, wir waren glücklich.

Den Rest des Abends schlief unsere *present and future daughter* auf der Sitzbank neben uns, ließ sich ins Auto tragen, rollte den Kopf nach links und rechts auf meinem Schoß. Es war ein angenehmer Ausflug gewesen, weder Hunters noch mein Bauch rumorte, und auch wir gingen zu Bett, das Kind wie schon gewohnt zwischen uns. Ich freute mich auf zuhause, wo ich hoffte, ab und an im Gästebett zu übernachten, »in splendid isolation«.

Der kommende Tag, ein Sonntag, war für Packen und Ausruhen reserviert, am Montagmorgen würde uns sehr früh, noch im Dunkeln, ein Flughafentaxi vor Heidis Haus abholen. So der Plan.

Exkurs: Von Vätern und Plänen

Pläne sind etwas Schönes. Pläne macht man, um etwas zu beherrschen, was sich nicht wirklich beherrschen lässt, aber man tut mit dem Plan so, als wüsste man das nicht.

Unbeherrschbar werden Pläne durch ihre Elemente. Ich weiß, wovon ich spreche, denn ich bin mit einem Architektenvater aufgewachsen. Ich wuchs, und er war Architekt und Architekt. Häufig musste ich einen fertig gezeichneten Plan, in eine Papprolle gesteckt, mit einer Plastikkappe versiegelt, über die Bahntrasse und den Hügel tragen, der sich am Ende der Straße, hinter der großen Wiese neben den Tennisplätzen erhob. Die Bahngleise auf der Kuppe des Hügels querte man durch eine immer feuchte, stinkende Unterführung. Runter, rauf, weitergehen und nach links abbiegen in ein ebenfalls stinkendes, immer lautes Erdgeschoss (es war das Ziel: die Lichtpause).

Jedes Mal hatte ich Angst, den wertvollen Vaterplan, das Original schlechthin, an dem mein Vater viele viele Abendstunden gesessen und gezeichnet hatte, zu verlieren oder zu zerstören, indem ich ihn etwa in der höllischen Unterführung in eine Pfütze fallen ließ, denn in dem Bahndurchgang standen Pfützen sogar im Sommer, da waren es Urinpfützen, und im Herbst, Winter und Frühling war der gesamte Weg den Hügel hinauf und auf dem Hügel matschig und eine einzige Plangefahr. Ich fürchtete mich vor den väterlichen Prügeln und mehr noch vor dem wirklichen Schaden, den ich anrichten mochte. Bald musste ich erkennen, dass ich eine der Tücken des Plans war, ja, das Element, das ihn am vollkommensten zerstören konnte.

Die Pläne meines Vaters setzten sich aus Tusch- und Bleistiftzeichnungen zusammen. Bäume malte er mit Schablonen, das fand ich besonders hübsch, die Häuser selbst zeichnete er mit Maßstab und Lineal, Feder und Mathematik. Wir lebten noch in der händischen Zeit. Vater rechnete und machte daraus ein Bild. Diesem Bild wurde die Wirklichkeit nachgebaut.

Ich hielt dies für höchst bewundernswert. Bei mir ging es so: Ich versuchte, der Wirklichkeit nachzulaufen oder mich ihr anzupassen oder auch sie zu vermeiden (Pfütze). Bei meinem Vater indes verhielt sich die Wirklichkeit wie ein braver Esel, sie folgte seinen Ideen und wurde unter seiner Hand ein richtiges Haus, in dem richtige Menschen leben konnten. Ich hatte, keine Frage, einen kolossalen, wirklichkeitsdichten Vater.

Der Tisch, auf dem er zeichnete, war lang und niedrig, Vater saß in einem niedrigen Sesselstuhl mit vier schmalen, nach außen stehenden Kurzbeinen und einer Art Schaffellpolsterung. Beim Zeichnen rauchte er Pfeife. Seine Planhäuser hatten ein Leben über sich, das aus viel Luft mit Schrift (Namen, Daten) bestand, ein Leben neben sich (Baumschablonen, Buschschablonen) und ein Leben unter sich. Dort lagen ihre Rohre und Leitungen, die wesentlichen Zuflüsse und Abflüsse, sagte mein Vater. Als ich älter war, durfte ich sie rot oder blau ausmalen. Sie wurden dadurch zu Kaltwasserrohren und Warmwasserrohren, zuführenden und abführenden Verbindungen.

So war es um die Elemente der Pläne bestellt. Die Schablonenbäume, die verschiedenfarbigen Rohre, die Wände und die Fensterstöcke, die Türstöcke und die Öffnungsradien der Türen, eingezeichnet als eine Spur, die die Tür auf dem Boden beschreiben würde, auf und zu, immer wieder. Ein Haus war eine an sich laute, allein auf dem Plan noch stumme Verhandlung über Zutritte und Abgänge, über Öffnungen und Schließungen, ein kommunizierendes System.

Unter bestimmten Bedingungen konnte es ein Zuhause werden. Mein Vater zeichnete Möbel ein, etwa die Einbauküche, doch nie gab es Menschen in seinen Gebäuden. Er wohnte in seiner Architektur in einer menschenlosen Welt, er hockte in seiner Zeichenhöhle und zeichnete Mauern und tierlose Gärten, in denen bestenfalls Schablonenpflanzen Platz fanden, und war zufrieden. Menschen vermisste er nicht, ich glaube, es war ihm lieb, dass sie keinen Raum hatten in seiner Welt der gestaffelten Würfel und Anweisungen für zukünftige Wirklichkeiten.

Indirekt, ja hinterrücks, zeigten die Pläne, dass eine derartige zukünftige Realität stets nur eine Form war, eine abstrakte Struktur, wie gut und sorgfältig man sie sich auch ausdachte. Menschen mussten in diese Wirklichkeit eintreten, wie sie in die gebauten Häuser eintraten: Es wurde geheizt und gelüftet, beschleunigt und gebremst, ein- und ausgeräumt, schmutzige Wäsche gewaschen, geliebt und nicht geliebt. Da war der Plan dahin. Gewusel und Chaos brachen aus.

Mary denkt

Unser Reiseplan enthielt Elemente (wie Koffer) und Menschen (wie uns). Dass diese Elemente und ihre Menschen etwas Unverhofftes miteinander anfingen, war Mary zu verdanken.

Tatsächlich hatte unser Plan einen grundlegenden Fehler: Er bezog Mary nicht wirklich mit ein. Selbstverständlich war ein Flugticket für sie gebucht etc. Wir hatten allerdings nicht damit gerechnet bzw. keine Ahnung davon gehabt, dass Mary Tests an uns durchführen und mit dem Testen zu diesem Zeitpunkt, kurz vor der Abfahrt, noch nicht fertig sein würde.

Was sage ich: dass sie das Eltern-Erproben kurz vor der Abfahrt zu einem Höhepunkt bringen könnte.

Die Testerei mit mir hatte lange gedauert. Nun hatte unsere Tochter verstanden, dass wir bald abreisten. Mit uns sollte sie Sri Lanka verlassen. Das Kinderheim würde unter ihr verschwinden, sie würde in einem Flugzeug sitzen, ein anderes Leben beginnen. Das alles begriff sie vollständiger, als wir ahnten. Sie hatte die Koffer gesehen, die geöffnet im Zimmer lagen, und schien, wie auch immer, zu verstehen, dass wir packten. Sie hatte auch gesehen, was alles für sie eingekauft worden war, sie achtete darauf, dass diese Dinge als Erste verstaut wurden, und sie hatte inzwischen beschlossen, dass sie Heidi partout nicht mochte. Das erhöhte die Spannung im Haus und damit auch den Reiz, den die Abfahrt auf uns alle (Heidi inklusive) ausübte.

Heidi würde nicht mitfahren, Mary hatte sich dessen mehrfach versichert. Dass die Hausherrin mit Mary Singhalesisch sprechen konnte, während Hunter und ich nur einzelne singhalesische Vokabeln und ein paar vorgefertigte Satzteile benutzten, beeindruckte Mary offensichtlich nicht. Heidi konnte sich ihr auch nicht dadurch andienen, dass sie ihr erklärte, wie sie, Heidi, später einen Dackel kaufen würde. Das Kind wusste schließlich nicht, was Dackel sind, sie heißen auf Singhalesisch »Wursthunde«, wie im Englischen. Mary musste schon das Wort »Wurst« mangels Wurstkenntnis fremd bleiben.

Das Mädchen war also durchaus erpicht darauf, mit uns und ohne Heidi abzufahren, ein aus unserer Sicht unschätzbarer Vorteil. Auch wir hatten inzwischen genug Heidi erlebt. Da ich am vorletzten Tag den Test bestanden hatte – es war nun, als hätte es das Nichtberühren niemals gegeben –, erschien mir die Reise in goldenem Licht. All meine Sorgen waren wie weggeblasen.

Tatsächlich war es dann auf der Reise mehr als praktisch, dass ich Mary ständig und selbstverständlich und wo ich auch wollte anlangen und bewahren und festhalten und tragen konnte und umarmen durfte und streicheln und herzen.

Liebhaben mit dem Körper, dachte ich erst, bis mir dieses Wort einfiel, »herzen«, und es war genau, was ich brauchte: ein Wortwunder für ein Wunder. Ich staunte, wie die Vokabel so mitten in der deutschen Sprache herumlag (wie für mich gemacht), und fragte mich, was den Deutsch sprechenden Menschen zugestoßen sein mochte, dass sie sie fast vergessen hatten.

Hunters Test. Mary ging sorgfältig vor, auf ihre Weise berücksichtigte sie die Kürze der zur Verfügung stehenden Zeit und die Natur der Sache. Ein Vatertest musste etwas anderes sein als ein Muttertest. Für den Vatertest brauchte sie eines der Elemente, die in dem Zimmer, das wir bei Heidi bewohnten, vorkamen und also auch auf einem Plan abgebildet gewesen wären, hätte man das Zimmer zu diesem Zeitpunkt gezeichnet. Das hätte viel Arbeit gemacht, das Zimmer glich einem Kaufhaus, das man umräumte, oder einer prall gefüllten Biene, die soeben jede Menge Blüten besucht und sich die gesammelten Pollenpakete in ihren Pelz sowie in die dehnbaren, kokett am Bein getragenen Pollenhöschen gestopft hat. Wir hatten zwei Koffer aus Deutschland mitgebracht und zusätzlich einige dieser blau-weiß-rot gestreiften, vorwiegend von chinesischen Reisenden durch die Welt geschleppten, dünnen, magisch reißfesten Reisetaschen erworben, an denen man auf internationalen Flughäfen den hortenden, gierigen Europäer erkennt. Die Läden Colombos waren geplündert, was die Kleidungsgröße unseres Kindes anging. Und die nächsten beiden Größen gleich mit.

Not amused

Wir ordneten, wir sortierten, wir überlegten, wohin mit dem jüngst erworbenen Schmuck und wie wir packen sollten für Mary. Was würde sie für den Flug brauchen, womit könnte man sie ablenken und unterhalten, wie beruhigen, wie viel Extrakleidung sollten wir griffbereit halten, drei Shirts oder vier, zwei Hosen, Windeln etc. Da sagte Hunter: »Wo ist mein Ehering?«

Hunter war am Morgen dieses Packtages als Letzter am Frühstückstisch erschienen. Zerknuddelt sah er aus, ein meiner

Meinung nach anziehender Hunterzustand. Seine mehr oder minder ungekämmten Haare bildeten einen leuchtenden Kranz. Mein Mann sprach an derartigen Morgen wenig, was mir recht war, ich sprach morgens ebenfalls wenig (falsch: Früher hatte ich morgens wenig gesprochen), nur Mary quatschte noch vom Abend her und durch alle Träume hindurch jeden Morgen umstandslos weiter, sie sprach tatsächlich nicht selten auch im Schlaf, nahtlos fuhr sie im Wachzustand dort fort, wo ein Traum geendet hatte. Also Hunter sagte an diesem Morgen wenig bis nichts, wie zum Ausgleich glänzte er umso hübscher. Viel bis sehr viel *Ceylon Attack* war am Abend zuvor durch seine Kehle geflossen.

Heidi saß da und ärgerte sich über Mary, was Heidi nur mäßig versteckte, denn Mary mochte auch an diesem Morgen kein Heidi-Croissant essen. Unsere Gastgeberin fand nicht lustig, dass diese Ablehnung ihrer Kunst so deutlich ausgedrückt (»exekutiert!«) wurde, und Mary ahnte nicht, was sie damit anrichtete. Da machte Hunter, zerknuddelt und zerwühlt, den Mund auf, halbwegs, und sagte vorwurfsvoll: »Wo ist mein Ehering? Hast du meinen Ehering gesehen?«

Ich sah seinen Ehering des Öfteren, nämlich an seinem Finger. Er trug ihn permanent, Tag und Nacht, nur als ich jetzt auf seine Hand schaute, erst die rechte, dann sicherheitshalber auch die linke, sah ich tatsächlich nichts.

Ich zuckte die Schultern, die anderen am Tisch reagierten gar nicht, erst einmal wurde gefrühstückt. Mein Mann und ich waren deutsch genug, um Heidis Teigwaren zu mögen. Alle. Heidis Bäckerei trug in meinen Augen immens zu einem positiven Deutschenbild in Colombo bei. Beim Zusammenräumen der Teller sagte ich: »Wir helfen dir suchen«, das meinte Mary und mich, und wir begannen zu dritt, unser Zimmer zu durchwühlen. Zuhause legte Hunter alles, was er zur Nacht von seinem Körper entfernte, sprich das Handy und nur das Handy, neben sich auf das Nachtkästchen. Hier hatten wir kein derartiges Kästchen, Hunter hatte Heidi ein Tischchen aus dem Wohnzimmer abgeschwatzt und es neben seine Bettseite geschoben. Dort habe er den Ring hingelegt, sagte er, ausnahmsweise habe er ihn am Abend abgezogen. Unsinnigerweise lag der Ring nun aber nicht da, und Hunter, der einigen Wein getrunken hatte bei Heidis Abschiedsessen, und dann noch den Arrak, erinnerte sich nun doch nicht genau an das Abziehen oder Nichtabziehen des Ehezeichens.

Mary suchte eifrig, wenngleich ineffektiv mit, sie durchwühlte die sorgsam gepackten Koffer und fand ständig Aufregendes. Ich war froh, dass wir noch fast 24 Stunden hatten, bis diese Koffer geschlossen werden mussten. Ich würde sie erst neu packen, wenn Mary schlief, und sie gleich so verschnüren, dass das Kind sie nicht mehr aufbekam. Das Kofferschloss wollten wir lieber nicht benutzen, da Hunter und ich uns verschiedene Ziffernkombinationen notiert hatten, die es öffnen sollten. Und wenn beide falsch waren?

Im Zimmer war der Ehering nicht – das stand nach zwei Stunden Suche fest. Auch das uns zugewiesene, angrenzende Bad hatten wir durchwühlt, die Fensterbänke vor den Fenstern inspiziert, aus den Fenstern gesehen, den Boden unter ihnen abgesucht. Schildkröte Mausi wurde der Fressverirrung verdächtigt. Sie sah aber gesund aus. All dies waren Unwahrscheinlichkeiten, typische Blüten der Suchverzweiflung, letztes magisches Hoffnungsdenken. Wir fanden nichts, gar nichts, nicht mal einen Plastikbaustein oder Ähnliches.

Als das Hotelrestaurant zur Mittagszeit endlich öffnete, rief Heidi für uns dort an. Hunter dachte zu diesem Zeitpunkt, er habe den Ehering zum Wechseln der Windel abgezogen, um ihn nicht zu beschmutzen, oder er habe ihn, nachdem wir die Windel erneuert hatten, am Waschbecken der Damentoilette abgestreift, um sich die Hände mit gebotener Gründlichkeit zu waschen. Ich fand das »mit gebotener Gründlichkeit« übertrieben, Mary war kaum schmutzig gewesen, doch ich hielt den Mund. Kein Mann, der soeben den verlorenen Ehering suchte, brauchte altkluge Kommentare der Ring tragenden Ehefrau.

Wir baten die Menschen im Hotel, für uns in der Toilette nachzusehen, sie riefen nach einer halben Stunde zurück und sagten, dort sei nichts zu entdecken gewesen. Der Putzdienst sei in der Nacht durch sämtliche Räume gegangen und habe keinen Fund vermeldet, man werde selbstverständlich nachforschen. Der Putzdienst, der nicht weiter spezifiziert wurde, hatte kein Telefon, man konnte ihn also erst befragen, wenn er am Abend wiedererschien, um die Toiletten zwischenzukontrollieren, und man versprach, uns dann sogleich anzurufen. Das Versprechen wurde gehalten, pünktlich um acht Uhr abends klingelte das Telefon, hoffnungsvoll blickten wir auf Heidi, die den Anruf entgegennahm. Nichts.

Es war spät, die Zeit rannte uns davon. Nirgends gab es einen Ehering, weder unter dem Tisch im Hotel noch am Waschbecken noch unter unserer Matratze noch in den Kissen und Bezügen, in keinem unserer Koffer, in keiner Tasche, in keiner Zimmerecke, nicht zwischen den sri-lankischen, in der Restauranttoilette selbstverständlich ausgelegten Naphthalinkugeln noch auf der Restaurantsitzbank, auf der Mary, nachdem wir sie neu gewindelt hatten, friedlich eingeschlafen war.

Von Neuem durchwühlten wir das Zimmer. Hunter war geknickt, ich ebenfalls. Das Verschwinden eines Eherings ist kein gutes Omen.

Mehrfach packten wir um. Am Herd rührte Dayawati den Abendcurry und befragte zwischendurch das Marykind, das froh in der Küche herumwuselte, da dort ja auch Gurpal saß. Auch er befragte das Marymädchen, obwohl er zwischendurch das Haus bewachen ging, während die Köchin das Thema ebenfalls neu aufgriff. Und nebenher und später, als bereits das Geschirr gewaschen wurde, sagte das reizende Kind, das von sich in der dritten Person sprach: »Mary hat den Ring versteckt.«

Oh, das war interessant. Hatte Dayawatis Dauerfragen Mary suggeriert, sie hätte das getan?

Es lässt sich festhalten, dass Mary den lieben langen Tag über exakt gewusst hatte, was wir suchten. Dass sie von Anfang an auch in ihrer Sprache eingeweiht worden war in die Vorgänge im Zimmer und im Haus. Ebenso wie in Hunters Unglück. Sie hatte gesehen, dass ihr Vater sich Sorgen machte um den Ring, dass wir alles durchwühlten, und das hatte ihr offensichtlich gefallen. Eifrig hatte sie mitgewühlt. Es kann sein, dass sie in der Zwischenzeit auch vergaß, worum es ging, sie war schließlich eben erst drei Jahre alt geworden, und der Kofferspaß war gewaltig. Nun, am Abend, sagte sie in der Küche, dass sie den Ring versteckt hatte, und führte Dayawati, die mehr wissen wollte, schnurstracks zu dem Wäschekorb in unserem kleinen Bad. Und siehe da, ganz unten in dem Korb, in dem keine Wäsche von uns mehr lag, sondern nur Handtücher, die Heidi gehörten, ganz unten, unter den Tüchern, lag Hunters Ring.

Nun war er also wieder da, und wir freuten uns und staunten, und ein wenig bewunderten wir auch, wie effektiv die Kleine uns an der Nase herumgeführt hatte. Heidi, die Köchin und ich begannen zu lachen, nur Hunter war nicht »amused«. Sein Zustand glich Heidis Laune, wenn man ihre guten Strudel nicht als Weltwunder-Strudel pries. Und erst recht die Hörnchen. Zuckrig, aber nicht nur. Etwas Ingwer, ein Hauch Chili, sonst blieb, so Heidi, die Süße dimensionslos, sonst ertrank man darin, doch Hunter war anderer Meinung und wäre gern ertrunken.

Der indische Kuckuck schrie, wie er immer schrie, die Bananenstauden rauschten. Das Kind hatte Witz und Durchhaltevermögen, das gefiel uns (den Frauen), ich fand bemerkenswert, dass Mary Hunters Ring genommen hatte. Ich hatte natürlich auch einen, anders als mein Mann zog ich ihn jede Nacht ab und legte ihn bei Heidi auf das Wandbrett auf meiner Bettseite, gleich neben der Badtür. Er wäre eine leichte Beute gewesen, aber ihn hatte Mary nicht gewählt. Sie hatte Hunters weiter entfernt liegenden Ring versteckt.

Wer hätte gedacht, dass dieses kurzbeinige Wesen sich solche Scherze ausdachte, dass es dazu in der Lage war, allemal in der Aufregung der Adoption, im Kuddelmuddel der Abfahrt, in dieser für es so neuen Umgebung, und dass es sich, was es tat, genau merkte, mit kleinen Aussetzern vielleicht, dann allerdings nach Stunden ohne jeden Zweifel wusste, wo es den Ring versteckt hatte.

Dass das Ganze aus Marys Sicht eine Art Probe darstellte, etwa auf Humorfähigkeit oder Grenzen oder Wie-leben-wir-zusammen, dämmerte mir. Hunter war die gesamte Reise über auffällig still. In Berlin versenkte er den Ehering in einem Dauerversteck. Er versuchte zwar zu verbergen, dass der Scherz ihn gekränkt hatte, trotzdem spürte ich es deutlich, und Mary, dieses mit Fühlern und Emotionswissen reich ausgestattete Kind, wusste es ebenfalls.

Nur adoptiert

»Ah, adoptiert«, sagt man zu mir.

Ein »nur« schwingt mit.

Das Zweiteklassegefühl stellt sich ein.

»Aus Sri Lanka«, sage ich. Mein Gegenüber sagt: »Ach deswegen.«

Ich nehme an, er oder sie meint unser »diverses« Äußeres. Jetzt ist es erklärt: »Nur adoptiert.«

Zu Mary sage ich: Du hast eine Erfahrung gemacht, die dich davor bewahren wird, jemals an essenzielle Identität zu glauben. Du wirst diesen Fehler nicht machen. Du wirst andere Menschen nicht einsperren in ihren Geburtsort oder ihre Genetik.

Wir lachen, denn sie weiß, was ich meine. Weh tut es auch.

Ich meine: Ich war die Tochter eines Architekten, dem lief die Wirklichkeit hinterher, um in einen Plan zu passen. Du hingegen, sage ich zu Mary, bist die Tochter einer Schriftstellerin. Wir arbeiten an der Vermehrung von Wirklichkeit. Du weißt, wie Identitäten zercrusht werden, wie klein sie sind, wie sie selbst dann noch weiter zerteilt werden, wie viel Arbeit es ist, wenn man sie von Neuem zusammensetzt, jeder einzeln und mit anderen zusammen, jeder an sich und seinen Menschen. Du weißt, dass Deutschland eine Erfindung ist wie jede Nation, dass Deutschland lange ein Haufen Kleinheiten war, eine Menge Reisen und Sprachenwechsel, dass wir alle Mischmasch und Würfel sind, die weiter herumwürfeln, dass wir Herkünfte haben, nicht nur Herkunft, dass wir aussuchen können, was uns wichtig ist, und uns öffnen. Dass wir uns Geschichten dazu erzählen.

Den Menschen, die »nur-adoptiert« denken und es nicht sagen, dafür sind sie zu höflich, was ihr Denken leider nicht verändert, ja, es ihnen eigentlich erst richtig gestattet, diesen Menschen sage ich: Ja, das Kind ist angenommen.

Angenommen.

Es hat eine Erfahrung aus der Zukunft gemacht.

Wir haben eine Erfahrung aus der Zukunft gemacht.

Wir werden nicht mehr glauben, dass Identität etwas ist, das einem bei der Geburt gegeben wird.

Wir wissen, dass Menschen Vielschichten-Wesen voller Gedanken, Erinnerungen, Träume und Zukunftsideen sind.

Wir wissen, dass Bonding Arbeit macht und bleibt. Dass es auch in dem Körperraum geschehen muss, den man »leibliche

Elternschaft« nennt. Dass es sich nicht »von selbst« vollzieht oder erhalten bleibt.

Wir wissen, dass dies deutlicher werden wird in den kommenden Jahren, wenn sich die Fragen nach IVF, nach Leihmutterschaft, Samen- und Eispenden vermehren und verkomplizieren werden.

Wir begreifen, dass die Frage nach Anfang und Ende von Leiblichkeit nicht zu beantworten ist, weil es keine »Natur«-Grenzen gibt. Die gab es nie (es gab: Schummelei, Lügen, Kinderhandel, Geheimnisse).

Ich denke an Sandra. Was heißt »leibliche Elternschaft«, wenn das Ei gespendet ist, der Same bestellt wurde, wenn das Kind in der Retorte gezeugt, dann einer zweiten Frau zum Austragen der Schwangerschaft eingepflanzt wurde und am Ende einer dritten Frau oder einer Dritten-Frau-und-einem-zweiten-Mann »gehört«. Ich könnte auch sagen: Wo beginnt da die Adoption?

Yaneva mae passe eneve

Die Eltern haben die Elternschaft.

Das Kind hat die Kindschaft.

Seltsam, dass dieses Wort nicht existiert.

Nehmen wir uns als die Kinder, die wir alle einmal waren, nicht ernst?

»Kindschaft« endet nicht mit der Kindheit.

Auch Kindschaft ist ein Lebensverhältnis.

Abflug

Heidis Schildkröte gefiel Hunter, weil sie nicht rennen konnte. Sie rannte weg, in etwas wie Minus-Tempo, und sie rannte nicht weit. Beides stellte einen bemerkenswerten Unterschied zu einem Kind wie Mary dar, das schnell rennen konnte für sein Alter und das es fertigbrachte, durch Nichtweglaufen verloren zu gehen.

Als wir aus Colombo abflogen, gab es keinerlei Theater. Die Elternprüfungsbühne war dabei zuzuklappen, wir freuten uns. Mary, fertig mit dem Elterntesten, saß als Allererste im Flughafentaxi. Sie schaute auf Heidi, sichtlich froh, dass Heidi draußen stand und keinerlei Anstalten machte, in den Wagen zu klettern, sie schaute auf Gurpal, auch in diesem Fall sah man ihr keinerlei Abschiedsschmerz an. Die Köchin lag noch im Bett bei sich zuhause. Sunil, der uns tagein, tagaus ins Heim gefahren hatte, machte ein Foto von uns. Dafür stieg unser Kind eigens noch einmal aus dem Taxi, denn sie wollte unbedingt auch allein mit ihm fotografiert sein.

Danach sprang sie zurück, ließ sich angurten, lächelte am Flughafen die Grenzbeamten an und ebenso die Sicherheitskontrolle und klatschte niemandem auf den Po. Ständig dachten wir an Heidis Horrorgeschichten (treten, sich schreiend auf den Boden werfen, sich die Kleider vom Leib reißen). Mary-Musterkind hingegen wartete fröhlich mit uns am Gate auf das Boarding. Wir liefen herum, unser Kind musste sich bewegen, wir wollten uns bewegen, dabei kamen wir an einer langen Reihe von Sitzen vorbei, die, aus Metall geflochten, auf eine Stange geschraubt, leer und einsam in der Abflughalle standen. Über ihnen hing ein Bildschirm, der sri-lankische Nachrichten zeigte. Mary erkannte das Gerät, kletterte zielstrebig exakt unter ihm auf einen Sitz, strich sich das Kleid zurecht, streckte die Beine aus und begann das ernste Geschäft der Television.

Ich entfernte mich ein Stück, und auch ihr Vater entfernte sich, sie bemerkte es nicht. Wir riefen sie aus vielleicht drei Metern, dann fünf – nichts. Wir gingen noch weiter weg und beobachteten sie.

Sie schreckte nicht auf, sie fühlte sich nicht allein, sie war versunken. Wenn wir gingen und sie kurzerhand dort ließen, würde sie uns nicht vermissen. Sie würde auffallen, ein unbegleitetes Kind, sie würde eingesammelt werden, aber sie würde uns nicht vermissen. Sie hatte uns vollkommen vergessen. Ein Fernseher reichte dafür.

Dünn war unsere Verbindung. Fragil.

Selbstverständlich hätten wir sie niemals dort sitzen lassen. Was man im wirklichen Leben tut oder zu tun bereit ist, und was man sich durch den Kopf gehen lässt, sind nicht unbedingt identisch. Ich, für mich, und Hunter, für sich, entschied sich in diesem Moment noch einmal für das Kind. Wer von uns beiden sie holte, habe ich vergessen.

Uns für Mary entscheiden.

Wir würden es immer wieder tun.

Die Vögel schrien, der Kuckuck rief »good-bye«.

24

Serendipity

Das Schlüpfen einer kleinen Hand in eine größere.

Inzwischen hat Mary längere Finger als ich (viel länger) und schmalere Hände. Ihr kleiner Finger war schon, als sie ihren siebten Geburtstag feierte, länger als meiner. Nun stellen Sie sich meinen kleinen Finger vor. Fast so kurz wie die Kurzfinger von Gurpal.

Marys Ankunft bei uns war ein Übergang, den wir zu dritt vollziehen mussten, ohne viel miteinander sprechen zu können. Ihre Sprachentwicklung war verzögert. Ob Hunter und ich uns verstanden, war nicht deutlich, aber zu befürchten.

Ich meine, es war zu befürchten, dass unser Verstehen nicht ausreichte.

Wenn man den Rand eines Glases befeuchtet und dann mit dem Finger um diesen Rand fährt, gibt das Glas einen Ton. Das ist, wie ich mich in den ersten Tagen in Berlin fühlte: der Ton dieses Glases.

Ich fühlte mich wie das, was das Wort »zerspringen« meint.

Und heute? Wir haben begriffen, sage ich, dass diese Welt, allemal die Welt der Nähe, komplizierter ist, als wir sie uns einst träumen wollten. Wir haben begriffen, dass sie Elemente enthält, von denen wir nichts wissen und für die wir keine Wörter haben. Wir haben begriffen, dass diese Elemente oder Dinge oder Verbindungen wirklich sind, auch wenn wir sie kaum zu fassen oder zu benennen mögen. Wir haben sie genießen gelernt, wir haben sie fühlen gelernt, wir haben das Gewebe gesehen, wir wissen, dass wir Fragmente sind, dass wir vergehen und dass wir kommen und dass wir nicht wissen, wie wir zusammengehören, und es wieder und wieder »nur« neu erfinden müssen. Dass wir nicht unsere Herkunft sind. Unsere Herkunft mag Teil von uns sein, doch was sie bedeutet, bestimmen wir mit. Denn wir sind es, die sich und anderen die Geschichte dessen erzählen, wer wir sind. Indem wir werden, wer wir sein können – um nicht bleiben zu müssen, als wen andere uns immer schon erzählt haben oder weiterhin zu erzählen versuchen.

(Stimme 1: Meine Güte, klingt das kompliziert.

Stimme 2: Spinnst du?

Stimme 3: Ja. Und das genau.)

Auf dass wir nicht glauben, wir müssten die und die Person sein (etwa »das adoptierte Kind«). Auf dass wir erfinden, wer wir sein dürfen – mit unserer eigenen Erlaubnis (die nicht selten am schwersten zu erhalten ist).

Auf dass wir uns bei uns selbst adoptieren.

25

Der erste Tag in Berlin, mit Kind

Um halb sieben war Mary knallwach, ich also auch. Rumgedockelt, waschen, alles lag rum, die Koffer eben erst ausgepackt, Zeitverschiebung, Klimaverschiebung, der Kopf dreht sich von allein. Frühstück mit Kellogg's, Hunter noch im Bett, dann Waschaktion unter Protest, Wasser am Körper mag Mary nicht, dass es warm war: egal. Zum Bäcker gewackelt, ich trug sie die meiste Zeit, trafen einen Bekannten und die Nachbarn aus dem dritten und dem vierten Stock, alle wollten schauen und begrüßten das schüchterne Kind, dass bald wechselnd »allo« sagte oder »bya-bya« winkte, das machte es einfach zu gern. Kakao wurde verschmäht, dann getrunken, zuletzt ausgespuckt, so ein Spaß. Sie zieht an Hunters Sonnenbrille, als eine Art Spiel, er ruft »nein« oder »nicht«. Nachts hatte es geregnet, am Morgen war es kühl, wir fuhren Socken kaufen, schon waren 33 Euro weg. Mittags schlafen wollte sie nicht, Hunter verschwand in sein Arbeitszimmer drei Stockwerke unter uns, nach eineinhalb Stunden weinte sie, »ko tatta?«, wir gingen zu ihm. Gerade als er mit ihr aufbrechen wollte, damit ich weiter räumen konnte, kam die Kinderinvasion. Hannah aus dem ersten Stock mit einem Freund, Andrej, vorweg. Mary zeigte sich von ihrer besten Seite, sie war im Aufdrehmodus, rannte und biss. Hannah dämpfte das ab, sie spielten Fangen, Sophie und Maxim mit ihrer Mutter kamen ebenfalls hinzu, Riesengeschrei und mehr Gerenne, die Wohnung im Handumdrehen frisch gefüllt und ihres Ernstes beraubt. Wie schön. Meine

Müdigkeit verschwand, Hunter fuhr das Auto vom TÜV abholen, ich ging mit allen Kindern in den Garten, Florian erschien, ebenso Greta aus dem sechsten Stock. Es wurde weiter gesandet, geschaukelt, Fahrrad gefahren, Hügel runter, Hügel rauf. Der Nachbar im ersten Stock fütterte uns alle mit Nudeln Bolognese, hervorragend, kindergerecht, auch mir taten sie gut. Mary wollte noch aufs Klo und schlief mir auf dem Arm ein. Ihr wohlhergerichtetes Bett verschmähte sie erneut, ich legte sie aufs Sofa, räumte auf mit dem letzten Rest Kraft. Nach Colombozeit um drei in der Nacht zog ich mir eine Matratze vor Marys Sofa. Hunter lag im Bett, der Hund war noch bei den Freunden, ich hielt durch, mein Körper schwebte zwischen Räumen und Zeiten.

Gespräch mit Hunter

»….?«, sagte ich.

»Das wird jetzt anders aufgeteilt. Ich schlafe auf dem Bett im blauen Salon. Mary schläft in ihrem Zimmer und du in unserem Schafzimmer. Wenn sie schreit, geht der zu ihr, der sie zuerst hört«, sagte Hunter.

»….«, sagte ich.

»Ich weiß, dass das Schlafzimmer näher an Marys Zimmer liegt als der blaue Salon, was noch lange nicht heißt, dass du sie eher hörst als ich«, sagte Hunter.

»…..«, sagte ich.

»Ich höre sehr gut, wenn ich schnarche, denn ich wache davon auf, und dann bin ich wach und höre Mary als Erster. Wenn es so …«, sagte Hunter.

»…..«, sagte ich.

»… weitergeht«, sagte Hunter, »dass sie tagsüber nur nach dir verlangt und Rotz und Teufel heult, kaum gehst du mal raus, dann stehe ich nicht auf, weil das unsinnig wäre, du musst sowieso aufstehen, also bleibe ich gleich liegen.«

»Und was wird aus uns beiden?«, sagte ich.

»pull«

Nun, zuhause, versuchten wir, einen Ausweg aus diesem Entweder-oder zu finden. Hunter und ich spielten neben meinem Zimmer mit Mary. Ich verschwand an meinen Schreibtisch, ließ die Tür offen, Mary kam nachschauen, lief fröhlich zu ihrem Vater zurück. Wir spielten Vögelchen-flieg, dafür musste man zu dritt sein. Beim Schaukeln und Klettern half es ebenfalls, Hunter kletterte mit Mary, ich stützte – oder andersherum, für drei Personen ideal. Wir kauften Spiele wie Dixit, die man nur zu dritt spielen kann, und es gab Wochen, in denen wir uns verstanden und die Triangulation (Hunters Ausdruck) scheinbar mühelos hinbekamen. Mary war vergnügt, sie dachte sich Dinge nur für den neuen Papa aus, etwa auf seinem Rücken reiten oder in die Luft geworfen werden. Mir war sie dafür bereits zu schwer, mit ihm genoss sie es.

Dann wiederum zog er sich jählings zurück, verkroch sich geradezu vor uns beiden. Für Tage fuhr er zu seiner Mutter nach Bamberg. Kehrte er zurück, schwieg er und schwieg und schlief nur im blauen Salon.

Ich machte mir Sorgen. Sein bester Freund, die beiden kannten sich aus Schultagen, sagte am Telefon, er wisse von nichts. Mein Gatte wirkte nicht fremd-verliebt, er strahlte keine Freude aus. Ich fragte ihn gleichwohl nach einer anderen, da umarmte er mich und sagte, das sei es nicht.

In der Umarmung fühlte ich Müdigkeit.

Er könne nicht darüber reden. Nicht verliebt, nicht krank. Er beginne eine Therapie, seine Mutter und seine Schwester (jene, von der ich wusste, wenn auch fast nichts) sollten hinzukommen. Dass es eine zweite Schwester gab, wurde weiterhin verschwiegen. Die Stunden fänden daher in Bamberg statt.

Ab diesem Zeitpunkt war ich drei Tage in der Woche mit Mary allein. Ich hatte nicht den Eindruck, dass sie sich aus diesem Grund erneut mir stärker angeschlossen hätte. Hunter war extrem gefragt, wenn er zurückkam, er betreute sie dann auch meist einen Tag allein.

Doch sie drehte sich weg, zur Wand, wenn er abfuhr. Sie verabschiedete sich nicht. Sie begrüßte nur.

War er da, hatte er immer öfter abends noch eine Verabredung, dann wieder schaffte er nicht, was er übernommen hatte (statt für alle einzukaufen, war er im Bett liegen geblieben). Ich war mir nicht sicher, ob die Therapie, die nun also angefangen hatte, half und was genau ihr Ziel war, oder die Diagnose. Mein Lebensmensch sagte, es sei ein gutes Zeichen, dass Bamberg Energie absauge, erst müsse es abwärtsgehen, um später besser zu werden. Sandra unterstützte mich, wenn sie Zeit hatte, Christoph reiste ein paar Mal eigens an, um mir auszuhelfen, und später hatte Mary Freundinnen aus der Kita, bei denen sie übernachten konnte, wenn auch ich einmal wegfahren musste oder viel Arbeit hatte.

Hunters Herz

Ich glaube, Hunters Herz war wie eine Guave. Manche Guaven sehen aus wie missglückte Äpfel, die grüne Schale tief gefurcht, an anderen Stellen ausgebeult. Das war nicht Hunters Fall. Sein

Herz war fraglos groß, eben guavengroß, innen prächtig rot, außen grün. Das war etwas Unfertiges oder auch Hartes, etwas Unirisches, fand ich, an diesem Mann mit der so weißen Haut, den leuchtenden Haaren und dem ummantelten, spröden Herzen.

Ein Guavenherzmann, einer mit großem festem Herzen, hatte eine Schale, die ihn umgab, ihn schützte, in die er sich zurückziehen konnte. Er schwitzte nicht so leicht, nicht einmal in Colombo. Ich hatte ihn dafür bewundert, das hatte ihn gefreut. Mitunter erschien mir das Bild vor Augen, wie Mary und er so unschwitzend vor mir gesessen hatten. Mary hatte mich angesehen, der neugebackene Vater nicht. Zutiefst im Inneren genügte er sich selbst, aber erst als wir nicht mehr zu zweit waren, erst an seinem Verhältnis zu Mary sah ich es und spürte etwas von seiner inneren Entrücktheit. Die beiden wirkten, als säßen sie auf einer Leiter, die in den Himmel reichte, Hunter war schon halb in den Wolken, Mary hielt an seiner statt die Verbindung zu mir und ich hielt unten die Leiter fest, während mir eine kleine Schildkröte zutraulich auf den Fuß pinkelte.

Nerven und Phantome

Meine Nerven wuchsen auf Mary zu, vorsichtig wie Phantome. Es waren nur ein paar Zentimeter, auf denen ihre Hand, so warm wie meine, beim Laufen am Hotelgraben in meiner Hand gelegen hatte. Dennoch war es dort, wo sie mich berührt hatte, wärmer geworden. Ich hatte das Gefühl gehabt, Mary über ihre Hand zu lesen, und ich glaube, dass sie es mit mir ebenso machte.

Für kurze Wege nahm ich sie huckepack.

Sie war nicht in meinem Bauch gewesen, ich hatte sie nicht ausgetragen.

Doch ich trug sie auf meinem Rücken. Ihr Kopf befand sich neben meinem, ihr Mund sprach viel zu laut in mein Ohr. Die Luft roch nach Kind.

Generationenkarussell

Zurück in Berlin hatte ich keinen Rheumatismus mehr. Ich hatte ein dreijähriges Kind, das mich brauchte, das mich nicht mehr aus den Augen ließ, das an mir hing und klebte, an mir atmete und lebte, das mich forderte und auffraß, das in mich einkroch und mir fast zwölf Monate lang auf Schritt und Tritt folgte, überallhin, also auch aufs Klo.

Für Rheumatismus hatte ich keine Zeit. Und sieh an, er verschwand. Auch das innere Hin und Her, der alte Berlinzustand, das Zweifeln und Abwägen, das Etwas-Denken und Das-Gedachte-gleich-wieder-Durchstreichen löste sich auf. Ein Kind zu betreuen bedeutet, allemal wenn es klein ist, ständig Entscheidungen zu treffen, Mikroentscheidungen im Mikrosekundentakt. Immer nach vorn. Die Zeit fließt und fließt, und alles wird langsam-schnell: dicht, fühlbar, in Kurven geradeaus.

Es ist eine seltsame Aufgabe, sich vor einem dreijährigen Mädchen auszuziehen und aufs Klo zu gehen. In der Schule übt man das nicht. Mary stand vor mir, ich stand neben der Toilette. Das hatte gute Gründe, Mary wollte lernen. Dank eines kleinen weiß-blauen Tritts konnte sie sich selbstständig auf den Toilettenring setzen. Und genießen, was folgte. Offensichtlich wollte sie wissen, ob das bei mir auch so funktionierte, denn sie machte keinerlei Anstalten, nicht zuzuschauen. Ich sah die Erwartung in ihren Augen und begriff, dass sie sich nicht schämte und ich ihr ja auch jedes Mal zusah, was mir half, die Hose herunterzulassen und mich hinzusetzen. Ein Mensch ist ein umständliches, in sich verknotetes Wesen. Ich meine, wir sind in unseren Körpern verankert und sind diese Körper mit allem, was ihnen geschieht und aus ihnen fließt, nur dass wir es mit dem Erwachsenenverstand nicht mehr wahrhaben wollen und auch nicht mehr zur Gänze, nicht mehr unzerteilt begreifen.

Mary bekam auf diese Weise früh mit, was an welcher Stelle aus Frauen austritt. Tampons erschreckten sie nicht. Sie schaute mir beim Husten, Schniefen, Niesen, Kotzen zu, beim Waschen, Beinerasieren, Zähneputzen (das machten wir gemeinsam). Jeden Tag cremte ich sie zwei Mal am gesamten Körper ein, ich duschte, knuddelte, wusch, besang, belas und erzog sie. Sie lehrte mich, dass ein Kind haben heißt, jemanden intim kennenzulernen, intim auf beiden Seiten, ohne dass etwas Sexuelles impliziert ist. Eine Geburt ist extrem intim, und ein Kind zu stillen auch. Diese Erfahrung teilten wir nicht, aber das Marykind, das so erfahren war im Nichtelternhaben und Elternadoptieren, spielte auch das mit mir nach. In den ersten Wochen wollte es mehrmals an meinen Brüsten saugen, es wollte einmal im Leben ebenfalls dieses Gefühl haben. Naturgemäß konnte ich das bestenfalls halb gewähren, statt Milch flossen Gefühle, es war ein höchst seltsamer Vorgang, dieses vertraute und dabei noch immer fremde Wesen an mir nuckeln zu lassen.

Wie deutlich da wurde, dass ich auf der Generationenlinie eine Position weitergeschoben worden war. Trotz meines durchaus fortgeschrittenen Alters hatte ich mich bislang an versteckten, bestenfalls minimalbewussten Stellen noch selbst halb als Kind gesehen. Erst nun wurde mir deutlich, dass Reste meiner Kinder-Weltordnung in mir überlebt hatten. Sie ging in etwa so: Meine Eltern stehen vor mir. Vor ihnen stehen die Großeltern. An diese Reihenfolge wird das Sterben sich halten. Erst die Ältesten, dann meine Eltern, dann ich. Ich fühlte mich wunderbar sicher hinter dieser Wand aus verwandten Körpern, und nun, mit Mary, fühlte ich, wie ich in dieser Kette eine Stelle weiter nach vorn rückte, und war einverstanden damit, ja, sah es gern. Mein Körper wurde (ich weiß, dass es nur ein Bild ist, ein Mythos, doch ein wirkliches Lebensgefühl ist es auch) zu einer Art Schutzschild für sie. Und der Tod ist weiterhin ein Reihenfolgen-Fan und hält sich bitte schön daran.

Dank Mary stand ich in der Mitte. Mir war, als streckte ich beide Arme aus, einen nach links, den anderen nach rechts. Der eine verband mich mit meinen Eltern, der zweite erreichte eine junge Generation. Ich hatte Neffen, aber es war etwas anderes mit der eigenen Tochter, die in dieser Reihe hinter mir aufrückte. In gewisser Weise schloss erst Mary für mich meine Kindheit ab, und ich glaube heute, dass dies eine allmähliche Vorbereitung dafür ist, dass man eines Tages aus der Welt wird heraustreten müssen. So wie man einst in sie eingetreten ist.

Da steht man da als Frischmutter, schlaflos und mit großen Ringen unter den Augen und am Ende seiner Kräfte und gelegentlich mit einer Wut oder einer Ratlosigkeit im Bauch und mit einer Veränderung, die um einen herum geschieht und an einem, und steht und steht und schaut und ist voll. Voll von kreiselndem Blut und Fragen und Glück.

Ihr Zugehör

Auch daran erinnere ich mich:

Mary nahm Näheanlauf, indem sie an meinem Arm Brennnessel machte oder meine Hand zerquetschte. Anfangs hatte sie mehrfach verlangt, dass ich ihr den Mund mit Heftpflaster abklebe, viele Stunden lang. Ich weigerte mich, sie bettelte. Irgendwann entdeckte ich, dass sie sich Schmerz wünschte. Irgendwann entdeckte ich, dass ihr half, wenn der Schmerz irgendwo erschien. Zum Beispiel bei mir. Ich hielt ihr meinen Arm hin, sie machte Brennnessel auf meiner Haut. Ich beschwerte mich, beschrieb mein Unwohlsein. Immer mit den gleichen Worten. Immer kürzer musste Mary mir die Haut tatsächlich verdrehen.

Ich hatte intuitiv begriffen, dass es eine Art Kontaktaufnahme war, ihr »Zugehör«, und dass sie mir erst danach, anfangs eine halbe Stunde später, bald eine Minute später, Sekunden später, auf den Schoß klettern und sich umarmen lassen konnte.

Mary war schnell mit dem Mund, quirlig, geschickt im Klettern, kräftig, eine der Größten im Kindergarten, Brust- und Armmuskeln wie eine Schwimmerin, ganz ohne schwimmen zu gehen, Mary, die Bewegliche, doch ihr Körper brauchte weiterhin Gegendruck, um sich zu spüren, brauchte Schmerzen, wenn nicht bei sich, so in der Übertragung bei einem anderen – um die Wand zu durchbrechen. Jeden Abend kletterte sie mir auf den Schoß und ließ sich den Rücken kraulen. Ich durfte nicht streicheln, ich musste kratzen.

Der Neurologe David Chamberlain schreibt über die Folgen früher emotionaler Vernachlässigung: »Etwas erstirbt in dem Säugling, und zwar nicht nur einzelne Fähigkeiten, sondern die Lebendigkeit überhaupt, es findet hier wahrscheinlich das früheste und wirkungsvollste Aberziehen von Gefühlen statt.«

Das Kind lerne, »von klein auf sich betäuben zu müssen, eigene Gefühle und Empfindungen nicht wahrnehmen zu können«.

Bis heute wackelt Mary mit dem Kopf, wenn sie einschlafen will. Sie rollt ihn auf dem Kissen hin und her. In den ersten Monaten warf sie ihn richtiggehend auf das Polster. Die Verzweiflung des Babys, das im Arm geschaukelt sein will.

Das sich selbst Ersatz schaffen muss.

Von der Überlappung der Zeiten

Wir betreten ein Café in Berlin, Mary stürzt zum nächsten Tisch, fährt mit der Hand in die Zuckerdose, legt den Kopf in den Nacken, reißt den Mund auf und kippt sich die zuckergefüllte Hand so rasch und heftig in den Mund, dass sie beim Schlucken keuchen muss. Sie sieht nichts, sie starrt an die Decke, sie sieht aus wie hypnotisiert.

Zweiter Tag in Berlin

Mary und ich spielen auf dem Balkon, vor uns eine Plastikwanne mit Wasser, das Kind füllt seine kleine gelbe Gießkanne darin, schüttet sie aus, hält sie durch die Gitterstäbe und schleudert sie mit Schmackes nach unten.

Fünf Stockwerke, Rasen. Als ich den Kopf schüttele, weint sie, und als ich ihr zeige, was ich meine, also was man nicht machen soll, gleitet mir die Hose, mit der ich es vorführen will, aus der Hand und segelt gemütlich der Gießkanne hinterher. Tja! Wir müssen beide so lachen, Mary ist sonnenklar, was ich von ihr wollte und was nun passiert ist, wir lachen Tränen. Das Kind in mir, keine Frage, lebt auf an Marys Hand, Erziehung ahoi, wir verstehen uns prächtig, laufen zusammen nach unten, sammeln unsere »Verluste« ein.

Meine fünfte Adoption

Die Adoption war in keiner Weise vorbei. Dank des Arbeitsvisums für Mary hatten wir nun zwar drei Jahre Zeit für den zweiten und, wie wir dachten, finalen Akt des Theaterstückes »Kindesannahme«. Doch die Anerkennung der sri-lankischen

Adoption durch den deutschen Staat, sprich das Nachspielen der sri-lankischen Vorgänge auf Deutsch, mit einem deutschen (um vieles teureren) Rechtsanwalt vor einem deutschen Gericht (keine Gebühren) unter Einschaltung eines deutschen Notars (immense Gebühren dafür, dass er die sri-lankischen Urkunden in seine Kopiermaschine steckte und die Kopien beglaubigte, Arbeitszeit fünf Minuten für die Sekretärin, eine halbe für den Notar) – zog sich hin.

Hund wird rund

Auch mit Hund & Kind ging es in Berlin anders als gedacht. Mary konnte nicht essen, als sie ankam, sie wusste noch immer nicht, wie man einen Löffel hält. Nach acht Wochen mit dem neuen Familienmitglied wog der Hund zwei Kilo mehr als zuvor, das war ein Siebtel seines Gesamtgewichts, also bemerkenswert. Kaum begann unsere Tochter ihre Mahlzeit, setzte er sich neben den Tripp Trapp und hielt den Kopf mit vorsorglich bereits leicht geöffnetem Maul nach oben. Dank der auf ihn herabregnenden Nahrung hatte er das Kind bereits am ersten Abend tief und innig, also für alle Ewigkeit, in sein Hundeherz geschlossen.

In der Folge entwickelte das arme Tier eine Identitätskrise. Ich bin davon überzeugt, dass es sich während der ersten Wochen mit Mary für ein Krokodil hielt. Die lange Schnauze aufmachen, atmen, schlucken. Vielleicht verwechselte der Hund sich auch mit einem Kescher. Er fraß jede Menge Joghurt, da er das Auffangen von Halbflüssigem bereits nach ein paar Tagen meisterhaft beherrschte. Geschickt duckte er sich so, dass ihm nichts zwischen die Ohren tropfte, dort lag die einzige Stelle seines Körpers, die er nicht mit der Zunge erreichte. Durchaus praktisch, wie wir so trotz der Essmanieren des frischen Kindes nicht mehr staubsaugen mussten als zuvor, tatsächlich saugten wir weniger, nämlich so gut wie gar nicht, zumindest was die Umgebung des Esstischs betraf.

Genau genommen saugte ohnehin nur ich, bald war ich die Einzige, die den Staubsauger überhaupt berührte, es kam wie von selbst, obwohl ich die Stauballergie hatte, nicht mein Mann.

Rutschen

Hunter und ich gewöhnten uns auseinander, nur eines blieb gleich, ich nannte es den »Hunterpol«. Auf diesen Pol rutschten angenehme Dinge zu, als wäre er ein Magnet, und andere, wie Staubsaugen, rutschten wie von selbst von Hunter weg (da wurde wohl die Ladung umgestellt) und glitten auf mich zu, langsam, leise, zäh. Ich merkte die Verschiebung zunächst ~~so~~ wenig ~~wie er~~, und als es ~~uns~~ mir auffiel, war es bereits geschehen. Obwohl ich mich dagegen gewehrt hatte: Im Gespräch war mein Ärger verraucht. Zum einen gelobte Hunter Besserung, ich glaubte ihm, dass er es nicht absichtlich machte – und im Endeffekt waren es doch Kleinigkeiten. Wollte ich mich wirklich darüber aufregen? Wollte ich als Erbsenzählerin dastehen?

Natürlich nicht. Ich räumte den Staubsauger weg, die Spülmaschine ein, setzte das Kind in den Buggy, nahm den Hund an die Leine und steuerte den Supermarkt an.

Es war schon okay. Es gab ja wohl Wichtigeres. Die Traurigkeit, die ich fühlte, war so klein, dass ich sie nur selten tatsächlich spüren musste.

Die andere Seite des ~~Mondes~~ Landes

Wir hatten bei unserer Rückkehr ein Deutschland betreten, das uns bislang unbekannt, ja verborgen geblieben war. Es war das Deutschland der Blicke, die man abbekommt, wenn man mit einem andershautfarbigen Menschen an der Hand spazieren geht. Die Straße überquert, in der Straßenbahn sitzt, einen Spielplatz betritt.

Neben den Augenabwend- und den Verstohlenenblicken gab es die Solidaritätsblicke von nicht-weißhäutigen Menschen. Marys Farbe spiegelte auf mich hinüber, sie löste mich aus einer Einseitigkeit, die mir zuvor nicht wirklich aufgefallen war, so »normal« schien sie mir. »Weiße Blindheit« nennt man das. Erst mit Mary bemerkte ich: Eine Wand, transparent, glatt und effektiv, trennte »weiße« Menschen von allen anderen.

All meiner »Aufgeklärtheit«, all meines mir von mir selbst zugeschriebenen Nichtrassismus zum Trotz hatte ich diese Wand nicht wahrgenommen. Nun konnte ich kaum glauben, wie wirklich sie war. Meine Welt wuchs, dank meines Kindes. Ich freute und schämte mich.

»White privilege«. Ich war darin geschwommen, tue es bis heute. Doch meine lange unhinterfragte »weiße« Identität hat Löcher bekommen.

Die Blase, in der ich lebte, ist eine Art Luftballon. Im Inneren ist alles in sein Weiß getaucht, auch man selbst. Durch seine dünne Haut hindurch erscheint die Außenwelt unscharf, gedämpft. Sticht man ihn an, entweicht die Luft, er fällt in sich zusammen, fällt auf dich zu. Das Plastik, aus dem er bestand, klebt sich an dir fest. Klebt, färbt, schirmt ab. Man muss sich anstrengen, es loszuwerden. Es verschwindet nicht von selbst.

Sri Lanka

Mit unserem Kind reiste etwas von der Insel mit nach Berlin. Versuchsweise nenne ich es »G«: Geschichte, Geschmack, Geruch, Geist. Oder sollte ich sagen: Geld?

Der Grieche Megasthenes verkündet Europa, dass die Erde eine Kugel ist, und hat dieses Wissen nicht nur bei Aristoteles, sondern auch aus Indien gestohlen.

Prinz Heinrich von Portugal, genannt der Seefahrer, widmet das 15. Jahrhundert der Erforschung der afrikanischen Westküste, die ersten Karacken leichtern mit Gewürzen beladen in Lissabon.

Eilends nimmt sie Fahrt auf, die Gier nach Luxus und Profit. Märkte bilden sich, die auf Blumenzwiebeln spekulieren und die Börse erfinden, Märkte, die Händler, Matrosen, Taucher und Sternleser ernähren, auf Seide setzen, auf Pfeffer und Tee, einen Zahn Buddhas und eine tamilische Königin, auf Urwald und Küste, Verbindlichkeit und Unverbindbarkeit, anlandende und abfahrende Spekulanten und Abenteurer, die ihnen nachgeschickten Beamten und Missionare, die Pest, die Grippe und die ins Meer geruderten Spuren der Menschenhändler.

Man planiert und rodet, schickt Mädchen zu den Giftschlangen in die Teesträucher, rechtfertigt sich mit der Gewalt der Vernunft, »wir bringen euch unseren Fortschritt«, der Gnadenlosigkeit der Einziggläubigkeit, »wir bringen euch das Heil«, rekrutiert zu europäischen Kriegen.

Im Vergessen der in einheimischen Gedichten aufgezeichneten Warnungen vor Tsunamis setzt die Schnürung der Insel sich fort, in der Verseuchung der Erdböden, einem Eintrag für 56 Kilometer Kriechen ins Guinnessbuch der Rekorde, in Abtreibungstees und Babyverkäufen, im Nicht-Lesen-Können und Nicht-Entkommen, in der Essens- und der Fühlensnot, den Kindern, die man nicht durchbringen kann, den Gewehren und den versteckten Gewehren, in verschwindenden Tierarten, erodierenden Berggipfeln, dem Brand des Frachtschiffs X-Press Pearl, bei dem Container mit Polyethylen-Pellets von Bord fallen und die Umwelt vergiften, Plastikteile, Öl und Schutt an die Strände spülen.

Überlappung der Zeiten (2)

Bei unserer Wochenendfahrt auf eine Teeplantage hatte mir der Gastgeber am Morgen etwas Toast, Ingwerbier und eine heimische Tablette zur Magenberuhigung gereicht. Ich war bereit gewesen, alles zu schlucken, wenn nur die Übelkeit aufhörte. Eine Stunde später waren wir mit dem Jeep in die steilen Hänge mit ihren erstaunlich kleinen Teesträuchern gefahren. Sie wurden, bedeckt mit trockenen Farnen, in Töpfen vorgezogen. Kühl war es so früh am Tag in 1800 Metern Höhe, innerhalb von Minuten ging die Sonne auf, Licht überall, Paddy Fields und die Schatten der riesigen australischen Bäume, die von den Briten als Windbrecher angepflanzt worden waren.

Alles war britisch. Jeder Bungalow hatte Bay Windows, sprich einen Raum für die britische Teezeremonie, sonst sei es unerträglich, das Leben hier, sagte der Plantagenbesitzer, Sprössling einer sri-lankischen Familie, britisch gebildet seit zweihundert Jahren.

Rugbyfotos zierten die Wände des Hauses, das Jahrgangsbild eines englischen Colleges, »und hier«, sagte er mit einer weit ausholenden Armbewegung, die die Landschaft vor dem Fenster umfasste, »my little England, always cloudy«.

Die Hügel schienen zu träumen, weich umspült von Nebel, aber auch wach, aufrecht, schwungvoll, immer neu geformt, rundum bebuscht, also bestellt. Ich staunte. Nicht einmal der Tee gehörte nach Sri Lanka? Unser Gastgeber hatte die Geschichte im Kopf: 1839 hatte ein Schotte den ersten Strauch auf die Insel gebracht. Gattung: Kamelie. Zweck: Geschäft.

Ich schloss die Augen, machte sie wieder auf: melodische Wellen das Hügelland, frühlingsgrasgrün, silbergrün, moosgrün, lianengrün, blattunterseitengraugrün, wassergrün, rinngrün, müdermorgengrün, rhododendrongrün, schlangenhautgrün, echsenschuppengrün. Manchmal dachte ich in Berlin daran. Käfer waren über die Tapete gekrochen, Insekten gegen die Scheiben geschwirrt. Mit Gummistiefeln waren wir zwischen den Teebüschen umhergegangen, bei ihren Wurzeln schliefen gern Schlangen. Am Ast eines größeren Baumes hatte ein Faultier geschaukelt. Langsam hatte es mit einer Vorderpfote in die Leere vor sich gegriffen, als müsste es sich die Luft in den Mund schaufeln, als atmete es nur so.

Hundeadoption

Die ersten Wochen in Berlin schlief Mary nur auf der Couch im Wohnzimmer. Da sie eine Schlafstätte ohne Gitter nicht gewohnt war, fiel sie regelmäßig von der Sitzfläche. Wir legten eine dicke Decke auf den Boden, dank ihrer glitt Mary so sanft von dem niedrigen Sofa, dass sie dabei nicht einmal aufwachte.

Der Hund war begeistert. Decken auf dem Boden waren, so die Erfahrung eines ganzen Hundelebens, für Hunde. Er beobachtete uns aufmerksam beim Betten des Kindes, wartete seelenruhig darauf, dass wir die Decke auch schön glatt strichen, und legte sich darauf. Es wirkte, als bewachte er Mary. Genauso (hundestolz) sah er uns auch an.

Wir ließen die Sache sich entwickeln. Und versuchten auch, sie zu beobachten. Es gelang nie. Der Hund jaulte kein Mal, also wurde er von unserer herabfallenden Tochter nicht getroffen.

Das war erstaunlich. Noch erstaunlicher war nur das Endergebnis. Jeden Abend, wenn wir nach den beiden schauten, war Mary vom Sofa gerollt. Der Hund lag, langgestreckt und hochentspannt, in der Mitte der Decke, das Kind an ihrem Rand.

… dann hast du es an

Im November durfte ich ihr helfen, ihren ersten Pullover anzuziehen. Er hatte braune und rote Streifen, sie streckte die Arme in die Höhe, sodass ich sie an den Händen fassen und in die Ärmel fädeln konnte, ich sagte »halt die Luft an und mach die Augen zu, und es wird dunkel, uhuu…«, und sie machte »uhuuuu, Geschpenscht«. Ich streifte ihr die Kopföffnung zart über den Kopf und schnell über das Gesicht, und ihr Haar war schon wieder zu sehen, es war noch kinderheimkurz, und vorsichtig über die Eiterblase, die endlich verheilte, und ihr Gesicht erschien, und ich sagte »du musst einfach die Arme mitbewegen, dann hast du ihn an«.

Du musst dich einfach mitbewegen mit dem Leben hier, dann hast du es an.

Und wie sollte ich Marys Augen lesen? Du musst dich einfach mitbewegen, Mama!

Die Iris glänzte dunkelbraun, fast schwarz, anfangs konnte ich nicht gut erkennen, wo sie in die Pupille überging, das Mädchen schien riesige Augen zu haben. Meine Augen sind ebenfalls kein blauer Nordeuropäerhimmel wie Hunters, sondern dunkelgrün. Auf Marys Augen tanzten die Lichter von Fenstern, Gläsern, Löffeln und hellen Gesichtern wie Silberfiguren, lautlos glitten sie dahin, während man in Hunters Augen, so hellblau waren sie, fast nie etwas gespiegelt sah, allemal nicht sich selbst. Daher konnte man in Hunter leicht untergehen oder sich wie aufgelöst fühlen, er lotste einen in die Luft und pustete einen weg, während Mary mir mich spiegelverkehrt und als Figur wiedergab.

Das Rhizom

Dass Mary da war, hieß, dass ein besonderer Mensch lebte, in dessen Träumen ich umherspazierte, so wie sie anfing, in meinen Träumen ihr Wesen und Unwesen zu treiben, manchmal als sie selbst, manchmal als sie selbst als ältere Person oder als jüngere oder als ein Schwarm Krähen und als ein Stück Ich.

Alle starren auf die Genetik und ihre Mischungen, dabei sind die Menschenmischungen in unserem Schlaf nicht weniger interessant und viel flexibler. Ganz abgesehen davon, dass sie jeden Tag oder jede Nacht passieren und immer auf neue Weise. In unserer Wohnung lagen nun drei solche Traumköpfe, im Schlafzimmer, in Marys Zimmer und im Gästezimmer, in dem Hunter lag, denn wir machten es so, wie er beschlossen hatte, und schliefen in diesen drei Ecken der Wohnung. Ein vierter Kopf träumte uns ebenfalls, er lag auf der Sofadecke oder im Hundekorb mitten im Wohnzimmer, verbunden mit allen.

24/7

Ich verbringe 24/7 Stunden mit Mary. Sie schreit, wenn ich versuche wegzugehen. Wir haben ein Kind, das in allen Altern zugleich ist. Das Sprechen lernt. Wie sie die erste Katzenzunge mit dem Einwickelpapier isst. Wie sie nach vier Monaten in die Kita kommt. Wie ich bei der Eingewöhnung dabei bin. Wie sie beleidigt ist, als eines der Kinder zu ihren Händen sagt: Die sind ja auch innen braun. Wie sie im Januar alle Wörter kennt, die die Logopädin von ihr wissen will. Alle, bis auf »Kasperle«. Wie sie Sätze baut. Wie sie ein Jahr nach der Adoption lernt, auch das »r« auszusprechen, und ich ein Gedicht dazu schreibe, das einzige, das so wenig verändert aus einer Tagebuchnotiz hervorgeht. Wie sie aufgeholt hat. Wie wir den Geburtstag ihrer Mutter Thilini feiern. Wie sie kein Gemüse isst, kein Obst. Aus Prinzip. Wie sie zum Einschlafen nicht mehr an den Fingern saugt, also dort keine Hühneraugen mehr bekommt. Wie sie zwei kahle Stellen am Kopf hat (Ex-Eiterbeulen), wie sie den Kopf hin und her wirft, kaum liegt sie im Bett, und es sich nur in kleinen Schritten bessert – aber nie vollständig verschwinden wird. Wie sie mich deswegen an einen traurigen kleinen Elefanten hinter Gittern erinnert. Wie sie Musik hören muss. Wie sie Stille kaum erträgt. Wie ich ihr beibringe, dass es wehtut, wenn man hinfällt und Blut aus der Haut dringt. Wie wir beide lernen, was ein blauer Fleck ist, wenn man das Blau nicht sieht. Wie sie Nudeln schlürft. Wie sie Milchreis liebt. Wie sie nur Weiches im Mund erträgt. Wie wir im ersten Winter Schlitten fahren. Wie sie nicht mit Puppen spielt. Wie sie kleine Kinder nicht mag. Wie sie sofort ein klares Urteil zu jedem unserer Besucher hat. Wie sie sich einmal, als ich mit ihr im Café bin, glühend für unsere indisch aussehende Nachbarin interessiert, zu ihr läuft, gar nicht mehr weggeht von ihr. Wie ich mich beherrsche, es sich entwickeln lasse, mit ängstlichem Herzen. Wie viele Geschichten ich inzwischen aus Adoptionsfamilien gehört habe. Wie Kinder, noch Jahre nach der Adoption, ohne das geringste Zögern bereit sind, mit dem nächsten Menschen, der ihnen gerade gefällt, mitzugehen. Wie die indisch wirkende Frau aufsteht und bezahlt und Mary sie zur Tür begleitet, ihr die Tür aufhält und dann gut gelaunt zu mir zurückkommt.

Wie laut sie niest.

Wie sie sich tragen lässt.

Kleideumbiene

Der Geruch einer Geburt ist süß, hat man mir erzählt.

Die Augen meines Kindes sind alt.

Juli. August. September. Oktober. Jeden Tag verbringen wir in diesem ersten Sommer Stunden auf dem Balkon zwischen flüssigen, sich ständig verändernden Lauten. Ich erlebe, wie S-p-r-e-c-h-e-n geht. Man kann bislang nicht erklären, warum kleine Schimpansen und Menschenbabys sich nach der Geburt gleich entwickeln, bis mit einem Mal die Schimpansen keine Lust mehr haben herumzulallen, während Menschenkinder davon nicht genug bekommen. Unermüdlich spielen sie mit Lauten, bewegen die Zunge, stellen auf Dauerwiederholung und haben ihre Freude daran. Da sitze ich, höre »ah« und »oh«, das wie »ouh« klingt, und Wörter ohne r: »ede«, »ose«, »wikklich«. Ich schaue auf Blättä und Donen, Blumensti-ll-e und Käfa und entdecke, unter dem hellblauen Himmel Berlins, metallen und hoch, zwischen Haut und Haut, Tonscherben, Hundefell und Kindesaugen … den Glanz des Lebens.

(Doch, doch: so).

Auf dem Balkon, ein Jahr später. Mary erzählt mir, wie es beim Einkaufen in der »Kleideumbiene« für sie war. Ab und an fliegt eine echte Biene den Oleander an. Mary hat entdeckt, dass sie »sie« ist, für mich, aber »ich« für sich.

Ehe, zweieinhalb Jahre später

Hunter: »Ich koche das Weihnachtsessen.«

Er klang wie ein freundlicher Phonograph. Ich konnte kaum glauben, was er gesagt hatte. Dass ich Hunter als Phonographen bezeichne, ist kein Zufall. Er liebte altmodische Maschinen. Und: Sein Satz hatte etwas Irreales. Hunter kochte nicht gern, zudem konnte er unglaublich umständlich sein. Er bestand darauf, seine Milch für den Kaffee mit einem Handrührer aufzuschäumen, und hatte einmal versucht, mir einen Liebesbrief in Keilschrift zu schreiben, auf einen Stein. Der Stein zerbrach schon nach drei Hammerschlägen mit dem Meißel. So war dann auch nichts aus dem Liebesbrief geworden. Hunter hatte mitunter zu viel Kraft, von der er erstaunlicherweise nichts wusste.

»Nicht so schlimm«, sagte ich, als es in der Küche so stark nach Angebranntem roch, dass man es nicht länger ignorieren sollte. Es tat mir leid, Hunter zu unterbrechen, der an der Pfanne vor sich hin träumte.

Das Hühnchen mit Reis wurde gegessen. Tapfer kaute ich. Kurz darauf musste ich mich erbrechen. Die beiden anderen erbrachen sich nicht. Hunter fand meine Reaktion nicht lustig.

Er fand sie empörend. Als hätte ich es mit Absicht gemacht.

Auch er hatte nichts absichtlich gemacht. Nur Reis gekocht, Hühnchenstücke angebraten – und die Sauce vergessen. Der Reis war hart, das Huhn angekohlt. Hunters Magen kam mit dieser Art Trockenfutter offensichtlich besser zurecht als meiner. Mary ging es gut, sie hatte nur ein paar Minigabeln geschluckt.

Wenn Hunter nicht träumte und halb-rührte, telefonierte er hinter verschlossener Tür. Außergewöhnlich viel mit seiner Mutter, wenn auch nicht nur. Das war inzwischen deutlich. Was soll ich sagen.

Mary, fünf Jahre alt, saß in der Küche und aß Fruchtzwerge, einen nach dem anderen. Hunter telefonierte. Mary saß in der Küche und aß ungekochte Spaghetti. Hunter telefonierte. Später sagte er: »Sie mag das harte Knacken.« Sollte das Weihnachtsessen ihrer neuen Vorliebe entgegenkommen? Ich versuchte, es so zu empfinden, als ich den Rest des Weihnachtsabends im Bett lag und Kamillentee trank.

Niemand hatte nichts mit Absicht gemacht. Und nicht ohne.

»Nicht« und »nichts« waren auffällige Wörter geworden zwischen uns. Man konnte ein »nichts« einsetzen oder weglassen, und es machte keinen Unterschied mehr oder nur einen, den man nicht mit Worten verstand.

»Nichts« war freigesetzt; es schwebte über uns.

Meine sechste Adoption

Kaum war Weihnachten vorbei, musste Mary zum Schulamt. Sie sollte in dem Jahr, das soeben ohne Schnee begonnen hatte und ohne Eis und überhaupt mit jeder Menge Ohne, eingeschult werden. Kinder werden in Deutschland vor der Einschulung einem Test auf Einschulungsfähigkeit unterzogen.

Ich nahm diesen Termin mit Mary wahr. Nichts da Autobahn. Moderaten Tempos zuckelten wir Richtung Osten. Hunter hatte kurzfristig keine Zeit oder eine andere herbeitelefonierte Beschäftigung.

Erst als nach unserer Trennung zwei Frauen zu mir kamen, innerhalb weniger Wochen, und sich bei mir aus undurchsichtigen Gründen dafür entschuldigten, dass sie zu unseren Ehezeiten in vollem Wissen um diese Ehe mit Hunter geschlafen hatten (die eine kicherte sogar, als sie seinen Namen aussprach, als begreife sie ihn zum ersten Mal – Hunter, der Jäger), entwickelte ich rückblickend gewisse Ideen über Hunters »Termine«. Das verrückte die Vergangenheit nicht wenig und half mir, mich von Hunter zu verabschieden.

Auch damals, als ich mit Mary zum Einschulungstest fuhr, nahm mein Mann vielleicht einen dieser »Termine« wahr.

An den Test denke ich mit Vergnügen und bin alles in allem mit der Verteilung der Ereignisse zufrieden. Hunter mag an diesem Vormittag sein Vergnügen gehabt haben. Ich habe die Erinnerung an das Schulamt von Pankow, und die bleibt einmalig.

Mary war schulreif wie eine Kokosnuss. Wenn man sie nicht in die Schule ließ, würde sie bald jemandem auf den Kopf fallen. Und ich war die begleitende Mutter, wie ich dem Einschulungsamt versicherte, das sich in der Gestalt zweier Damen, beide in ihren 50ern, vor mir verkörperte.

Ausweisen konnte ich mich durch die Vorladung zum Einschulungsfähigkeitstest und meinen Personalausweis. Die eine Amtsdame hatte blondiertes, geflufftes Haar, die andere auch. Die eine tippte in ihren Computer, die andere ließ das Kind hüpfen. Mary, begeisterte Hüpferin, hüpfte bereits auf einem Bein die vorgegebene schwarze Linie entlang. Und auf dem anderen Bein zurück. Sie konnte das mühelos, mühelos verstand sie die Anweisungen. Während sie also performte wie ein perfekt deutsches Zirkuspferd, reichte mir das blond gefärbte Amt am Schreibtisch einen zweiten Bogen. Den ersten füllte ich bereits aus. Er bestätigte, dass wir zum Einschulungsfähigkeitsfeststellungstest rechtzeitig und ordnungsgemäß (Kind und eine erziehungsberechtigte Person) erschienen waren. Der zweite Bogen trug die amtliche Überschrift *Migrationsfall.* Ich reichte ihn mit freundlichen Worten zurück. Diese Arbeit könnten wir uns sparen etc.

Das Amt sagte: »Das Kind ist ein Migrationsfall.«

»Nein«, sagte ich.

Das Amt sagte: »Das Kind ist ein Migrationsfall.«

Ich weiß nicht, was mich an diesem Morgen ritt. Ich beschloss, das Amt mit ebenso viel Faktenwissen zu konfrontieren, wie es das Amt mir seinerseits selbstgewiss entgegenbrachte.

Ich lächelte und sagte mit weicher Stimme: »Nein.«

Eine Frau, die im Widerstand gegen eine Frau die Weiblichkeitskarte spielt, kommt niemals gut an. Ich erkannte das am Aufflackern in den Augen des Amtes. Es war die nicht unberechtigte Wut: Die verarscht mich hier.

Das Amt sagte: »Doch.«

Ich sagte: »Nein.«

»Doch.«

»Nein.«

Da das Amt am Amtshebel saß und der Austausch bereits länger gedauert hatte als Marys schulfähiges Einbeinhüpfen samt Rückweg, sagte ich: »Also gut, ich fülle Ihnen den Bogen aus.«

Überall tickte ich das erste Kästchen an. Das Amt verlangte nach den Namen beider Eltern, aller Großeltern, ihrer nationalen Identität und ihrer Muttersprache. Dann folgten die Kästchen. Das erste war in jeder Spalte »deutsch«. Tick, tick, tick.

Damit beantwortete ich jede Frage wahrheitsgemäß. Bei Geburtsort schrieb ich den Inselnamen. Ich hätte in dieser prekären Lage in keiner Weise bei einer falschen Angabe erwischt werden wollen.

Dann wieder: Tick, tick, tick, deutsch, deutsch, deutsch.

Das Amt schaute perplex, als ich den Bogen nach dreißig Sekunden zurückreichte. Mit dem Stift kann ich flink sein, das löst zuweilen Misstrauen aus. Dann entdeckte das Amt das Häkchenmuster.

»Das ist ja gar kein Migrationsfall«, sagte das Amt.

Ich lächelte so, dass man alle meine Zähne sah. Zu Mary, die endgültig fertig war mit Linienhüpfen, sagte ich: »Wir sind im Ziel.«

Erhobenen Kopfes verließen wir die Amtsstube, die naturgemäß eine Vorstube zu weiteren Amtsstuben war. Wir mussten nun zum Sprachtest. Dort hatte Mary einige Schwierigkeiten. Die ausgesprochen nette Ärztin, die meine Tochter zunächst körperlich untersuchte, Puzzleteile zusammenlegen ließ und sodann auf Wortverständnis befragte, stammte aus Ungarn. Sie hatte einen so starken Akzent, dass auch ich ihr kaum folgen konnte. Wörter wie »Kasperle« konnte sie gar nicht aussprechen. Ich unterhielt mich kurz auf Englisch mit ihr und sprach Mary die deutschen Wörter dann selbst vor. Damit waren die Schwierigkeiten sowohl Marys als auch der Amtsärztin gelöst.

Auch diesen Raum verließen wir bester Laune. Die ungarische Ärztin hatte Humor gehabt. Und ich fand es hinterrücks (an den Falschblond-Tigern der ersten Amtsstube vorbei) deutschfortschrittlich, dass Deutschverständnis nun auf der Einschulungsebene damit getestet wurde, welche akzentuellen Verschiebungen der Sprache die Kinder tolerierten. Das war überraschend migrationsfreundlich, und es fühlte sich, wie ich hier zum ersten (und bislang letzten) Mal spürte, äußerst angenehm an, von dem Land, dessen Pass man in der Tasche trug, auf diese Weise freiheitlich überholt zu werden.

26

Und so geht es heute, wenn Sie mich mit meiner Tochter sehen.

Ich sage: »Das ist meine Tochter.«

Die Menschen, denen ich das sage, schauen zu Mary und sprechen sie auf Englisch an, weil sie »nicht deutsch« aussieht. Oder sie treten zu uns an den Restauranttisch und fragen: »Na, wo kommt die Kleine denn her?«

Ah, denke ich, das hatten wir schon. Höflich hebe ich den Blick, höflich sage ich: »Aus dem Auto.«

Mit drei Jahren stand sie auf der Ablage in unserem Badezimmer und sagte: »Ich hab's!«

Marys Haut muss jeden Abend eingecremt werden, sie ist für ein anderes Klima gemacht. Ein Nebeneffekt des Rituals auf dem Brett war, dass sie ihren gesamten Körper im Spiegel sehen konnte, und mich dazu.

An diesem Abend hüpfte Marys Körper, durchlaufen von einer Aufregungswelle, schon bevor das Kind rief: »Mama, ich hab's gefunden.«

Etwas Schwarzes. An mir. Wie das Schwarze hieß, wusste Mary nicht. Der Spiegel gab ihr recht: schwarz. Die einzige Stelle am Körper, an der wir gleichfarbig sind. Mir stiegen Tränen in die Augen. Ich hatte nicht bemerkt, dass Mary nach etwas Gleichem an uns suchte. Hatte mir das Wahrnehmen so herum nicht vorgestellt.

Jüngst stiegen wir am Alexanderplatz in die Straßenbahn. Wir blieben stehen, in der nächsten Sitzreihe war der Platz am Gang frei, am Fenster saß ein älterer Mann. Rucksack, graues Stoppelhaar, Trenchjacke. Mein Rucksack störte ihn, er schimpfte mich an. Ich reagierte nicht. Zwischen dem Mann und dem Rucksack lagen mindestens fünfzig Zentimeter. Da suchte jemand Streit. Laut sprach er weiter: »... nicht mal Deutsch verstehen.«

Ich verbat mir diese Ausländerfeindlichkeit.

Er schimpfte lauter.

Der Waggon hörte zu. Eine Frau, ein paar Sitze weiter, forderte ihn auf, mich bzw. uns in Ruhe zu lassen. Ich schob Mary aus der verbalen Schusslinie. Ein jüngerer Mann, dem Alten schräg gegenüber, mischte sich ein. Auch er verbat sich das rechtslastige Gerede, das inzwischen zu hören war. Die Fahrt dauerte zwölf Minuten. Ein Wort gab das andere.

Ich stritt mit. Stolz bin ich nicht darauf, es war traurig. Doch richtig. Der alte Mann blieb bei seiner Position. Der Jüngere fragte ihn, ob er selbst eine andere Sprache könne. Russisch, war die Antwort. Ich hakte nach. Wir kamen zur Stasi. Der Alte sagte dazu nicht Ja, nicht Nein. Er wollte ein Deutschland nur für Deutsche. Den jüngeren Mann beschimpfte er als ungebildet. Mich nahm er bestenfalls halb ernst. Ich war ja nur eine Frau. Weiterhin hörten alle zu. Als Mary und ich aussteigen mussten, bedankte ich mich bei dem jüngeren Mann. Der Alte starrte geradeaus. Die Mehrheit der Menschen im Waggon hatte uns unterstützt.

Mary und ich gingen zu Fuß weiter. »Solange das so ist, in einer Berliner Straßenbahn, bleiben wir hier«, sagte ich.

Ich wusste, was ich damit meinte. Mary wusste es ebenfalls. Sie gab mir die Hand.

Mary, meine Tochter, die sich einen Witz daraus macht, mit Freundinnen zu Rossmann oder DM zu gehen, und wie üblich passt keines der tausend Schminkprodukte für sie.

Mary, meine Tochter, die eine Idee hat: Einbürgerungskurse anbieten für jene, die immer schon da sind.

Allemal jene, die meinen, immer schon dagewesen zu sein, als hätten ihre Namen niemals Flügel und Füße gehabt.

Kurse zu Blicken und blinden Flecken, weil das zusammengehört. Weißt du, was es heißt, zuhause zu sein? Zuhause zu sein, in Deutschland?

Wenn man davon spricht?

Wenn man nicht hellbunt, sondern dunkelbunt ist? Wenn man darüber nachdenkt. In Deutschland lebt, »eigentlich«.

Am Ende des Kurses, sagt Mary, treten wir mit allen Teilnehmenden vor einen Spiegel und suchen »das Schwarze«, das uns gemeinsam ist.

Sehloch heißt es.

Stimmt: Hier haben wir ein Loch.

Hier fällt Licht in uns.

Der geläufigere Name »Pupille« leitet sich vom lateinischen »pupilla« ab, dem »Püppchen«, als das man sich selbst im Auge des Gegenübers spiegelt.

Bei jeder Begegnung.

Auf schwarzem Grund.

Ich rufe Christoph an. Zeitverschiebung sechs Stunden, er ist beruflich in Malaysia. In den vergangenen Wochen hat er mich beim Schreiben telefonisch begleitet, hat mich zweifeln gehört. Wie kann ich das fassen, wie finde ich dorthin zurück? Sandra, ebenfalls eingeweiht, hatte gemeint, sie wüsste gar nicht, wo anfangen.

Ich sage Christoph, dass ich das Adoptionsbuch beendet habe. Dass es nur mehr aus einem Satz bestehe.

Er scheint erleichtert. Ein Einsatzbuch.

Und, fragte er, »wie lautet er denn nun?«

Ich sage: »Mary ist meine Tochter.«

Es ist ein sehr genauer Satz.

Mein genauester Satz.

»Ever«, würde Mary sagen. »Dein genauester Satz, Mama, ever.«

Wir haben ihn uns erlebt.
Wir erleben ihn uns jeden Tag.

01.01.2006

Welche Zeit gilt dort, wo das Kind schläft, aufsteht, schreit, spielt? Ein Kind, das ich nicht meines nenne, jetzt nicht, das vielleicht einmal meines sein wird oder auch nicht, denn noch ist alles offen, noch ist es vielleicht nicht einmal geboren, und das ist die Wirklichkeit dieser Geschichte, ihre Schraffur (das Straffe, Ziehende an mir), die untergründige fürchterliche Anspannung des JETZT – das also vielleicht nie »meines« wird.

Und selbst falls es das wird, was sollte dieses »meines« heißen, bezogen auf einen kleinen Menschen, der bereits lebt, irgendwo, wo die Zeit anders zählt, nach dem thailändischen, dem russischen, einem hinduistischen Kalender, und dort geht die Sonne auf und ist der zweite Tag des Jahres, während hier die Nacht des ersten herrscht.

Man kennt diese Verschiebungen, sie heißen Jetlag, und es gibt Pillen dagegen oder dafür, wer weiß schon, wie herum man das betrachten soll. Ich frage mich in der Dunkelheit an meinem Schreibtisch, wie es dort vielleicht bereits hell wird und nicht Winter ist. Oder auch überaus wintrig, mit dickem Schnee – und das Kind liegt in einem Bett und schläft und ist mir fremd.

Die Wirklichkeit macht, wenn sie nicht stattgefunden hat (ich wage nicht, ein »noch« einzufügen: noch nicht stattgefunden hat), wenige wenige Worte, und selbst das Ich, in das ich mich im Schreiben notwendig oder gezwungenermaßen verwandele, dieses fremdvertraute Ich-ich im Text, ist nicht mehr als diese Knappheit, eine dubiose, dahingewehte Figur.

All das klingt vielleicht furchtbar abstrakt und ist kein guter Anfang für eine Geschichte.

Im Flur hängen dunkel unsere Jacken, denn hier ist Nacht und das Licht ist ausgeschaltet, und der Flur des Kinderheims, das ich mir nicht vorstellen kann, ist vielleicht auch dunkel, und draußen regnet es, Regen fällt leise auf ein Stück Erde, das ich nicht kenne, das in der Zukunft liegt.

Motti:

Marguerite Duras, *Schreiben*. Aus dem Französischen von Andrea Spingler. Suhrkamp, Frankfurt 1994

Astrid Lindgren, *Pippi in Taka-Tuka-Land*. Aus dem Schwedischen von Cäcilie Heinig. Oetinger, Hamburg 1986

Alle Figuren dieses Textes sind so frei erfunden,
wie man es sich nur denken kann.
Die Buchstabenbilder stammen von der Autorin.

MIX
Papier | Fördert gute Waldnutzung
FSC® C014496

Penguin Random House Verlagsgruppe FSC® N001967

PENGUIN VERLAG

1. Auflage

Neumarkter Str. 28, 81673 München
Umschlaggestaltung: Sabine Kwauka
Umschlagabbildung: © Andrew Macara
All rights reserved 2024/Bridgeman Images
Satz: satz-bau Leingärtner, Nabburg
Druck und Bindung: GGP Media GmbH, Pößneck
Printed in Germany
ISBN 978-3-328-60341-2

www.penguin-verlag.de